JACEK
PIEKARA

Ja, inkwizytor
Przeklęte kobiety

Ilustracje
Paweł Zaręba

fabrykasłów ®

Lublin – Warszawa

Ja, inkwizytor
Przeklęte

Community Learning & Libraries
Cymuned Ddysgu a Llyfrgelloedd

This item should be returned or renewed by the
last date stamped below.

Rozdział pierwszy
W obronie domu

Księżna Ludmiła tego dnia w ogóle nie wyglądała jak księżna. Była ubrana w stare futro z postrzępionym kołnierzem, miała suknię uwalaną po kolana w błocie i włosy spięte w niedbałą koronę wokół głowy. Wrzeszczała na kogoś tak głośno i z taką wściekłością, że aż zmieniłem kierunek marszu, by podejrzeć, o co chodzi, gdyż większość tego, co działo się na podworcu, zasłaniała mi ściana. Podszedłem kilka kroków i zaraz zobaczyłem trzech mężczyzn klęczących w błocie i pochylonych tak nisko, że ich skołtunione brody również nurzały się w błotnistej brei. Księżna stała nad nimi z rękami podpartymi na biodrach i przeklinała ich w sposób naprawdę plugawy. To akurat świetnie rozumiałem, bo na Rusi czego jak czego, ale przekleństw cudzoziemiec uczy się najszybciej ze wszystkiego. Poza tym dzięki wrodzonym zdolnościom oraz bystrości umysłu w dużej mierze opanowałem już ten barbarzyński język, pełen miękkiego szeleszczenia, tak jakby słowa wymawiał człowiek z gębą wypchaną mokrymi liśćmi. Ale przyznam też, że chociaż w męskich ustach mowa ta brzmiała raczej groteskowo, tak w kobiecych, a zwłaszcza w ustach mojej Nataszy, ruski język nabierał zdumiewająco czułej miękkości oraz wdzięcznego powabu i przypominał raczej ptasie świergotanie. No ale teraz i tutaj, słuchając przekleństw księżnej, o żadnym świergotaniu, rzecz jasna, mowy nie było. Nie wiedziałem, czym narazili się Ludmile owi nieszczęśnicy, a z szybko i wściekle wypowiadanych zdań nie zdołałem wyłapać niczego poza wyzwiskami. Dostrzegłem, że w jednej z wnęk stoi Andrzej, zaufany dworzanin księżnej, ktoś, kogo mimo młodego wieku mogłem przez długi czas nazywać moim ruskim cicerone. Andrzej obserwował z zainteresowaniem rozgrywającą się scenę, a na jego twarzy wykwitł złośliwy uśmieszek. Zbliżyłem się do niego szybkim krokiem.

– Co się dzieje? – zapytałem po łacinie.

– Mówcie po naszemu, bo nawet całkiem dobrze wam idzie – napomniał mnie. – Ale trzeba stale ćwiczyć, bo na kogo później miłościwa pani będzie zła, że kaleczycie słowa?

– *Что здесь происходит?* – spytałem już zgodnie z jego życzeniem.

– To dwaj stryjowie i starszy brat buntownika – wyjaśnił, nie odwracając wzroku od rozgrywającej się na dziedzińcu sceny.

– Jakiego znowu buntownika?

– A rozbójnik taki. Napadł na wielki transport futer, obrabował też kupców z Nowogrodu jadących do nas.

Księżna właśnie otrzymała wieści. Źle się dzieje... – Pokręcił głową z niezadowoloną miną.

Handel futrami i skórami stanowił jedno z podstawowych źródeł zysków Nowogrodu, a przez zależne od niego Księstwo Peczorskie, będące od niemal roku miejscem mojego nieszczęsnego wygnania i równie nieszczęsnej wegetacji, przechodziły szlaki handlowe prowadzące hen aż za Kamienie. Kamienie były górami ciągnącymi się na tysiące mil z północy na południe i oddzielającymi Europę od azjatyckiej barbarii. To za ich szerokimi, choć niezbyt wysokimi pasmami leżała rozległa, rzadko zamieszkana i diablo bogata Jugra. Od czasów kiedy rządziła Ludmiła, udało się zaprowadzić pokój na tych ziemiach i kupcy oraz łowcy cieszyli się w Jugrze względnym bezpieczeństwem. A przynajmniej mieli większą niż kiedyś szansę, że nie zostaną naszpikowani strzałami przez świetnie znających wszystkie ścieżki wojowniczych tubylców. Zamiast wojny rządził handel i każdy, kto przeszkadzał w owym handlu, każdy, kto podniósł rękę na kupców, ba, każdy, kto nie płacił podatków lub ośmielał się handlować bez wielkoksiążęcego zezwolenia, stawał się natychmiast wrogiem państwa. I jako taki był ścigany z pełną bezwzględnością i karany bez najmniejszej litości. Pamiętałem jeszcze zeszłoroczny spacer z Nataszą, kiedy to natknęliśmy się pod peczorskim lasem na ludzi zakopanych żywcem i skazanych w ten sposób na bolesną, powolną śmierć. Taka to była właśnie kara dla tych, którzy bez książęcego pozwolenia eksplorowali Jugrę czy handlowali z jej mieszkańcami. Podobne nieprzyjemności spotykały kupców podejmujących próby ominięcia podatków.

– Oni co? Wspólnicy? – zapytałem.

– Gdzie tam! – Machnął ręką. – Dawno z nim byli pokłóceni, dałbym sobie głowę uciąć, że nawet nie wiedzieli, gdzie ta kanalia jest i co wyprawia czy co zamierza.

– Co księżna z nimi w takim razie zrobi?

Dworzanin wzruszył ramionami.

– Jaśnie pani wie, że to nie są jego przyjaciele. Ale będą musieli udowodnić swoją przydatność i wierność. Bardziej niż ktokolwiek inny.

– W jaki sposób?

– Publicznie go wykląć i wyrzucić z rodu, to po pierwsze. – Wystawił kciuk. – A po drugie... – Wysunął palec wskazujący. – Wyłożyć dużą sumę na żołnierzy, którzy ruszą, by stłumić tę rebelię.

Skinąłem głową.

– A więc inne rodziny będą tym bardziej pilnować, co robią ich członkowie, nawet jak nie są z nimi w bliskich stosunkach – zauważyłem.

– Otóż to. Księżna twierdzi, że to ich wina, iż nie dopilnowali młodszego krewniaka. Zauważcie jedno: nie ma tu jego młodszego brata, bo wzywać go za winy brata starszego uznano by za niezgodną z obyczajem niesprawiedliwość.

– Rozumiem.

Stojący obok księżnej żołnierz podał jej nahajkę z zasupłanymi rzemieniami z końskiej skóry. Ludmiła, nie przerywając gniewnej, pełnej wyzwisk i przekleństw tyrady, zaczęła chłostać klęczących u jej stóp mężczyzn. Ci nawet się nie przesunęli, tylko ukryli twarze w błocie i osłonili głowy przedramionami. Księżna tłukła bez opamiętania, ale pomimo iż zadawała gwałtowne ciosy, zauważyłem jedno: uderzenia były mocne, dobrze mierzone i bite z impetem, bo zza ramienia. Na pierwszy rzut oka widać było, że Ludmiła ma pewną rękę i raczej nie zmęczy się szybko. Również dostrzegłem, iż żadnego z klęczących nie wyróżniała i każdemu obrywało się mniej więcej po równo. Pytanie oczywiście, na ile mogła wyrządzić tymi smagnięciami krzywdę ludziom grubo ubranym i dodatkowo zasłaniającym się rękami. Podejrzewałem, że trochę siniaków z tego będzie, ale wielkich szkód krewni buntownika raczej nie zaznają. Zdaje się, że prawdziwa odpłata za ich rodzinną niedbałość miała nadejść dopiero z chwilą, kiedy Ludmiła sięgnie pełną garścią do ich skarbców.

Księżna przerwała na chwilę chłostanie. Korona jej włosów rozpadła się, a wiatr rozwiał kosmyki na wszystkie strony. Czerwona, zdyszana, z twarzą skrzywioną gniewem i z batem w ręku wyglądała niczym uosobienie jakiejś ruskiej Furii, która doścignęła wreszcie poszukiwanych grzeszników i wywiera na nich słuszną pomstę. Zaczerpnęła głęboko tchu i zaczęła mówić coś uroczystym głosem. Spojrzałem pytająco w stronę Andrzeja, bo chociaż tym razem księżna przemawiała wolno i z namaszczeniem, to i tak rozumiałem piąte przez dziesiąte.

– *Albowiem rządzący są postrachem nie dla uczynku dobrego, lecz dla złego* – przetłumaczył. – *Władza jest bowiem sługą Bożym i mścicielem dla wywarcia srogiego gniewu na dopuszczającym się zła.*

– Słusznie – przytaknąłem. – I ja znam ten cytat.

Księżna skinęła dłonią na jednego z żołnierzy, a ten ujął w ręce kij i zaszedł klęczących mężczyzn od tyłu.

Drąg był całkiem solidny. Długi na cztery stopy, gruby na trzy palce i spęczniały na końcu.

– Teraz im się trochę oberwie – zauważył z rozbawieniem Andrzej.

Żołnierz rzeczywiście wyglądał na mocnego. Był wyższy ode mnie, a w barach na tyle szeroki, że i ja, i Andrzej moglibyśmy się razem wtulić w jego pierś, gdybyśmy tylko mieli podobnie zdumiewające życzenie.

– A i tak mają szczęście – dodał mój towarzysz. – Bo powiem wam, że prawdziwie winnych to przepuszcza się u nas nago przez szpaler żołnierzy uzbrojonych w kije. I tłuką ich tak długo, póki ciało nie odpadnie od kości.

Cóż, w Cesarstwie również słyszeliśmy o podobnych praktykach. A jeśli dobrze pamiętałem, to zachłostanie na śmierć przez współtowarzyszy stosowano również w rzymskich legionach i uważano za karę raczej powszednią niż oryginalną. Ferowano ją za tchórzostwo na polu bitwy, niesubordynację, również za przestępstwa wobec kompanów z oddziału. Na pewno ci, którzy tłukli towarzysza na śmierć, wiele się sami przy tym uczyli i wychodzili z podobnej ceremonii z jedną myślą: iż nigdy nie będą chcieli znaleźć się pomiędzy szpalerem legionistów uzbrojonych w pałki. Tak, tak, edukacja to potęga, mili moi...

Żołnierz zamachnął się znad głowy i wymierzył tęgie uderzenie jednemu z klęczących mężczyzn.

– Uhuhu – skrzywiłem się. – To musiało zaboleć nawet przez futro.

– O, ja myślę, że zabolało – zgodził się ze mną rozbawiony Andrzej.

Ostatni z klęczących mężczyzn podniósł głowę, jednak nie na tyle, by zostało to uznane za bezczelność, a jedynie by unieść usta znad błotnej kałuży. Widzieliśmy, że coś mówi, ale nie słyszeliśmy co.

– Prosi o łaskę i obiecuje wsparcie – wyjaśnił mój towarzysz.

Byłem jednak pewien, że również wcale nie słyszał wypowiadanych słów, lecz po prostu wiedział, co w takiej sytuacji każe robić obyczaj. Księżna dała znak żołnierzowi i ten postąpił krok w bok, stając nad środkowym ze skazańców.

– O, widzicie, propozycja na razie nie została przyjęta – zaśmiał się Andrzej. – Negocjacje potrwają dłużej...

Żołnierz grzmotnął kolejnego z mężczyzn tak, że aż jęknęło.

– Wiedzą, że księżna nie chce zrobić im krzywdy, bo gdyby chciała, to kazałaby im zdjąć futra – tłumaczył dalej Andrzej. – Tylko widzicie, jeśli bardzo ją rozsierdzą, to każe pierwszego i najmniej ważnego rozebrać, zanurzyć w lodowatej studni i potem dobrze wytłuc kijami. Wtedy dwóch pozostałych łatwo już zgodzi się zrobić, co księżna zechce...

– Ja myślę – odparłem.

– Ale nikt na razie nie życzy sobie, by doszło do aż takich nieprzyjemności – machnął ręką mój towarzysz. – Księżna doskonale wie, że jest taka kara, która wzbudza szacunek zarówno u ukaranych, jak i u obserwujących, ale jest i taka, która wywołuje tylko nienawiść. Rozumny władca zna granicę pomiędzy tymi karami i stara się jej nie przekraczać...

Tak, to była prawda. Ta zasada obowiązywała również, rzecz jasna, uczciwszy pewne różnice, w naszym błogosławionym Cesarstwie.

– Dlatego uważamy Moskwiczan za barbarzyńców – dodał. – Bo moskiewski Iwan nie szanuje ani prawa, ani obyczajów i sroży się nad ludzkie rozumienie, jedynie dla własnej przyjemności...

Cóż, i na takie kreatury można było się natknąć w Cesarstwie. Bo chociaż prawo mieliśmy powszechne, to tak jak na całym świecie: silne i surowe było ono dla biednych i słabych, a łaskawe dla bogatych i silnych.

– Niech tylko będą mądrzy – dodał Andrzej z zatroskaniem w głosie. – Bo widzicie, najgorzej, kiedy człowiekowi złoty cielec tak przesłoni wzrok, iż nie widzi już spoza niego nawet furtki pozwalającej mu uciec ze świata martwych do świata żywych.

– Ba! – zgodziłem się z nim, gdyż przecież podobnie nierozsądne zachowania znałem z inkwizytorskiej praktyki.

A czyż nie pamiętałem dawnej ludowej opowieści o chciwym rycerzu, który zażądał od króla tak wielkiej zapłaty za usługi, że kiedy unosił worek, ten oberwał się pod jego ciężarem i rycerz skonał na miejscu ku rozweseleniu obserwujących go gapiów? Opowiedziałem Andrzejowi w kilku zdaniach ową historię.

– Na Rusi znamy podobną – ucieszył się mój towarzysz. – Opowiada o Fiodorze, mądrym carze, i o Durakowie, głupim bojarze...

W międzyczasie trzeci z kupców oberwał taki cios w plecy, że aż z powrotem zarył twarzą w błocku.

– Oj, skąpiradła, skąpiradła – pokręcił głową Andrzej. – Nie rozumieją, że księżna dla nich łaskawa jak nikt. Może się to źle skończyć, mówię wam. Po co się z nią przekomarzają? Dla tych kilku monet?

Z całą pewnością nie chodziło zaledwie o „kilka monet", jak chciał mój towarzysz, ale rzeczywiście zastanawiałem się, co kupcy chcą osiągnąć głupim uporem. Bo że negocjowanie lepszego okupu warte jest tych paru siniaków, to jasne, ale przecież jeśli Ludmiła się zgniewa, będzie to przynajmniej jednego z nich kosztować życie albo co najmniej zdrowie. Rozejrzałem się i dostrzegłem, że rozgrywającej się na podworcu scenie przygląda się już wielu, bardzo wielu żołnierzy, dworzan i służących. Księżna musiała okazać siłę oraz zdecydowanie, zresztą od początku taki właśnie był cel widowiska.

– A co się stało ze złotem? – spytałem.

– Z jakim znowu złotem?

– W waszej bajce. Jak bojar upadł i umarł, co się stało z jego złotem? Zawsze mnie to interesowało, ale tylko raz w jednej wersji tej opowieści usłyszałem odpowiedź na moje pytanie...

– A jaką odpowiedź?

Żołnierz trzymający kij w ręku przesunął się ponownie za plecy pierwszego winowajcy. Ten trzeci, ten, który przedtem odzywał się do księżnej, znowu uniósł twarz nad błoto. Tym razem słyszeliśmy żałośnie brzmiący głos, lecz trudno było rozróżnić choćby jedno słowo. Andrzej aż zmrużył oczy, jednak chyba też nic wyraźnego nie usłyszał.

– Że złoto uznano za przeklęte i zakopano – odparłem.

Andrzej parsknął pogardliwie.

– Niemożebność.

– Bajki nie są od tego, by opowiadać prawdę – rzekłem.

Żołnierz zamachnął się aż zza pleców i spuścił kij na grzbiet pierwszego kupca. Uderzenie niemal rozpłaszczyło mężczyznę w błocku.

– Dobrze bije ten chłopak, co? – ucieszył się Andrzej i pokiwał głową z uznaniem.

Trzeci kupiec przemawiał coraz szybciej, a w jego głosie oprócz błagania pojawiło się coś na kształt niezwykle uniżonego nalegania. Tak przynajmniej rozumiałem ton skomleń, chociaż nadal nie rozpoznawałem słów.

– Wóz czy przewóz? – spytał mój towarzysz.

– Wóz – odparłem, przyglądając się uważnie twarzy Ludmiły.

– Ano też sądzę, że wóz – zgodził się po chwili Andrzej, również wpatrzony w księżną i śledzący jej reakcje na błagania klęczącego mężczyzny.

Ludmiła zbliżyła się do kupca, a ten zasypał jej but pocałunkami, tym razem gadając coś bardzo szybko i bardzo radośnie. Dwaj jego towarzysze również unieśli głowy i wyrzucali z siebie pokorne podziękowania, lecz nie zostali zaszczyceni łaską ucałowania książęcej stopy. Księżna odwróciła się i odeszła w stronę głównego wejścia.

Idąc, spojrzała w naszym kierunku.

– Koniec widowiska – obwieściła. – Wy dwaj, do mnie!

Kupcy pełzli przez podworzec w ślad za nią, a ja patrzyłem, jak ich przepięknie uszyte, kosztujące krocie sobolowe futra pokrywają się warstwą błocka i nasiąkają wodnistą breją. Kiedy Ludmiła przekroczyła próg, oni zostali na zewnątrz, nadal jeden przez drugiego wyśpiewując dziękczynne i pochwalne peany. Zbliżył się żołnierz, ten, który ich okładał kijem, a wtedy najstarszy

z mężczyzn sięgnął za pazuchę i obdarował go monetą.
Dostrzegłem błysk złota.

– Dlaczego mu płacą? – zapytałem zdziwiony. – Przecież wcale nie bił ich słabo...

– Bił mocno, ale uczciwie, bo w sam środek pleców –
wyjaśnił Andrzej. – A mógł celować w głowę czy choćby
w dłonie. – Wzruszył ramionami. – Przecież lepiej mieć
siniaki na plecach niż połamane palce... No chodźmy,
chodźmy, pewnie zjemy posiłek z księżną. – Zaczął iść
szybkim krokiem w stronę wejścia.

– Dlaczego posiłek?

– Księżna po wychłostaniu kogoś zawsze jest głodna
i łaskawa – odparł.

Pozwolono nam wejść do komnat jednak dopiero dużo,
dużo później, bo księżnej wcześniej przyniesiono balię
z gorącą wodą i dopiero kiedy Ludmiła się wypluskała,
uznała, że może poświęcić nam uwagę. W czasie kąpieli
wezwała starego kanclerza, który siedział u niej co najmniej pół godziny, a potem wyszedł z jej pokoju z mocno
zafrasowaną miną i nie tylko nie poświęcił nam uwagi,
ale nawet nie obdarował nas przelotnym spojrzeniem.

– Niedobrze – mruknął Andrzej.

– Księżna zła?

Pokręcił głową.

– Skoro Makary jest zmartwiony, to znaczy, że księżna wymyśliła coś, co nikomu na pewno się nie spodoba.

Wreszcie kiedy nas wpuszczono, zastaliśmy księżną
siedzącą na fotelu, odzianą tylko w długą jasną suknię.

Ludmiła włosy miała wilgotne i rozpuszczone, sięgające za łopatki, a dwie dworki ostrożnie je rozczesywały. W komnacie było ciepło, niemal gorąco, bo po pierwsze, dzień był raczej letni niż zimowy, a po drugie, w kominku rozpalono mocno buzujący ogień.

– Jak podobało ci się widowisko, inkwizytorze?

– Wasza Wysokość ma bardzo pewną rękę – pochwaliłem.

Zaśmiała się i spojrzała na mnie życzliwie.

– Wiesz, jakie jest wśród sług porzekadło, którego celem jest okazanie lekceważenia własnemu panu?

– Nie mam pojęcia, Wasza Książęca Mość.

– Powiedz mu. – Spojrzała na Andrzeja.

– „Chłostał tak, że nawet nie zabolało" – odparł szybko mój towarzysz.

– Ano właśnie. Ruski lud rozumie tylko knut... – skwitowała i po wymowie poznałem, że najwyraźniej zacytowała jakąś miejscową sentencję. – Tak, tak, możesz tłumaczyć, możesz wyjaśniać, możesz użyć tej waszej – pstryknęła zgrabnie palcami – o, retoryki... Nic z tego. Posłuchają, głowami pokiwają, obiecają, co zechcesz, a i tak na koniec zrobią wszystko po swojemu. Ale jak skórę jednemu i drugiemu solidnie wygarbujesz, wtedy wykonają co do literki, co kazałeś. Taki nasz lud jest, taki był i taki zawsze będzie...

– *Odi profanum vulgus et arceo* – powiedziałem.

– Kto to napisał?

– Horacy, Wasza Wysokość.

– Horacy – powtórzyła, lecz nie poznałem, czy wcześniej słyszała to imię, czy też było dla niej nowością. – Może i miał rację ów Horacy jako filozof, ale jak rządzić krajem, trzymając się z dala od motłochu? – westchnęła. – Nie da się i już!

Odchyliła głowę i przymrużyła oczy. Dworka rozczesywała jej włosy delikatnymi, posuwistymi ruchami.

– Ale nie z motłochem mam teraz kłopoty – stwierdziła Ludmiła. – Tylko z kimś, kogo Andrzej zna, a ty, inkwizytorze, nigdy o nim nie słyszałeś. Książę Aleksander Lwowicz – syknęła.

I wtedy jej twarz zmieniła się jak za dotknięciem czarodziejskiej różdżki, jakby z czaszki zdarto przyjazną, uśmiechniętą maskę, by obnażyć to, co kryło się pod nią. Gniew i odrazę.

– Książę – dodała po chwili z pogardą, tak jakby słowo to było nie tylko wyjątkowo podłe, lecz również nieprzyzwoite. – Też mi coś. – Wzruszyła na koniec ramionami.

– Kto to? – spytałem bezdźwięcznie, ale wyraźnie poruszając ustami.

Andrzej tylko pokręcił głową na znak, by teraz o nic go nie pytać. Jednak nieoczekiwanie to Ludmiła zwróciła się w moją stronę.

– Aleksander Lwowicz Kamieński – oznajmiła spokojnym już tonem. – Syn uszlachconego kupca. Buntownik i czarcie nasienie.

– Czemu nazywają go księciem? – zapytałem.

– Książę Dymitr ofiarował mu tytuł kniazia – pospieszył z wyjaśnieniem Andrzej. – I takiego człowieka można z grzeczności nazywać księciem, choć z prawdziwymi książętami krwi niewiele on ma wspólnego.

– Kupcy dają nam swoją pracę i swoje złoto, a my w zamian ofiarujemy im tytuły, które nic nas nie kosztują – uśmiechnęła się Ludmiła. – A ty, Mordimerze, z jakiego pochodzisz stanu? – Jej twarz znowu stała się łagodna.

I księżna chyba była naprawdę ciekawa mojej odpowiedzi.

– Inkwizytorzy nie zwracają uwagi na ród ani na przeszłość – odparłem. – Bycie inkwizytorem w Cesarstwie oznacza więcej niż bycie hrabią, baronem czy księciem. Ale jeśli Wasza Książęca Mość chce wiedzieć, w jakiej wychowałem się rodzinie, to była to bogata, naprawdę bogata rodzina mieszczańska z Koblencji.

– Była?

– Spotkało nas nieszczęście i straciliśmy cały majątek – odparłem. – Święte Officjum dało mi nie tylko nowe życie i nowe imię, ale co najważniejsze: wielki cel w tym nowym życiu.

– Widzisz, Andrzeju, oto człowiek prawdziwej wiary – stwierdziła poważnie Ludmiła. – Niestety, Kamieński również ma w życiu swój cel, a tym celem jest stworzenie wolnej republiki kupieckiej.

– Coś takiego. – Pokręciłem głową. – Bardzo ambitne zamierzenie, jeśli wolno mi wyrazić swoje zdanie.

– Zważywszy, że wiąże się ze zwycięstwem nie tylko nade mną, lecz nad Nowogrodem i Moskwą, naprawdę trzeba przyznać, że jest to, jak powiedziałeś, ambitne zamierzenie – prychnęła Ludmiła. – Kamieński mówi: po co mamy oddawać nasze zyski i płacić podatki na bezsensowne wojny toczone przez książąt, skoro możemy założyć własne państwo i z samego handlu żyć w niewidzianym nigdzie na świecie dostatku – kontynuowała.

Pokiwałem głową.

– Jak sądzę, podobna idea przyświecała powstaniu Republiki Weneckiej – stwierdziłem.

– Co się stało z tą republiką? – zainteresowała się Ludmiła.

– Papiestwo i Cesarstwo mogą się różnić pod wieloma względami, ale w tym akurat temacie, że należy zniszczyć wenecką niezależność, zgodziły się doskonale. Zajęło to wiele lat, z uwagi na niezwykłe położenie miasta, wyjątkowo sprzyjające obronie, jednak w końcu się udało.

Ludmiła uśmiechnęła się nieznacznie.

– Nic tak nie jednoczy gwałcicieli wolności jak nawoływanie, by owa wolność zatriumfowała.

– Nic tak nie jednoczy tych, którzy utracili zyski, jak perspektywa ich odzyskania – dodałem.

Księżna uśmiechnęła się jeszcze wyraźniej. A potem przeciągnęła się w fotelu. Jej wielkie piersi wypchnęły materiał sukni, a ja szybko odwróciłem wzrok. Zauważyłem, że Andrzej również momentalnie uciekł ze spojrzeniem. Tymczasem dworka przestała czesać księżną i znieruchomiała, póki Ludmiła nie nakazała jej gestem, by kontynuowała.

– Czas rozruszać stare kości – oznajmiła. – Wyruszamy na wojnę.

– Wasza Wysokość, ależ... – zaczął Andrzej.

Ludmiła uniosła dłoń.

– Ani słowa – przykazała stanowczo. – Będzie, jak postanowiłam.

– Wasza Wysokość tylko straci czas – burknął Andrzej, nieprzejęty jej decyzją i stanowczością. – Kamieński będzie się krył przed wojskiem na bagnach i po lasach,

a jak Wasza Wysokość wróci do Peczory, znowu zaatakuje. I tak na okrągło.

– A ty co o tym myślisz, inkwizytorze? – Ludmiła
zwróciła twarz w moją stronę.

– Gdyby to był zwykły buntownik, ośmielam się
twierdzić, że Andrzej miał rację, opisując, jak by Kamieński postąpił. Ale Wasza Książęca Mość stwierdziła,
że ów kniaź jest człowiekiem, któremu przyświeca wielka
idea oraz który ma wielką wizję przyszłości...

Ludmiła skinęła głową.

– Musi więc osiągnąć sukces – kontynuowałem. – Bo
jeśli nie uczyni tego przed jesienią, to ludzie mu się roz-
lezą na wszystkie strony świata. Obecność Waszej Wysokości uzna więc za dar od losu i możliwość rozstrzygnięcia konfliktu w ciągu jednego dnia. Skusi się...

– I co ty na to? – Tym razem spojrzała na Andrzeja.

– Na jego miejscu zdobyłbym któryś z fortów pilnu-
jących szlaku – odparł dworzanin. – I tam spokojnie się
umocnił, wyprawiając się na trakty i łupiąc kupców.

Ludmiła spojrzała na mnie, czekając, co ja będę miał
do powiedzenia.

– Do pewnego momentu to niezły sposób – przyznałem. – Ale taki fort najpierw trzeba zdobyć, a potem
utrzymać. Kiedy Wasza Wysokość wyruszy z wojskiem,
wtedy każda taka mała forteca zamieni się w pułapkę.
Równie dobrze buntownik może naciągnąć sobie pętlę
na szyję. Te zameczki są dobre przeciw bandytom takim
jak on sam, ale nie przeciw regularnemu wojsku. A przecież Wasza Wysokość ma nawet armaty...

Ludmiła rzeczywiście dysponowała pięcioma armatami, które służyły jeszcze jej mężowi w czasie jednej

z wypraw na Jugrów. Były to cztery nieduże falkonety i jedna nawet dość potężna hufnica. W dodatku księżna miała ludzi, którzy nie tylko umieli o ową broń zadbać, lecz nawet ją obsługiwać. W czasie obrony fortecy podobne armatki mogły narobić wielkiego spustoszenia wśród najeźdźców, a z kolei w czasie prowadzonego przez nas oblężenia wróg byłby przeciw nim zupełnie bezbronny. Oczywiście dopóki starczyłoby prochu do ich ładowania. Księżna skinęła głową.

– On ma rację, Andrzeju – zwróciła się pobłażliwym tonem do oblanego rumieńcem doradcy. – Makary powiedział mi to samo – dodała. – Oczywiście już wtedy, kiedy zdążył nafukać na mnie, że w ogóle takie pomysły przychodzą mi do głowy. – Uśmiechnęła się dobrodusznie.

Nie wyobrażałem sobie, by ktoś w Peczorze mógł nafukać na księżną. Ale rzeczywiście, jeśli kogokolwiek można by podejrzewać o podobne zachowanie, to tylko kanclerza Makarego, który towarzyszył jej od dzieciństwa i był wierny niczym pies. Tymczasem Ludmiła podniosła się z fotela i stanęła kilka kroków od płonącego w kominku ognia.

– Obaj pojedziecie ze mną – zdecydowała.

Można się było takiego postanowienia spodziewać. Z całą pewnością uczestnictwo w wojskowej wyprawie, ścigającej buntowników po lasach i bagnach, w błocku oraz w deszczu, nie było moim marzeniem, ale też rozumiałem, iż w żaden sposób nie wykpię się od udziału we właśnie tym istotnym dla Ludmiły przedsięwzięciu.

– Natasza pojedzie z tobą – nakazała księżna.

No tak, to również było logiczne, zważywszy na to, że miałem odgrywać przy księżnej rolę strażnika, rolę, jaką zwykle odgrywali ruscy czarownicy nazywani wołchami. A więc do pełnej realizacji tego zadania potrzebowałem dziewczyny, gdyż bez niej byłem niezdolny do przeżywania mistycznych wizji, czyli na dobrą sprawę pozbawiony oczu. A może łagodniej mówiąc: pozbawiony koniecznej bystrości spojrzenia.

– Wypytam jeszcze, co rada i oficerowie uważają o tej sprawie, ale nie sądzę, by ktoś mnie przekonał do innego postępowania – rzekła na koniec i zezwoliła, byśmy odeszli.

Już na korytarzu, kiedy upewniliśmy się, że jesteśmy sami z Andrzejem, mój towarzysz rzekł:

– To wielkie ryzyko. – Widziałem, iż jest prawdziwie zasmucony. – Jedna zabłąkana strzała, a nawet jeden upadek ze spłoszonego w bitwie konia i całe księstwo padnie w tej samej chwili.

– Co by się wtedy stało?

– Z Nowogrodu przysłaliby pewnie nowego księcia. A z Moskwy wojsko. Mogłaby się zacząć wojna. Jeszcze jak ktoś tutaj... – obniżył głos – z miejscowych, obwołałby się księciem... – Machnął ręką. – Chaos i rzeź – westchnął.

– Z miejscowych?

– Księżna miała braci, ale pomarli. Został jej tylko stryj. Izjasław. – Andrzej prychnął pogardliwie. – Paskudnie ambitna i nieprzyjemna bestia, mówię wam. A zważcie też – spojrzał na mnie złośliwie – że śmierć księżnej i dla was oznaczałaby pewną zagładę. Może nawet zadaną w dość nieprzyjemny sposób – dodał.

– Inkwizytorzy od początku szkolenia są przygotowywani do śmierci i męczeństwa – odparłem bez zmrużenia powiek. – A tym słodsza jest dla nas wizja śmierci za wiarę, skoro wiemy, że jesteśmy najbardziej umiłowanymi ze stworzeń Pana i będziemy się weselić przy Jego stole i u Jego boku.

Przyjrzał mi się podejrzliwie, ale odpowiedziałem mu szczerym, poważnym spojrzeniem, więc tylko wzruszył ramionami.

– Jak tam sobie chcecie – rzekł wreszcie. – Ja jednak wolałbym żyć, a kiedy księżnej przydarzyłoby się coś złego, Boże Jezu w niebiesiech, zmiłuj się, to i ja jestem zgubiony.

Powszechnym na Rusi gestem nakreślił w powietrzu znak krzyża i zdusił go w pięści.

– A co, nie lubi was ten stryjaszek?

– On nikogo i niczego nie lubi, co należy do księżnej Ludmiły. Zabije mnie dla samej satysfakcji zniszczenia wszystkiego, co do niej należało.

– Ruś – westchnąłem. – Jak ja kocham ten kraj...

– Coś dziwnego jest z tym Izjasławem, bo jak wam mówiłem, tak ten łotr ma na imię. Gadają o nim, że diabłu sprzedał duszę – dodał Andrzej.

– Żeby diabeł tak chętnie chciał kupować dusze, jak mu się to przypisuje... – odparłem.

– Ma miasto otoczone częstokołem, twierdzę na wzgórzu i rozległe uprawne pola, rzecz rzadko spotykana w naszym księstwie, żeby nie powiedzieć: niebywała.

– Czarne żyto – domyśliłem się.

I w tym momencie rzeczywiście uzmysłowiłem sobie, że słyszałem o bogatym grodzie leżącym tydzień drogi od Peczory. Nie wiedziałem tylko, że zarządza nim krewny księżnej. I to tak bardzo niechętny jej krewny.

– Ba, ale jakie żyto! – rzekł z podziwem. – Nigdy, powiadam wam, nigdy u niego czarne żyto ani nie marnieje, ani nie gorzknieje, ani nie przyprawia ludzi o szaleństwo. Zawsze plony mają obfite, a ziarno słodkie. W dodatku jeziora ma zarybione, rzeki spławne, lasy pełne zwierzyny. A że jest taka obfitość i różnorodność jedzenia wszędzie wokół, to ludzie chętnie się osiedlają w okolicy. Bo wiedzą jedno. – Andrzej wystawił kciuk. – Że z głodu nie pomrą. I wiedzą drugie. – Pokazał palec wskazujący. – Że Izjasław obroni ich przed bandytami, bo ma i solidne mury, i dobrze uzbrojonych żołnierzy.

– Tak zaczynały powstawać państwa. – Pokiwałem głową. – Od tego wszystko się zaczynało: że ludziom nie brakowało jedzenia.

– I czarne żyto o wiele lepiej przechowywać niż jakiekolwiek inne zboże – dodał jeszcze Andrzej. – Tylko trzeba pilnować przed myszami i szczurami, bo bardzo na nie są łase.

– No dobrze, a oprócz bajd o sprzedaniu duszy diabłu to ktoś ma jakiekolwiek pojęcie, dlaczego temu Izjasławowi udaje się co roku dobry plon, a innym na świecie podobna sztuka nie wychodzi?

Mój towarzysz wzruszył ramionami.

– Jak dla mnie zaprzedanie diabłu całkiem nieźle tłumaczy całą sprawę. Bo skoro to jest czarcie zboże, to i czart może się nim w szczególny sposób opiekować.

– Musi być coś w ziemi – powiedziałem w zamyśleniu. – Musiał obsadzić czarnym żytem jakiś szczególny rodzaj gleby, który tak bardzo odpowiada tej roślinie.

W najdalszych, najdzikszych częściach Rusi czarne żyto było jedynym zbożem potrafiącym przetrwać krótkie lata i długie, mroźne zimy. Przy swoich wielu strasznych i śmiercionośnych wadach miało jedną niezwykłą cechę. Mogło wyrosnąć nawet na kompletnym ugorze i było niemal całkowicie odporne na mróz. Dojrzałe, niezniszczone kłosy można było ścinać nawet znad śniegu albo kiedy stały zanurzone w lodowatej wodzie. Jedynie silny grad, przewlekła susza czy ogień mogły zniszczyć tę dziwną, nadzwyczajnie odporną roślinę. W naszym błogosławionym Cesarstwie zboże to uznawano za wynalazek diabła, a jego uprawy zakazano pod karą śmierci. Zresztą nie było u nas szczególnej potrzeby, by siać ową szatańską roślinę, skoro klimat mieliśmy zazwyczaj łagodny i mogliśmy zbierać plony nienaznaczone czarcim piętnem. W Cesarstwie bajano, że czarne żyto narodziło się, kiedy Szatan, zstępując na ziemię, nadepnął na jego nasiona bosą stopą. Inni znowu bzdurzyli, iż po zdobyciu Rzymu przez Chrystusa i Jego armię krew bluzgająca z ran pokonanego cesarza Tyberiusza splugawiła zboże, którego ziarna porwał wiatr i zaniósł w najdalsze krańce świata. Dlatego też czarne żyto w Cesarstwie nazywano czasem „plugastwem Tyberiusza”.

A ja pamiętałem rozmowę, jaką prowadziłem z uczonym inkwizytorem Barnabą Biberem, kiedy jadąc z Nowogrodu do Peczory, po raz pierwszy ujrzeliśmy gigantyczne pole czarnego żyta, przypominające niezwykłą, smolistoczarną, falującą rzekę, której ani końca, ani początku nie było widać.

„Dlaczego Rusini nie boją się uprawiać tego zboża?” – zapytałem wtedy.

„Boją się” – odparł mój towarzysz. „Ale głód przezwycięża trwogę. Na północy, w Księstwie Peczorskim, to jest jedyna jadalna roślina, którą można bez trudu uprawiać".

„Uodpornili się na jej szkodliwe działanie?"

„Co to, to nie. Nie wiem, czy podobna odporność jest w ogóle możliwa. Czarne żyto jest nieprzewidywalne. Jednego roku rodzi soczyste, słodkie ziarna w wielkich, nabrzmiałych kłosach, innego zaś suche i gorzkie, choć nadal jadalne, jeszcze kiedy indziej nie wyrasta nic poza pustym kłosem".

Potem Biber dodał jeszcze, że czasami zjedzenie nasion czarnego żyta wywołuje piekielne wizje i obłęd charakteryzujący się tym, iż jego ofiara nabiera niezwykłej siły fizycznej, odporności na ból oraz przepełnia ją żądza zadawania cierpienia i śmierci innym żywym istotom.

„Rusini jednak świetnie radzą sobie z tą klątwą" – tłumaczył mi dalej towarzysz ówczesnej wędrówki. „Kiedy kłosy dojrzewają, wybierają spośród swoich człowieka, by ich popróbował. Jeżeli nie zachoruje, wiedzą, że będą bezpieczni, a wybraniec w nagrodę nie musi pracować przez resztę roku, gdyż uważają, że przyniósł wszystkim wielkie szczęście. Lecz jeśli ów zachoruje, wtedy palą uprawę do żywej ziemi, a wybrańca zabijają i tną na kawałeczki. Szczątki rozrzucają po całym polu i spryskują ziemię krwią. Wierzą, że tak przeprowadzona ofiara przebłaga Czarnego Boga. Czasami też zabijają całą rodzinę owego człowieka, no ale to już zależy od decyzji kapłanów... Raz jest tak, raz inaczej..."

„Czarnego Boga?" – zdumiałem się wtedy.

I wytłumaczono mi, że czarne żyto od zawsze było tak ważne dla Rusinów, iż stworzyli w swych wierzeniach boga zajmującego się tylko i wyłącznie tym zbożem. A wierzyli, że narodził się on z obciętego paznokcia dużego palca u stopy Jezusa Chrystusa.

Tak, tak, mili moi, Ruś to była barbaria i dzicz tak wypełniona plugawymi herezjami, jak łachmany żebraka wypełnione są pluskwami i wszami. Czasami zdarzało mi się już o tym zapominać, ale nadzwyczajnie szybko z powrotem sobie przypominałem.

– Wierzycie w Czarnego Boga? – zapytałem Andrzeja obojętnym tonem, gdyż sprawy wierzeń były na tyle delikatne, iż nie chciałem nadawać głosowi nuty lekceważenia.

– W Czarnego Boga? – prychnął i spojrzał na mnie z politowaniem. – Czy ja wam wyglądam na jakiegoś prostego chłopa wierzącego w byle bajdy?

Cóż, Andrzej na pewno nie był tępym wieśniakiem. Był solidnie wyedukowanym młodzieńcem, władającym biegle łaciną, lecz również czytającym lektury, których znajomością powinien się chlubić każdy miłośnik antycznej sztuki i antycznej filozofii.

– Boże broń – zastrzegłem. – Opowiadano mi o Czarnym Bogu i dlatego pytam.

Skrzywił się.

– To, że Izjasławowi tak wspaniale się wiedzie, nie jest zasługą żadnego boga, czy to czarnego, czy białego, czy tęczowego, ale sprawką czarów – stwierdził z przekonaniem. – O tym dużo wszyscy mówią. – Znaczącym gestem uniósł palec.

– O czym?

– Że w zamian za dobre plony ludzie Izjasława składają ofiary demonom lub samemu Szatanowi. Najlepiej z dzieci, bo krew niewinna najbardziej się podoba wszelkiemu plugastwu.

Skinąłem głową.

– Ofiary dokonywane z ludzi, by zapewnić dobry urodzaj i dobrą pogodę, to był kiedyś częsty obyczaj na świecie. Uczono nas o tym w przesławnej Akademii Inkwizytorium. Ale wiecie, czego nas jeszcze uczono? – Spojrzałem na niego.

– No?

– Że te krwawe ofiary nie miały tak naprawdę żadnego znaczenia dla plonów czy pogody. Były wymysłem mającym uspokoić plemię lub wieś. Miały zapewnić ludzi, że zrobili wszystko, co zrobić należało, i że nie są winni złemu losowi, który ich spotyka.

– Tu jest Ruś, inkwizytorze – odparł Andrzej pobłażliwym tonem. – A na ruskie pytania nie odpowiedzą ani twoje mądre cudzoziemskie księgi, ani twoi mądrzy cudzoziemscy nauczyciele. – Słowo „mądrzy" zaakcentował tak, bym nie miał wątpliwości, co tak naprawdę sądzi o moich księgach i moich nauczycielach.

– Kto więc odpowie na ruskie pytania?

– Doświadczenie – odparł. – Pobędziecie tu dłużej, to może zrozumiecie. A może i nie. – Wzruszył ramionami. – Bo przecież nie wiadomo, ile jeszcze pożyjecie.

To akurat była szczera prawda, gdyż nikt nie mógł przewidzieć, kiedy Pan powoła go do swej Światłości lub zdecyduje się zrzucić go do kotłów z wrzącą siarką. Szczęśliwi ci, którzy na dzień śmierci zdołali się odpowiednio przygotować i mogli wkraczać w bramy Raju z podniesionym czołem, śpiewając „hosanna!". Bo przecież między innymi właśnie dlatego modliliśmy się: „od nagłej śmierci uchowaj nas, Panie".

– A wiecie, co czytałem? – ożywił się nagle. – Że kiedy wieszano cesarza Tyberiusza, to z jego parszywego, zgniłego nasienia, którym wytrysnął w czasie ostatnich konwulsji, narodziło się czarne żyto. Ciekawe, co?

– Tyberiusza nie powieszono – odparłem pobłażliwie. – Nasz Pan własnoręcznie raczył go przebić mieczem. Chociaż inni mówią, że Tyberiusza ścięto lub że najpierw został przebity, a potem ścięty. – Rozłożyłem ręce. – Trudno powiedzieć, kiedy przekazy są niejasne...

– Wiem, że tak też mówią, pewnie, że wiem... – Pokiwał głową.

No dobrze, czarne żyto czarnym żytem, było ono niewątpliwie ciekawym, chociaż paskudnym elementem ruskich obyczajów, ale bardziej od czarnego żyta interesowała mnie wyprawa, na którą mieliśmy wyruszyć.

– Kim są ludzie, których ten łotrzyk Kamieński zwerbował? – wróciłem do sprawy buntownika.

Andrzej wzruszył ramionami.

– Bóg jeden wie – odparł. – Im dalej na wschód od Moskwy, tym więcej kręci się różnych obwiesiów: zbiegłych chłopów, dezerterów, miejskiego plebsu, skazańców. Pozbierał całą tę czeredę, obiecując im złoto i sławę.

– Księżna mówiła, że jemu samemu przyświeca wzniosła, przynajmniej on sam tak myśli, idea. Czy jest w tym pragnieniu stworzenia państwa wolnych ludzi osamotniony?

– Ha, Państwo Słońca... – wzruszył ramionami Andrzej.

– Słucham?

– Civilia Solaris. Nie wiecie, o czym mówię?

– Teraz już wiem. – Skinąłem głową. – Czytałem Liwiusza, Appiana i Plutarcha. Tyle że Spartakus miał sto tysięcy ludzi. Ilu ludzi ma ten wasz Aleksander?

Andrzej prychnął.

– Kilka setek, nie więcej. Wśród nich pewnie kilkunastu myślących tak samo jak on. Reszta to po prostu rabusie, którzy chcą ukraść jak najwięcej, by kiedy zrobi się naprawdę niebezpiecznie, czmychnąć z łupami. Musicie jednak wiedzieć, że tu, na tych, było nie było, pustkowiach, kilka setek ludzi to nie tak mało. – Znacząco uniósł palec. – Wystarczająco dużo, by czuć się bezpiecznie.

To prawda, że sytuacja była nieporównywalna z tym, co znaliśmy z Cesarstwa. W naszej cywilizowanej Europie magnaci i szlachta dowodzili zbrojnymi oddziałami, miasta otoczono murami i dysponowały one strażą miejską oraz garnizonami. Nie tak łatwo mogła na tych ludnych terenach przetrwać zbrojna banda. Oczywiście takie gromady się zdarzały, zwłaszcza w górach czy w najbardziej rozległych lasach, ale działania rabusiów czy innych opryszków rzadko kiedy przybierały rozmiar prawdziwie niebezpieczny. Bandyci w Cesarstwie przypominali kąśliwe insekty, chociaż oczywiście ta pogardliwa opinia nie mogła przywrócić życia tym, których pokąsały na śmierć. Jednak prawdziwie wielką rewoltę pamiętałem z lat swego dzieciństwa. Był to okrutny, krwawy bunt Hakenkreuza, który przetoczył się przez dolinę Renu. Ale przecież pomimo pierwszych sukcesów i pomimo niezwykłych spustoszeń, jakich dokonał motłoch, od samego początku było wiadomo, że wszystko zakończy się krwawą rzezią i zagładą buntowników. I tak właśnie się zakończyło, a z egzekucji samego wodza rewolty uczyniono długie, pouczające i odstraszające widowisko. Tu, w tej najdzikszej części Rusi, sprawy miały się jednak inaczej. Sukces Aleksandra mógł łatwo zachwiać delikatną i nieszczególnie stabilną konstrukcją polityczną. W najgorszym razie nawet sprowokować wojnę pomiędzy Nowogrodem a Moskwą. Oczywiście, jak dla mnie, wszyscy Rusini mogliby się nawzajem pozabijać, abym tylko ja sam mógł w konsekwencji takowej rzezi wrócić do Cesarstwa, uwożąc ze sobą moją Nataszę. Jednak zdawałem sobie również sprawę, że znienawidzonemu obcokrajowcowi trudno byłoby przedostać się przez kraj ogarnięty wojenną pożogą. A też przyznam wam, mili moi, iż zadawałem sobie pytanie, jak Nataszę z jej niezwykłymi zdolnościami potraktowano by w Cesarstwie? Tutaj, na Rusi, cieszyła się szacunkiem i otaczała ją aura strachu, ale czy w naszym świątobliwym imperium nie uznano by jej przypadkiem za czarownicę? Nigdy nie pytałem Nataszy, czy chciałaby mi towarzyszyć w powrocie do Cesarstwa, jednak widziałem jeszcze dodatkową trudność: na kobietę taką jak ona inkwizytorzy mogliby patrzeć podejrzliwie, to prawda. Ale jeszcze bardziej podejrzliwie spoglądaliby Rusini na mnie, gdyby dziewczyna, której przeznaczeniem było służyć wołchom, zapragnęła opuścić ich kraj w towarzystwie inkwizytora.

Krótko mówiąc, sprawy tak się przedstawiały, że w całej ruskiej układance mogłem liczyć wyłącznie na księżną Ludmiłę. I nie na jej łaskę, lecz raczej na to, że zostanie zmuszona przez wielkiego księcia Nowogrodu do wypuszczenia mnie z niewoli. A to z kolei pod warunkiem, iż Święte Officjum i dwór cesarza wywrą stosownie silny nacisk na tegoż wielkiego księcia. Jak więc

sami rozumiecie, mili moi, daleki, a nawet bardzo daleki
byłem od spoglądania w przyszłość z nadzieją i radością.
Wiedziałem, iż powrót do domu ani nie będzie łatwy, ani
nie nastąpi szybko. Jeśli jednak miałem zachować jakiekolwiek szanse, by ponownie zaznać dobrodziejstw cywilizacji, musiałem pilnować Ludmiły i jej bezpieczeństwa jak oka w głowie. Czyli wszystko toczyło się zgodnie
z jej planem...

Z Nataszą zajmowaliśmy przestronny pokój i sypialnię,
a poza tym, że było nam całkiem wygodnie w nowej
kwaterze, nie należy zapominać i ukrywać, iż było nam
ze sobą również bardzo dobrze. Natasza była nie tylko
słodka jak kociątko (chociaż potrafiła też pokazać ostre
pazurki, kiedy się pogniewała lub rozzłościła, co jednak
zdarzało się bardzo rzadko), ale także bystra i zabawna. I miała wielką moc. Udowodniła to nie tylko w czasie chwalebnej wyprawy wojennej i bitwy z potworami
mieszkającymi na trzęsawiskach. Udowodniła to również, niszcząc twór zrodzony z czarnej magii, który wy-
słano, by wyssał ze mnie życie. I wreszcie udowadniała to
swoimi wizjami, które jako jedyny potrafiłem dostrzegać,
odczytywać i rozumieć. A że całe to dostrzeganie, od-
czytywanie i rozumienie zachodziło w czasie cielesnego
obcowania z ową piękną i młodą dziewczyną, to jak sami
rozumiecie, mili moi, nie miałem powodów, by uskarżać
się na koleje losu. Przynajmniej pod tym względem. Natasza od samego początku była mi więcej niż życzliwa,
a od kiedy naraziłem życie, by uratować ją w czasie bitwy

z demonem, wydawało mi się, iż jej uczucia względem mnie osiągnęły kolejny, wyższy poziom. Była nie tylko serdeczna, lecz i czuła tym rodzajem czułości, który każe człowiekowi szukać ciągłej bliskości drugiej osoby. Która nakazuje ująć ją za rękę, przytulić, pocałować. Zachowywała się tak, jakby moje dotknięcia i bliskość były dla niej niczym światło i woda dla spragnionej rośliny. I nie będę ukrywał, że ja sam bez najmniejszego przymusu, w sposób naturalny i płynący z głębi serca odpowiadałem jej tym samym.

Lubiłem w Nataszy wszystko, począwszy od delikatnej twarzy, szaroniebieskich oczu o głębokim spojrzeniu i pełnych ust poprzez wysmukłą szyję, jędrne piersi i zgrabną kibić aż po szczupłe, długie nogi (które tak lubiła mi zarzucać na ramiona w czasie miłosnych uniesień!). Lubiłem jej głos, sposób, w jaki się śmiała, jak odgarniała włosy, jak się ze mną przekomarzała. Lubiłem ją zarówno nagą, jak i ubraną w suknie czy futra. Ale pomimo iż związała nas sfera fizycznego obcowania i zostaliśmy połączeni niezależnie od naszych chęci czy zamierzeń, to zjednoczyły nas nie tylko aura Wenus oraz strzały Amora. Oprócz niewątpliwie uderzającej, gwałtownej namiętności (która wcale nie mijała pomimo wielu spędzonych wspólnie miesięcy!) zespalały nas przyjaźń oraz wzajemny szacunek. I zaufanie. My, inkwizytorzy, ufamy zazwyczaj tylko samym sobie i oczywiście Bogu Wszechmogącemu, ale jeśli mogę powiedzieć, że komukolwiek kiedykolwiek zaufałem, to tym kimś była Natasza. Ufałem jej nawet wtedy, kiedy w nocy zamierzyła się na mnie śpiącego sztyletem. I ufałem jej nawet w tamtej chwili, w której ostry jak brzytwa brzeszczot miał rozedrzeć moje gardło. Wówczas klinga minęła moją szyję o ułamek cala, gdyż Natasza bynajmniej nie celowała we mnie. Zabiła niewidzialnego potwora, który właśnie pełzł w stronę mojej głowy, by pasożytować na moim umyśle i w efekcie mnie zniszczyć. Jednak obudzony z nagłego snu, nic przecież o tym nie wiedziałem. Kto z was, mili moi, przyznajcie to z ręką na sercu, nie zasłoniłby się przed zmierzającym w stronę szyi ostrzem wypuszczonym przez siedzącą nad wami czarownicę o krwiście błyszczącym spojrzeniu? Ja się nie zasłoniłem... Gdybym to uczynił, gdybym tamtej nocy zbił w bok ostrze Nataszy, zapewne teraz cierpiałbym pozbawiony rozumu i własnej woli przez magiczne monstrum wgryzające się w mój mózg. Ale zaufałem. Jak widać, było warto.

Nataszę otaczała na peczorskim dworze aura strachu. A może nawet lepiej powiedzieć: aura otępiającego przerażenia. Nikomu z dworzan ani sług nigdy nie uczyniła krzywdy, nikomu nie dała żadnych poważnych powodów, by się jej bano, lecz mimo to wszyscy obchodzili ją szerokim łukiem, a każdy, kto ją niespodziewanie spotkał, tracił język w gębie i starał się udawać, że wcale go nie ma w pobliżu. Owszem, podziwiano urodę Nataszy, lecz lęk przed dziewczyną będącą wychowanicą potężnej wiedźmy był paraliżujący. Jedynie księżna zachowywała się w jej obecności naturalnie, ale Ludmiła, po pierwsze, była silną kobietą, po drugie, władczynią, a po trzecie, mogła być pewna, iż wiele oczu obserwuje ją, kiedy rozmawia z Nataszą. I jeśli w trakcie takiej rozmowy księżna okazałaby słabość, na pewno by to znakomicie zapamiętano. A na Rusi niebezpiecznie było zostać uznanym za władcę okazującego słabość... Na Rusi niebezpiecznie było również nieopatrznie i zbyt silnie zaufać innemu człowiekowi. Któż dowiedział się o tym lepiej niż książę Dymitr, mąż Ludmiły, przeciwko któremu ona sama przeprowadziła zamach, a potem kazała go powiesić w żelaznej klatce nad peczorską bramą, by umarł z zimna, głodu i pragnienia.

– Rozumiem, dlaczego Ludmiła to zrobiła – powiedziała mi kiedyś Natasza z głębokim westchnieniem. – Ale ja bym tak nie potrafiła. – Spojrzała na mnie ciepło. – Gdybym musiała cię zabić, zrobiłabym to szybko, tak abyś ani chwili nie cierpiał.

– Dziękuję ci, Nataszka, to bardzo miło z twojej strony – odparłem.

– Oczywiście nie wyobrażam sobie, z jakich powodów miałabym cię w ogóle skrzywdzić. – Wzruszyła ramionami. – Albo nawet chcieć skrzywdzić. – Roześmiała się i zarzuciła mi ręce na szyję. – Jesteś całym moim życiem!

Teraz wracałem od księżnej, będąc pewnym, że Nataszy z wielu względów nie spodoba się pomysł opuszczenia Peczory. Mnie oczywiście również się nie podobał, choćby z tego powodu, iż strzeżenie Ludmiły zamkniętej wewnątrz fortecy zdawało się o wiele łatwiejsze niż strzeżenie Ludmiły dowodzącej armią w polu.

Otworzyłem drzwi i zobaczyłem, że Natasza leży na dywanie na podłodze i targa za uszy naszego psa, który owe karesy przyjmował nie tylko ze spokojem, ale z rozmarzonym, a wręcz wniebowziętym wyrazem pyska. Zresztą Dzikar, jak nazwała go Natasza, wszystko, co robiła jego pani, przyjmował z zachwytem. Mnie tolerował, zapewne nawet lubił, ale Nataszę po prostu ubóstwiał i byłem pewien, że nie zawahałby się stanąć w jej obronie nawet za cenę własnego życia. Był bardzo młody, w zasadzie można go było uznawać jeszcze za szczeniaka, lecz już wyglądał groźnie, jak każdy przedstawiciel tej rasy, o której mówiono, że narodziła się w krainach leżących na Dachu Świata. Wokół głowy miał kudłatą lwią grzywę, ogromną i nastroszoną, tak charakterystyczną dla tych psów, a wokół oczu jaśniejsze plamy, które nazywano „oczami duszy" i wierzono, że pozwalają zwierzęciu na widzenie świata, którego nie może dostrzec żaden człowiek. Dzikar był czarny jak smoła, Natasza jasna niczym śnieg w promieniach księżyca, więc oboje wyglądali pięknie obok siebie. Dziewczyna rozpromieniła się na mój widok, a pies zastrzygł uszami i leniwie zamachał ogonem.

– Ależ długo cię nie było! – zawołała.

– Nie dość, że długo mnie nie było, to nie mam nic wesołego do powiedzenia – mruknąłem.

– Ojojoj. – Usiadła na podłodze. – Jest aż tak źle?

– Ano źle – odparłem. – Musimy jechać z księżną na wyprawę wojenną – oznajmiłem smętnym tonem. – Tym razem przeciwko ludziom, nie potworom. Sam zresztą nie wiem, czy to lepiej, czy gorzej.

Natasza wzruszyła ramionami i prychnęła lekceważąco.

– Ja nigdzie nie pojadę.

Usiadłem na dywanie obok niej i wziąłem ją za rękę.

– Obawiam się, że decyzja nie należy do ciebie – zauważyłem.

– Sądzę, że owszem: należy do mnie – odparła stanowczo.

– Nataszka, z Ludmiłą nie ma żartów – powiedziałem trochę zaniepokojony tą stanowczością. – Wiem, że jesteś, kim jesteś, i wiem, jaką wszyscy otaczają cię czcią, ale księżna nie dopuści, by kwestionowano jej rozkazy.

– Czcią jak czcią, boją się mnie i tyle – rzekła z nagłą goryczą w głosie. Potem wzruszyła silnie ramionami. – A ja i tak nie pojadę – powtórzyła. – A dlaczego? Bo nie mogę nigdzie jechać, bo obróciłoby się to na złe. – Spojrzała na mnie, a jej oczy błyszczały, jakby zaraz miała wpaść w trans. Miałem wrażenie, że patrzy nie na mnie, lecz przeze mnie, spogląda gdzieś daleko na świat położony nie za moimi plecami, lecz za moją wyobraźnią.

– Szkoda, że ja nie mogę tak powiedzieć – westchnąłem.

Jej wzrok nagle odzyskał ostrość.

– Nie fantazjuję, mój miły – zapewniła miękko. – Nigdy bym cię nie okłamała. Wiem, że jeśli wyjadę z Peczory, to wiele rzeczy potoczy się gorzej niż źle. Oczywiście również nie chcę wyjeżdżać, ale moje chcenie lub niechcenie nie ma nic do rzeczy.

Milczałem chwilę, zastanawiając się nad jej słowami, jej decyzją i konsekwencjami, jakie mogą one wywołać.

– Cóż, zobaczymy, co na to powie księżna – odparłem i naprawdę zastanawiałem się, jak władczyni odbierze podobne proroctwo. Czy ufała Nataszy na tyle, by jej wierzyć?

– Zresztą wszystko wiem – dodała Natasza. – Dokąd i po co jedziecie. – Potem pokręciła głową. – Co za głupiec, co za głupiec, tylko żal ludzi, którzy zginą...

Miała na myśli oczywiście Aleksandra Kamieńskiego. Trudno było się nie zgodzić z jej zdaniem. Rebelia upadnie, niezależnie od tego, czy Ludmiła zwycięży w bitwie, czy przegra. Banda buntowników nie opanuje Księstwa Peczorskiego, gdyż było ono zbyt ważnym ośrodkiem z punktu widzenia księcia Nowogrodu. To na obszarze władanym przez Ludmiłę, jako wasala nowogrodzkiego wielkiego księcia, krzyżowały się szlaki handlowe, to tutaj przygotowywano wyprawy za Kamienie, skąd przywożono wielkie ilości futer i skór. A handel futrami i skórami przynosił władcom dochód w czystym złocie. W gigantycznych ilościach czystego złota. Nikt nie pozwoli, by ten zyskowny proceder został w jakikolwiek sposób zakłócony przez szalonego rebelianta.

– Tak to już jest na wojnach. Ludzie giną – odparłem sentencjonalnie. – Daj Boże, uwiniemy się szybko. A właściwie skąd już wszystko wiesz?

– Wystarczy słuchać, co gada służba. – Uśmiechnęła się. – Plotkują ciągle i chwalą księżną, że dobrze biła. Ale biła sprawiedliwie, bo z umiarem.

Skinąłem głową. A więc potwierdzały się słowa Andrzeja.

– Nataszka, myślisz, że możemy spróbować przywołać wizje, co spotka nas na wyprawie? Czego się trzeba będzie strzec i jak należy postępować?

Spojrzała na mnie i roześmiała się na głos śmiechem pełnym szczerego rozbawienia.

– A ty chcesz pofiglować w łóżku czy naprawdę dowiedzieć się czegoś o przyszłości? – spytała.

– Tak naprawdę i pierwsze, i drugie – odparłem szczerze. – Ale gdyby drugiego miało nie być, to pierwszego i tak życzyłbym sobie bardziej niż czegokolwiek.

Zarumieniła się, a ten delikatny rumieniec na jej kremowych policzkach i przy jasnych włosach wyglądał nadzwyczajnie uroczo.

– Poświęcę się więc dla dobra przyszłości – odparła teatralnie zrezygnowanym głosem. – A zresztą cóż może zrobić tak słaba dziewczyna jak ja będąca w mocy tak bezwzględnego mężczyzny jak ty?

Wstała, po czym przeszła do sypialni, a ja oczywiście za nią. Spojrzałem na rozścieloną pod naszymi stopami gigantyczną skórę demonicznego Wilka, którego ubiliśmy w czasie wojny na trzęsawiskach. Zanim pokonałem tego potwora, obiecałem mu, że Nataszka będzie bosymi stopami stąpała po zdartym z niego futrze. I słowa dotrzymałem. Tymczasem dziewczyna rzuciła się plecami na łóżko, rozłożyła ramiona na boki i zamknęła oczy.

– Bierz mnie więc, skoro musisz i skoro taka właśnie jest wola wszechmocnego Boga! – zawołała z uroczystą powagą.

Wskoczyłem na nią (starając się jednak nie spadać całym ciężarem), a ona wtedy zaczęła chichotać.

– Buty byś chociaż zdjął! – krzyknęła rozbawiona.

Niezależnie od tego, czy nasze wzajemne obcowanie rodziło mistyczne wizje, czy też było tylko radosnymi igraszkami dwojga ludzi uwielbiających amorowe swawole, jedna cecha była wspólna: będąc w łóżku z Nataszą, zatracałem poczucie czasu. Inkwizytorzy na ogół doskonale wiedzą, jaka jest pora dnia, nawet kiedy gwałtownie wyrwano ich ze snu, i ja również posiadałem podobną zdolność. Ale w czasie harców z Nataszą czas zdawał się pędzić obok nas i poza nami albo wręcz przeciwnie, ciągnął się powolutku. Niekiedy gnał nieprzytomnie, a innym razem zwalniał, wrzucając nas w dodatku do dziur, w których całkowicie zamierał. Było to doświadczenie fascynujące w swej intensywności, też na początku w pewien sposób niepokojące. Teraz jednak po prostu się do niego przyzwyczaiłem. Leżeliśmy z Nataszą w mokrej od potu pościeli, a ja jedną dłonią gładziłem splątane włosy dziewczyny, a drugą trzymałem na jej piersi, spod której serce próbowało się wydostać z raptownym i głośnym łomotem. Natasza uśmiechała się leniwie z przymkniętymi oczami, wreszcie westchnęła i podniosła na mnie wzrok.

– Musisz do niej iść – oznajmiła ze smutkiem. – Im wcześniej, tym lepiej.

– Wiem – odparłem.

Bo skoro postanowiłem wziąć na siebie przykry i niezręczny obowiązek poinformowania księżnej o woli Nataszy, musiałem to zrobić jak najszybciej. Nie czułem się z tym dobrze, gdyż sam nie rozumiałem powodów, dla których dziewczyna nie chciała opuścić Peczory. Ale też nie miałem żadnych podstaw, by kwestionować jej przeczucia czy wizje.

Żal było wychodzić z łóżka, w którym tuliła się ciepła, słodka kobieta, ale cóż było robić, skoro obowiązek wzywał. Ubrałem się niechętnie i z zazdrością spojrzałem na Nataszę, która zasnęła już, nakryta po sam czubek głowy, a spod pościeli sterczała tylko kita jej jasnych włosów. Potem z równą zazdrością zerknąłem na Dzikara drzemiącego w drugim pokoju. Gdy pies poczuł mój wzrok, otworzył jedno oko, zastrzygł uchem i wykonał ogonem ruch, który jedynie przy ogromnej dozie dobrej woli można było nazwać machnięciem. Krótko mówiąc, wszyscy mogli tkwić w błogim rozleniwieniu, wszyscy mogli nie zważać na jakiekolwiek zobowiązania i obowiązki, a tylko mnie czekała przykra misja.

Pod komnatą księżnej nie trzymano mnie nawet zbyt długo, gdyż zazwyczaj Ludmiła była na tyle łaskawa, że przyjmowała mnie szybko, kiedy o to prosiłem. Ale też wiedziała, że nie nadużywam jej gościnności i dobrej woli. Wszedłem i widząc księżną w otoczeniu dworek, zapytałem od razu:

– Wasza Książęca Mość, czy mógłbym z Waszą Wysokością zamienić słowo na osobności, jeśli łaska?

Skinęła dłonią ze zniecierpliwieniem, a towarzyszące jej kobiety natychmiast porzuciły pracę, zerwały się z krzeseł i zniknęły za drzwiami.

– Mów.

– Natasza twierdzi, że jeśli pojedzie z nami na wyprawę, to wydarzy się coś bardzo złego – zdecydowałem się, że nie będę kluczył i kręcił, tylko powiem, co mam do powiedzenia, prosto z mostu. Zaakcentowałem jedynie i mocno zaznaczyłem słowo „bardzo".

Ludmiła milczała dłuższą chwilę.

– Nie obcujesz z nią tylko z obowiązku, prawda?

– Nie, Wasza Książęca Mość, w tym wypadku konieczność została dopraviona przyjemnością – odparłem szczerze, bo chociaż podejrzewałem, dokąd zmierza pytanie księżnej, to na pewno Ludmiła nie była osobą, którą można głupio okłamywać. Zresztą byłem pewien, że pytanie jest i tak retoryczne. Przecież księżna miała liczne oczy i uszy w Peczorze, gotowe w każdej chwili opowiedzieć jej, co wypatrzyły i co podsłuchały, więc doskonale wiedziała, jakie więzy łączą mnie i Nataszę. Chociaż miałem również wrażenie, że nie do końca zdawała sobie sprawę z rzeczywistej siły tych więzów.

– W Peczorze mówią, że inkwizytor tańczy, jak Natasza mu zagra. – Spojrzała na mnie uważnie.

– Wasza Wysokość sądzi, że tracę pod jej wpływem niezależność oceny wydarzeń oraz ludzi? – spytałem.

– A tracisz?

– Trudno być sędzią we własnej sprawie – odparłem ostrożnie. – Ale ośmielam się uważać, że nie, nie tracę...

– Jakież zło mógłby spowodować udział Nataszy w wyprawie?

– Mówi, że tego nie zobaczyła – zawahałem się.

– A ty uważasz, że...?

– Może ujrzała własną śmierć? Odrzucając kwestie sentymentalne, to przecież pod żadnym innym względem nie byłaby to dobra wiadomość, prawda?

– Och, na pewno. – Moje słowa chyba poruszyły Ludmiłę. – Nie wiem, jakiej ceny zażądałaby mateczka za następną dziewczynę dla ciebie... Ale nie byłaby ona niska.

Westchnęła i pokręciła głową.

– Wierzysz jej?

– Wierzę, że ona wierzy, że mówi prawdę – wyjaśniłem. – Ale czy rzeczywiście udział Nataszy w wyprawie okazałby się nieszczęśliwy? Wasza Wysokość, nie mam żadnych przesłanek, by uważać tak lub inaczej, poza właśnie wiarą, o której wspomniałem.

Ludmiła zastanawiała się dłuższą chwilę, spoglądając gdzieś ponad moją głową. I miałem wrażenie, iż rozważa sprawę tylko dzięki temu, że przedstawiłem ją szczerze.

– Jeśli odmówię spełnienia jej prośby, co wtedy uczyni? – spytała.

– Będzie nieszczęśliwa i przestraszona, ale rzecz jasna, bez najmniejszego wahania usłucha rozkazu Waszej Wysokości – odparłem natychmiast z wielką pewnością w głosie.

W sercu wcale tej pewności nie miałem, gdyż Nataszę cechował silny charakter i potrafiła być bardzo uparta, jeśli tylko uważała, że ma rację.

Ludmiła skinęła wyniośle głową.

– A więc zezwalam, by została – zdecydowała wreszcie.

Poznawałem po niej, że ani nie była przekonana, ani nie była zadowolona. Ale chyba obawiała się, iż postępowanie wbrew wyraźnemu żądaniu dziewczyny takiej jak Natasza mogło nie okazać się dla nikogo korzystne. Bo jeśli nawet wątpliwości Nataszy nie miały nic wspólnego z rzeczywistością, to wystarczyło, iż dziewczyna szczerze wierzyła, że jej wyjazd sprowokuje nieszczęście. Sama ta wiara mogła zaburzyć jej wizje, postrzeganie świata, zdolności. Krótko mówiąc: z wielu względów niebezpiecznie zmuszać dziewczyny wołchów do tego, czego robić nie chciały. Być może prawdziwy czarownik potrafił odróżnić, czy obawy są uzasadnione, czy bezpodstawne. Ja nie tylko tego nie umiałem, ale nawet nie wyobrażałem sobie, jak miałbym spróbować to sprawdzić.

To była ostatnia noc z Nataszą. Kochaliśmy się wyjątkowo nie z namiętną gwałtownością walczących zwierząt, ale z czułością i delikatnością wypływającymi z tego, że już teraz, jeszcze będąc razem, zaczynaliśmy tęsknić za sobą. I żałować, że zostaniemy rozdzieleni. Natasza obudziła się, kiedy przez szpary w okiennicach sączyło się blade światło świtu. Podniosła się tak gwałtownie, że i ja natychmiast zerwałem się ze snu. Zobaczyła mnie i jej spojrzenie na moment się uspokoiło, po czym wtuliła się we mnie.

– Widzę drogi – powiedziała tak rozpaczliwym tonem, jakby mówiła: widzę potwory, które zaraz nas pożrą.

– Jakie drogi, Nataszka?

– Widzę drogi, którymi kroczyć będą ludzie. Lub którymi nie będą kroczyć, ale kroczyć by mogli. Wiesz o tym, prawda?

Teraz miałem wrażenie, że już właściwie rozumiem jej słowa. Tak, wiedziałem oczywiście, że Natasza miewała prorocze sny, które dotyczyły nie tylko wydarzeń, jakie muszą zajść, ale wydarzeń, jakie zaledwie zajść mogą. Przecież każdy z nas, ludzi, stoi każdego dnia przed tysiącem wyborów. Zjeść chleb czy mięso? Iść na spacer czy zostać w domu? Wyznać miłość ukochanej czy raczej wstrzymać się z podobną szczerością? I tak dalej, i tak dalej. W większości wypadków nic ważnego od tych naszych wyborów nie zależy. Ale czasami ten, kto pójdzie na spacer, może spotkać mordercę. Albo chore na wściekliznę zwierzę. Albo uratuje życie bogaczowi. Albo zobaczy kobietę, dla której straci głowę. Bóg rozpisał nasze życie jako labirynt z milionem drzwi, które otwieramy, kierując się naszą wolną wolą – darem od Niego. Czasami otwieramy drzwi dające nam szczęście, bogactwo i długie życie, a czasami otwieramy takie, któ-

re prowadzą wprost do paskudnej śmierci. Natasza niekiedy postrzegała przyszłe wydarzenia lub ich możliwy
cień, ich zwiastun.

– Ujrzałaś coś złego?

– Nigdy cię już nie zobaczę – rzekła. – Nigdy cię już
nie zobaczę! – powtórzyła z tak bezbrzeżną rozpaczą, że
poczułem, jakby moje serce miało za chwilę się zatrzymać.

– Nataszka, sen mara, Bóg wiara – powiedziałem łagodnie, nadając głosowi uspokajające brzmienie. – Pogłaskałem ją po włosach i plecach. – Przecież nigdy nie
jest tak, że musi być na pewno, prawda? Zawsze jest jedynie: być może. Czyż nie?

Poczułem, że kiwa głową, bo wbiła mi podbródek
w ramię.

– Ale tak może być, mój miły. Widziałam to tak wyraźnie, jakby działo się właśnie teraz. Płynęliśmy przez
kosmiczny przestwór, ty na jednej z gwiazd, a ja na drugiej. I nagle obie te gwiazdy zgasły, a my zniknęliśmy. –
Jej głos zadrżał. – Poczułam taką straszną pustkę, taką
rozpacz, takie osamotnienie. A potem już nie czułam nic,
bo wcale mnie nie było...

Wzdrygnąłem się, ale starałem się to wzdrygnięcie
ukryć.

– Nataszka, taki sen może oznaczać wszystko i nic –
rzekłem spokojnie. – Może jest ostrzeżeniem. A może
pokazuje jedną z możliwych dróg przyszłości. A może
oznacza kompletnie coś innego, coś, z czego w tej chwili
nie zdajemy sobie nawet sprawy?

Odsunąłem się od niej, wziąłem jej dłonie w swoje
ręce i spojrzałem prosto w stężałą od smutku twarz.

– Nataszka, nie mogę ci obiecać, że zawsze z tobą będę, bo człowiek jedynie w ograniczonym stopniu jest panem własnego losu. Czasami ten los zostaje zmieniony wolą władców, a czasami zardzewiałym nożem w ręku pijanego głupca...

– Nie mów tak! – krzyknęła i uderzyła mnie w twarz. Uniosłem jej rękę i z uśmiechem pocałowałem wnętrze jej dłoni. Wtedy rozpłakała się.

– Przepraszam cię – powiedziała ze skruchą i smutkiem, ale już spokojnie. – Bardzo cię przepraszam.

– Mogę ci obiecać, że zrobię wszystko, co w mojej mocy, by nikt i nic nas nie rozdzieliło – dokończyłem poprzednią myśl.

– Dobrze. – Znowu przytuliła się do mnie. – Wierzę ci. Ale błagam, uważaj na siebie.

– Ty też uważaj na siebie – odparłem.

– Ja! – parsknęła. – Też coś. Tu nikt nawet nie tknie mnie palcem.

– A choroba? Chodzisz na bosaka po zimnych kamieniach, kąpałaś się w lodowatej wodzie...

Tym razem roześmiała się prosto w moją szyję.

– Miły mój, jestem dziewczyną z bagien – powiedziała całkiem już rozchmurzona. – Nie chwyci mnie byle jaka przypadłość. A jakby nawet chwyciła, to znam mnóstwo ziół, wywarów i dekoktów. – Odsunęła się ode mnie. – I znam też uroki odpędzające chorobę. – Potem spoważniała i spojrzała bystro w moją twarz. – Ale znam też takie, które chorobę sprowadzają – dodała z namysłem i przyglądając mi się uważnie. – Gdybyś tak zachorował, mój miły? Chyba nie zabiorą cię na wyprawę majaczącego w gorączce?

Pokręciłem głową.

– Ludmiła nie jest głupia – rzekłem. – Choroba, która nagle dopadła człowieka nigdy tu na nic niechorującego, a która pojawiła się w tak wygodnym dla niego czasie, wydałaby się księżnej od razu podejrzana.

– To prawda, Ludmiła nie jest głupia – westchnęła Natasza. – Ale mogłabym sprowadzić chorobę na nią, hmmm? Przecież jak nie będzie mogła ruszyć ręką ani nogą, to nie pojedzie na żadną wojenną wyprawę, czyż nie?

Myśli Nataszy zmierzały w zdecydowanie niebez-pieczną stronę i musiałem je powstrzymać w zarodku, zanim, Boże, ustrzeż nas, przerodzą się w niebezpiecz-ne zamiary.

– I księżna wcale się nie domyśli, dlaczego była zdro-wa jak tur i nagle zachorowała, co? – Pokręciłem głową. – Nie rób tego, Nataszka. Ludmiła jest bezwzględna i ok-rutna. Jeśli dowiedziałaby się, że spiskujemy przeciwko niej, zabiłaby nas oboje. I podejrzewam w dodatku, że odbyłoby się to w nieprzyjemny sposób...

Natasza skinęła głową, a potem objęła mnie ramio-nami i zakołysała naszymi ciałami.

– Tak naprawdę mogę na nią sprowadzić coś więcej niż chorobę, jeśli tylko byś chciał... – zaszeptała.

– Szszsz – syknąłem. – Boże broń, Nataszka! Już wolę jechać na tę głupią wojnę. Bez Ludmiły jesteśmy zgubieni.

Westchnęła bardzo ciężko i bardzo smutno, po czym odsunęła się ode mnie.

– Wiem, przecież wiem – odparła. – Tylko chciała-bym coś zrobić, ale zupełnie nie wiem co... – przyznała zgaszonym głosem.

Pocałowałem ją.

– Po prostu myśl o mnie – poprosiłem. – A ja będę myślał o tobie. Czekaj na mnie, a wrócę.

– Wrócisz? Na pewno wrócisz?

Nie chciałem już wspominać, że nie ma pod Bożym niebem człowieka, który mógłby stwierdzić, że coś wydarzy się „na pewno". Wydarzyć się bowiem może tylko to, czego chce Bóg Wszechmogący i co jest zgodne z Jego najświętszą wolą. I wszystkie nasze „pewności" biorą w łeb w konfrontacji z Bożymi zamysłami. Jednak w tym nastroju, w jakim była Natasza, mówienie tego wszystkiego pogłębiłoby jej smutek, więc pocałowałem ją drugi raz, mocno i długo.

– Choćbym miał się czołgać, Nataszka, to dopełznę do ciebie – obiecałem z ustami na jej ustach.

– Już ty się lepiej nigdzie nie czołgaj – zachlipała, ale jednocześnie uśmiechnęła się przez łzy. – Chyba sobie pogadam z Modestem – dodała. – Może on coś mi powie...

Skrzywiłem się.

– Nataszka, miałaś go przecież uwolnić – przypomniałem z wyrzutem.

Modest Dobrynicz był niegdyś tropicielem, w dodatku najsłynniejszym i najbieglejszym tropicielem, podziwianym nie tylko w całym Księstwie Peczorskim, ale nawet wśród Jugrów. Sprowadziłem go na dwór księżnej Ludmiły, by pomógł nam w odnalezieniu siedliska demonów położonego w samym sercu niedostępnych trzęsawisk. A ponieważ Modest nie chciał pomóc, Natasza odcięła mu głowę. I ta odcięta głowa zaprowadziła nas tam, gdzie potrzebowaliśmy dotrzeć. Ciało tropiciela wyrzucono do fosy, lecz jak widać, Natasza nadal nie pozbyła się jego głowy. Zdaje się, że uważała ją nie tylko za przydatną na przyszłość, ale przede wszystkim miała ją za świadectwo własnego magicznego triumfu i niezwykłych zdolności.

– Przecież mówiłam ci, że on wcale nie cierpi – wyjaśniła obronnym tonem. – Póki go nie obudzę, jest jak martwy. Ani nie myśli nic, ani go nic nie boli. Ot, jakby spał, tylko snem niezwykłym, bo głębokim niczym śmierć.

Westchnąłem. Natasza była czasami niczym góra. Człowiek mógł napinać się z całych sił, próbując ją przesunąć, tylko po to, żeby w ostatecznym rozrachunku zauważyć, iż góra nie drgnęła nawet na cal, a za to jemu samemu omdlały ramiona.

– A co Dobrynicz może mieć wspólnego z wizjami przyszłości? – spytałem.

– Ktoś zawieszony między śmiercią a życiem potrafi dostrzec więcej niż my.

Ba, tego nie trzeba mi było tłumaczyć. Kiedy poruszałem się po przeklętym uniwersum nie-świata, również postrzegałem świat rzeczywisty w taki sposób, w jaki nikt inny nie mógł go widzieć. Szkoda, że musiałem płacić za takie wizje cierpieniem, strachem i zagrożeniem śmiercią.

– Nataszka, a nie sądzisz, że on może specjalnie prorokować coś złego, bo nienawidzi cię za to, że go zabiłaś i nie pozwoliłaś mu umrzeć na dobre?

Zamyśliła się.

– Czasami wydaje mi się, że on nawet już nie wie, kim ja w ogóle jestem – odparła ze smutkiem. – Albo wcale go to nie obchodzi.

Gdyby to ode mnie zależało, kazałbym Nataszy pozbyć się tej głowy. Po pierwsze, by nieszczęsny Modest mógł powędrować wreszcie przed najsurowsze oblicze Pańskie, a po drugie, gdyż sam fakt trzymania w szafie odciętego czerepu i rozmawiania z nim wydawał mi się niewłaściwy z punktu widzenia prawowiernego inkwizytora. Rozumiałem, rzecz jasna, że nie mogę przykładać pochodzących z Cesarstwa wzorców do tego, co się dzieje na Rusi, ale nie musiało mi się podobać, iż moja kobieta bawi się sztuczkami, za które w naszym błogosławionym Cesarstwie dawno by ją spalono na stosie. Byłem jednak przekonany, że Natasza, nawet gdyby mnie usłuchała (czego wcale nie byłem taki pewien), to bardzo boleśnie przeżyłaby podobny nakaz. A przecież nade wszystko nie chciałem jej sprawiać przykrości. Poza tym może i miała rację? Może ta głowa, wegetująca w dziwnej sferze oddzielającej śmierć od życia, rzeczywiście mogła nam się kiedyś na coś przydać?

– Uważaj na siebie – ostrzegłem tylko. – Wiesz dobrze, że ci ufam, ale wydajesz mi się czasami taka delikatna i bezbronna... – westchnąłem. – Chciałbym cię chronić przed wszystkim, chociaż jednocześnie wiem, że sama potrafisz się doskonale obronić.

– I właśnie taki jak ty powinien być mężczyzna – pochwaliła mnie z żarem.

I nagle jednym zręcznym i szybkim ruchem przekręciła się tak, że wskoczyła na mnie. Jej piersi znalazły się tuż przed moją twarzą.

– A jeśli chodzi o bycie mężczyzną – zaczęła – to nie sądzę, byś po takiej gorącej nocy jak dzisiejsza miał jeszcze ochotę na poranne zapasy, hmmm?

Pochyliła się niżej i przesunęła tak, że jej sutki załaskotały mnie w usta.

– Prawda, że co za dużo, to niezdrowo? – zapytała. – Że lepsza od rozpasanej lubieżności jest skromna wstrzemięźliwość? Jak myślisz? – Kołysała się na mnie, a jej rozpuszczone włosy muskały moją twarz.

Potem sięgnęła dłonią za swoje pośladki.

– A po co ja pytam, o czym ty myślisz, jak czuję, że ty już wcale nie myślisz... – zachichotała.

No a potem rzeczywiście przestałem myśleć o wyprawie z Ludmiłą, rozstaniu z Nataszą i głowie Modesta Dobrynicza. I trzeba przyznać, że ten rodzaj niemyślenia jak zwykle bardzo mi się podobał...

Wojska Ludmiły składały się z sotni lekkiej jazdy książęcej oraz dwóch setek piechoty wyekwipowanej i opłacanej przez kupców. Znajdowali się w nich weterani sprawdzeni w wyprawach na Jugrę i w walkach z Jugrami, również ludzie doświadczeni w konwojowaniu kupieckich karawan. Dla żadnego z nich ani posługiwanie się bronią, ani wojskowa dyscyplina nie były niczym nowym, chociaż pewnie niewielu zaznało prawdziwej krwawej bitwy i prawdziwego strachu przed śmiercią. Tylko część tego wojska miała muszkiety lub samopały, większość uzbrojona była po prostu w długie włócznie i tarcze, niektórzy mieli również łuki. Nigdy nie uważałem się za znawcę bitewnych obyczajów, lecz wydawało mi się, że oprócz książęcych jeźdźców (i to też nie wszystkich) żaden z piechurów nie dysponuje naprawdę solidnym uzbrojeniem i orężem.

Byłem pewien, że nawet niewielki oddział cesarskiej kawalerii przejechałby po tych wojakach niczym żelazny walec po zbożu. Ale w warunkach ruskich pustkowi była to siła, którą mogliśmy uznać nie tylko za poważną, ale też górującą organizacją i uzbrojeniem nad byle rozbójniczą hałastrą. Oddziałami dowodzili oficerowie, którzy mieli z kolei pod komendą dziesiętników, więc nie było mowy o żadnym warcholstwie ani nieposłuszeństwie, bo brak dyscypliny karano szybko i okrutnie.

Armii Ludmiły towarzyszył również oddział najemnych Jugrów, którzy spisywali się wyśmienicie jako jeźdźcy i łucznicy, na których jednak nie liczono w innych wypadkach niż uderzenie na słabnącego przeciwnika lub pościg za rozbitym wrogiem. Każdy wiedział, że Jugrowie nie będą skorzy, by stanąć twarzą w twarz z gotowym do boju nieprzyjacielem, zwłaszcza na otwartym polu. No i oczywiście Ludmiła miała owe armatki obsługiwane przez doświadczonych puszkarzy. Nie była to artyleria mogąca zburzyć kamienne mury prawdziwych cesarskich fortec (czy nawet owe mury naruszyć), ale do obrony własnej twierdzy lub ataku w czasie bitwy nadawała się całkiem nieźle. Podstawowa zaleta tych dział polegała na tym, że naprawdę niewiele ważyły, ot, tyle co rosły mężczyzna, i niewiele również zużywały prochu. A za to robiły na pewno dużo hałasu i produkowały mnóstwo dymu. Na ile były skuteczne, mieliśmy się dopiero przekonać, lecz odnosiłem wrażenie, że salwa z falkonetów oddana w ciżbę mogłaby nie tylko spowodować straty, ale przede wszystkim wywołać wielką panikę. Zwłaszcza wśród barbarzyńców nieobeznanych z podobnym sposobem walki.

Wędrowaliśmy na zachód przez ponad tydzień, a księżna kazała rozsyłać zwiadowców na wszystkie strony, by zorientować się, gdzie wałęsają się wojska kniazia. Wreszcie doniesiono jej, że widziano Kamieńskiego w okolicy miejsca, w którym zlewały się wody rzek Peczory i Iżmy. Tam w zakolu bronionym wodą, bagnami i lasem stała niewielka fortyfikacja należąca do Księstwa Peczorskiego. Banda Kamieńskiego próbowała ową twierdzę zdobyć, ale odparto ich bez szczególnego trudu.

– Nie napierali mocno, ot, postraszyli – tłumaczył wysłany z twierdzy żołnierz, kuląc się przy boku konia Ludmiły.

Ludmiła nie kryła się z tym, że idziemy rozprawić się z Kamieńskim, licząc, że wieści rozniosą się po całym kraju i nadzieja na odniesienie zwycięstwa i rozstrzygnięcie w ten sposób sprawy w jednym boju zachęci kniazia do walki.

– Tylko wiesz, czego się obawiam? – zwróciła się do mnie, wpatrując się w leniwe stalowosine wody rzeki. – Obawiam się, że za dużo wzięłam wojska. Kamieński zobaczy, ilu nas jest, i nie da mi pola.

– Tak też może być – odparłem ponuro.

Perspektywa wędrowania po bezdrożach w pogoni za uciekającymi buntownikami wydawała mi się najmniej pociągającym rozwiązaniem z możliwych. Było mokro i chłodno, a komary cięły jak oszalałe. Bogu dziękować, ciągle jeszcze miałem specyfik od Nontle, kobiety, która wraz ze mną brała udział w wielkiej wyprawie inkwizytorów za Kamienie. I która to Nontle już dawno, wraz z innymi uczestnikami tej chwalebnej misji, rozkoszowała się dobrodziejstwami cesarskiej cywilizacji. O pięknej czarnoskórej kobiecie, która towarzyszyła mi przez wiele dni (a również przez kilka nocy), myślałem może nie tyle z rozrzewnieniem czy namiętnością, ile z poczuciem głębokiej wdzięczności. Wdzięczności rodzącej się przede wszystkim wtedy, kiedy dzięki jej cudownemu eliksirowi omijały mnie komary, w tym samym czasie wściekle kąsające wszystkich wokół. Bo wyznam wam, mili moi, że nigdy, przenigdy w całym naszym chwalebnym Cesarstwie nie widziałem tylu komarów i tak zaciekłych oraz łasych na ludzką krew, co na Rusi. I dlatego zapewne chwaliłbym sobie ruską zimę, która uwalniała nas od tej iście egipskiej plagi, gdyby nie fakt, że zimy były tu tak mroźne, iż ludzie potrafili zastygać w lodowe figury przed własnymi domami.

Pewnie, że w tej dzikiej, przeklętej przez Boga krainie nawet forteca w Peczorze nie była wymarzonym miejscem na ziemi, ale w niej miałem przynajmniej własną kwaterę, łóżko i nie najgorsze jedzenie. No i przede wszystkim i co najważniejsze, miałem słodką Nataszę, za której widokiem, głosem i dotykiem diablo już tęskniłem.

– Czort go nadał, rebelianta. – Wzdrygnąłem się, bo znad rzeki powiał podmuch zimnego wiatru. – Daj Boże, aby nie uciekał – dodałem z prawdziwie szczerym uczuciem.

O dziwo, mili moi, życzenia waszego pokornego i uniżonego sługi spełniły się już dwa dni później. Oto Ludmiła otrzymała meldunek, że wojska Kamieńskiego ustawiły obóz na polu zaraz za jednym z brodów na Iżmie, pomiędzy lasami i bagnami.

– Ilu ich jest? – zawołała, a jej oczy błyszczały, jakby ktoś właśnie obiecał jej wspaniały podarunek, na który długo czekała.

– Będzie z osiem setek, miłościwa pani – odparł zwiadowca.

– Osiem setek? – zmarszczyła brwi księżna. – Skąd on wziął tyle tej hołoty?

– Może to wcale nie tak źle, że nie wzięliśmy mniej żołnierzy – szepnąłem do Andrzeja.

Ośmiuset ludzi może nie było wielką armią, kiedy myślało się o bojach Aleksandra Macedońskiego lub Juliusza Cezara. Nie było wielką armią, kiedy wspominaliśmy wojny z Palatynatem lub wielkie zmagania Persji z Bizancjum. Ale tutaj, na tym położonym na końcu świata odludziu, ośmiuset zbrojnych to była wielka siła, zwłaszcza kiedy samemu miało się ich niewiele ponad trzystu.

– Chce nas pobić, zabrać, co mamy, i ruszyć na Peczorę – stwierdziła zamyślona Ludmiła.

– A potem ogarnie włości Izjasława i będzie panem całego księstwa – dodał Andrzej, myśląc o bogatym stryju księżnej.

– Gdyby rebelianci tak łatwo zwyciężali, to nikt nie chciałby zostać księciem, a tylko każdy buntownikiem – zauważyłem lekko.

Ludmiła uśmiechnęła się nieznacznie.

– Wezwij Makarego i Jewsieja – rozkazała Andrzejowi.

Po chwili podjechali do nas obaj, stary kanclerz i najwyższy rangą oficer. Obaj już wiedzieli, jakie nadeszły wieści.

– To hołota, wasza miłość – rzekł Jewsiej z lekceważeniem w głosie. – Nie wytrzymają na placu z prawdziwymi żołnierzami.

– Jest ich prawie trzy razy więcej, a my musimy przejść przez bród – odezwał się kanclerz. – Mamy piechotę, a oni prawie samą jazdę.

– Do następnego brodu daleko – dodała księżna.

– Jeśli poszukamy innego przejścia, pójdą za nami wzdłuż rzeki – wtrąciłem. – Taka to będzie zabawa w łapanego...

Jewsiej skinął głową na znak, że się ze mną zgadza.

– Podzielmy się, Wasza Wysokość – zaproponował. – Zostawmy tu piechotę i rozłóżmy obóz, a ja z jazdą i Jugrami ruszę do północnego brodu. Zajdę ich od lasów, a kiedy zaatakujemy, to Wasza Wysokość pchnie piechotę przez rzekę.

– Jest nas prawie trzy razy mniej i mamy się jeszcze podzielić? – zapytałem.

Oficer spojrzał na mnie wrogo, lecz nic nie powiedział.

– No i armat szkoda – zauważył nieśmiało Andrzej.

Ludmiła skinęła głową.

– Ano szkoda byłoby wcale ich nie użyć – zgodziła się. – Tak więc wycofamy się, a oni niech idą za nami, jeśli chcą...

Przez chwilę wszyscy milczeli.

– A jeśli nie zechcą? – zapytałem. – Jeśli naprawdę pozwolą nam wrócić do Peczory?

– Sam mówiłeś, inkwizytorze, że Kamieński będzie chciał rozstrzygnąć wszystko jednym cięciem – zaoponował Andrzej.

– Tak mówiłem – przyznałem. – Niemniej, jeśli Wasza Wysokość pozwoli, może przecież zaistnieć sytuacja, że ruszą naszym śladem. Jak wilki wokół stada jeleni. Zaatakują, cofną się, tu urwą kawałek, tu ugryzą...

Ludmiła zerknęła na Jewsieja.

– Może i tak być – przyznał niechętnie.

– Nie dadzą żołnierzom spać, będą przeszkadzać, pozorować ataki...

– Ty byś tak zrobił? – zapytała.

– Tak – odparłem po chwili. – Sądzę, że właśnie tak, chociaż jak Wasza Wysokość wie, nie jestem ani żołnierzem, ani oficerem, więc moje słowa mogą być traktowane jedynie jako rozważania laika. Czytałem pamiętniki Cezara, czytałem też o wojnach rzymskich i perskich, ot i całe moje doświadczenie. – Wzruszyłem ramionami.

– Zrobią tak, jak mówi inkwizytor? – zwróciła się do Jewsieja.

Ten zastanawiał się.

– Inkwizytor przeczytał pewnie więcej książek, niż ja zabiłem ludzi – odparł wreszcie. – A zabiłem naprawdę wielu, jak wasza miłość wie. I wiem, że łatwo słuchać o wojnach i bitwach, ale nie tak łatwo już je prowadzić. Zwłaszcza kiedy, tak jak kniaź, ma się hałastrę za żołnierzy. A przecież my co? Czy nie mamy kłów i zębów? Nie jesteśmy jeleniami, inkwizytorze. – Zwrócił ściągniętą gniewem twarz w moją stronę. – Jesteśmy niedźwiedziem. I oni o tym wiedzą, że nie będą nas szarpać bezkarnie...

– Wybacz – powiedziałem. – Nie chciałem nikogo urazić.

– A więc dobrze! – Księżna klasnęła. – Cofamy się. Wyjdziemy na północ, na równinę. Niech tam na nas uderzają, jeśli chcą. A jeśli nie uderzą, pomyślimy, co robić dalej. Mówię wam wszystkim – pochyliła się w siodle – że wierzę w Kamieńskiego, wierzę w jego zapalczywość, jego pewność siebie i chęć pognębienia mnie w otwartej bitwie. On o tym marzy. – Odetchnęła głęboko i przymrużyła oczy. – O poprowadzeniu szarży na moje oddziały. O wielkiej walce, w której fale setek żołnierzy zetrą się ze sobą niczym sztormowa fala ze skałami. – Ludmiła uderzyła otwartą dłonią w pięść, aż zadźwięczała stal rękawic. – Znam takich jak on. – Skrzywiła pogardliwie usta. – I wiem, że nie wiedzą oni, co to pokora i cierpliwość.

– I zapewne czytali Homera – dodałem.

Księżna spojrzała na mnie rozjaśnionym wzrokiem.

– A żebyś wiedział – powiedziała.

Całą noc nie dawali nam spać, hałasując, udając ataki i miotając w stronę obozowiska płonącymi strzałami. Nikomu nie wyrządzili szkody, ale na pewno dla nikogo też nie było to przyjemne doświadczenie. Jednak warto zauważyć jedno: duża część służących Ludmile żołnierzy wędrowała jeszcze z wielkim księciem Dymitrem za Kamienie, by wojować tam z Jugrami. Zanim nastał pokój między Rusinami a tym barbarzyńskim, pogańskim ludem, wiele krwi się polało. I żołnierze Ludmiły wiedzieli, jak to jest być atakowanym przez przeważające siły wroga. I wiedzieli również, że z takim wrogiem można wygrać, jeśli tylko umie się odpowiednio pokierować sprawami.

– Zaatakują równo z brzaskiem, w porannej mgle – powiedziała otulona kożuchem Ludmiła.

Siedzieliśmy w ciemnościach, by nie dawać okazji wrogim strzelcom. Słali co prawda strzały na oślep, ale nasi łucznicy odpowiadali im również na oślep. Niewielkie to szkody komukolwiek wyrządzało, tyle że większość ich hałastry pewnie smacznie spała, a cała nasza armia czuwała.

Księżna rozkazała wszystkim szykować się do odparcia ataku. Ustawiono wozy, wbijano kołki, pomiędzy którymi przeciągano liny, kopano doły, ustawiano zaostrzone pale... Krótko mówiąc, robiono te wszystkie rzeczy, które powinien robić oddział obawiający się ataku. Antyczni Rzymianie każdy obóz urządzali tak, by stawał się miniaturową fortecą. I chociaż żołnierzom Ludmiły daleko było do rzymskiej sprawności, to robili wszystko jak najstaranniej, wiedząc przecież, że od tej pracowitości i solidności będzie zależało ich życie.

– Gdzie mamy ustawić armaty, wasza miłość? – zapytał Jewsiej.

– Obróćcie je na wschód – zdecydowała księżna.

To były niewielkie działa, więc szybkie ich przemieszczenie czy odwrócenie nie byłoby szczególnym problemem, ale oczywiście najlepiej byłoby, gdyby od razu stały tam, gdzie będą najbardziej potrzebne.

– Proszę wybaczyć, Wasza Wysokość, że spytam. Wasza miłość sądzi, że wróg zaatakuje o świcie, mając słońce za plecami, tak? Aby nasi łucznicy oślepieni promieniami gorzej celowali?

Uśmiechnęła się.

– To też – odparła. – Ale wierzę, że człowiek taki jak Kamieński będzie pragnął szarżować otoczony blaskiem wschodzącego słońca. Taka scena wyda mu się godna uwiecznienia w poezji lub na obrazach.

– Ach tak.

– Wątpisz w moje słowa? – spytała, nie gniewnie jednak, lecz raczej pobłażliwym tonem.

– Nie, Wasza Wysokość – rzekłem szczerze. – Staram się jedynie czegoś nauczyć.

I stało się tak, jak prorokowała Ludmiła. Kawaleria Kamieńskiego, pędząca w luźnym szyku, mknąca szeroko niczym fala, runęła na nas w świetle wschodzącego słońca. Wszyscy byli na to przygotowani. Żołnierze cofnęli się, zajmując wyznaczone pozycje, a armaty plunęły ogniem i żelazem. Trudno powiedzieć, czy poczyniły wielkie szkody, lecz na pewno narobiły mnóstwo hałasu i wyprodukowały ogromne obłoki gryzącego, gęstego dymu.

– Wasza Wysokość – rzekłem uroczyście – sądzę, że twoi żołnierze powinni być dumni, iż będą mogli umierać za twoją sprawę.

Spojrzała na mnie bystro i zmarszczyła brwi.

– Naprawdę w to wierzysz?

– Ja nie – odparłem. – Ale byłoby dla nas dobrze, aby oni w to wierzyli...

Roześmiała się głośno i klepnęła mnie w ramię stalową rękawicą. A już w chwilę później zaczęła się rzeź.

Nie wiem, czy sama Ludmiła lub ktokolwiek inny wiedział, co się działo na prawym czy lewym skrzydle. Co kotłowało się w środku, to jakoś jeszcze widzieliśmy, chociaż i tak dym z armat, a potem z muszkietów i samopałów w połączeniu z oparami mgły przesłaniał nam widoczność. Kiedy myślę o tej bitwie, nazywanej potem na Rusi szumnie Pogromem na Kranowym Polu, to postrzegam ją jako szereg oderwanych od siebie, w niewielki jedynie sposób połączonych pojedynków. Oddział na oddział, grupka na grupkę, człowiek na człowieka. Tyle że żołnierze Ludmiły byli lepiej wyszkoleni, lepiej uzbrojeni i bardziej zdeterminowani. Oni wiedzieli, że nie mają dokąd się wycofać, że nawet konnym byłoby trudno uciec, a piesi nie umkną z całą pewnością. Każdy oddział miał dziesiętnika, który pilnował dyscypliny i dbał, by ludzie się nie rozproszyli, jeden dziesiętnik pilnował się drugiego dziesiętnika, tamten trzeciego i jakoś udawało im się zachować w tym całym zamieszaniu coś na kształt bitewnej formacji. Księżna do końca trzymała w odwodzie swoją straż przyboczną, do której miałem zaszczyt (no dobrze, nazwijmy to właśnie tak) należeć, aż wreszcie i my ruszyliśmy do ataku na pękające szyki wroga. I to przesądziło o tym, jak zakończyła się walka. Uderzenie było potężne, niespodziewane i trafiło w przeciwnika, któremu do tej pory wcale nie udało się osiągnąć przewagi, a który rozproszył swoje siły. Już za nami pomknęła pomocnicza jazda Jugrów, mordując uciekających i dobijając rannych.

Przyznam szczerze, że ani się nie napracowałem, ani nawet nie zdążyłem się zgniewać czy przestraszyć. Ot, cała bitwa dla mnie wyglądała jak tłuczenie mieczem w plecy uciekających. Chociaż też nie można powiedzieć, abym szczególnie się zmęczył. Dlaczego? Ano dlatego, że konni strzelcy Jugrów zrobili większość roboty i niemal aż żal było mi kilka razy ciąć mieczem człowieka, który i tak zwijał się z bólu, bo jugryjska strzała przebiła mu ramię albo wbiła się pod łopatki czy utkwiła w udzie. Tak czy inaczej, wygraliśmy nie tylko bez żadnych wątpliwości, ale jak się okazało, nie ponosząc również dramatycznych szkód. Później się dowiedziałem, że naliczono niemal trzystu rebeliantów leżących martwych, a rannych i złapanych w niewolę w ogóle nie było, gdyż wszystkich od razu dobijano (oprócz kilku, których postanowiono wziąć na spytki).

Oczywiście można powiedzieć, że z prostego rachunku wynikałoby, iż Kamieński nadal dowodził większą armią od naszej. Tyle tylko, że teraz była to rozbita, rozproszona, zdemoralizowana banda uciekinierów, a Ludmiła miała pewność (z czym się zgadzałem), iż ogromna większość tych, co dostali takie baty, nie zechce już wrócić do kniazia i walczyć za jego sprawę, lecz ruszy, gdzie oczy poniosą, by szukać szczęścia w innych zakątkach Rusi.

Jechałem stępa tuż przy Ludmile, która dowiedziała się, że złapano jednego z oficerów kniazia Kamieńskiego, czy przynajmniej kogoś, kogo ta hołota nazywała oficerem i kto był zapewne na tyle blisko samego wodza, by znać jego plany. Zmierzając w tamtą stronę, przejeżdżaliśmy przez pole bitwy, na którym działy się te wszystkie smutne, lecz zwyczajne rzeczy dziejące się po walce. Ktoś kilka kroków od nas podcinał gardło komuś innemu, jakiś mężczyzna usiłował odpełznąć, płacząc, klnąc i wlekąc za sobą połamane nogi. Kolejny ktoś, nie przejmując się walką i śmiercią, siłował się, zdejmując buty z trupa, i klął przy tym zawzięcie.

– Jak ci się podobała bitwa, inkwizytorze? – zagadnęła Ludmiła.

Księżna miała osmaloną z jednej strony twarz i hełm schlapany krwią. Ale na pewno nie własną, gdyż nie została zraniona.

– Wasza Wysokość słusznie przewidziała wszystko, co się wydarzy – odparłem. – To wielka zdolność, by dzięki znajomości charakteru wroga zrozumieć, jaką taktykę zastosuje on na polu bitwy.

Uśmiechnęła się i byłem pewien, że moje słowa sprawiły jej przyjemność. Zapewne w dużej mierze wynikającą z faktu, iż zdawała sobie sprawę, że są szczere.

– A tobie, Andrzeju? – Obróciła się w stronę dworzanina, jadącego z drugiego jej boku.

– Nie wiem, Wasza Wysokość – odparł zakłopotany. – Chyba była krótsza, niż sądziłem, że będzie – dodał po chwili.

Zatrzymaliśmy się obok ogniska, przy którym stało dwóch żołnierzy i oficer. U ich stóp leżał zakrwawiony mężczyzna.

– Wasza miłość, to właśnie on – rzekł oficer zgięty w głębokim ukłonie.

– Przewróćcie go na plecy – rozkazała Ludmiła.

Żołnierze przetoczyli leżącego kopniakami. Ukazała nam się jego blada, schlapana czerwienią twarz. Miał otwarte oczy i żył, lecz trudno było wywnioskować, jakie naprawdę odniósł obrażenia i czy ma szansę, by wyzdrowieć, czy przeciwnie, skona w ciągu kilku następnych minut.

– Co mu jest? – zapytała Ludmiła.

– Spadł z konia i gębę sobie pokiereszował – wyjaśnił szybko oficer. – Ale poza tym nic. Żadnych innych ran.

Księżna zeskoczyła z siodła, jak to ona, szybko i zręcznie. Natychmiast poszedłem w jej ślady, bo byłoby nie tyle rażącą niegrzecznością, ile wręcz piekielną zniewagą, jeśli zostałbym na końskim grzbiecie, kiedy ona stała.

– Jak się nazywasz? – Pochyliła się nad rannym.

– Wasyl Powsinoga, proszę łaski waszej miłości – odparł ten uniżonym, jękliwym głosem.

– Zawrzemy umowę, Wasylu – rzekła rzeczowo Ludmiła. – Ty mi szczerze powiesz, gdzie jest kniaź, a ja daruję ci życie. Pójdziesz w niewolę, ale ani nie będziesz okaleczony, ani zabity. A jeśli nie zechcesz gadać ze mną, to ten, co stoi obok mnie, to jest cesarski inkwizytor. Wtedy on już z tobą pogada...

Wzrok leżącego spoczął na mojej twarzy. Nie wiem, czy wyglądałem wystarczająco groźnie oraz wystarczająco, ujmijmy to tak: inkwizytorsko, ale jeniec skinął głową.

– Wszystko powiem, wasza miłość, wszystko powiem, co wiem.

– Gadaj.

– Gdzie jest kniaź, to przed Bogiem Jezu klnę się na Siedmiu Synów, że nie wiem – rzekł uroczystym tonem. – Ale wiem, wasza mość, kto powinien wiedzieć. – Odetchnął głęboko i boleśnie. – Wody bym się napił – jęknął.

Oficer kopnął go tak silnie i tak celnie pod żebra, że mężczyzna aż stracił dech, wciągnął powietrze z charkotliwym lamentem, pokasływał i rzęził długą chwilę.

– Powiesz, co chcę, a dostaniesz wodę – obiecała Ludmiła, kiedy jeniec już się wykasłał.

– Na trakcie, tam gdzie bród przechodzi na Iżmie, jest niedaleko zajazd – wyjaśnił tym razem skwapliwie. – Tam jest i wielki magazyn, gdzie można kupić...

– Wiem, gdzie i co to jest – rzekła księżna. – Dalej!

– Więc ta dziewczyna, córka Czarnego Daniły, znaczy gospodarza, to ona jest kobietą kniazia. Ona będzie wiedzieć, wasza mość. Ona wszystko będzie wiedzieć.

– Związcie go i wrzućcie na siodło – nakazała Ludmiła oficerowi, a potem pochyliła się jeszcze nad żołnierzem Kamieńskiego. – A ty, jeśli skłamałeś, to wiedz, że każę wbić cię na pal. Ile dni kona się w męczarniach na palu, inkwizytorze?

– Jeśli kat jest wprawny, nawet trzy dni, Wasza Książęca Wysokość.

Ludmiła wystawiła trzy palce.

– Trzy dni, słyszałeś? Na pewno nie chcesz mi już niczego więcej powiedzieć?

– Na Jezu Boga, wasza mość, przysięgam! Ona ma na imię Nadieżda. To druga czy trzecia córka Daniły. Dziecko ma z kniaziem, wszystko wie!

– Nadieżda, mówisz? – Księżna skrzywiła usta. – No dobrze. – Odwróciła się. – Jedziemy na bród na Iżmie! – rozkazała.

Czasy, kiedy zmierzałem z Nowogrodu do Kamieni, wydawały mi się tak odległe, tak zatarte w pamięci, jakby istniejące w innym życiu. Arnold Löwefell, Barnaba Biber i kobieta, która narodziła się jako afrykańska księżniczka Nontle, a którą w chrześcijańskim świecie znano jako Hildegardę Reizend. Wszyscy oni, czy to inkwizytorzy, czy żołnierze z cesarskiej eskorty, wydawali mi się niewyraźnymi i nierealnymi zjawami przeszłości. Niby przeszłości tak niedawnej, lecz jednocześnie tak dramatycznie odległej. Nawet Zygfryd, cesarski oficer, który pozostał na własne życzenie w Peczorze, nie mógł mi przypominać dawnych czasów, gdyż Ludmiła wysłała go z misją do Jugrów i całą zimę obozował za Kamieniami. Ale z tamtej dawnej podróży, z wędrówki w stronę Peczory, doskonale pamiętałem bród na Iżmie i wznoszący się niedaleko rzeki zajazd. Zresztą zajazd to mało powiedziane. Było to kilka otoczonych częstokołem budynków, w których mieściły się stajnie, wozownia, kuźnia, składy oraz magazyny. Siedlisko Czarnego Daniły było wielkim sklepem, w którym można kupić wszystko, co potrzebne człowiekowi żyjącemu w dziczy lub wybierającemu się w dzicz. U Daniły można też było zjeść, spędzić noc lub wiele nocy, dostać jedną kobietę lub wiele kobiet. Można było grać w kości i karty. Słyszałem od naszych przewodników historie o tym, jak niedoświadczeni kupcy lub złaknieni złota łowcy przygód zatrzymywali się u Daniły, by przenocować lub kupić zapasy, a tracili całe majątki lub nawet wolność. I tak podróż na Kamienie lub za Kamienie kończyła się dla tych ludzi już na rzece Iżmie.

– Nie damy rady w dwie dziesiątki zdobyć tego zajazdu – zauważyłem zdziwiony, gdy usłyszałem, że księżna chce tam jechać tylko ze strażą przyboczną. – Przecież oni zamkną bramę, samej rodziny i służby mają więcej niż nas, a ile zapasów.

Andrzej spojrzał na mnie zaskoczony, przez chwilę zdawało mi się, że zastanawia się, czy nie żartuję sobie z niego. Ale wreszcie, kiedy zrozumiał, że mówię poważnie, tylko pokręcił głową.

– Zobaczycie, co się stanie – stwierdził.

Słońce zachodziło, kiedy ujrzeliśmy pas wyciętych krzaków i rzekę, pobłyskującą stalowo i toczącą się wolnym nurtem. Od kilkunastu dni nie padało, więc bród był nie tylko przejezdny, ale wydawał się wręcz łatwo dostępny. Jewsiej z dwoma jeźdźcami wyjechali o kilkadziesiąt kroków naprzód.

– Droga wolna, wasza mość – zawołał oficer.

Nie sądziłem, aby było inaczej. Po co stawiać opór na płytkim brodzie, kiedy można to zrobić za murami ufortyfikowanego zajazdu? W miejscu, gdzie ma się zbrojną służbę, broń i proch oraz solidne budynki, w których łatwo się schronić i bronić. Starałem się wywołać w pamięci obraz, jak wyglądał zajazd, w którym zatrzymaliśmy się przed rokiem, by skorzystać z łaźni, zjeść coś, wymienić koniom podkowy. I przypomniałem sobie: jeżeli nawet jakiś budynek należący do tego siedliska miał okna w zwyczajnym rozumieniu tego słowa, to były one przegrodzone kratami. Ale najczęściej owe okna były zaledwie wąskimi szczelinami pomiędzy belkami. Na tyle wąskimi, iż może przepuściłyby głowę mężczyzny, lecz na pewno nie przecisnęłyby się przez nie jego ramiona. Zajazd Daniły był budowany czy udoskonalany z wyraźną myślą o tym, by garstka obrońców mogła odeprzeć wielu napastników. Nic dziwnego, bo jak na ruskie warunki, na terenie tej posiadłości znajdował się wręcz bajeczny, niezmierzony i niewyobrażalny majątek. Przeciętny Rusin mógłby usiąść i myśleć cały dzień, a może nawet cały tydzień, a i tak nie zrozumiałby, jak bardzo jest bogaty, posiadając wszystko, co znajdowało się na terenie zajazdu. Oczywiście rabuś musiałby gdzieś ten majątek przewieźć i gdzieś przechować albo mieć kupca chętnego, by go od niego odkupił. A wszystko to na pustkowiu stanowiłoby wręcz nierozwiązywalny problem (zwłaszcza że wieść o napadzie szybko odbiłaby się w okolicy głośnym echem). Problem jednak w tym, że złoczyńcy często nie wybiegają myślą dalej niż poza poderżnięcie gardła bogaczowi i obrabowanie mu domu. A gdy przychodzi do decyzji, co zrobić z nagle zdobytym majątkiem, niewiele mają pomysłów. Tyle tylko, że zamordowanemu jest już wtedy wszystko jedno.

Bród był naprawdę płytki, z tego, co widziałem, żaden z wierzchowców nie zamoczył sobie brzucha, a ja nie musiałem nawet wyjmować nóg ze strzemion. Wyjechaliśmy zza ściany niewysokich, choć gęstych drzew i przed naszymi oczami rozciągnął się widok na zajazd Daniły. Przyznam, że te zabudowania, solidne, masywne i otoczone częstokołem, wyglądały jeszcze poważniej, niż zapamiętałem z podróży z Nowogrodu. Czy dwudziestu jeźdźców, nawet zakładając, że otrzaskanych w boju, wprawionych i motywowanych dodatkowo obecnością władczyni, poradziłoby sobie ze szturmem na tę fortyfikację? Powiem wam szczerze, mili moi: nie było to możliwe. Nawet gdybyśmy przedarli się przez mur, to każdy budynek w środku siedliska stanowił małą twierdzę z otworami strzeleckimi. A czy wysuwano by stamtąd samopały, czy kusze, pewnie byłoby akurat wszystko jedno tym, którzy obrywaliby pociskami.

Tyle że kiedy spojrzałem na bramę wjazdową, zrozumiałem, że nie będziemy musieli z nikim walczyć, niczego zdobywać ani w żaden sposób narażać zdrowia czy życia. Przed otwartymi na oścież wierzejami klęczała bowiem gromada ludzi. Ludzie ci, widząc, że nadjeżdżamy, padli twarzami ku ziemi, wyciągając przed siebie ramiona w geście absolutnego i totalnego poddaństwa.

– Rozumiecie, dlaczego z nikim nie będziemy musieli walczyć? – skrzywił usta Andrzej.

Skinąłem głową.

– Jedno z nich zdradziło, więc winni są wszyscy. Ciekawe, gdzie ta dziewczyna? – Zmrużył oczy, ale w tłumie ludzi leżących twarzami do ziemi i tak trudno było rozpoznać, kto jest kim. – Jak są mądrzy, sami ją powiesili... – dodał. – Nie żeby im to wiele pomogło. – Roześmiał się.

– Może uciekła.

– Może i tak. Tym gorzej wtedy dla nich.

Kiedy księżna i towarzyszący jej Jewsiej zbliżyli się do klęczących, podniósł głowę barczysty mężczyzna znajdujący się na przedzie gromady. Był to ów Czarny Daniła, zarządca zajazdu, najpotężniejszy i najbogatszy człowiek w okolicy, pan życia, śmierci i majątku dla wielu, wielu ludzi. Teraz był niczym innym jak tylko śmieciem u stóp Ludmiły. I tylko od księżnej zależało, czy ten śmieć zostanie zmieniony w nawóz, czy też pozwoli mu się odlecieć gdzieś z wiatrem.

– Wasza miłość, na miecz Jezu Boga i na Siedmiu Synów przysięgam wam, pani, że nigdy was nie zdradziłem i nic o zdradzie nie wiedziałem – powiedział, trzęsąc głową i bijąc się w pierś, aż dudniło. – Przysięgam wam, pani, że i moja córka nic nie wiedziała, że to bydlę, ta swołocz, ta kanalia zbuntuje się przeciwko władzy od Boga danej... – Trzęsła się jego bujna czarna broda, od której, jak się wydaje, przybrał miano.

– Ile masz córek? – przerwała mu zimno księżna.

– Trzy, wasza miłość... – zajęczał.

– Synów?

– Też trzech, wasza miłość.

– Możesz zabrać jednego syna, jedną córkę, jednego konia i to, co uniesiecie na własnych grzbietach. Odjedziecie i nie chcę was nigdy więcej widzieć.

– Księżna łaskawa. – Andrzej pokiwał głową z uznaniem.

– A co z resztą rodziny?

– To się jeszcze zobaczy. Może ich każe utopić, może powiesić, może pójdą w niewolę. Wszystko zależy, jak sprawy dalej się potoczą... – wyjaśnił.

– Ale tę łaskę otrzymasz tylko wtedy, kiedy twoja córka wyzna mi, gdzie jest zdrajca – kontynuowała księżna mocnym głosem. – Nadieżda, gdzie jesteś, Nadieżda?

Jedna ze skulonych postaci uniosła głowę. To była bardzo młoda i chyba bardzo ładna dziewczyna. Chociaż co do jej urody mogłem tylko snuć przypuszczenia, bo miała twarz zapuchniętą od płaczu i mocno posiniaczoną z jednej strony. Widać kiedy wyszło na jaw, że ma konszachty ze zdrajcą, to zdążyła oberwać od rodziny.

– Powinni ją powiesić albo zatłuc i na znak poddańczej wierności pokazać jej ciało księżnej – skrzywił się Andrzej. – Chociaż dla nas pewnie i dobrze, że tego nie zrobili, bo przynajmniej dowiemy się, gdzie ukrywa się Kamieński – dodał po zastanowieniu.

– To ja jestem Nadieżda, pani moja – zajęczała dziewczyna.

– Masz dziecko ze zdrajcą, Nadieżda?

– Mam, pani. Ale to tylko dziecko, on nie jest nic winny. Nawet jeszcze nie mówi...

Po twarzy dziewczyny zaczęły ciurkiem lecieć łzy.

– Pani, nie rób krzywdy mojemu dziecku. Proszę, każ mnie zabić, ale nie rób krzywdy mojemu dziecku... Na Boga i na świętą...

Jewsiej zbliżył się do niej i kopnął ją. Czub buta trafił dziewczynę w ramię, prześlizgnął się po szczęce i głowie. Nadieżda upadła w błoto z pełnym boleści jękiem. Zobaczyłem, jak spomiędzy jej palców tryskają strumyczki krwi.

– Nie odzywaj się niepytana, suko – warknął oficer.

– Gdzie to dziecko? – zapytała księżna.

– W domu, leży w domu, w kołysce – odpowiedział szybko Czarny Daniła.

– Przynieście dziecko, a ty, Nadieżda, mów, gdzie jest kniaź Aleksander... – rozkazała Ludmiła.

Jakaś kobieta zerwała się na równe nogi.

– Ja przyniosę, ja wiem, gdzie jest ten bękart! – zawołała i popędziła w stronę bramy.

Po chwili przyniosła zawiniątko z dzieckiem w środku, a Ludmiła gestem kazała je oddać matce.

– Wóz czy przewóz? – zapytał cicho Andrzej.

Spojrzałem na klęczącą, zakrwawioną dziewczynę tulącą do nagich piersi niemowlę i powiedziałem:

– Wóz.

Andrzej pokręcił głową.

– Litość przysłoniła wam właściwy obraz rzeczy – rzekł pobłażliwym tonem. – Nadieżda jest kochanką zdrajcy i chowa dziecko zdrajcy. Oboje muszą umrzeć. – Wystawił wskazujący palec. – Przewóz.

– Litość nie ma tu nic do rzeczy – odparłem. – Wielkoduszność należy umiejętnie mieszać z bezwzględnością, by zaskarbić sobie miłość poddanych, lecz jednocześnie wywołać w nich obezwładniający strach.

Mój towarzysz skrzywił usta.

– My na Rusi nie potrzebujemy ani miłości, ani szacunku od hołoty. Wystarczy, jeśli się boją.

Cóż, może i na swój sposób miał rację. Tyle że ja, obywatel Cesarstwa, doskonale wiedziałem, czym kończy się pogarda dla plebsu. Kończy się krwawym buntem, kończy się rzezią, spustoszeniem, zagładą ciał i dusz. Byłem świadkiem, ba, nawet uczestnikiem buntu Hakenkreuza. Widziałem bitwę pod Schengen. A chociaż trudno powiedzieć, że brałem w niej udział, to zabiłem przecież wtedy kilku złych ludzi. Co zresztą odmieniło mój los raz na zawsze i uczyniło mnie tym, kim byłem dzisiaj – inkwizytorem. Dlatego też, ale również z uwagi na znakomite klasyczne wykształcenie, jakie odebrałem w rodzinnym domu, wiedziałem więcej niż Andrzej, chcący pozować na bezwzględnego. Otóż wiedziałem, że plebsowi można narzucić wiele ciężarów. Można ładować mu na plecy wór za worem, a kiedy się zgina, schyla i pada już niemal na twarz, wtedy można mu dokładać kolejne. Ale dobrze mówić mu przy tym, jak bardzo się go kocha i jak bardzo się o niego dba. Dobrze do takiego plebsu wyjść czasem na ulice, rzucić mu hojną garścią nieco miedziaków, ale również napisać manifesty, które zostaną odczytane w miastach, miasteczkach i wsiach, a w których będzie się opowiadać o tym, jak bardzo władca kocha swych poddanych. Dobrze też, aby hołota mogła czasem pośpiewać o władcach żartobliwe piosenki, poopowiadać szydercze dowcipy. Dlaczego właśnie tak? Bo z doświadczenia wiadomo, że podobne prawa znacznie opóźniają i utrudniają wybuch prawdziwego niezadowolenia. Dobrze znał te prawidła Juliusz Cezar, który pozwalał zarówno rzymskiemu tłumowi, jak i żołnierzom stroić z siebie żarty w czasie świąt i festynów. Lepiej, żeby pokpiwali, niż żeby wbili ostrze. Co prawda Cezar i tak skończył skłuty sztyletami, ale nie zrobili tego prości ludzie, którzy go kochali. Uczynili to arystokraci, którzy go nienawidzili między innymi za to, że zyskał miłość pospólstwa.

– On ma kryjówkę w lesie, wasza miłość – mówiła szybko Nadieżda, połykając łzy. – Ścieżką trzeba jechać od rzeki przez bagna aż na polanę w widłach rzeki...

– Jak tam daleko?

– Nie będzie nawet pół dnia, Wasza Wysokość.

– Kto zna drogę?

– Ja znam, Wasza Wysokość, ja poprowadzę...

– Dobrze – zgodziła się Ludmiła.

Zaraz po opanowaniu zajazdu Czarnego Daniły, który od tej pory zapewne miał zacząć nosić inne miano, księżna posłała po resztę kawalerii i ruszyliśmy spiesznie drogą wskazywaną przez kochankę buntownika. Nadieżda rozpaczała, że musi zostawić dziecko, i byłem pewien, że nie wie, czy zastanie je jeszcze żywe po powrocie. Wydawało mi się jednak, że akurat w tej sprawie mogła czuć się na razie bezpiecznie. W zajeździe nikt nikogo nie śmie tknąć bez rozkazu Ludmiły. To władca miał przywilej karania i ułaskawiania, a próba uzurpowania sobie owego prawa mogła się skończyć źle, nawet gdyby uzurpator działał zaledwie z zapału czy głupoty. I sądzę, że w księstwie Ludmiły dobrze o tym wiedziano. Na początku Nadieżda podążała na postronku przy koniu jednego z żołnierzy, ale potem Ludmiła kazała ją wziąć na siodło. Nie tyle, jak mniemam, z litości, ile dlatego, że biegnąca i potykająca się kobieta opóźniała nasz marsz. A jeśliby, nie daj Boże, umarła, kto wtedy wskazałby nam drogę?

Niepokoiło mnie, że nie mieliśmy żadnych wieści o tym, ilu buntowników udało się Kamieńskiemu skupić po klęsce. A nie wiem, czy jeszcze bardziej nie niepokoiło mnie, iż tylko ja jeden wydawałem się tym faktem przejmować. No może jeszcze Andrzej, który w trakcie całej podróży bacznie rozglądał się dookoła, jakby spodziewał się w każdej chwili zasadzki.

– Wasza Wysokość, upraszam o wybaczenie – ośmieliłem się odezwać, chociaż wcale nie miałem na to ochoty. Mówiłem jednak po łacinie, by rozumieli mnie tylko księżna i Andrzej. – Ale nie wiadomo, ilu buntowników jeszcze zostało. Gdyby ktoś teraz wyrządził krzywdę Waszej Wysokości, już po wygranej bitwie, już po triumfie, oznaczałoby to winę nie do wybaczenia nas wszystkich mających strzec waszej miłości.

Ludmiła wzruszyła niecierpliwie ramionami.

– Strzeżcie mnie więc tak, by nic się nie stało – warknęła.

Nie pozostawało mi nic innego, jak skłonić głowę i pogodzić się z jej decyzją. Decyzją, którą uważałem za ryzykowną. Oczywiście rozumiałem, że chciała kuć żelazo, póki gorące. Była ogarnięta wojennym zapałem, uskrzydlona odniesioną wiktorią, a również na pewno nie chciała, by rozbite oddziały Kamieńskiego i sam ich wódz nabrali otuchy i skupili siły. Albo uciekli i zapadli gdzieś w niedostępnych lasach, zbierając nową armię. Wszyscy wiedzieli, że tylko śmierć lub pojmanie kniazia skutecznie i raz na zawsze zakończy tę żałosną rebelię. Czy czas czekania na dotarcie piechoty nie zniweczyłby poprzedniego triumfu? Czy frukta tej wiktorii nie zgniłyby w wyniku opieszałości szybciej, zanim zdążyłyby dojrzeć? Musiałem przyznać, że mogło się zdarzyć również tak... Ale z drugiej strony co się stanie, jeśli przyciśnięte do ściany szczury stawią rozpaczliwy, gwałtowny i heroiczny zarazem opór? Co się stanie, jeśli Ludmiła zginie w czasie tej eskapady? Ba, przypomniał mi się zły sen Nataszy i pomyślałem, że na takich właśnie rozwidlonych drogach, jakie w tej chwili jawiły się przede mną, staje czasami ludzkie życie. Tyle że decyzja, w którą pójść stronę, kompletnie nie zależała ode mnie. Jedyne, co mogłem uczynić, to popędzić wierzchowca, zrównać się z księżną i jechać czujnie u jej boku.

Ludmiła zerknęła na mnie z nieznacznym uśmiechem.

– Wszystko będzie dobrze, inkwizytorze – stwierdziła pewnym głosem. – Moim głównym zmartwieniem teraz jest zastanawianie się nad tym, jakiego rodzaju egzekucji poddać Kamieńskiego. A ty co byś doradzał? – zagadnęła tonem towarzyskiej pogawędki.

Myślał indyk o niedzieli, a w sobotę łeb mu ścięli, pomyślałem gorzko. Na głos jednak powiedziałem:

– Obcięcie ręki, którą śmiał podnieść na suwerena. Wyrwanie języka, którym bluźnił przeciw władzy. Od tego należałoby zacząć.

– Co o tym sądzisz, Andrzeju? – Ludmiła odwróciła się przez lewe ramię.

Dworzanin, który do tej pory jechał, rozglądając się wokół podejrzliwie i z ponurą twarzą, teraz drgnął.

– Obcięcie, wyrwanie, tak... Czemu nie? – rzekł bez zapału.

– Co dalej? – zapytała księżna.

– Oślepienie – odparłem. – Gdyż nie zasłużył, by kiedykolwiek jeszcze spoglądać na wasz majestat, miłościwa pani.

Pokiwała głową z aprobatą.

– Dalej – rozkazała.

– Wytrzebienie – kontynuowałem. – Jako symboliczne ujęcie bezpłodności jego buntu.

– Słusznie – pochwaliła mnie.

– Rękę można spalić – wtrącił Andrzej zgaszonym tonem. – Zamiast obcinać.

– Tak też się robi – zgodziłem się. – Nasmołować, obłożyć sianem i spalić.

– To nawet podoba mi się bardziej – stwierdziła Ludmiła. – Będzie trwało dłużej, więc i widowisko na tym zyska.

– Bo obcięcie to rzeczywiście tylko tak szast-prast – poparł ją Andrzej, ale widziałem, że słucha nas jednym uchem, skupiony na uważnym przyglądaniu się gęstwinie, czy aby nie wychynie z niej jakaś zasadzka.

– Niekoniecznie – nie zgodziłem się z nim. – Ręka może zostać nie obcięta, lecz odpiłowana. Wtedy kara jest sroższa, a ból znacznie większy.

– Widzisz go – pokręciła głową Ludmiła. – Odpiłowana, no proszę. Nie pomyślałam o tym... No dobrze. A jak już będzie oślepiony, wykastrowany, pozbawiony ręki i języka, to co dalej? – zapytała.

– Wtedy należy utrzymać go przy życiu i wystawić na widok publiczny – rzekłem. – Niech lud należący do Waszej Wysokości przyjrzy się zdrajcy i pozna, do jakiego nieszczęścia doprowadziła Kamieńskiego zdrada.

– Słusznie – zgodziła się ze mną Ludmiła. – Zrobimy więc, jak mówisz.

Zerknęła na Andrzeja, który cały czas z ponurym wyrazem twarzy przepatrywał gęstwinę.

– Nie bój się – powiedziała lekkim tonem. – Nikt nie wystrzeli do nas zza drzew...

– Przyszłość należy do dobrze przygotowanych – burknął wcale nie przejęty tym, że zwraca się podobnym tonem do władczyni.

Ludmiła jednak tylko parsknęła śmiechem. Jak na mój gust i zważywszy na sytuację, była zdecydowanie za bardzo rozbawiona.

– Jedyną prawdziwą przyszłością jest życie wieczne – stwierdziłem sentencjonalnie.

Obróciła się w moją stronę i zrozumiałem, że wbrew swojej woli to ja ją rozgniewałem.

– Do tego jeszcze mi niespieszno – warknęła.

– A ja jadę obok Waszej Wysokości po to, by w razie czego zastąpić Waszą Wysokość na tej niechcianej drodze – odparłem spokojnie.

Przypatrywała mi się przez chwilę, potem klepnęła mnie opancerzoną dłonią w ramię.

– I to ci się chwali – stwierdziła rozpogodzona.

Zabudowania, które obserwowaliśmy z ukrycia, trudno było nawet nazwać fortem. Ot, kilka chat zbitych z grubych bali, leżących jednak w strategicznie dobrym miejscu. Z trzech stron ten chutor otaczała zarośnięta trzcinami rzeka o brzegach porośniętych gęstymi i wysokimi krzakami, a jedyna droga wiodła przez ścieżkę utworzoną z pni rzuconych w błocko. Nawet trudno było myśleć o tym, by przejechać tamtędy konno i nie narazić konia na złamanie nogi. Bez wątpienia ludzie kniazia niezwykle ostrożnie przeprowadzali swoje wierzchowce tą ścieżką. No ale niby jak my mieliśmy przypuścić nie-spodziewany atak, prowadząc konie za wodze i uważając, by nie wdepnęły w niebezpieczne miejsce?

Wśród zabudowań widzieliśmy kilkanaście kręcą-cych się postaci, spomiędzy domów unosił się dym, na końcu grobli stało dwóch zbrojnych, wyraźnie zdener-wowanych, popatrujących to w jedną, to w drugą stronę.

– I co teraz? – zaszeptałem.

Próba szturmowania tego gospodarstwa tak małymi siłami, jakie mieliśmy ze sobą, byłaby szaleństwem. Prze-ciwnicy, nie mając gdzie uciekać, podjęliby obronę, a jeśli już zaczęliby walczyć, to bardzo szybko zorientowaliby się, jak niewielu jest atakujących. I wielki triumf Ludmiły za-mieniłby się w przytłaczającą klęskę. Poza tym nadal nie wiedzieliśmy, ilu tak naprawdę ludzi znajdowało się na tym rozległym, zarośniętym wysokimi krzewami półwyspie. Pięćdziesięciu? A może dwustu? Widzieliśmy przez zaroś-la stado rozkulbaczonych koni, ale nie wiedzieliśmy, czy nie ma ich jeszcze więcej w stajni lub na innym pastwisku.

– Skoro rozsiodłali konie, to chcą im dać odpocząć. Skoro chcą im dać odpocząć, to pewnie minie trochę czasu, zanim znowu zbiorą się do drogi – zaryzykował przypuszczenie Jewsiej.

Cóż, mogło tak być, ale mogło być zupełnie inaczej. W takiej bandzie, złamanej klęską i ucieczką, nigdy nie wiadomo, co się zdarzy i czy to, co się zdarzy, będzie zgodne z zasadami logiki lub zwyczajnie – zdrowego roz-sądku.

Księżna spojrzała w stronę brudnoczerwonego słońca, które malowało na niebie krwawą dymną łunę. Wiedziałem, że zastanawia się, czy atakować od razu, czy w nocy, czy może dopiero wraz z brzaskiem. Wszystkie te rozwiązania miały swoje zalety, lecz wszystkie miały również znaczące wady. I wydawało mi się, że rozpoczęcie akcji teraz, jeszcze przed zmrokiem, ma tych wad najmniej.

– Czują się zbyt bezpiecznie, jak na mój gust – powiedziałem. – Nie spodziewali się chyba tak szybko Waszej Książęcej Mości...

Księżna skrzywiła usta.

– Co trzeba zrobić, żeby wygnać lisa z nory? – zapytała.

– Przestraszyć – odparłem po chwili.

– Właśnie tak. – Skinęła głową. – I tak są już przerażeni, więc niewiele im trzeba, by wywołać panikę. A jeśli się nie uda... – zamilkła na chwilę. – Cóż, poczekamy na resztę wojska i zobaczymy, co da się zrobić. Albo po prostu kupimy głowę kniazia od jego ludzi. – Zaśmiała się złośliwie.

Ośmielałem się sądzić, iż miała rację. Podkomendni Kamieńskiego w sytuacji, w jakiej się znajdowali, zapewne z wielkim zainteresowaniem powitaliby propozycję zyskania wolności, amnestii i kilku groszy w zamian za wydanie dowódcy, który obiecywał im tak wiele, a doprowadził ich do zguby. Poza tym to prawda, że zajmowany przez buntownika chutor był całkiem dobrym miejscem do obrony. Ale z tego samego powodu stanowił również śmiertelną pułapkę. Można było się z niego wydostać tylko przez nurt rzeki i bagniste, porośnięte trzcinami brzegi albo ową groblą utworzoną z nierówno poukładanych bali. Tak czy inaczej, próbujących uciekać czekało mozolne przedzieranie się przez przeszkody pod wrogim ostrzałem. Nic przyjemnego, zwłaszcza kiedy nie jest się zawodowym, zdyscyplinowanym żołnierzem, ale zwyczajnym obwiesiem marzącym tylko, by uratować skórę i ruszyć przed siebie, gdzie oczy poniosą, nie przejmując się więcej ani Peczorą, ani kniaziem Aleksandrem, ani księżną Ludmiłą.

Cofnęliśmy się do głównych sił i księżna wydała rozkazy. Kilkunastu żołnierzy miało odjechać na wschód i zachód, przebyć rzekę i potem pozorować atak w taki sposób, by narobić jak najwięcej hałasu. Dostali wszystkie muszkiety, garłacze i pistolety, jakie mieliśmy. Mieli również ostrzelać chutor płonącymi strzałami. Czy taka demonstracja wystarczy, by przerazić buntowników i zmusić ich do opuszczenia schronienia, które w ich rozszalałej wyobraźni zacznie się jawić nie jako bezpieczna ostoja, lecz jako pułapka, której szczęki właśnie zwierają się ze śmiercionośnym zgrzytem? Ba, któż to mógł wiedzieć! Czasami na polu bitwy, i znaliśmy takie przypadki z historycznych kronik, o zwycięstwie lub klęsce decyduje postępowanie jednego człowieka lub kilku ludzi. Jeżeli zaczną uciekać, głośno lamentując, wtedy pociągną za sobą innych i sprowadzą panikę na cały oddział. A jeśli wręcz przeciwnie: stanowczym krzykiem, odwagą i zdyscyplinowanym postępowaniem dadzą przykład towarzyszom, wówczas natchną ich serca spokojem oraz nadzieją. Dużo więc zależało od przypadku, a my mieliśmy temu przypadkowi po prostu pomóc, by sprawy potoczyły się zgodnie z zamierzeniami naszej władczyni. Komendę nad kilkunastoma jeźdźcami objął Jewsiej i zaraz ruszyli oni, nie zwlekając, bo przecież sprawę pilnie należało rozstrzygnąć przed zmrokiem.

– Dłużej to potrwa, a nie dojrzą nawet, jak ich zabijamy – zażartowała księżna, która teraz, kiedy podjęła już decyzję i wydała ostateczne rozkazy, najwidoczniej poczuła się swobodniej i była dobrej myśli co do przebiegu walki.

Słońce powoli zapadało już nad horyzontem, nie było widać nawet fragmentu czerwonej kuli, a jedynie rozmazaną smugę. Na szczęście dzisiaj nieba nie przesłaniały gęste ani liczne chmury, więc miałem nadzieję, że naprawdę zdążymy rozprawić się z buntem przed zmierzchem. Czy oznacza to, że już jutro ruszymy z powrotem do Peczory? Czy smutne i niepokojące sny Nataszy okażą się zaledwie chybionym przeczuciem? Czy będę mógł wziąć ją znowu w ramiona, a ona, rozpogodzona i rozchmurzona, znowu uwierzy, iż wszystko może się dobrze potoczyć? Tak. Tak na pewno mogłoby być, ale najpierw należało wygrać bitwę, która właśnie nas czekała. Wydawało się to zadanie znacznie prostsze niż poranna walka, lecz przecież wielu było takich w historii świata i cywilizacji, którzy zlekceważyli słabego wroga. I ludzie ci leżeli niezadługo potem metr pod ziemią, a smakowitą esencję chwały i triumfu spijali już nie oni sami, lecz ich towarzysze lub podkomendni. Zawsze twierdziłem, że nawet wyszkolonemu żołnierzowi nie wolno lekceważyć choćby chłopa z zardzewiałymi widłami. Bo można się poślizgnąć albo można się potknąć. Albo można nie dostrzec, że za pierwszym chłopem stoi drugi chłop, tyle że z łukiem w rękach. Krótko mówiąc: ostrożność nie jest cechą upokarzającą ani godną wyszydzenia, ostrożność jest cechą chwalebną i charakteryzuje tych, którzy pragną dłużej żyć...

Przyznam, że nie spodziewałem się, iż prowadzeni przez Jewsieja żołnierze, którzy przeszli na drugi brzeg rzeki, narobią aż tyle hałasu. Ale narobili. Nie tylko wystrzelili z garłaczy i muszkietów, nie tylko wysłali ulewę płonących strzał, lecz w dodatku jeszcze wyli, krzyczeli, dmuchali w jakieś piszczałki i gwizdawki. Krótko mówiąc, zrobili wszystko, by można było myśleć, że na drugim brzegu kotłuje się liczna i niebezpieczna armia. Oczywiście doświadczony wódz, stojący na czele zdyscyplinowanego oddziału, nie przejąłby się podobnym hałasem. Szybko oszacowałby, że rumor i zamieszanie nie powodują niemal żadnych strat, i domyśliłby się, że to tylko wybieg wroga. Że to zaledwie pozorowany atak, mający na celu zmylenie czy przerażenie jego żołnierzy. Jednak po tym, co zdarzyło się do tej pory, ośmielałem się przypuszczać, że kniaź Aleksander nie jest doświadczonym dowódcą, a z całą pewnością nie dowodził teraz zdyscyplinowanym wojskiem. Po przegranej bitwie, po pogromie i śmierci wielu rebeliantów nastroje w jego armii musiały być fatalne i starczyła tylko iskra, by panika wybuchła niczym beczka pełna prochu.

Ludmiła zakazała żołnierzom zatrzymywać na grobli zmykających obwiesiów kniazia. Zależało jej, by jak najwięcej wrogów wyrwało się z obozowiska, licząc i spodziewając się, że uciekają od niebezpieczeństwa w stronę ocalenia. A miało być przecież całkiem odwrotnie.

I zaraz naprawdę mieliśmy okazję na własne oczy ujrzeć panikę, jaka wszczęła się w chutorze. A potem ujrzeliśmy pierwsze uciekające przez groblę postaci. Jedni gnali na piechotę, inni pędzili na oklep na koniach, na które udało im się w ostatniej chwili wskoczyć, ale których, rzecz jasna, nawet nie siodłali. Na tej grobli, śliskiej, błotnistej i pełnej nierówno poukładanych belek, przewracali się i ludzie, i konie. Jakiś przerażony wierzchowiec zaczął wierzgać na wszystkie strony, próbując wstać, i wrzucił do bagnistej wody nie tylko kolejnego konia, ale również kilku piechurów, starających się uciec przed ciosami kopyt.

– Zaraz sami siebie pozabijają. – Pokręciłem głową. – Nawet nasza pomoc nie będzie potrzebna.

Andrzej szturchnął mnie i wskazał kniazia Aleksandra, który siedząc na rumaku, pokrzykiwał coś głośno i gniewnie i machał ręką uzbrojoną w miecz. Ludmiła zobaczyła go również i natychmiast wykrzyczała rozkaz do łuczników. Siedziało ich na drzewie dwóch. Dwóch jugryjskich tropicieli wyposażonych w azjatyckie łuki o potężnej sile strzału i wielkim zasięgu. Nie tylko byli doświadczonymi strzelcami, ale także ich broń została pieczołowicie przygotowana przez najlepszych mistrzów. Mówiono mi, że wykonanie takiego łuku, a powstawał on z drewna, ścięgien i zwierzęcych kości, zajmowało biegłemu w swym fachu łuczarzowi kilka, nawet kilkanaście tygodni. Ale owa broń w ręku doświadczonego myśliwego czy żołnierza była prawdziwie śmiercionośna. A dwaj Jugrowie na służbie księżnej uchodzili za mistrzów nawet w oczach pobratymców. I teraz wycelowali i wypuścili strzały. Przyglądałem się Kamieńskiemu, lecz koń szarpnął się pod nim, znarowił, odskoczył i obie strzały zapewne przeszyły jedynie powietrze. Nie wiem, czy buntownik w zapale, hałasie i krzyku zorientował się w ogóle, że przed chwilą o włos i tylko dzięki przypadkowi uniknął śmierci.

I znowu mignął mi wódz buntowników, i mimo iż minęła zaledwie chwila, widziałem, że jest już pogodzony z losem. Najwyraźniej trzeźwo ocenił i uznał, że nie opanuje tej swojej hałastry, że nie zbierze ludzi do kupy, że nie da rady natchnąć ich dobrą myślą, odwagą i nadzieją. Nie zaganiał już więc podkomendnych, nie starał się zebrać ich w kupę, nie krzyczał pełnym głosem, prężąc się w siodle. Wręcz przeciwnie: skulił się na końskim grzbiecie, przytulił do karku wierzchowca i pędem gnał w stronę grobli. Strzała jednego z Jugrów zerwała ucho jego rumaka, a kiedy zwierzę, boleśnie zaskoczone, szarpnęło się w bok, grot drugiej przeszył powietrze o stopę od głowy jeźdźca.

– Nie do wiary – mruknąłem. – Ale czemu ci durnie celują w człowieka, nie w konia?

Tymczasem rumak Kamieńskiego roztrącił tłumek żołnierzy, zdeptał kopytami jednego z nich i już był na grobli. Przeskoczył przez pierwszą kłodę, poślizgnął się w błocie, utrzymał jednak równowagę, jakimś cudem przetańczył nad drugą przeszkodą, wreszcie przefrunął nad kolejną.

– Na miecz Pana... – Pokręciłem głową.

Jugryjska strzała tym razem miała trafić w końską pierś (wreszcie, jak widać, tropiciele zaczęli myśleć!), lecz trafiła w głowę żołnierza, który wbiegł nagle przed kniaziowego wierzchowca. Kamieński ściągnął wodze, jego koń potknął się na kolejnej przeszkodzie, a wtedy strzała drugiego z Jugrów gwizdnęła zwierzęciu nad łbem i zerwała czaprak znad uszu.

– Nie wierzę własnym oczom – rzekłem.

Andrzej tylko się roześmiał i pokręcił głową.

Rumak kniazia, lekki, silny i zręczny, a jak widać, rozpalony również bitewnym żarem i dzięki temu żarowi zdolny do prawdziwie niezwykłych rzeczy, poderwał się na równe nogi i pogalopował dalej w stronę brzegu. I, wierzcie mi lub nie, mili moi, brzeg ów osiągnął. A tam, wyciągnięty niczym struna, pognał w stronę leśnej przesieki. Strzała jednego z Jugrów zarysowała mu ranę na zadzie i boku, strzała drugiego przebiła kaptur kniaziowej kapoty, ale nie zraniła Kamieńskiego, który cały czas ściśle przytulał się do końskiego grzbietu, jakby chciał stworzyć ze zwierzęciem jedną istotę zrośniętą mięśniami i skórą.

– Jeśli to są najlepsi myśliwi Jugrów, to aż się boję spytać o tych mniej zdolnych – mruknąłem.

Potem Kamieński i jego wierzchowiec zniknęli za drzewami. Zakląłem, a wraz ze mną zaklął też Andrzej. A później już wyskoczyliśmy zza drzew, by wraz z innymi żołnierzami zająć się tym, co musieliśmy koniecznie wykonać przed zmrokiem: wyrzynaniem uciekających wrogów.

Wydawałoby się, że pogrom przerażonych bandytów nie nastręczy nam kłopotów, i rzeczywiście tak właśnie było. Na niedalekiej polanie dopadliśmy niewielką kupę tej hałastry, zdesperowaną i gotową się bronić, bo buntownicy widzieli, że nie bardzo mają gdzie uciekać, więc postanowili chociaż ulać trochę naszej krwi, zanim do końca wytoczona zostanie ich własna.

Jednemu z nich powiodło się na tyle dobrze, że długą włócznią powstrzymał rumaka Andrzeja. Ostrze wbiło się w pierś zwierzęcia głęboko, aż po sam koniec długiego na stopę żelaznego grotu. Siła uderzenia była jednak tak wielka, że napastnik przewrócił się, wypuścił z rąk włócznię, a narowiący się w bólu koń potrącił go i zdeptał, po czym sam upadł na niego, tocząc z pyska pianę zmieszaną z posoką. Na szczęście dworzanin Ludmiły zdążył zeskoczyć z padającego wierzchowca, ale poślizgnął się w błocie i wypuścił miecz. A ja zauważyłem, że w jego stronę biegnie długowłosy, brodaty osiłek, bosy i w poszarpanym kubraku, za to potężny i włochaty niczym niedźwiedź, a i też rozjuszony niczym niedźwiedź kopniakami obudzony we własnej gawrze z zimowego snu. Być może ten chłop nie paliłby się do walki z jeźdźcem, lecz kiedy zobaczył wroga, który właśnie stracił rumaka i w dodatku zgubił miecz, postanowił skorzystać z niewątpliwie znakomitej i niespodziewanej okazji.

Osiłek trzymał w ręku broń tak podłą i prymitywną, jaka może być tylko broń dzikusa z ruskich ostępów. Była to po prostu krótka drewniana maczuga nabijana żelaznymi ostrzami. Ale widzicie, mili moi, każda broń jest dobra, jeśli można dzięki niej zabić człowieka. Widziałem już nieszczęśników uśmiercanych szpilką do włosów, tłuczkiem do moździerza, ba, prowadziłem niegdyś śledztwo w sprawie szlachcica, który zatłukł żonę za pomocą kości obrośniętej obiadową pieczenią. My, ludzie, jesteśmy zbudowani z bardzo nietrwałego materiału i zważywszy na naszą skłonność do przemocy, tylko Bogu Najwyższemu zawdzięczamy, iż przetrwaliśmy jeszcze na tym padole krwi i łez.

Oczywiście bandyta nie miałby żadnych szans przeciwko komuś uzbrojonemu we włócznię, miecz czy szablę. Zostałby rozszarpany gizarmą czy zatłuczony kiścieniem. Ale w tym wypadku trafił na bezbronnego wroga.

Bo Andrzej podnosił miecz z ziemi, a był na tyle nie-
doświadczony, że nie zwrócił uwagi na nadbiegającego
osiłka. Ten zamachnął się zza ramienia i z piekielną siłą
opuszczał maczugę prosto na głowę dworzanina Ludmiły...

Od zawsze wiedziałem, że ludzie znajdujący się w pobliżu mnie mogą być wdzięczni losowi, że zesłał im tak
biegłego obrońcę jako towarzysza. I teraz potwierdzi-
ło się to w sposób jak najwyraźniejszy. Zanim bowiem
broń zdążyła opaść na czaszkę Andrzeja, ja skoczyłem,
wyciągnąłem tarczę i sparowałem cios. Byłem zbyt daleko, by uczynić to w sposób idealny, więc maczuga ze-
ślizgnęła się po krawędzi, trafiając Andrzeja tylko w policzek. Mój towarzysz wrzasnął z boleści, strachu oraz
zaskoczenia i upadł na ziemię, a krew tryskała spomiędzy palców, którymi ściskał poranioną twarz. Osiłek wy-
wrócił się z powodu powstrzymanego impetu uderzenia,
lecz nie mogłem jego słabości i niezręczności wykorzystać w tym momencie, gdyż i ja poślizgnąłem się w błocie, bo cios był przecież naprawdę mocny i solidnie mną
wstrząsnął. Zerwałem się jednak szybciej od napastnika
i nie mogąc wyprowadzić dobrego cięcia mieczem, przy-
waliłem mu chociaż krawędzią tarczy w zęby. Ale to był
naprawdę twardy przeciwnik. Uderzenie nim wstrząsnę-
ło, zmiażdżyło mu usta i wytłukło zęby, jednak bynajmniej nie powstrzymało od ataku. Już później pomyślałem, jak głupio, podle i bezsensownie byłoby bohatersko
przetrwać bitwę z demonem, z tym magicznym Wilkiem,
którego futro leżało przy moim peczorskim łóżku, a zostać zabitym przez zarośniętego niczym zwierzę, cuchną-
cego i plugawego ruskiego wieśniaka. Bandyta ów rzucił

się do walki, Bogu dziękować, stopa znowu poślizgnęła mu się w błocku, przez co utracił nieco szybkości i impetu, ale jednak wylądował na mnie, obalając na ziemię. Nie próbowałem nawet się z nim siłować. Był potężny, najwyraźniej nieczuły lub bardzo odporny na ból oraz zapewne tak tępy, by nie lękać się śmierci. Osłoniłem się tylko lewym ramieniem, a prawą dłonią wyszarpnąłem sztylet z cholewy buta i wbiłem wrogowi z całej siły w wewnętrzną stronę uda. A jednak coś go zabolało! Wrzasnął i na chwilę stracił zainteresowanie uduszeniem mnie czy zmiażdżeniem mi twarzy, a ja w tym momencie zdążyłem wyrwać ostrze z jego rany i pchnąć je powtórnie, tym razem spokojniej mierzonym ciosem pod żebra. Moja broń był to dobry sztylet z hiszpańskiego żelaza, z klingą tak ostrą, że można się było nią golić, i szpicem potrafiącym przekłuć w powietrzu spadający liść. Docisnąłem ostrze do samej rękojeści w głąb rany, jednocześnie odepchnąłem osiłka i skręciłem się pod nim, uwalniając się od jego ciężaru. I w chwilę potem stało się tak, że on gramolił się z błota, krwawiąc niczym zarzynana świnia, a ja klęczałem obok niego ze sztyletem w garści. Tym razem żgnąłem go w grubą, tłustą i czerwoną szyję. Rozorałem bandycie tętnicę i widząc, jak strumień krwi bluzga spomiędzy palców, którymi osłonił ranę, wiedziałem już, że w klepsydrze życia tego człowieka przesypują się ostatnie ziarenka.

Wstałem, odsunąłem się o dwa kroki, wytarłem ostrze sztyletu i schowałem je z powrotem do pochwy przy cholewie. Teraz nadszedł czas zająć się rannym Andrzejem. Nie sądziłem, by stała mu się szczególna krzywda, jednak oczywiście nie mogłem go zostawić samego. Co prawda nie widziałem w pobliżu przeciwników, ale dworzanin Ludmiły najwyraźniej miał dzisiaj pecha, a ja wolałem, by ten pech się nie powiększył. Po pierwsze, przyzwyczaiłem się do niego, po drugie, uważałem go za pożytecznego stronnika, po trzecie wreszcie, Ludmiła darzyła go sentymentem, więc nie byłaby zadowolona, gdyby zginął tylko dlatego, że zostawiłem go rannego na polu bitwy.

Uklęknąłem przy Andrzeju. Nie jęczał już, lecz klęczał skulony, a krew cały czas ściekała mu spomiędzy palców. Dotknąłem jego ramienia.

– Pokażcie no – rozkazałem.

Krzywiąc się, oderwał dłonie od twarzy.

– Uważajcie teraz, muszę zobaczyć, czy nie macie połamanych kości – ostrzegłem.

Złamana szczęka czy kość policzkowa to paskudna i nieprzyjemna sprawa. Poskładać je trudno, a ból przeszkadza długie tygodnie w jedzeniu i piciu. Nie mówiąc już o tym, że obrażenia mogą oszpecić do końca życia i spowodować trudności w mówieniu. Oczywiście zawodowym żołnierzom ostatnie dwie sprawy mogły nie sprawiać wielkiego problemu, lecz młody dworzanin zapewne wolałby ich uniknąć.

Wyjąłem zza pasa bukłak z wodą i starałem się przemyć twarz Andrzeja. Bez szczególnej ostrożności obmacałem też jego policzki i żuchwę i z satysfakcją zauważyłem, że dworzanin nie wrzeszczy z bólu. Gdyby miał połamane kości, a ja tak bezceremonialnie bym je naciskał, to wierzcie mi: wyłby jak potępiony. Skórę miał co prawda rozdartą dość głęboko żelaznymi kolcami, ale od tego zazwyczaj się nie umiera. No i kiedy go dotykałem, wypluł obok mojej dłoni okruszki zębów. Cóż, od tego nie umiera się również.

– Nic wam nie jest i nic wam nie będzie – stwierdziłem. – Pewnie zostaną wam blizny i tyle tylko waszej szkody. Jak wrócimy do obozu, spojrzę raz jeszcze, bo może trzeba będzie oczyścić ranę i ją zaszyć.

– Dziękuję wam. – Jęknął, wymawiając te słowa, gdyż jak widać, był na tyle obity, że ruszanie szczęką powodowało ból. – Uratowaliście mi życie.

Klepnąłem go w ramię.

– Wy zrobilibyście dla mnie to samo – odparłem lekkim tonem. – No chodźcie, już po wszystkim.

Pomogłem mu wstać, a on rozejrzał się niespokojnie.

– Co z kniaziem? – rzucił.

– Chyba uciekł na dobre. – Wzruszyłem ramionami. – Sami widzieliście, że miał mnóstwo szczęścia, iż nikt go po drodze nie trafił.

– A więc wszystkie nasze trudy na nic – stwierdził grobowym tonem mój towarzysz.

– E, chyba nie jest aż tak źle. Kto tak chętnie przyłączy się do człowieka, który przegrał dwie bitwy? Teraz księżna wyznaczy wielką nagrodę za jego głowę i już nigdzie nie poczuje się bezpiecznie. Każdego towarzysza będzie podejrzewał, iż ten chce go wydać...

– Może i tak. – Andrzej wyraźnie poweselał.

Ostrożnie dotknął poranionej twarzy.

– Bardzo będzie widać blizny? – spytał cicho.

– Nigdy nic nie wiadomo – odparłem. – Znałem takich, co nie dość, że rany goiły się na nich jak na psie, to nawet blizny potem blakły i znikały. Zresztą kiedy zapuścicie gęstą brodę, jak to wasz barbarzyński lud ma w obyczaju, to większość śladów i tak schowa się pod włosami...

Parsknął, lecz zaraz potem syknął z bólu.

– A gdzie Jej Wysokość? – zaniepokoił się nagle.

– Bądźcie spokojni. Jak ostatni raz ją widziałem, gnała z Jewsiejem u boku i otoczona żołnierzami.

Zerwał się, choć wyraźnie widziałem, że walczy z bólem.

– Muszę być przy niej – stwierdził stanowczo.

– Waszego konia diabli wzięli. – Ponownie wzruszyłem ramionami. – No cóż, zrobimy z siebie dziwowisko i pojedziemy we dwóch na moim, póki nie dostaniecie nowego wierzchowca.

– Bardzo wam jestem wdzięczny. – Wyciągnął dłoń w moją stronę. – Bardzo...

A byłem pewien, że dziękuje mi nie tylko za to, że zabiorę go na własne siodło, lecz przede wszystkim i cały czas za uratowanie życia. No cóż, zwykli ludzie przywiązani są tak mocno do tego padołu łez i nieszczęść, iż nie potrafią sobie wyobrazić, że mogą zmierzać ku dolinie śmierci z radosnym „alleluja!" na ustach. My, inkwizytorzy, nie tylko sobie to wyobrażamy, ale też czekamy tej chwili z radosnym drżeniem serca, wiedząc zresztą i rozumiejąc, że nie ma dla niej alternatywy. Bo przecież *czyż jest kto, by żył, a śmierci by nie zaznał?*

Pojechaliśmy sobie spokojnie w stronę, w którą jak widziałem wcześniej, gnała Ludmiła, i rychło okazało się, że po pierwsze, zobaczyliśmy siedzącą na koniu i otoczoną żołnierzami księżną, a po drugie, ku mojemu zdziwieniu ujrzeliśmy Kamieńskiego. Oznaczało to, że jego zdumiewające, niezwykłe i zaskakujące szczęście jednak się skończyło. I jak widać, tym razem odwróciło się od buntownika, a uśmiechnęło do prawowiernej władczyni. Trudno byłoby nie uradować się z tego powodu.

– A mówiliście, że uciekł – westchnął z nieskrywaną ulgą mój towarzysz.

– Czyli komuś udało się go jednak trafić – odparłem i również spadł mi kamień z serca.

Teraz byłem pewien, że powrotna podróż do Peczory rozwija się na drodze naszej przyszłości niczym czerwony dywan, i aż uśmiechnąłem się sam do siebie, przede wszystkim na myśl o Nataszy. I na wspomnienie o łaźni. I wyobrażenie dobrej kolacji. No tak to już jest z ludzkim życiem, że korzyść i nadzieja jednego może rodzić się tylko z bólu i klęski drugiego.

Bo kniaź Aleksander na pewno nie planował teraz przyjemnej i bezpiecznej przyszłości. Leżał w błocie, a po upadku z konia miał złamaną i wykręconą pod nienaturalnym kątem nogę, lecz nie to miało być przyczyną jego śmierci. Pod pachą, w miejscu niechronionym pancerzem napierśnika, a jedynie schowanym pod skórzanym pasem, utkwiła Kamieńskiemu strzała. Była w połowie złamana, jednak wbiła się wystarczająco głęboko, bym miał pewność, że buntownik ma małe szanse na przeżycie. On sam też najwyraźniej pogodził się z własnym losem, gdyż wpatrzony w niebo, modlił się cichym głosem. Nagle jednak przerwał, rozkaszlał się, splunął krwawą plwociną na jasną, zaplecioną w warkocze brodę i spojrzał do góry, na stojącą nad nim Ludmiłę.

– Umieram! – zawołał tonem nawet dość wesołym. – A więc masz, czego tak bardzo chciałaś, droga kuzyneczko!

Księżna przyglądała mu się obojętnym wzrokiem, ani gniewnym, ani pogardliwym, ani współczującym. Po prostu obojętnym.

– Żal umierać – uśmiechnął się kniaź, a z kącika ust znowu popłynęła mu krew. – Ale żyć na świecie, na którym Rusią rządzicie wy, książęta, też żal. – Zastanowił się na moment. – Kto wie, może nawet większy żal żyć w takiej oto Rusi, jaką jest wasza Ruś...

Ludmiła nadal się nie odzywała, tylko spoglądała na niego z wysokości siodła.

– Mam do ciebie prośbę, kuzynko droga. Każ mnie pochować na polu bitwy, tam gdzie mnie pokonałaś. Mnie i wszystkich moich ludzi. Rzućże jakiś głaz na nasz grób i każ na nim wyryć... – Kniaź Aleksander przymknął oczy. – „Tutaj wolni ludzie cisnęli rękawice w twarz tyranom. Tutaj wszyscy dzielnie walczyli i tutaj wszyscy dzielnie zginęli" – wyrecytował z patosem. – Potem otworzył oczy. – Zrobisz to dla mnie? Powiedz: zrobisz?

Księżna patrzyła, nadal się nie odzywając. Podniosła tylko ramiona i zdjęła z głowy hełm. Na czole miała zaschniętą już krew.

Kamieński westchnął z wyraźnym wysiłkiem i jęknął boleśnie.

– Oho – powiedział. – Widzę już ją...

A potem, nie tłumacząc, kogo i gdzie widzi, wciągnął spazmatycznie powietrze do płuc i skonał.

Ludmiła zawiesiła hełm przy siodle, po czym uwolniła dłonie z ciężkich, okutych metalem rękawic.

– No to zakończyliśmy wojnę – oznajmiła. – Możemy wracać do Peczory.

– Wasza miłość, a co mamy zrobić z kniaziem Aleksandrem i jego ludźmi? – odważył się zapytać porucznik.

Księżna wzruszyła ramionami.

– Zostawcie te ścierwa, jak leżą – rozkazała. – Wilki i wrony będą miały ucztę...

Tak to się wszystko skończyło dla kniazia i jego zwolenników, tak się skończyło dla księżnej i dla nas. Nie ponieśliśmy większych strat, gdyż armia Kamieńskiego składała się jednak w większości ze zwykłej hołoty, a tych niewielu prawdziwie dzielnych wojaków, których miał ze sobą, nie stanowiło szczególnego zagrożenia właśnie dlatego, że było ich niewielu. Sprawy jednak nie zakończyły się jeszcze dla służby Czarnego Daniły i dla jego rodziny. Ludmiła kazała powiesić co trzeciego ze sług w zajeździe, a reszta miała zostać solidnie wybatożona. Nowym, tymczasowym gospodarzem został kanclerz Makary, który otrzymał zadanie uporządkowania wszystkich spraw, znalezienia nowego zarządcy, po czym miał wrócić do Peczory. Makary nie był tym rozkazem zachwycony, ale pan każe, sługa musi, ta zasada obowiązywała nawet drugą osobę po księżnej.

Została jeszcze sprawa Nadieżdy i jej dziecka. Płacząca kobieta klęczała u końskich kopyt, ściskając chłopczyka w objęciach. Niemowlę, dziwnie spokojne, wpatrywało się małymi paciorkami oczek w głowę wierzchowca. Kiedy zwierzę zarżało, mały zaśmiał się i zagulgotał coś w języku, który być może rozumiała tylko jego matka.

– Dobrze się spisałaś, Nadieżda – pochwaliła ją łaskawie księżna. – W innym razie kazałabym cię wbić na pal, ale że sprawy potoczyły się, jak się potoczyły, to każę cię tylko powiesić.

– A mój synek? Wasza mość, a moje dziecko? – zapytała rozgorączkowana dziewczyna.

– Nie bój się, Nadieżda, nie będzie ani chwili cierpiał.

Dziewczyna wybuchła strasznym płaczem, tak żałosnym, przeszywającym serce... Cóż, na nas, inkwizytorach, nie robią wrażenia podobne sceny. Napatrzyliśmy się na ból ludzki i krzywdę, czy też na to, co skazańcy wyobrażają sobie jako krzywdę, nie rozumiejąc, że nie ma szczęśliwszej chwili niż ta, w której z lekkim sercem i w oczekiwaniu na Sąd Boży zmierzamy na zielone łąki Raju...

– Wasza Książęca Mość, jeśli wolno... – Uniosłem rękę.

– Czego chcesz, inkwizytorze? – Ludmiła spojrzała na mnie zniecierpliwiona.

– Wasza Książęca Mość wie, że Natasza ma czasami zdumiewające sny, sny, które wydają się na początku całkowicie pozbawione sensu, ale potem okazuje się nagle, że dopiero przyszłe wydarzenia potrafią wytłumaczyć ich znaczenie.

– Do rzeczy!

– Natasza śniła o krówce z jasnymi włosami i o jej cielaku – wyjawiłem. – I śniła, że ta krówka dawała ludzkie mleko. Kiedy Natasza je piła, to widziała więcej i silniej, i dalej. – Podniosłem głos. – To było, jakby z górskiego szczytu spoglądała w przeczyste powietrze i widziała doliny układające się całymi milami pod jej stopami...

Księżna milczała dłuższą chwilę, żołnierze i oficerowie milczeli również, wgapieni we mnie, jakbym był bez mała jakimś wieszczem z siwą brodą i lirą w dłoni.

– Co to ma znaczyć? – zapytała wreszcie.

– Do tej pory nie miałem pojęcia – odparłem. – Teraz pomyślałem, że może był to znak, iż ta dziewczyna i jej dziecko są potrzebni Nataszy. Nie sądzę, by chodziło dosłownie o picie mleka. – Pozwoliłem sobie na grymas. – Ale Wasza Książęca Mość sama doskonale wie, jak wiele czasami trzeba się natrudzić, by z sennej fantasmagorii wyłuskać rzeczywistą wskazówkę. Przecież w Biblii siedem krów chudych też nie pożarło tak naprawdę siedmiu krów tłustych, lecz sen faraona symbolizował, że po siedmiu latach urodzaju spadnie na Egipt siedem lat nędzy.

Księżna przypatrywała mi się uważnie.

– Oczywiście, jeśli Natasza powie, że we śnie wcale nie chodziło jej o tę dziewczynę, to zawsze będzie można ją wtedy powiesić, za pozwoleniem Waszej Książęcej Mości. – Wskazałem podbródkiem Nadieżdę tulącą dziecko. – Ale kto wie, może Nataszce ona się przyda, by za jej pomocą tym lepiej mogła usłużyć waszej miłości. Jeżeli Wasza Książęca Mość nie ma nic przeciwko temu...

Ludmiła ściągnęła usta, zastanawiała się chwilę i w końcu wzruszyła ramionami.

– Zajmij się więc tą krową i jej cielakiem – rozkazała, zwracając się do Jewsieja.

Potem skinęła na drugiego z oficerów i odjechała w stronę bramy. Nadieżda nadal płakała głośno i rozpaczliwie, nie wiem nawet, czy rozumiała, co się właśnie przed chwilą wydarzyło.

Zbliżyłem się do oficera.

– Dobrze by było też nadmienić, że jeśli nie dojadą żywi i cali, to Natasza może być naprawdę bardzo niezadowolona i bardzo zagniewana na tego, przez kogo tak właśnie się stało... – ostrzegłem.

Jewsiej spojrzał na mnie wściekłym wzrokiem.

– Co mam niby zrobić z nią i z tym bękartem?

– Daj jej kuca albo muła i niech jedzie razem z piechotą – zdecydowałem.

– Skoro to ma być niewolnica waszej kobiety, to może wy łaskawie zdecydujecie, co ma się z nią dziać...

Wzruszyłem ramionami.

– Czemu nie. Ej, ty tam! – Skinąłem na pierwszą z brzegu kobietę. Była dobrze zbudowana i wyglądała na mocną. – Będziesz służyć we wszystkim Nadieżdzie i zajmiesz się dzieckiem. Żebyś miała siły, to nie dostaniesz dziś batów jak wszyscy... Ej, żołnierzu! – Wskazałem na mężczyznę, który właśnie przechodził obok nas. – Będziesz aż do Peczory pilnował tych dwóch kobiet i dziecka. Włos im z głowy spadnie, a księżna każe wbić cię na pal. Dojadą bezpiecznie, dostaniesz nagrodę.

Żołnierz spoglądał na mnie ogłupiały. Byłem pewien, że rozumie słowa, które wypowiadam (bo dzięki talentowi i inteligencji potrafiłem konwersować po rusku już nawet z takimi durniami jak on), ale po prostu nie bardzo potrafił pojąć, co właściwie ma robić.

Spojrzałem na Jewsieja.

– Wytłumacz mu – rozkazałem. – A jak nie zrozumie, to go powieś i wytłumacz następnemu.

Odszedłem, nie poświęcając im już więcej uwagi.

– Skłamaliście – stwierdził Andrzej, kiedy znaleźliśmy się z dala od ciekawskich uszu mogących podsłuchać naszą rozmowę. Wyrzekł te słowa bez złości, tylko jakby z wielkim zadziwieniem w głosie. – Najbezczelniej w świecie skłamaliście – powtórzył.

– Kiedy? – zdumiałem się.

– To, co opowiadaliście o śnie Nataszy i o tym mleku. Przecież to nieprawda.

Ściągnąłem wodze.

– Ośmielacie się zarzucać mi łgarstwo? – Odwróciłem się i spojrzałem na niego lodowato. – Ośmielacie się twierdzić, że wymyśliłem podobną historię?

Byłem naprawdę obruszony i rozeźlony. Oczywiście, że na poczekaniu zmyśliłem opowieść o snach mojej kobiety i uznałem, że Ludmiła może w nią uwierzyć, a przynajmniej wyda jej się ona interesująca i rokująca nadzieje na wzmocnienie sił Nataszy. Ale zarzucanie mi konfabulacji było ze strony mojego towarzysza nie tyle nawet niegrzecznością, ile wręcz wołającą o pomstę do nieba bezczelnością.

– Ależ ja...

Nie zamierzałem zdradzać mu swego podstępu. Inkwizytorzy nie mogliby prowadzić zbożnego dzieła, jeśliby mieli języki tak długie, że trzeba by im było je przycinać. Gdyby Andrzej dowiedział się prawdy, najprawdopodobniej wydałby mnie księżnej, a to skończyłoby się fatalnie dla wszystkich. Dla mnie, gdyż zostałbym upokorzony, i dla córki Daniły oraz jej dziecka, bo zostaliby zabici.

– Mam wrażenie, że z winy mojej uprzejmości powzięliście mylne wrażenie o inkwizytorach – rzekłem oschle. – I radzę wam, byście już nigdy nie pomylili dobrych manier, o których staram się nie zapominać, ze słabością, na którą nigdy sobie nie pozwalam. I to moje dobre maniery, a nie moja słabość, pozwalają mi ten jeden jedyny i ostatni raz wybaczyć wam, że zarzuciliście mi kłamstwo...

Potem bodnąłem konia piętą i odjechałem do przodu, gdyż nie miałem zamiaru z nim więcej gadać. Chciałem, aby był pewny, iż czuję się szczerze oburzony jego posądzeniem. I chciałem również, aby stał się do tego tak przekonany, że owo posądzenie już za chwilę wyda mu się całkowitą fantasmagorią, wręcz godnym pożałowania wygłupem i karygodnym nonsensem.

Cała armia Ludmiły rozlokowała się w zajeździe Czarnego Daniły i w jego okolicach, a Ludmiła zapowiedziała, że żołnierze zostaną tam dwa dni, by odpocząć po bitwie, wylizać się z ran i skaleczeń, no i, rzecz jasna, nacieszyć się triumfem. W ramach celebrowania zwycięstwa księżna kazała pozabijać świnie i kury oraz wytoczyć beczki z piwem. Znalazło się nawet kilka baryłek diablo mocnej okowity z czarnego żyta. Żołnierze mieli sobie solidnie podjeść i opić się jak bąki, by tym chętniej sławili imię swej pani oraz rozgłaszali chwałę jej triumfu. W Peczorze czekał na nich dalszy ciąg świętowania, gdyż obiecano wypłacić im solidny żołd. Jak znałem żołnierskie obyczaje, tak jednakie niezależnie od regionu świata czy epoki, to większość z zarobionych pieniędzy i tak wydadzą na dziwki, trunki i przeputają w kości lub karty. Tak już świat się układał, że głupcy zarabiali pieniądze z wielkim trudem, narażając własne życie i zdrowie, a za to wydawali je z wielką łatwością i bezsensownie. Ludzie mądrzy postępowali całkowicie na odwrót.

W czasie wyprawy namiot dzieliłem z Ludmiłą w ten sposób, że księżna zajmowała wielką jego część (w której miała nawet prawdziwe łóżko, a nie zwykły siennik czy inne byle jakie posłanie), a ja miałem legowisko w przedsionku pomiędzy wejściem a kotarą oddzielającą część Ludmiły. Andrzej, chcąc nie chcąc, dzielił ze mną tę kwaterę. Tutaj jednak zatrzymaliśmy się w domu Czarnego Daniły, który to dom był obszerny i całkiem wygodnie urządzony. Księżna zajęła dużą sypialnię, a ja i Andrzej dostaliśmy do użytku przechodnie pomieszczenie znajdujące się przed pokojem Ludmiły. Zanim dworzanin poszedł świętować, obejrzałem jeszcze jego rany i kazałem mu przemyć je gorzałką.

– Na moje oko nic wam nie będzie, ale zobaczymy, jak się na was goi.

– A wy nie pójdziecie się bawić?

Wzruszyłem ramionami.

– Gorzałki z czarnego żyta nie będę pił, a wasze piwo jest tak plugawe, że kiedy wrócę do Cesarstwa, będę podawał je przesłuchiwanym, by zaczęli zeznawać, lękając się, że jak nie powiedzą prawdy, to dostaną drugą porcję.

Wzruszył ramionami.

– Ależ stępiał wam dowcip – stwierdził.

– Może i tak – odparłem. – Wszystko mi jedno.

– Księżna dla siebie i dla nas kazała wydać dobre wina. Słyszałem, że jest nawet kilka butelek reńskiego. Na pewno się nie skusicie?

Wątpiłem, by księżna zajmowała się świętowaniem, bo zapowiedziała mi wcześniej, iż nie będę jej potrzebny, gdyż musi wraz z Makarym omówić przed powrotem do Peczory sprawy zajazdu.

– Nie – rzekłem. – Nie skuszę się, ale wy bawcie się dobrze.

Skierował się w stronę wyjścia, lecz nagle zatrzymał się.

– A co z tą dziewką? Z tą kochanicą kniazia?

– A co ma być? Zna tu każdy budynek, a że miała własną kwaterę, to pewnie w niej czuje się najbezpieczniej.

– Co z nią zrobicie w Peczorze?

– Ja? – zdziwiłem się. – Nic. To sprawa Nataszy, nie moja. A czemu w ogóle pytacie?

– Widzieliście, jaka jest ładna?

– Jeśli mam być szczery, nie za bardzo...

Rzeczywiście raczej przypuszczałem tylko, że Nadieżda może być całkiem urokliwa, bo na to, bym wiedział na pewno, miała za bardzo posiniaczoną i opuchniętą od płaczu twarz.

– Jak baba jest stara i brzydka, a jeszcze w dodatku tłusta, wygadana i bezczelna, to łatwiej ją powiesić, prawda? – zauważył Andrzej. – A taką młodą, ładną i zgrabną to jakby trudniej... Co? Jak sądzicie?

– *Na osobę względu nie będziesz miał żadnego* – rzekłem, cytując słowa Pisma. – Ale macie rację, że często ładnej kobiecie łatwiej przecisnąć się przez sieć sprawiedliwości i wielu sędziom może zadrżeć dłoń, zanim podpiszą wyrok skazujący. Chyba że chodzi o inkwizytorów, gdyż my, Bogu dziękować, nie mamy tego typu rozterek...

– A takie grube baby, jak je palicie na stosach, to co z nimi? Bardzo skwierczą? – zapytał ciekawie.

Machnąłem tylko ręką.

– Czy myślicie, że ktoś, kto wychodzi po tygodniach przesłuchań z inkwizytorskiego więzienia, ma jeszcze w sobie tyle tłuszczu, by porządnie skwierczeć w ogniu? Sądzicie, że podejrzanych karmimy u nas frykasami, i to na dodatek sześć razy dziennie?

Potem rozstaliśmy się już i Andrzej poszedł upijać się z żołnierzami i dworzanami (zadanie to powiodło mu się znakomicie, jak miałem okazję zauważyć jeszcze tej samej nocy), a ja położyłem się na sienniku i czekałem, aż księżna wróci. Oczywiście nie zasypiałem, bo choć nie przepadałem za moją rolą psa stróżującego, to jednocześnie dobrze wiedziałem, iż moim zadaniem jest bycie gotowym na każdy rozkaz. A poza tym, choć powinienem być przecież zmęczony wydarzeniami, jakie miały miejsce, marszem oraz bitwą, o dziwo, wcale taki nie byłem. Leżałem w ciemności, z przymkniętymi oczami, słysząc żołnierskie wrzaski i śpiewy, coraz głośniejsze i coraz bardziej bezładne, lecz wcale mi to nie przeszkadzało. Sprawy toczyły się w dobrym kierunku i liczyłem na to, iż pomimo obaw Nataszy kierunek ten się nie zmieni. Myślałem z ulgą i nadzieją, że już niedługo zobaczę mury i wieże peczorskiej fortecy. No, no, kto by jeszcze rok temu pomyślał, że widok butwiejącego ruskiego zamku położonego na końcu znanego nam świata będzie zdolny sprawić mi przyjemność i wywołać radosne drgnienie serca?

Księżna była tak łaskawa, że nie tylko sama odpoczywała niemal do południa, ale i całemu wojsku, wszystkim żołnierzom, pozwoliła na odespanie pijatyki i nie wyznaczyła oficerom żadnych zadań. Cóż, gdyby gdzieś czaił się nieprzyjaciel, to zapewne nieźle przetrzepałby skórę tej naszej armii, w nocy w sztok pijanej, a w dzień zmarnowanej i wymęczonej wielogodzinnymi szaleństwami. Na szczęście żadnego wroga nie było już w pobliżu, a nawet jeśli jakiś się uchował, z całą pewnością marzył nie o ataku, lecz by znaleźć się jak najdalej od nas.

Wyspałem się całkiem porządnie, ocknąłem się tylko raz i na chwilę w nocy, by zobaczyć, jak mój towarzysz wczołguje się na czworakach do pokoju. Nie dopełzł jednak nawet do własnego legowiska, a tylko złożył głowę na rzuconym na ziemi futrze i zaraz głośno zachrapał.

Obudziłem się w porze, w której zapewne większość podwładnych Ludmiły jeszcze smacznie spała, odsypiając przygody oraz perypetie nocy. Przyjrzałem się Andrzejowi, czy aby nie zarzygał siebie ani swojego legowiska (byłoby zapewne niedobrze, gdyby księżna dostrzegła, że coś takiego wydarzyło się na progu jej sypialni), i już zamierzałem sprawdzić, co dzieje się na korytarzu i na podwórzu, kiedy właśnie z korytarza usłyszałem hałas i przejmujące krzyki.

Jacyś ludzie wołali tak głośno i tak się nawzajem przekrzykując, że nie zdołałem wiele z tego rozgardiaszu wyrozumieć. Wreszcie jednak drzwi rozwarły się gwałtownie i z łomotem.

– Miłościwa pani, miłościwa pani!

Mężczyzna, który wbiegł do komnaty, był wysoki, barczysty i tak silny, że wszedł, wlokąc za sobą dwóch usiłujących go zatrzymać strażników. Miał zaskorupiałą krew na twarzy i włosy spalone na połowie czaszki.

Spoglądał wzrokiem nie tylko błędnym, lecz i pełnym rozpaczy.

Podejrzewałem, że intruz musi być znany strażnikom, gdyż inaczej chyba nie cackaliby się z nim i stłukliby go jeszcze na korytarzu, nie pozwalając mu wejść do książęcych kwater, oni jednak ograniczyli się tylko do wiszenia mu u ramion. Niemniej wolałem dmuchać na zimne, wyszarpnąłem nóż z pochwy i zagrodziłem mężczyźnie drogę do pokoju księżnej. Byłem zbudowany tym, iż Andrzej pomimo nocnego opilstwa zareagował nad wyraz szybko. Porwał w dłonie włócznię i stanął ramię w ramię ze mną.

I wtedy huknęły otwierane drzwi, a w progu pojawiła się księżna. W koszuli z szarego płótna i w butach. Rozczochrana i wyraźnie wściekła. Obrzuciła spojrzeniem całą scenę. Andrzeja z włócznią w ręku i mnie trzymającego ostrze kordelasa przy szyi owego gwałtownika, który tak nieuprzejmie wtargnął do naszych pokojów.

– Oho, moje pieski mają kły – powiedziała, a jej twarz rozpogodziła się, choć w uśmiechu, który uznałbym za zbyt okrutny, aby był przyjacielski. – Zamachowiec?

– Miłościwa pani, ja przecież z Peczory! – wykrzyczał mężczyzna z rozpaczą. – Ja Iwan się nazywam, ze stajni jestem. Konia miałem akurat, to gnałem, jak tylko to zobaczyłem, do waszej miłości gnałem co sił, żeby...

Ludmiła gwałtownie podniosła dłoń. Oblicze miała już skupione, zacięte. O dziwo, taka była siła w tym geście i w wyrazie tej twarzy, że przybysz mimo wzburzenia nie tylko gest ów spostrzegł, ale umilkł, jakby mu położono dłoń na ustach. Księżna dała znak, bym zniżył broń, więc odstąpiłem o krok i odjąłem ostrze od szyi Iwana.

– Gadaj! – rozkazała, patrząc wprost w jego oczy.

A on nie opuścił wzroku do ziemi, jak mieli to w zwyczaju ruscy poddani względem każdego, kto stał wyżej od nich w hierarchii, tylko wręcz przeciwnie, zapatrzył się w Ludmiłę przerażonym, otępiałym spojrzeniem.

– Miłościwa pani, Peczora wzięta! – zakrzyknął chrapliwie i boleśnie.

Ludmiła postąpiła ku niemu z pobladłą twarzą, jakby nagle z jej oblicza odpłynęła cała krew. Spoglądała na niego w zdumionym milczeniu, on zaś spoglądał na nią w milczeniu żałosnym i otępiałym. Kiwał się na boki, a po policzkach nie wiem, czy spływały łzy żałości, czy pot, niemniej nadawało mu to dodatkowo rozpaczliwy wygląd.

Zapewne nie powinienem był uczynić tego, co uczyniłem, gdyż moment, w którym władca dowiaduje się, że zajęto jego stolicę, nie jest najodpowiedniejszy, by indagować posłańca przynoszącego tę smutną wieść sprawami prywatnej natury. Ale postanowiłem jednak skorzystać z chwili, w czasie której wszyscy milczeli, by wbrew rozsądkowi zadać pytanie (i sam się zdziwiłem, że – widać z jeszcze sennego rozespania – mój głos zabrzmiał chrapliwie).

– Natasza. Co z Nataszą?

Mężczyzna spojrzał na mnie nieprzytomnym wzrokiem.

– Dziewczyna wołcha, ta, która chroni księżną – poddałem szybko. – Co się z nią stało?

Miałem nadzieję, że słowa „ta, która chroni księżną" uratują mi skórę przed gniewem Ludmiły, gdyż zawsze mogłem przynajmniej szukać wymówki, iż kiedy zadawałem pytania, chodziło mi jedynie o dobro władczyni. Jasne, że Ludmiła nie była głupia, lecz przynajmniej dałbym jej pretekst, by mi uwierzyła.

– Dziewczyna wołcha – powtórzył, a potem potrząsnął głową. – Zabili ją. Sam widziałem, jak zrzucali z muru jej ciało.

Poczułem, jak na moim ramieniu zaciskają się palce Andrzeja.

– Nie wierzcie mu – zaszeptał gwałtownie. – Nigdy nikt nie zabiłby dziewczyny takiej jak Natasza. Nawet w czasie szturmu, nawet w czasie rzezi całego zamku.

Skinąłem wolno głową.

– Może i tak – odparłem bezbarwnym głosem.

Targnął mną tak mocno, że zdumiało mnie nie tyle samo szarpnięcie, ile fakt, że poważył się na gest tak poufały i tak jednocześnie zdecydowany. Spoglądał mi prosto w oczy.

– Wóz czy przewóz, inkwizytorze? – spytał.

Odetchnąłem głęboko.

– Wóz – odparłem.

Skrzywił twarz w uśmiechu i puścił moje ramię.

– Też tak sądzę – stwierdził. A potem uśmiechnął się drapieżnie. – Czuję zapach krwi – dodał szeptem, lecz z dziwną satysfakcją w głosie.

– Gdzie? – zapytałem machinalnie.

Spojrzał na mnie z jeszcze szerszym uśmiechem. Nie mogłem się przyzwyczaić do jego nowego wyglądu, do tych wytłuczonych w walce zębów, do rozoranej, zaognionej szramy prowadzącej od nozdrzy do szczęki. Na pewno nie wyglądał już na grzecznego, uładzonego dworzanina, znawcę ksiąg oraz łaciny.

– Daj Boże, wszędzie – odparł.

Księżna wreszcie ocknęła się ze zdziwionej zadumy czy ze stuporu wywołanego katastrofalną wiadomością.

– Czyi ludzie was napadli? – zapytała chrapliwie.

– Ja nie wiem, ja uciekłem. – Zbieg złożył dłonie jak do modlitwy. – Gnałem, że koń mało nie padł. Nic nie wiem, wasza miłość, ale wpierw słyszałem jeszcze, jak krzyczeli, że są od Izjasława...

– Od Izjasława – powtórzyła głucho księżna.

Potem rozkazała, by mężczyznę nakarmiono, napojono i pilnowano, by w razie czego był do jej dyspozycji. I jeszcze w trakcie kiedy wydawała rozkazy, do komnaty wpadł Jewsiej, zaufany oficer. Andrzej przysunął się do niego szybko i zaszeptał żywo w jego stronę. Twarz przybyłego zsiniała. Na początek spojrzał wzrokiem tak wściekłym, jakby sądził, że dworzanin z niego kpi, potem, widząc pochmurne oblicze księżnej oraz stojącego przed nią poranionego przybysza, zrozumiał, że wszystko, co mu powiedziano, musi być prawdą.

– Nie minie cię nagroda za wierność – obiecała tymczasem Ludmiła, kładąc łaskawie dłoń na ramieniu przybysza z Peczory. – Będziesz pod moją szczególną opieką.

Potem kiedy ów wyszedł, zgięty wpół w pokłonie i niemal wyśpiewujący jękliwe pochwalne peany, Ludmiła zwróciła się do Jewsieja:

– Daj mu dobrego konia, dobrą broń i dobre odzienie. Niech mu wypłacą żołd tak, jakby kwartał służył u twoich. Rozgłoś wszystkim, że księżna hojnie nagradza za pilność i wierność. I niech go któryś z twoich pilnuje, by nic nie gadał.

– Jak wasza miłość sobie życzy. – Oficer pochylił głowę.

Pomyślałem, że księżna pewnie zastanawiała się, czy nie lepiej pozbyć się owego posłańca złych wieści, ale jak widać, uznała, że żywy będzie bardziej przydatny do jej celów.

– Wezwij do mnie Makarego – dodała jeszcze.

Potem kiedy zostaliśmy sami, usiadła ciężko w fotelu i odchyliła głowę na oparcie.

– A więc mało było Bogu jednej wojny i w swojej furii drugą na nas ściągnął – powiedziała nawet nie z gniewem, ale z jakąś niepokojącą bezradnością i rozżaleniem.

Zaraz jednak wyprostowała się.

– Trzeba będzie ją wygrać, jak i pierwszą – dodała już mocnym głosem.

Cóż, tak właśnie było, że należało zwyciężyć również w kolejnym starciu. Nie mogłem jednak nie zauważyć, że tym razem wszystko zapowiadało się dużo, dużo gorzej. Ludmiła miała do czynienia z krewniakiem, nie dość, że zasobnym i przygotowanym, to jeszcze dysponującym dobrze uformowanymi oddziałami zbrojnych, nie byle hałastrą. W dodatku ten krewniak zajął fortecę księżnej. A my? Co mieliśmy poza nieliczną armią wokół nas? I zasadne również stawało się pytanie: ilu żołnierzy z tego naszego wojska zostanie u boku księżnej, kiedy przyjdzie co do czego? Czy nie będą woleli znaleźć się pod skrzydłami nowego, chociaż samozwańczego władcy Peczory (i na pewno otrzymać jakieś wynagrodzenie z tego tytułu), zamiast narażać życie dla władczyni, którą właśnie pozbawiono najważniejszej twierdzy?

– Wygramy, wasza miłość – zapewnił żarliwie Andrzej.

No cóż, zważywszy, iż Andrzej opowiadał mi, że byłby jedną z pierwszych ofiar Izjasława, to ten zapał nie mógł budzić zdziwienia.

Szczęknęły drzwi i do pokoju niemal wbiegł Makary. Miał zarumienione policzki i dyszał z wysiłku. Pierwszy raz widziałem tego starego człowieka tak poruszonego, by przyspieszył kroku.

– Wiem już, Ludmiło, wszystko mi powiedzieli – wystękał.

Musiał być naprawdę bardzo zdenerwowany, gdyż zawsze, zwracając się do władczyni w obecności innych ludzi, przemawiał do niej słowami „Wasza Wysokość" lub „miłościwa pani". Oczywiście wszyscy wiedzieli, że służy księżnej od jej lat młodzieńczych i jest z nią niezwykle zżyty, ale nigdy nie starał się owej zażyłości okazywać przed poddanymi.

– Wynocha – zwróciła się do nas Ludmiła. – Zostańcie za drzwiami.

Domyślałem się, że teraz i w najbliższych dniach zostaną podjęte szczególne środki bezpieczeństwa. Któż mógł zagwarantować, że jakiś żołnierz lub oficer nie wykoncypuje sobie, iż przyniesienie Izjasławowi głowy Ludmiły może być świetnym sposobem na zrobienie szybkiej kariery? I niezależnie od tego, czy ów pomysł okazałby się dobry, czy nie (podejrzewałem, że raczej nie), z całą pewnością mógł komuś głupiemu zaświatać. I jeśli owo zbrodnicze zamierzenie by się powiodło, wtedy wszystkich nas czekałby iście diabelski chaos. A w czasie przetaczania się fal chaosu łatwo stracić głowę nie w metaforycznym, lecz dosłownym rozumieniu tych słów. Nawet jeśli jest się doświadczonym inkwizytorem. Cóż, a na

Rusi może lepiej powiedzieć: tym łatwiej ją stracić, jeśli jest się inkwizytorem.

Posłusznie opuściliśmy komnatę i stanęliśmy przy drzwiach.

– Nie martwcie się Nataszą – rzekł jeszcze Andrzej. – Zaręczam wam, a ja na Rusi jestem przecież chowany, że nic jej nie jest.

Doceniłem jego życzliwość, która w tak dramatycznej chwili kazała mu się zajmować jeszcze moimi uczuciami.

– Dziękuję wam za dobre słowo – odparłem. – Mam nadzieję, że z pomocą Boga dowiemy się wszystkiego już niedługo i wszystko zobaczymy na własne oczy.

– Tak właśnie będzie – stwierdził z powagą. – Nasza pani nie daruje mu swojej krzywdy – dodał, myśląc oczywiście o zdradzieckim Izjasławie.

– Zastanawiam się, czy wykorzystał tylko sytuację, że naszej pani nie ma w Peczorze, czy też był w zmowie z tym przeklętym Kamieńskim – dodał.

Wzruszyłem ramionami.

– Teraz to nawet nie ma żadnego znaczenia – odparłem.

Potem jednak pomyślałem, że może ma jednak znaczenie, gdyż jeśli Izjasław zareagował pod wpływem chwili czy nastroju i wykorzystując okazję, to nasze sprawy wyglądałyby nieco lepiej, niż jeśli byłby to przemyślany od dawna i precyzyjnie opracowany zamysł. Bo w pierwszym wypadku stryj Ludmiły mógł nie być przygotowany na niemiłe niespodzianki, natomiast gdyby atak był dokładnie zaplanowany, to Izjasław zapewne rozważył wcześniej wszystkie argumenty za oraz prze-

ciw i zdecydował się zaryzykować wojnę z pełną świado-
mością, iż może się ona toczyć zwodniczymi koleinami.

– Mój Boże, mój Boże... – zaszeptał Andrzej.

Teraz kiedy opadły emocje wywołane wtargnięciem
przybysza i jego późniejszą relacją, widziałem, jak szarą,
siną z wyczerpania twarz ma dworzanin. Cóż, w końcu
dopiero co doznał poważnej kontuzji wojennej, a potem
niemal całą noc pił obrzydliwe ruskie trunki, same w sobie będące niemal śmiertelną trucizną. Nic więc dziwnego, że wyglądał, jak wyglądał...

– Zwyciężymy – stwierdziłem z pewnością w głosie,
której jednak wcale nie miałem w sercu. – Albo księżna
dogada się ze stryjem, jak to bywa w rodzinie. Może tylko
o to mu chodzi? – spytałem z nową nadzieją. – Może to tylko zbudowanie pozycji, by mieć przewagę w negocjacjach?

– Może i tak – ożywił się Andrzej. – Macie rację. Tylko
co on może chcieć – mówił dalej, lecz tym razem głosem
już bardzo mocno ściszonym. – Skoro wszelkie przywi-
leje i tak mogą być mu nadane jedynie w Nowogrodzie,
a nasza księżna niewiele mogłaby mu ofiarować. – Wzruszył ramionami. – Dziwne to wszystko, mówię wam. Mój
Boże, jak mi się chce rzygać – dodał po chwili zduszonym
i żałosnym tonem.

– To idźcie szybko, a ja tu zostanę – zaproponowałem.

Pokręcił głową.

– Nie, jakoś już przetrzymam – odparł, wzdrygając
się i zaciskając szczęki.

Godzinę potem Ludmiła wyszła z komnaty, już ubrana
jak do boju, w kolczudze, z mieczem przy pasie i w stalowych rękawicach na dłoniach. Tylko hełm trzymała jeszcze w ręku.

– Obaj macie jechać przy mnie – rozkazała, przecho-
dząc obok, lecz nawet na nas nie spoglądając.

Makary dreptał za nią ze zbolałą miną i wyglądał,
jakby przez tę godzinę rozmowy z księżną postarzał się
o kilka lat.

A my? No cóż, zostało nam tylko wykonać, co nam
rozkazano, a więc jak najszybciej zebrać cały ekwipu-
nek i ruszyć, by własnymi ciałami osłaniać księżną. Bo
przecież właśnie o to jej chodziło, kiedy kazała sobie towarzyszyć. Wiedziała, iż ja na pewno jej nie zdradzę, bo
mój los od niej zależał, zapewne ufała również Andrzejowi. Oczywiście w takim zakresie, w jakim władca może
w ogóle ufać jakiemukolwiek poddanemu.

Dosiedliśmy koni, podjechaliśmy w stronę księżnej
i zajęliśmy miejsce u jej boków. Potem obserwowaliśmy, jak Ludmiła i oficerowie formują szyki oraz usta-
wiają armię w marszowym porządku. I widzieliśmy,
że robią to szybko i sprawnie, krzykiem i zaplanowa-
ną gwałtownością wymuszając pośpiech. Cóż, na razie
żołnierze nie mieli jeszcze czasu myśleć o tym, co się
wydarzyło i jakie będą tego zdarzenia konsekwencje.
Niestety jednak, w drodze do Peczory zdążą zastanowić się nad tym nie raz i nie dwa. Oraz nie raz i nie dwa
zdążą podzielić się z kompanami wątpliwościami, oba-
wami czy strachem. A z doświadczenia wiedziałem, jak
często właśnie wątpliwości, obawy i strach poddanych
zachęcały ich samych do zdrady, a co za tym idzie –
suzerenów doprowadzały do zguby. Im więcej czasu
daje się żołnierzom na myślenie, tym większa obawa,
iż mogą dojść do przekonania, że wcale nie chcą walczyć. Zwłaszcza kiedy sytuacja ich wodza jest nie do

pozazdroszczenia, zwycięstwo niepewne, dochody bardziej niż wątpliwe, a zdrada nie dość, że okazałaby się może zyskowna, to jeszcze dawała nadzieję na uratowanie skóry.

Księżna jednak starała się robić dobrą minę do złej gry. Wiedziała, że wódz zawsze musi dawać przykład żołnierzom, zarówno odwagi, jak i rozwagi. A czasami po prostu jeśli nie dobrego humoru, to chociaż obojętności na koleje losu. Zaraz też kazała obwieścić wojsku, iż jej kochany stryj Izjasław wszedł do Peczory, słysząc fałszywe pogłoski o klęsce księżnej z wojskami Kamieńskiego i chcąc w ten sposób ratować włości przed grabieżą oraz zabezpieczyć je w imieniu władców Nowogrodu. To było oczywiście bardzo roztropne posunięcie. I kto chciał uwierzyć w tę wieść, ten na pewno mógł uwierzyć, a kto nawet nie wierzył, ten przynajmniej mógł nabrać wątpliwości. A jeśli nie ufano całkowicie słowom o lojalności Izjasława, to przynajmniej można było domniemywać, iż konflikt skończy się tym, że księżna zapłaci krewniakowi za fatygę solidną sumkę w złocie i podziękuje mu za troskę, a zadowolony stryj odejdzie do swoich włości suto wynagrodzony.

Zresztą wiecie co, mili moi? Sam zacząłem się w pewnym momencie zastanawiać, czy to aby nie może być prawda. Nie, oczywiście, żebym wierzył w dobre intencje Izjasława, lecz może taka będzie wersja tej historii, jaką on przedstawi? Może wszystko rozejdzie się po kościach, a jedynym nieszczęściem będzie to, iż skarbiec Ludmiły trochę się uszczupli?

No i oczywiście módl się, Izjasławie, by Natasza żyła, pomyślałem z zimną zawziętością. Bo jeśli zabiłeś moją kobietę, to wszystkie wojska i demony Rusi ani żadne układy i glejty nie ocalą cię przed zgubą. Wypruję z ciebie flaki, choćbym sam miał potem zdechnąć na twoim trupie!

W różowym blasku wschodzącego słońca dostrzegliśmy kawalkadę, która wyłaniała się na horyzoncie. Nad konnymi powiewały barwne sztandary i proporce, a wypolerowane pancerze błyszczały tak silnie, jakby niemal były lustrami morskich latarni.

– A któż to? – zmarszczyła brwi Ludmiła.

Kazała wstrzymać pochód, jednak nasz oddział nie uformował szyku bojowego, bo też zbrojnych jadących w oddali nie dostrzegliśmy aż tylu, by można się było ich obawiać. Widziałem w sumie ze trzydziestu jeźdźców, siłę, rzecz jasna, całkiem potężną, jak na te odludne krainy (zwłaszcza że z dala było widać, iż jest to regularne wojsko, nie byle wędrowcy), która jednak w żaden sposób nie mogła zagrozić armii Ludmiły.

Andrzej, którego Bóg pobłogosławił doskonałym wzrokiem, lepszym nawet od mojego, przykładał dłoń do czoła i mrużył oczy.

– Wasza Wysokość, to moskiewscy, to ludzie Iwana! – zawołał nagle, a w jego głosie wyraźnie zabrzmiał lęk.

Twarz księżnej ściągnęła się w niechętnym grymasie. I teraz już wszystko potoczyło się błyskawicznie. Wydano rozkazy piechocie i jeździe, a oddziały zaczęły formować szyk bitewny. Jednocześnie Jewsiej został wysłany na czele trzech jeźdźców, by zbliżyli się do przybyszów i zapytali ich, czego chcą na ziemiach należących do Nowogrodu.

– Może to tylko poselstwo? – zaryzykował podejrzenie Andrzej.

– Albo straż przednia – rzekłem, nie podzielając jego optymizmu.

– Nie wojujemy przecież z Moskwą – odpowiedział zasępiony.

– Albo moskiewska armia dotarła tu szybciej niż wieści o wojnie wysłane z Nowogrodu... – odparłem.

– Nie kraczcie, na gniew Pana!

– Wojna to wojna. – Wzruszyłem ramionami. – Przed chwilą dzielnie stawaliście na jednej, więc jesteście już może gotowi do kolejnej, by szybko ją skończyć i zabrać się za trzecią.

Moje żartobliwe słowa wcale nie poprawiły mu humoru. Machinalnie dotknął palcami rany na policzku i syknął.

– Nie martwcie się tymi bliznami – rzekłem już zupełnie poważnie. – Na twarzy książęcego dworzanina blizny są lepsze niż dokumenty szlachectwa za pazuchą.

– Wiecie, co robi Iwan z jeńcami? – Andrzej zignorował moje słowa. – Wbija ich na pal, wiesza na hakach albo pali żywcem. Taki od zawsze ma zwyczaj.

– To bardzo niemądre – odrzekłem. – Gdyż powoduje, że wrogowie wolą walczyć aż do śmierci, zamiast się poddać.

– Może i niemądre – zgodził się ze mną. – Niemniej diablo przerażające. Wiecie, co zrobił kiedyś po pokonaniu mongolskiej armii? Kazał nabić na pale tysiąc jeńców z ramionami wzniesionymi ku górze, a potem ramiona te im nasmołowano i podpalono. I tak Iwan ucztował pół nocy w tym Lesie Płonących Mongołów, jak kazał go nazwać...

– Las Płonących Mongołów – powtórzyłem i pokręciłem głową. – Poetycka z niego dusza, nie ma co – pochwaliłem. – Ale nie wydaje wam się, że taki tysiąc palących się ludzi musiał diablo śmierdzieć i diablo dymić?

– Pewnie tak. – Andrzej wzruszył ramionami.

– Myślicie, że w takim smrodzie i dymie dało się smacznie zjeść, smacznie popić i przechwalać się wojennymi wyczynami?

– Do czego zmierzacie?

– Zmierzam do tego, że to wymyślona historia – prychnąłem. – Może i kazał ich nabić na pal, może ich kazał podpalić, może przeszedł tym „lasem", jak go nazwał, na czele swojej świty. Ale na pewno – uniosłem palec – mówię wam z pełnym przeświadczeniem, nie wyprawił uczty pośrodku tego smrodu i dymu. Bo skończyłoby się tym, że załzawiony i kaszlący zmykałby stamtąd jak niepyszny, rzygając sobie pod nogi. Możecie mi wierzyć, tak samo jak możecie wierzyć temu, że wiem co nieco na temat palenia ludzi.

– Jakie to ma znaczenie? – obruszył się Andrzej, marszcząc brwi. – Może trochę zmyślono tu i ówdzie, w tym czy owym, ale tak czy inaczej, Iwan to okrutnik, gwałtownik i przeklęte szatańskie nasienie.

– Tego nie neguję – mruknąłem, bo przecież o moskiewskim Iwanie nigdy nie mówiło się dobrze na peczorskim dworze.

W Cesarstwie raczej nie stosowano podobnych metod rozprawiania się z wrogami, przynajmniej kiedy

możni walczyli pomiędzy sobą (co zresztą wcale nie zdarzało się tak często, gdyż w zasadzie żyliśmy w dosyć spokojnych czasach). Owszem, za czasów rebelii Hakenkreuza powstańców karano z przerażającą surowością, lecz tym z nich, którzy przeszli na cesarską stronę, ofiarowano nie tylko łaskę, ale nawet majątek. Wiedziałem, że Persowie i Bizantyjczycy potrafili srożyć się w prawdziwie podły sposób nad pochwyconymi jeńcami, no ale oba te mocarstwa spajała nienawiść niemal tak długa jak samo istnienie cywilizowanego świata. A tu, na Rusi, jednak wszyscy byli synami tej samej ziemi, tej samej religii i tego samego obyczaju. Zapewne często powiązani również więzami familijnymi. Dziwne, że moskiewski książę, sam każący nazywać się carem, uważał, iż podobne postępowanie popłaca. No ale w końcu to była Ruś i Rusini. Kraj, w którym władca nie troszczył się, by poddani go kochali, lecz by się go bali...

Zobaczyliśmy, że Jewsiej nie wraca sam, a obok podkomendnych jedzie z nim również pięciu obcych jeźdźców.

– To nie posłowie – mruknął Andrzej. – Ten w środku bardziej wygląda mi na wodza niż na prostego wysłańca.

Ja jednak uważniej przypatrywałem się nie postawnemu mężczyźnie jadącemu na wielkim karym rumaku, który to mężczyzna rzeczywiście wyglądał na wielkiego pana, lecz jednemu z jego towarzyszy. Zmrużyłem oczy i osłoniłem je dłonią od świecącego z boku słońca.

– Jezu Boże, czy widzicie to samo co ja? – Usłyszałem zdumienie w głosie Andrzeja.

– Ano widzę – odparłem.

– Co ona robi w towarzystwie Moskwiczan?

– Gdybym był optymistą, powiedziałbym, że przybyła, by zabrać mnie z powrotem do naszego błogosławionego Cesarstwa. Prychnął.

– A co byście powiedzieli, gdybyście byli pesymistą?

– Wtedy powiedziałbym, że przybyła, by zabrać mnie na dwór moskiewskiego Iwana.

Andrzej wzdrygnął się.

– Nie mówcie tak nawet. Zresztą nasza księżna nigdzie was nie puści, ani tam, ani tam... – stwierdził z przekonaniem.

– Jednak tak naprawdę sądzę, iż moja przyjaciółka pojawiła się w zupełnie innym celu – zakończyłem.

– A w jakimż to?

– Cóż, tego dokładnie nie wiem – westchnąłem i wzruszyłem ramionami. – Bo ku mojemu żalowi nie mam daru jasnowidzenia. Powiem wam tylko, nie jako prorok, ale człowiek jako tako doświadczony i umiejący wysnuwać logiczne wnioski, że to, co wydarzy się w niedalekiej przyszłości, bardzo, ale to bardzo nam wszystkim się nie spodoba.

– Diabli was nadali i wasze przeczucia – burknął gniewnie. – Przynajmniej powinniśmy się cieszyć, że żadnej wojny z tego nie będzie.

– Na razie nie będzie – odparłem.

Bo oto z moskiewskim poselstwem nadjeżdżała na wspaniałym rumaku i strojnie przyodziana kobieta znana w chrześcijańskim świecie jako Hildegarda Reizend, badaczka potworów i podróżniczka, obdarzona niezwykłą, groźną mocą, przed którą ostrzegał mnie sam

Arnold Löwefell. Znałem tę piękność lepiej pod imieniem Nontle, gdyż właśnie jego wolała używać na co dzień. A znałem ją tak dobrze, jak tylko mężczyzna może poznać kobietę. Poza tym zdarzyło się tak, że uratowałem jej życie podczas wyprawy za Kamienie. Możecie mnie nazwać cynikiem, mili moi, lecz dałbym sobie uciąć głowę, że Nontle nie przybywała na ziemie Wielkiego Księstwa Nowogrodu, by za owo uratowanie się odwdzięczyć.

Grupka przybyszów rozdzieliła się. Nontle wraz z jednym z kawalerzystów wstrzymali konie i pozostali w miejscu, natomiast trzej inni stępa zmierzali w naszym kierunku.

Wschodzące słońce, w pełnym już czerwonym blasku, pełgało po srebrnych pancerzach nadjeżdżających jeźdźców. Może nie czułem jak Andrzej wszędzie zapachu krwi, ale miałem pewność co do jednego: wszyscy zatęsknimy jeszcze za chwilą, w której nie spotkaliśmy moskiewskiego poselstwa.

Rozdział drugi
Powrót do domu

Moskiewski poseł robił wielkie wrażenie zarówno posturą, jak i bogactwem stroju. Był wyższy ode mnie co najmniej o głowę i rozrosły w barach, długie jasne włosy spływały mu aż na plecy, a zadbana, równo wyczesana broda sięgała aż po sam środek błyszczącego złotego napierśnika. Na ramionach miał kosztowny aksamitny płaszcz w dumnej barwie szkarłatu, a u przeszywanego złotymi nićmi pasa kołysała się pochwa miecza, nabijana tak gęsto szlachetnymi kamieniami, że lśniły, błyskały i migotały w słońcu niczym droga ułożona z kolorowych gwiazd. Buty z kolei miał ów magnat tak żółte i tak błyszczące, jakby na stopach nosił dwa słońca.

– Wiecie, kto to taki? – spytałem Andrzeja.

Pokręcił tylko głową.

– U Iwana szybka droga z chłopa do kniazia, a potem kniazia na pal albo szafot... – mruknął zgryźliwie.

Jednak przybysz nie wyglądał na pospiesznie uszlachconego i wzbogaconego chłopa. Nosił się godnie i z pańska, jednocześnie ze swobodą świadczącą, iż stan swój uważa za całkowicie naturalny i przyrodzony. Na pięćdziesiąt kroków przed Ludmiłą zeskoczył z siodła ze zręcznością i wdziękiem wytrawnego jeźdźca, po czym szedł już na piechotę, aż wreszcie zatrzymał się dziesięć kroków od Ludmiły i pokłonił się jej głęboko. Ale też była w tym geście widoczna wyraźnie magnacka godność świadcząca, iż kłania się nie rab, nie mużyk, nie poddany, lecz człowiek równy urodzeniem i pozycją, którego grzeczność płynie jedynie z wynikającej z dobrego wychowania uprzejmości.

– Najczcigodniejsza, miłościwa pani! – Rozpostarł szeroko ramiona, jakby chciał w nie zagarnąć nie tylko Ludmiłę, lecz i cały świat wokół niej. – Pozwól, że przekażę ci braterskie pozdrowienie od najjaśniejszego Iwana, władcy Moskwy, cara Wszechrusi...

Księżna uniosła gwałtownie dłoń.

– My Iwana za żadnego cara nie uważamy – rzekła wręcz opryskliwym tonem. – Gadaj: kim jesteś i czego chcesz na ziemiach Nowogrodu?

Cóż, trudno było nazwać to przyjaznym lub grzecznym powitaniem, ale miałem całkowitą pewność, iż nie tkwił w tym nawet okruch prawdziwej złości czy pochopnej improwizacji. Ludmiła mówiła dokładnie to, co zamierzała powiedzieć, i zapewne to, co wypadało, by powiedziała jako poddana wielkiego księcia Włodzimierza, będącego przecież rywalem i wrogiem moskiewskiego Iwana.

– Jestem książę Konstanty Konstantynowicz Basmanow, garderobiany cara Iwana, któremu mam zaszczyt służyć ciałem, duchem oraz umysłem – rzekł poważnie, patrząc księżnej prosto w oczy.

Czyli znowu powtórzył słowo „car", które tak się nie podobało nikomu poza Moskwą, a zwłaszcza nie podobało się w potężnym Księstwie Nowogrodu. Jak mniemam, powtórzyć je jednak musiał, by okazać lojalność wobec własnego władcy oraz odwagę wobec władcy ościennego. Tak właśnie należało postąpić i zgodnie z moimi oczekiwaniami Ludmiła tym razem po prostu udała, że nie słyszy słowa „car". A cóż to była za funkcja „garderobiany"? Na dobrą sprawę mogła oznaczać wszystko, bo nie w nazwach tytułów leżała właściwa władza, lecz w zaufaniu suzerena i w zadaniach, jakie przeznaczył poddanemu. Znałem podczaszych, którzy dowodzili armiami, stolników, którzy negocjowali wojnę i pokój, koniuszych, którzy zawiadywali wielkimi fortecami, ale znałem również generałów, którzy nigdy nic innego nie robili poza przesiadywaniem we własnym pałacu i nigdy nikogo nie pobili poza niezręcznym sługą oraz nigdy nie strzelali z niczego poza działkami bijącymi na wiwat.

– Za waszym pozwoleniem, dostojna pani, mam pisany do was list od mojego władcy, a także skierowane do was pismo od wielkiego księcia Włodzimierza, w których to papierach, jak mi powiedziano, zawarta jest uprzejma prośba o waszą pomoc. A o którą ja sam, również we własnym imieniu, proszę z pełnym uszanowaniem oraz pokorą.

Księżna skinieniem ręki pozwoliła Moskwiczaninowi, by się do niej zbliżył. Basmanow nie wyglądał na człowieka, który szykowałby zamach, ale któż lepiej wiedział niż inkwizytor, że pozory mogą mylić? Nie uszło mojej uwadze, że poseł pilnie, choć dyskretnie i na pozór niemal niezauważalnie, zlustrował żołnierzy otaczających Ludmiłę. Jego spojrzenie musnęło również mnie.

Na razie jednak Basmanow podał księżnej zwinięte w rulon, zalakowane dokumenty. Ludmiła nakazała, by je wzięto, i uczynił to Makary. Stary doradca na dłoniach miał nie bojowe rękawice, lecz zwyczajne eleganckie skórzane rękawiczki – takie, które mogłyby równie dobrze pasować na rękę damy.

– Czy na Rusi zdarzało się, iż karty papieru nasączano trucizną? – zaszeptałem w stronę Andrzeja.

Skinął tylko głową w milczeniu. On również uważnie śledził rozgrywającą się scenę.

Kanclerz rozpieczętował rulon i rozpostarł go, po czym przebiegł wzrokiem od góry do dołu. Raz, a potem drugi. Wreszcie oderwał wzrok od zapisanych kart.

– Wielki książę Włodzimierz prosi, by traktowano cię jak gościa Nowogrodu – rzekł. – Pisze, że jesteś człowiekiem uczciwym i dzielnym...

Basmanow przyłożył dłoń do piersi i skłonił się głęboko.

– Zostaniesz więc z nami – zdecydowała księżna. – Rozbijemy obóz, a wtedy zapraszam cię na poczęstunek i rozmowę. Jeszcze jedno. Co w twoim poselstwie robi czarna kobieta, która przed rokiem była już u nas, w Peczorze?

– Wasza Książęca Mość, z Hildegardą Reizend związała mnie jedynie wspólna podróż, lecz wybacz, pani, jaki jest cel tej podróży, tego ja nie wiem. Choć ona zapewne z radością ci go wyjawi, gdyż wspominała, że ona również ma pisma polecające od księcia Włodzimierza i będzie prosiła cię o łaskę.

– Dobrze więc. Pokój z tobą, książę – rzekła Ludmiła. – Wyślę po ciebie ludzi, kiedy będziemy już gotowi.

Basmanow skłonił się znowu, po czym wycofywał się uprzejmie do czasu, kiedy Ludmiła odeszła, wtedy dopiero obrócił się, wyprostował i już normalnym krokiem podszedł do swych przybocznych i wierzchowca.

– Czego ten moskiewski diabeł chce? – skrzywił się Andrzej, kręcąc głową z niezadowoleniem. – Moskwiczanin w domu oznacza kłopoty, mówię wam...

Wzruszyłem tylko ramionami, bo skoro dworzanin Ludmiły nie wiedział, jakie były powody wysłania poselstwa z Moskwy, to skąd niby ja to miałem wiedzieć?

– Wpuść Moskwiczanina do domu, a zgwałci ci kobiety, ukradnie, co masz, zniszczy, czego nie zdąży ukraść, a odjeżdżając, nasra ci na środku pokoju – rzekł ponuro Andrzej, a po tonie głosu zorientowałem się, że zapewne cytuje jakieś znane w innych częściach Rusi powiedzenie.

– Niby jesteście jeden naród, wyznajecie tego samego Boga, mówicie tym samym językiem, a tak bardzo się nienawidzicie – powiedziałem. – Zawsze tak właśnie było?

– Zawsze, od kiedy Moskwiczanie zaczęli się uważać za lepszych od wszystkich innych – odparł.

– No cóż, to rzeczywiście wielce denerwująca przywara – zgodziłem się z nim.

Ludmiła wraz z Makarym odeszli na stronę, a stary kanclerz szeptał księżnej coś do ucha, czego ona słuchała z zasępioną miną. Żołnierze i słudzy stawiali w tym czasie namioty, ten należący do księżnej był oczywiście najbardziej ozdobny i najobszerniejszy. Zważywszy na to, że część nieba zasnuły ciemne chmury, byłem pewien, iż uczta czy poczęstunek odbędą się właśnie pod dachem namiotu. Ba, było nawet czym częstować gości, bo armia dobrze zaopatrzyła się w zajeździe Daniły, jako że siedlisko miało nie tylko wielkie zapasy, ale również własną rzeźnię, masarnię oraz wędzarnię.

Ku mojemu zdziwieniu zostaliśmy niedługo potem wezwani do Ludmiły, która siedziała na ustawionym pod drzewem fotelu i czekając na przygotowanie swojej kwatery, popijała wino. Księżną otaczały straże, każdy z żołnierzy znajdował się jednak na tyle daleko, by nic nie słyszeć, kiedy mówiliśmy przyciszonym głosem.

– Dlaczego czarna kobieta wróciła na Ruś? – zapytała mnie Ludmiła.

– Przysięgam, miłościwa pani, że sam chciałbym wiedzieć – odparłem, starając się, by mój głos zabrzmiał szczerze, zwłaszcza przecież, iż mówiłem najczystszą prawdę.

Księżna spoglądała na mnie przez chwilę.

– Dowiemy się – rzekła wreszcie. – Ale mam przeczucie, iż to ma coś wspólnego z tobą.

– Niestety, Wasza Wysokość, ośmielę się mieć podobne przeczucie – westchnąłem, nawet nie ukrywając, iż właśnie owo przeczucie diablo mnie martwi.

– Będziesz siedział po mojej lewej ręce – nakazała. – Basmanowa każę posadzić naprzeciwko, na drugim końcu stołu. – Uśmiechnęła się krzywo.

Miejsce na drugim szczycie stołu było oczywiście wielce zaszczytne, ale nie o zaszczyt chodziło w tym wypadku, lecz o to, że Ludmiła najwyraźniej nie chciała mieć Moskwiczanina blisko siebie.

– Ojciec Iwana, zresztą też Iwan, kazał swoim posłom zamordować wielkiego księcia Nestora – wtrącił Andrzej, a Ludmiła przytaknęła w milczeniu.

Wiedziałem, że mówią o władcy Kazania, jednym z najpotężniejszych możnych na Rusi.

– Jak to uczynili?

– Książę Nestor ocalał – odparł Andrzej. – Ale że posłów przesłuchano, to dowiedziano się, czemu uczynili, co uczynili – mocno zaakcentował słowo „czemu". – Ustalono, jak mogło się stać, że wielcy panowie, majętni bojarzy, szlachta od wielu pokoleń, postanowili splugawić się tak haniebnym czynem dokonanym publicznie, na oczach wszystkich...

– Skoro publicznie, to oznacza, że nie łudzili się, iż ujdą z życiem – powiedziałem.

Ludmiła przypatrywała mi się z nieznacznym uśmieszkiem.

– To znaczy również, iż zagrożono im utratą czegoś, co cenili bardziej niż życie oraz honor – kontynuowałem.

Księżna uniosła palec wskazujący.

– Słusznie podejrzewasz – odezwała się. – Gdyż tak właśnie było. Stary Iwan zagroził, że jeśli nie wykonają jego rozkazów, to zamęczy na śmierć ich dzieci. I od tego czasu nikt już nie ufa moskiewskim posłom.

– Choć prawdą też jest, iż nigdy już nic podobnie nikczemnego się nie wydarzyło – wtrącił Andrzej. – Poza tym, że Moskwiczanie zawsze wykorzystują posłów, by szpiegowali, knuli i intrygowali.

– Jak wszyscy – mruknąłem.

Ludmiła roześmiała się.

– To prawda, jak wszyscy. I pewnie na całym świecie tak właśnie jest, nie tylko na naszej Rusi. Ale nauczeni doświadczeniem z Kazania, będziemy uważnie patrzyć na ręce owemu garderobianemu – wymówiła ostatnie słowo z przekąsem. – A wygląda na silnego jak niedźwiedź, czyż nie? – Zwróciła na mnie spojrzenie.

– Tak jest, miłościwa pani – odparłem. – Całkiem jak Goliat.

Znowu uśmiechnęła się szeroko i poklepała mnie po policzku gestem właściciela zadowolonego, iż jego pies wykazał się jakimś wyjątkowym talentem.

– Dowcipny jesteś, mój inkwizytorze – pochwaliła. – A skoro raz uratowałeś mi życie, to wierzę, iż zostałeś nie tylko pobłogosławiony bystrością umysłu i siłą, by nade mną czuwać w przyszłości, ale kto wie, może to właśnie jest twoim przeznaczeniem danym od Boga...

Nie pokazałem tego po sobie, lecz niemal osłupiałem, słysząc te słowa. Przyznam, że nigdy nie przypuszczałem, iż Ludmiła może się doszukiwać między nami mistycznej więzi łączącej władcę i jego strażnika. Na miecz Pana! To by oznaczało, iż wydostanie się z jej sieci będzie dużo, dużo trudniejsze, niż sądziłem. Oczywiście mogła mnie zwodzić i celowo użyć teraz takiego właśnie sformułowania, miałem jednak wrażenie, że przyszło jej ono szybko, bez namysłu i naturalnie.

– Bóg w swej łasce pokazuje nam wiele możliwych ścieżek – rzekłem. – A my, dobrze wybierając, budujemy swoją drogę do Królestwa Niebieskiego.

– Lub do zagłady – dopowiedziała nieoczekiwanie ponurym tonem i spojrzała w stronę, gdzie na równinie w promieniach słabnącego słońca czekało moskiewskie poselstwo.

– A co ja mam robić, Wasza Wysokość? – zapytał nagle Andrzej i byłem mu wdzięczny, że swoim wtrąceniem wybił Ludmiłę z posępnego nastroju.

Nieoczekiwanie delikatnym gestem dotknęła zaskorupiałej rany na jego twarzy i powiodła po niej opuszkami palców.

– Popatrz, popatrz, jeszcze kilka dni temu byłeś chłopcem, a teraz jesteś już mężczyzną – rzekła serdecznym tonem.

Potem cofnęła dłoń i przyglądała się z uśmiechem zaczerwienionemu dworzaninowi.

– Siedź obok inkwizytora i przyglądaj się wszystkiemu uważnie – nakazała już twardo. – Zapewne nic złego ani niewłaściwego się nie stanie, lecz uważać trzeba zawsze. Zwłaszcza kiedy gości się ludzi Iwana – dodała z przekąsem.

Żołnierze Ludmiły uwinęli się nadzwyczaj szybko. Zbili i ustawili blaty na kozłach, rozłożyli namiot, czy raczej lepiej powiedzieć: baldachim, mający chronić biesiadników od deszczu, i nakryli drewno obrusami. Potem zaczęto znosić jedzenie i trunki. Nic szczególnie wyrafinowanego, bo przecież na schlebianie wysublimowanym przyjemnościom podniebienia ani nie było czasu, ani możliwości. Ale tak czy inaczej, rychło udało się zapełnić stoły, a ja byłem zdziwiony tym, iż księżna wzięła na wojnę tak wiele złotej zastawy. No i proszę bardzo, przydała się!

Spodziewałem się, że Basmanow przybędzie z Nontle, ale okazało się, że moja towarzyszka z wyprawy za Kamienie tym razem została w obozie Moskwiczan i nie pojawiła się przed obliczem księżnej. Ciekawe, dlaczego nie zdecydowała się na ten krok? A może Moskwiczanin nie życzył sobie tego? Może nie chciał, by wiązano go z Hildegardą Reizend, przybyszką spoza granic Rusi? A może pragnął, byśmy wszyscy myśleli, że tego nie chce? Niezależnie, jak sprawy miały się w rzeczywistości, Basmanow przybył na ucztę z dwoma kompanami, ubranymi niemal tak bogato jak on sam i noszącymi się z niemal tak samo wielką godnością. Zabrał również ze sobą kilku pachołków, którzy nieśli skrzynię na czterech drągach, a także okrytą materią tablicę, sporo wyższą nawet niż sam książę Konstanty.

– W skrzyni są dary, jak mniemam – powiedziałem. – Ale co ukryto pod materiałem?

Andrzej zachichotał z wyższością i pogardliwie.

– Portret cara Iwana – odparł. – Tfu! – splunął zaraz. – Patrzcie, jak i mnie słowo „car" samo wchodzi na język, chociaż to taki sam wielki książę jak wszyscy, nie żaden car...

– Ach, portret. No, no, ciekaw jestem...

Rzeczywiście zainteresowało mnie, jak wygląda ten przeklęty władca, tak bardzo znienawidzony przez sąsiadów. I chociaż wiedziałem, że tylko umiejący pochlebiać malarze zachowują głowy i pełne kieszenie, to jednak miałem nadzieję, że portret będzie choć w części oddawał rzeczywisty wygląd moskiewskiego tyrana.

Słudzy ustawili zakryty jeszcze obraz na podnóżku, a potem sam Basmanow gestem wystudiowanym, powolnym i ceremonialnym odkrył przetykaną złotem materię, strącając ją następnie niedbałym ruchem na ziemię. Przed oczami wszystkich pojawił się portret Iwana. Wielki książę (czy też car, jak sam siebie chciał nazywać) miał krótkie włosy, długą, spiczastą brodę, pociągłą twarz i przenikliwe oczy. Pozował z psem myśliwskim, w stroju raczej skromnym i wygodnym niż uroczystym i zbytkownym. Jedynie do pasa miał przytroczoną szablę o nabijanej szlachetnymi kamieniami rękojeści, a w dłoni dzierżył berło, aż migoczące od złota i klejnotów.

– Mój pan i władca rozkazał, bym doręczył ci, dostojna pani, jego portret na znak braterskiej miłości i wielkiego szacunku, jaki do ciebie żywi, od kiedy tylko usłyszał, jak sprawiedliwie, mądrze i dzielnie rządzisz Księstwem Peczorskim – uroczystym tonem obwieścił Moskwiczanin.

– To zwykła grzeczność czy coś więcej? – zaszeptałem do Andrzeja.

– Jak dla mnie to wyjątkowo podejrzana grzeczność – odszepnął.

A potem dodał szczerze:

– Ale ja Moskwiczan nienawidzę jak wściekłych szczurów, więc dla mnie wszystko, co czynią, jest podejrzane.

Księżna uprzejmym gestem zaprosiła gości, by zasiedli do stołu.

– Musisz mi wybaczyć, książę, ale mieliśmy wojnę – wyjaśniła z ujmującym uśmiechem. – A na wojnie jak na wojnie: bieda.

– Dostojna pani, mógłbym nie prędzej niż w Moskwie spodziewać się tak serdecznej gościny i tak bogatego wy-

boru jadła. – Basmanow rozpromienił się i powiódł dłońmi wokoło. – Bywałem na wojnach i wiele wiem o cięż-
kiej doli żołnierza.

Księżna i jej kanclerz usiedli u szczytu stołu, a reszta
zaproszonych, w tym ja i Andrzej, zaczekała, aż usiądzie
Basmanow, by samym zająć miejsce.

– Na jakich wojnach bywałeś, książę, jeśli to nie tajemnica? – zagadnęła Ludmiła.

– Brałem udział w mongolskiej kampanii, Wasza
Wysokość – wyjaśnił Konstanty Konstantynowicz. – I bi-
łem się też z Polakami o Krym. Oblężeni w perekopskiej
twierdzy, kiedy zjedliśmy już konie, gotowaliśmy nawet
uprząż i kopyta.

– Wielu was tam zginęło, czyż nie?

– Niemal cała armia oddała ducha Bogu z imieniem
Iwana, Boże, chroń naszego cara, na ustach.

– Nieprawda – zaszeptał Andrzej, odwrócony tak, by
z przeciwległego końca stołu przypadkiem nie dostrzeżono ruchu jego ust. – W zimie wszyscy poddali się Po-
lakom i poszli w niewolę.

– Bóg łaskaw, że ty ocalałeś – stwierdziła Ludmiła
uprzejmie.

– Jako się Panu spodobało, tak się stało – rzekł Moskwiczanin z namaszczeniem i patosem.

A ja oczywiście od razu zastanowiłem się, jak sprawy się miały, że właśnie on ocalał. Chociaż odwieczną
prawdą było również, że oficerowi, dowódcy, arystokracie
o wiele łatwiej przychodziło ocalić życie czy potem szybko wyjść z niewoli niż jakiemuś biednemu, szeregowemu
żołnierzowi. Czasami wiązało się to z wypłatą okupu, ale
zwykle po prostu ze zwyczajową wymianą jeńców.

– Nigdy nie widziałam żadnego Polaka – ściągnęła usta Ludmiła. – Ale słyszałam, że w bitwie zawzięci są i wściekli niczym diabły polane wodą święconą.

– Jak leśne pszczoły, kiedy ujrzą niedźwiedzia – znowu zaszeptał Andrzej.

– Gdybym podważał ich zdolności i odwagę, to podważałbym tym samym poświęcenie naszych poległych wojowników – odparł poważnie i nad wyraz rozsądnie Basmanow. – Chociaż zawsze mógłbym też powiedzieć, że przegraliśmy, gdyż Polaków było pięć razy więcej niż nas...

– Nieprawda – zaszeptał Andrzej po raz kolejny. – Polaków podobno było nawet mniej. Przynajmniej na początku wojny – dodał.

Kiedy służący napełnił kielichy, Basmanow podniósł się, a wraz z nim wstali dwaj towarzyszący mu szlachcice.

– Dostojna księżno, wasza łaskawość – przemówił uroczystym tonem. – Niech wolno mi będzie, jako pokornemu gościowi w twoim domu, wznieść toast, który składam zarówno ze szczerego porywu serca, jak i na wyraźne życzenie jaśnie oświeconego cara Iwana – głos Basmanowa nabrał spiżowych nut – Boże, miej go w swej opiece, ojca Wszechrusi, wielkiego hospodara i kniazia włodzimierskiego, moskiewskiego, nowogrodzkiego, pskowskiego, riazańskiego, twerskiego, jugorskiego, permskiego, wiackiego, władcy całej Syberii, protektora świętej wiary...

– Władcy mgły nad bagniskiem i dymu nad ogniskiem – zaszeptał z przekąsem, ale bardzo cichutko Andrzej, najwyraźniej cytując jakąś rymowankę.

– Dosyć! – księżna przerwała surowo Basmanowowi i rozkazującym gestem uniosła rękę.

Było oczywiste, że nie może słuchać spokojnie, kiedy poddany wroga Nowogrodu wylicza krainy należące do tegoż Nowogrodu jako podległe swemu panu.

Basmanow umilkł, przyłożył dłoń do serca i skłonił głowę. No cóż, każdy w tym przedstawieniu odgrywał swoją rolę. Może było to nudne, może głupie, ale tak być po prostu musiało.

– Mój pan życzył sobie, bym rzekł w jego imieniu, iż ze szczerego serca pragnie, aby bratersko-siostrzana miłość połączyła go z waszą miłością na dobre i na złe po kres czasu – dokończył moskiewski dostojnik głosem tym razem ciepłym, przyjaznym i pełnym serdecznej życzliwości.

Uniósł kielich, rozpromienionym wzrokiem spojrzał w niebo, jakby szukał w chmurach uśmiechającej się do niego twarzy cara Iwana, po czym opróżnił pucharek do dna. Tak samo uczynili dwaj jego podwładni. Zwyczajowo po toaście powinno się czekać, aż spełnią go wszyscy, a nie pić trunek samotnie, lecz Moskwiczanin wiedział przecież doskonale, że ani Ludmiła, ani nikt z jej otoczenia nie przyłączy się do podobnie brzmiącego toastu.

– Miłość zawsze jest lepsza niż wojna – rzekła księżna lekko i z uśmiechem, tonem tak różnym od pompatycznej wypowiedzi Basmanowa. – Bo od miłości ludzi przybywa, a od wojny ludzi ubywa. – Wzniosła swój kielich. – Więc chętnie wypiję za miłość – dokończyła.

Moskwiczanin skłonił uprzejmie głowę, a ponieważ sługa już zdążył dolać mu do pełna, i ten toast spełnił do samego dna.

No a potem zaczęła się już uczta, czy raczej poczęstunek, bo z przyjęciami, jakie widywałem na dworze wielkiego księcia Nowogrodu, niewiele miała ona wspólnego. Ale cóż wymagać, skoro czas był wojenny, a my stacjonowaliśmy w szczerym polu.

– Nawet do Moskwy dotarły słuchy, że wasza jasność ma swojego własnego inkwizytora – odezwał się w pewnym momencie Basmanow. – Niezwykła to rzecz na Rusi: inkwizytor.

– Siedzi tutaj. – Ludmiła wskazała mnie ruchem podbródka.

Byłem pewien, że książę garderobiany świetnie wie, kim jestem, i świetnie również wie, że siedzę kilka miejsc od niego. Obdarzył mnie jednak wyniosłym, taksującym spojrzeniem.

– Nie wygląda zbyt groźnie – mruknął.

– *Nie wychwalaj męża z powodu jego pięknej postawy ani nie brzydź się człowiekiem z powodu jego wyglądu* – odpowiedziałem cytatem z Pisma.

– Nigdy nie widziałem takiego jak on – zignorował moje słowa, zwracając się wprost do Ludmiły. – Nasi kapłani mówią, że te rzymskie diabły spiskują z demonami. Wasza miłość nie obawiasz się trzymać kogoś takiego obok siebie?

– *Wielu bowiem domysły w błąd wprowadziły i o złe przypuszczenia potknęły się ich rozumy* – odezwałem się znowu, patrząc wprost na niego.

– Jest moim psem obronnym – rzekła Ludmiła. – A ci, którzy zlekceważyli jego kły, już nie żyją. – Uśmiechnęła się promiennie.

Basmanow przytknął prawą dłoń do serca.

– Kiedy ofiarowałaś mi łaskę gościny, oświecona pani, wiedz, że chętnie moje życie złożyłbym u twoich stóp, gdyby zaszła taka konieczność. I zasłużyłbym się tym nie tylko tobie, lecz również mojemu władcy carowi Iwanowi, Boże, miej go w opiece, oraz samemu Bogu w niebiosach.

– *Nie wprowadzaj do domu swego każdego człowieka, różnorodne są bowiem podstępy oszusta* – powiedziałem.

No to teraz moje słowa go poruszyły! Odwrócił się do mnie z twarzą ściągniętą gniewem.

– Coś powiedział?

– Ja? Nic, książę – odrzekłem z łagodną niewinnością. – To słowa Pisma Świętego. W Moskwie, jak mi powiedziano, księga ta również jest znana, a niektórzy z poddanych cara, jak słyszałem, posiedli nawet ten niezwykły kunszt, że potrafią sami ją przeczytać.

Szlachcic siedzący obok Basmanowa zerwał się na równe nogi z hurgotem odtrącanego zydla, ale książę szarpnął go za rękę i ściągnął z powrotem na krzesło. Uczynił to bez trudu i szybko, nie odrywając przy tym wzroku ode mnie. Przez chwilę jego policzki drgały, jakby był zezłoszczonym psem szykującym się do wściekłego ataku, ale zaraz to zwarcie szczęk zamienił w szeroki uśmiech.

– Zapewniam cię, inkwizytorze, że Moskwa przerosłaby twoje najśmielsze oczekiwania – powiedział tonem na poły uprzejmym, na poły rozmarzonym. – A moskiewska biblioteka nie ma sobie równych na świecie, choćbyś szukał podobnej w Bizancjum, Cesarstwie czy nawet w Persji. A wierzę, że znajdują się w niej również takie księgi, które bardzo, ale to bardzo zainteresowałyby człowieka twojej profesji... – zawiesił głos. – Być może kiedyś tak się zdarzy, że odwiedzisz naszą świętą stolicę... – dokończył.

Może mi się zdawało, ale w jego dobrodusznym teraz i spokojnym głosie wyczułem nutę złośliwości.

– Inkwizytorzy najchętniej poznają świat duchowy, nie materialny, i czynią to poprzez modlitwę oraz umartwienia – odparłem uprzejmie. – Niemniej jeśli trafię kiedyś do Moskwy, nie omieszkam złożyć wam, panie, wizyty i pokornie prosić, byś raczył być mym cicerone w carskiej bibliotece.

Odwrócił się w bok już bez słowa i głośno pochwalił trunki, a zaraz potem wdał się w pogawędkę z Ludmiłą na temat słodkich hiszpańskich win, które car Iwan podobno sprowadzał do Moskwy statkami, i to w wielkich ilościach.

– Ale teraz, jak ci przeklęci Polacy okupują Krym, to zamknęli przed nami wszystkie porty, a na samym morzu grasują i łupią naszych kupców ich okręty – wyjaśnił Basmanow i miałem wrażenie, że wściekłość w jego głosie jest nieudawana. – Więc musimy wino z Hiszpanii sprowadzać przez Nowogród. – Pokręcił głową.

No i proszę bardzo, jak to wojna i polityka mieszały się nawet do rozmowy o zaletach hiszpańskiego wina... Cóż, nie dziwiłem się złości Moskwiczan, skoro wrogie im polskie królestwo sąsiadowało z nimi z zachodu, a teraz nawet z południa. Zresztą, jak mawiano w Nowogrodzie i jak powtórzył mi Andrzej, dla Moskwy wszyscy byli albo niewolnikami, albo wrogami. I kto nie chciał być tym pierwszym, ten musiał stać się tym drugim.

Rzeczony Andrzej, korzystając, że Basmanow zajęty był uprzejmą konwersacją z księżną, przechylił głowę w moją stronę.

– Co wy wyprawiacie? – zaszeptał do mnie z wyraźną złością, chociaż niemal bezgłośnie.

– Sprawdzałem, jak bardzo ten człowiek jest niebez-pieczny – odparłem równie cicho, lecz w przeciwieństwie do niego spokojnie.

Nie odzywał się przez moment, potem sięgnął po ka-wałek mięsa z półmiska.

– I co wywnioskowaliście? – zapytał.

Zauważyłem, że chociaż mówił do mnie, to mocno pochylał głowę.

– Jeden z nich potrafi czytać mowę z ruchu ust – do-myśliłem się. – Czyż nie tak?

– Może tak być – przyznał. – I jak bardzo jest nie-bezpieczny waszym zdaniem? – wrócił do poprzednie-go pytania.

– Lepiej uważać – odparłem. – Ale założę się, że jesz-cze kilka szpil wbitych tu i ówdzie, a pękłby niczym pę-cherz ze świńską krwią... No ale to byłoby niegrzeczne. – Skrzywiłem usta.

Dalej nie wydarzyło się już nic interesującego poza tym, że moskiewscy posłowie pili na potęgę, wznosząc za każdym razem zdrowie zarówno cara, jak i księżnej, i stosując przy tych toastach frazy tym bardziej wyszuka-ne, im bardziej byli podchmieleni. Ale zauważyłem rów-nież, że to dodające swady podchmielenie nie zamieniło się w bezmyślne opilstwo. Więc jak można przypuszczać, moskiewskich posłów dobierano również z uwagi na bie-siadną wytrzymałość.

Gdy zapadł zmierzch, Moskwiczanie pożegnali się, wszyscy i po kolei przyklękając przed księżną i całując kraj jej sukni. Stałem wtedy krok jedynie za Ludmiłą, spięty niczym ryś szykujący się do skoku na głowę sarny. Jewsiej czuwał z drugiego boku władczyni i miałem pewność, że podobnie jak ja jest przygotowany, by w każdej chwili ruszyć do walki. Ale nic się nie wydarzyło i posłowie spokojnie odjechali, otoczeni światłem pochodni trzymanych przez żołnierzy. Spoglądaliśmy za nimi, póki ten jasny blask nie zamienił się jedynie w pełgającą wśród wieczornej mgły plamę drgającej czerwieni.

Wtedy księżna obróciła się do mnie.

– Bardzo dobrze zrobiłeś – pochwaliła mnie, uśmiechając się złośliwie. – Moskiewski kundel przez chwilę zapomniał, jak się szczeka.

– A ja mówiłem inkwizytorowi, że to niebezpieczne – wtrącił Andrzej, najwyraźniej niezadowolony z faktu, że Ludmiła pochwaliła moją arogancję.

Księżna chwilę się zastanawiała.

– Na pewno nie byłoby dobrze, gdybyś trafił do Moskwy, póki Basmanow żyje – rzekła. – Ale z tego, co wiem, podobna podróż ci nie grozi.

– W Moskwie by go żywcem obłupili ze skóry – dodał dworzanin. – Już Basmanow by o to zadbał.

– Co do tego: zgoda. – Ludmiła skinęła głową. – Więc pamiętaj, inkwizytorze. – Obróciła na mnie wzrok. – Żeby cię nawet wołami ciągnęli: nie przekrocz nigdy moskiewskiej granicy, bo pozyskałeś sobie za nią groźnego wroga.

– Zapewniam Waszą Książęcą Mość, że ani do podobnej podróży się nie szykuję, ani jej nie zamierzam, ani nawet nie przypuszczam, by kiedykolwiek zaszły okoliczności skłaniające mnie do jej przedsięwzięcia – odparłem.

Ludmiła spoglądała na mnie przez chwilę, potem westchnęła.

– Niezbadane są wyroki Bożej opatrzności – stwierdziła poważnie.

Skinąłem głową.

– *Kto chce zachować swoje życie, straci je, a kto straci swe życie z mego powodu, ten je zachowa* – odparłem. – Więc gdy taka będzie wola Pana, to i do Moskwy pojadę.

Księżna rozpogodziła się i spojrzała na Andrzeja.

– Widzisz! – Uniosła palec wskazujący. – Oto jest wiara. Jakże wieloma ścieżkami można nią iść, nie potrzebując w tej drodze ani pytań, ani wątpliwości – dodała.

– Wasza mość, po co moskiewscy w ogóle do nas przyjechali? – spytał Andrzej.

Drgnąłem zaskoczony tym pytaniem, chociaż powinienem się już przyzwyczaić do tego, że na peczorskim dworze pozwalano dworzanom na więcej niż gdzie indziej. Ta tolerancja dotyczyła zwłaszcza Andrzeja, który cieszył się wyraźną sympatią władczyni. Może widziała w nim syna, którego nigdy nie miała? A może młodego kochanka, którego mieć by pragnęła, lecz wejścia na podobną ścieżkę wzbraniał jej rozsądek?

– Chcą jechać za Kamienie – rzekła i zmarszczyła brwi. – Diabli wiedzą po co...

– Czy to nie dziwne, że, proszę wybaczyć, wasza mość, wielki książę im na to w ogóle zezwolił? – tym razem ja sobie pozwoliłem na pytanie, skoro księżna była w tak łaskawym nastroju.

Skinęła głową.

– Dziwne – zgodziła się ze mną. – Włodzimierz przykazał dać im przewodników i przykazał też, by nie odstępowali Moskwiczan nawet na krok.

Nowogród poprzez wasalne Księstwo Peczorskie kontrolował szlak prowadzący poprzez Kamienie na Jugrę. I to pilnowanie pomimo wielkich i w niektórych miejscach niemal bezludnych przestrzeni traktowano bardzo poważnie. Pewnie, że szpiedzy Moskwy byli wszędzie, to nie ulegało dla nikogo wątpliwości. Ale co innego przemykający gdzieś po ostępach pojedynczy człowiek udający uczestnika kupieckiej karawany, a co innego oficjalna, uzbrojona wyprawa składająca się z kilkudziesięciu żołnierzy. Gdyby car wysłał tych ludzi bez pozwolenia wielkiego księcia Nowogrodu, to prędzej czy później ich obecność zostałaby odnotowana, a oni sami wyśledzeni i w najlepszym wypadku zmuszeni do odwrotu. A w najgorszym uznano by ich za wrogów i pozabijano lub wzięto w niewolę.

Wiedziałem, że polityka na Rusi jest diablo skomplikowana, a możni, którzy jej komplikacji nie potrafią pojąć, raczej niezbyt długo pozostają przy życiu, a na pewno nie pozostają przy majątku oraz władzy. Jednak nasze Cesarstwo było w porównaniu z tą barbarią niczym psiarnia w porównaniu z kłębowiskiem żmij. Po co jednak Włodzimierz zezwolił największemu swemu wrogowi, Iwanowi, żeby wysłał zbrojnych na Jugrę, tego zrozumieć nie mogłem. Jak widać, władca Nowogrodu nie raczył również o motywach swej decyzji poinformować księżnej, a ona sama wcale się ich nie domyśliła. Bo przypuszczałem, że jej zdziwienie i zaniepokojenie są szczere.

– A co wy o tym sądzicie? – zapytałem Andrzeja, kiedy zostaliśmy już sami i kiedy byliśmy pewni, że żadne obce uszy nie znajdują się na tyle blisko, by nas podsłuchiwać.

– Za duże sprawy na moją głowę. – Wzruszył ramionami. – Dobrze, że Makary jest z nami, że jednak nie został w Zajeździe, bo kto jak to, ale on jest jedynym, który coś może wyrozumieć z tej układanki. Bo – obniżył głos do ledwo słyszalnego szeptu – założę się, że nasza pani sama nie wie, co o tym wszystkim myśleć, i potrzebuje rady.

Siedzieliśmy tuż przy wejściu do namiotu, ale wiedzieliśmy, że księżna nie może nas słyszeć, gdyż służąca czytała jej fragment Biblii zapisany w ruskim języku. Nawet w tym akurat miejscu tekst nie odbiegał od Pisma Świętego, chociaż doskonale wiedziałem, że to, co na Rusi zwano Pismem Świętym, było zaledwie bardzo swobodnym, zmienionym i wykoślawionym tłumaczeniem kanonicznego oryginału.

– A co niby mogłaby zrobić? – spytałem.

Andrzej przysunął się do mnie tak blisko, że oparł się barkiem o moje ramię, a usta przytknął tuż do mojej głowy, tak że gdyby chciał, mógłby polizać mnie w ucho. Żywiłem jednak nadzieję, że nie będzie miał podobnie zdumiewającego życzenia.

– Bo widzicie, to, że Włodzimierz dał zezwolenie Moskwiczanom, wcale jeszcze nie oznacza, że nie byłby zadowolony, gdyby nigdy nie dojechali do Kamieni. Z tych czy innych powodów.

– Ach tak...

– I księżna teraz pewnie zastanawia się, czy rozkazy wielkiego księcia potraktować literalnie, czy też jednak jest w nich coś, co sugerowałoby, że Włodzimierz byłby zadowolony, gdyby Moskwiczanom nic się tutaj, u nas, nie udało – ciągnął mój towarzysz tak cicho, że jego głos zdawał mi się nawet nie szeptem, ale zaledwie tchnieniem ciepłego oddechu.

– No i diabli wiedzą... – mruknąłem.

– Właśnie – zgodził się ze mną. – Źle odczytać intencje wielkiego księcia: strach. Więc tak to jest, że nic nie zrobić: strach, a znowuż zrobić coś: strach jeszcze większy...

– Dobrze, że to nie nasza sprawa – rzekłem.

I byłem szczerze zadowolony z tego, że to nie ja muszę się zmagać z podobnymi myślami czy też podejrzeniami ani nie ja muszę rozplątywać sieci intryg. I nie ja muszę się zastanawiać, czy sobie przypadkiem owych sieci jedynie nie wyobraziłem.

– Nie wolno, nie wolno – usłyszeliśmy podniesiony głos wartownika.

Obaj zerwaliśmy się na równe nogi i pobiegliśmy w jego stronę.

Ale nic strasznego się nie działo, bo to tylko jakaś kobieta kłóciła się ze strażnikiem, że koniecznie chce do księżnej.

– Czego, durna babo, drzesz mordę po nocy? – warknął Andrzej takim tonem, że kobieta umilkła, jakby jej odjęło mowę, a strażnik niemal przysiadł.

Zawsze dziwiło mnie, jak ten uprzejmy i wykształcony dworzanin zmieniał się wręcz nie do poznania, kiedy przemawiał do mniej znacznych od siebie, do ludzi z plebsu, którym pogardzał. Ta zmiana głosu, zachowania, wyrazu twarzy nie była bynajmniej wystudiowana, teatralna czy na pokaz. Przychodziła mu w sposób całkowicie naturalny, tak jakby w zaufanym słudze księżnej siedziały dwie zupełnie różne osoby.

– Za pozwoleniem waszej mości, ale moja pani wysłała mnie do jaśnie księżnej – wyjaśniła kobieta płaczliwym tonem.

– Nontle? Hildegarda Reizend? – wtrąciłem. – Czarna kobieta? – dodałem, bo nie wiedziałem, pod jakim imieniem Nontle dała się jej poznać, a przynajmniej kolor jej skóry był czymś, co wyróżniało ją pewnie w promieniu tysiąca mil.

– No jakże nie, jak tak! – zawołała służka. – Ona sama!

– Czego chce?

– Kazała mi, żebym jaśnie księżnej dała pismo.

– No to dawaj je – rozkazał Andrzej.

– Kiedy księżnej! – zaprotestowała jazgotliwie.

Dworzanin uderzył ją w twarz otwartą dłonią, ale tak silnie, że gdyby kobiety nie podtrzymał wartownik, to pewnie by się przewróciła.

– Dawaj – powtórzył zimno.

Służka, szlochając i mamrocząc pod nosem, sięgnęła za pazuchę i wyjęła rulonik papieru przewiązany wstążką, zalany lakiem i sygnowany pieczęcią.

– Zostawcie – nakazałem Andrzejowi i sam sięgnąłem po dokument, ujmując go przez rękaw.

Zauważyłem, że dworzanin uniósł brwi, lecz nic nie powiedział.

– Chodźcie za mną – nakazałem.

– A co z nią? – Wskazał podbródkiem kobietę.

– Niech wraca do swoich – rzekłem. – Nawet jak to jakiś spisek, to przecież ona i tak nic nie wie.

Zabraliśmy wartownikowi pochodnię i wróciliśmy pod namiot księżnej. Poprosiłem Andrzeja, by potrzymał drzewce, i w świetle płomienia przyjrzałem się uważnie papierowi, wstążce oraz pieczęci. Potem obwąchałem dokładnie dokument, nie dotykając jednak papieru nosem. Oprócz zapachu papieru, inkaustu i laku poczułem jeszcze woń kwiatowego olejku.

– No cóż, przyjmijmy śmiałe założenie, że tego papieru nie spreparowano w żaden niegodziwy sposób – mruknąłem i sięgnąłem po nóż.

– Otwieracie list adresowany do księżnej – syknął Andrzej zimnym tonem. – Za mniejsze przewiny wiesza się u nas ludzi...

– Mój drogi towarzyszu, a gdzie macie niby zapisany adres na tym pustym rulonie?

– Ale ta kobieta przecież mówiła...

– Od kiedy zwracamy uwagę, co mówi plebs? – zapytałem z celową wyniosłą pogardą w głosie. – Kto ją tam wie, co i dlaczego bełkotała pod nosem...

Andrzej westchnął.

– Jak znam wasze szczęście, księżna, zamiast oćwiczyć, pewnie was jeszcze pochwali.

– Może i tak się stać – odparłem.

Przeciąłem wstążki, zerwałem pieczęć i ostrożnie rozwinąłem rulonik, na wszelki wypadek trzymając go z dala od twarzy.

– Zaufanie, jakie cesarscy ludzie mają jeden do drugiego, napełnia mnie podziwem – mruknął ironicznie Andrzej.

Uśmiechnąłem się pod nosem.

– Poza słowami tej babiny macie jakiś dowód, że dokument naprawdę przygotowała Nontle? – spytałem.

– Szlag... – burknął tylko.

Rozwinąłem list i przeczytałem stłumionym głosem pierwsze zdanie.

– Drogi Mordimerze, jeśli dobrze oceniam ciebie i twoje szkolenie, to właśnie ty czytasz w tej chwili list napisany moją ręką...

Andrzej zaśmiał się uspokojony.

List był krótki i Nontle prosiła mnie w nim o spotkanie oraz abym był tak miły i wyjednał u księżnej, by mogła się u niej pojawić.

– Nie przyszła na ucztę z Moskwiczanami, by księżna nie wzięła jej za ich stronnika – zaryzykował przypuszczenie Andrzej.

– Albo oni nie zabrali jej ze sobą, by nie odpowiadać za jej postępki – wtrąciłem. – Albo i jedno, i drugie.

Pokiwał głową na znak zgody.

– Co nie zmienia faktu, że Nontle może spiskować z ludźmi Iwana – dodałem. – Albo i nie.

Andrzej wzruszył ramionami, najwyraźniej niezadowolony, że przypuszczenia i podejrzenia prowadzą nas na razie tylko na manowce. No cóż, jako inkwizytor wiedziałem, że zazwyczaj zawsze tak było: najpierw wiele hipotez, by wreszcie z Bożą pomocą wykrystalizowała się z nich nieskazitelna esencja prawdy...

– Tak czy inaczej, nigdzie nie pójdziecie – oznajmił stanowczo. – Pchać się nocą do moskiewskiego obozu to w waszej sytuacji proszenie się o wielkie kłopoty.

– O tym już niech zadecyduje księżna – odparłem. – Chyba że księżna już śpi – dodałem. – Wtedy rzeczywiście nigdzie nie pójdę, gdyż taka samowola bez jej wiedzy i pozwolenia byłaby wysoce naganna.

Weszliśmy do sieni namiotu i podeszliśmy cicho do kotary przesłaniającej przejście do sypialni Ludmiły. Obaj nadstawiliśmy uszu. Nie słyszeliśmy żadnych odgłosów.

– Zajrzymy? – zaszeptał dworzanin.

Skinąłem głową i ostrożnie odchyliłem zasłonę. Przez wąziutką szparę dojrzałem blask świecy, dworkę śpiącą w nogach i Ludmiłę pogrążoną w samodzielnej lekturze.

– Wasza Wysokość, czy możemy wejść? – zapytałem półgłosem.

Przesunęła wzrok znad książki.

– Właśnie się zastanawiałam, kiedy zapytacie – odrzekła. – Czego chcecie?

Uznałem to za pewien rodzaj zaproszenia i wsunąłem się do środka, a Andrzej przemknął za moimi plecami. Krótko opowiedziałem księżnej o liście zawierającym zaproszenie. Ściągnęła usta i zastanawiała się przez chwilę.

– Idź do Jewsieja – rozkazała. – Niech da ci trzech swoich najlepszych ludzi i zapowie im, że mają bronić cię za cenę życia i przyprowadzić z powrotem. Wtedy dopiero idź do moskiewskiego obozu.

– Pokornie dziękuję Waszej Wysokości za opiekę – powiedziałem. – A czy mogę przekazać Hildegardzie Reizend, iż raczycie ją, pani, jutro przyjąć?

Skinęła głową.

– Niech przychodzi – zgodziła się.

– A ja mogę iść z inkwizytorem, Wasza Wysokość? – zapytał Andrzej.

Ludmiła spiorunowała go wzrokiem.

– Ty przyprowadzisz od Jewsieja następnych jego żołnierzy i będziesz ich pilnował, żeby warowali przy mnie jak psy. Rozumiesz?

– Tak, wasza miłość. – Nawet w półmroku świetnie było widać, iż twarz dworzanina pokryła się rumieńcem.

Rzeczywiście, przecież pierwsze, co powinien mieć na uwadze, to bezpieczeństwo własnej władczyni, a nie uczestniczenie w moich przygodach. Chociaż oczywiście niezależnie od jego pobudek byłem wdzięczny, iż wyraził chęć towarzyszenia mi do moskiewskiego obozu.

– Moskwiczanie nic mi nie zrobią – rzekłem z pewnością w głosie. – Bo jeśli żołnierze mają nakaz, by mnie bronić, to moskiewscy musieliby ich poranić lub pozabijać, by mnie dopaść. A to księżna uznałaby za zniewagę. I tak zakończyłaby się misja Iwana za Kamienie. – Wzruszyłem ramionami.

– Czasem logika przegrywa z porywami serca – westchnął. – Niezależnie od tego, czy tymi porywani są miłość, czy nienawiść.

– Och, to na pewno – zgodziłem się z nim. – Sądzę jednak, że Basmanow nie dorobiłby się wielkiej pozycji na carskim dworze, gdyby dawał się zbyt łatwo ponosić uczuciom. A poza tym – uśmiechnąłem się szeroko – kto wie, może jeszcze serdecznie się zaprzyjaźnimy. Ja i on.

– Oczywiście! – prychnął Andrzej. – Pewnie jak Herakles i Nessos...

Żołnierze, którzy mieli mi towarzyszyć na rozkaz księżnej i z wyboru Jewsieja, byli chłopami na schwał. Wysokimi, pleczystymi, o łbach niczym sagany i dłoniach niczym bochny chleba. Ich toporne twarze, jakby ciosane przez rzeźbiarza dopiero początkującego i poznającego kunszt kształtowania materii, zdawały się nieskalane żywszą myślą. I bardzo dobrze, bo tacy właśnie powinni być dzielni żołnierze. Wszyscy dosiedliśmy koni i ruszyliśmy powolutku, stępa w stronę, gdzie w nocnej czerni pobłyskiwały płomyczki ognisk palonych w moskiewskim obozowisku. Byłem przekonany, że od samego początku obozowisko to jest bacznie obserwowane przez zwiadowców księżnej, których zadaniem było donieść o każdych niespodziewanych i niezwykłych ruchach, jakie by się w nim czy obok niego działy.

Musieliśmy być widoczni z daleka, bo wszyscy czterej trzymaliśmy płonące pochodnie w dłoniach. Przecież nam też nie zależało, by jakiś zbyt nerwowy Moskwiczanin wystrzelił strzałę z łuku czy kuszy w stronę cienia, który go zaniepokoił. Życie niedobrze jest stracić (tak najczęściej sprawy się mają), ale są sposoby jego tracenia zwyczajne, głupie i najgłupsze. Zostać zastrzelonym przez zdenerwowanego wartownika tylko dlatego, iż się go nie ostrzegło o swym przybyciu, należało chyba uznać za jeden z najgłupszych.

– Co za ludzie? – wykrzyknął ktoś tubalnym głosem, kiedy zbliżyliśmy się na tyle, by widzieć siedzące przy ogniu sylwetki.

– Od jaśnie oświeconej księżnej! – odkrzyknąłem. – Inkwizytor Mordimer Madderdin na zaproszenie pani Hildegardy Reizend!

– Bywajcie! – zaprosił bez wahania ten sam głos, więc można było się domyślić, że spodziewano się mojego przybycia.

– Zostawcie konie i ludzi – nakazał Moskwiczanin, który do nas podszedł. – Chodźcie za mną, poprowadzę.

Najstarszy z towarzyszących mi żołnierzy zeskoczył zręcznie z siodła i stanął twarzą w twarz z Moskwiczaninem. Przewyższał go więcej niż o głowę.

– Mnie własnym gardłem kazali pilnować inkwizytora – rzekł. – Więc pójdę z nim tam, gdzie ma iść, i odejdę z nim, kiedy będzie gotów. A konie możemy tu zostawić, skoro trzeba – dodał.

Dwaj pozostali żołnierze również zeskoczyli z siodeł i stanęli obok swego towarzysza, krzywiąc groźnie oblicza i zaciskając dłonie w kułaki. Jednak moskiewski wartownik nic sobie z tego pokazu nie robił.

– Jak chcecie. – Wzruszył ramionami. – Jak dla mnie, możecie sobie nawet nieść na rękach swojego rzymskiego diabła. No, chodźcie za mną.

Moskwiczanin poprowadził nas do namiotu stojącego nieco na uboczu. Przed wejściem stał wyraźnie znudzony żołnierz, a raczej, jak poznałem po porządniejszym, bogatszym ubiorze, oficer.

– Wreszcie – burknął na nasz widok. – Który z was to inkwizytor?

– Zgaduj do trzech – odparłem.

– Czyli to ty. – Otaksował mnie spojrzeniem. – No dobrze, powiedziano mi, że nie trzeba cię obszukiwać, więc wchodź. A wy – obrzucił wzrokiem moją straż – macie spokojnie czekać i trzymać mordy na kłódki.

Odsunąłem zasłonę namiotu, a potem w przedsionku jeszcze jedną, grubą, haftowaną kotarę. Wszedłem do środka, gdzie ciepłym złotym blaskiem jaśniały lampy. Wnętrze nie przypominało obozowej kwatery, a raczej pokój damy. Stało w nim biurko z lustrem, dwa fotele o rzeźbionych poręczach i oparciach obitych czerwonym adamaszkiem, stół o polerowanym blacie oraz okuta, malowana skrzynia, tak duża, że zapewne zmieściłbym się w niej razem z moimi trzema strażnikami. Trzeba przyznać, że Nontle nie zamierzała umartwiać się w podróży, a przecież widziałem zaledwie jedną część namiotu, bo w drugiej, przysłoniętej kolejną kotarą, musiała się mieścić sypialnia księżniczki.

Ponieważ nikogo nie widziałem, spokojnie usiadłem w fotelu. Nagle kwietny zapach, ten sam, który czułem, wąchając list, stał się bardziej intensywny, a kotara oddzielająca pomieszczenia uniosła się.

– Cieszę się, że się rozgościłeś – usłyszałem dźwięczny, urokliwy głos i po chwili sama Nontle wyłoniła się zza zasłony.

Była jeszcze piękniejsza niż w czasach, z których ją zapamiętałem. Kiedy podróżowaliśmy razem, miała krótko ostrzyżone włosy, a teraz bujne kręcone loki spływały jej aż na ramiona. Przez to jej twarz, i tak zawsze delikatna i subtelna, wydawała się jeszcze subtelniejsza i jeszcze delikatniejsza. Kobieta była ubrana w długą, zwiewną suknię, która zdawała się utkana z nocnej ciemności przetykanej srebrem gwiazd.

Wstałem i skłoniłem się głębiej, niż inkwizytorzy zwykli kłaniać się przed kimkolwiek, ale urok afrykańskiej piękności był zniewalający nawet dla mnie, który wiedziałem przecież, iż jest dziełem zarówno kunsztownej gry, jak i magii.

– Jestem wzruszony, księżniczko, że mogę znowu cię ujrzeć – wyznałem. – Tęskniłem za tą chwilą i miałem nadzieję, że kiedyś ona wreszcie nadejdzie.

Nontle zbliżyła się z ciepłym uśmiechem.

– Mój bohater – powiedziała, a jej głos zabrzmiał niczym upajająca melodia. – Jak się cieszę, że cię widzę, Mordimerze, mój kochany i drogi przyjacielu.

Głos tej kobiety miał magiczną i niewolącą mężczyzn siłę, przekonałem się o tym, jeszcze kiedy zobaczyłem ją pierwszy raz, w pałacu w Lubece. Jego moc była z całą pewnością jeszcze większa niż czar niezwykłej urody. Na szczęście na mnie ów wpływ nie działał. Owszem, uważałem melodię jej słów za nadzwyczajnie urokliwą, a jej magia tkała przede mną namiętne i czułe obrazy, ale Nontle nie potrafiła zdominować mojej woli. Nie umiała zrobić ze mnie swojego pokojowego pieska łaszącego się na każde wezwanie, chociaż w pierwszych chwilach naszej znajomości usiłowała to uczynić. Zresztą, jak zauważyłem, próbowała swoich sztuczek ku niezadowoleniu Arnolda Löwefella, który był świadkiem naszego pierwszego spotkania.

Teraz wróciłem myślą do tych chwil, również by przypomnieć sobie, jak bardzo niebezpieczną jest kobietą. Zwłaszcza teraz, kiedy wcale nie byłem pewien, czy jesteśmy jeszcze sojusznikami, i kiedy nad wszystkim nie czuwało czujne oko Arnolda Löwefella, który – miałem takie wrażenie – nie pozwoliłby Mauretance posunąć się dalej, niż uznałby za dozwolone.

Nontle w naturalny sposób objęła mnie z przyjacielską serdecznością, a ja poczułem woń perfum i zapach jej skóry. Była to iście piorunująca mieszanka, zniewalająca zmysły i wręcz obezwładniająca. Tyle że ja, po pierwsze, spodziewałem się podobnego efektu, a po drugie, już kiedyś potrafiłem się przed nim obronić. Nontle nie stosowała magii w jej dającej się wykryć formie

opartej na zaklęciach i urokach. Podróżowała przez
Ruś jako wysłanniczka cesarza, jako ciekawa świata podróżniczka, nieliczni znali ją dodatkowo pod chrześcijańskim mianem Hildegardy Reizend, autorki chętnie czytanych ksiąg. Nie życzyła sobie zostać wykryta
jako zaufana Świętego Officjum, a gdyby stosowała magię, wtedy każdy wołch i zapewne również wielu ruskich kapłanów czy mnichów natychmiast by to pozna-
ło. W tym wypadku więc Nontle wolała opierać się na
własnym niezaprzeczalnym uroku oraz na niezwykłych
mieszankach zapachowych, których sama była autorką.
Wiedziałem, iż jest również utalentowanym alchemi-
kiem, i miałem okazję sam się o tym przekonać, gdyż
rok wcześniej obdarowała mnie specyfikiem odstrasza-
jącym komary. Wierzcie mi, mili moi, że plaga komarów może brzmieć niewinnie czy nawet zabawnie, ale
dla każdego, kto jej zaznał u podnóży Kamieni czy na
peczorskich trzęsawiskach, zabawna nie była. I do tej
pory wspominałem pomoc Nontle z ogromną wdzięcznością, zwłaszcza kiedy widziałem szare, wielkie i wi-
rujące obłoki krwiopijców unoszące się nad głowami
poddanych Ludmiły.

Odsunęła się ode mnie na krok i przyjrzała mi się
z uśmiechem.

– Zbladłeś i wychudłeś – rzekła. – Ale... – zawiesiła
na chwilę głos. – Zmężniałeś – dodała.

– A tobie urosły włosy – odparłem, odpowiadając
uśmiechem.

Przeciągnęła palcami po lokach, które falami spływały jej na ramiona. Złote bransoletki na nadgarstkach
zadźwięczały przy tym ruchu.

– Bardziej się sobie podobam z długimi włosami –
odparła żartobliwym tonem. – Chociaż w podróży po
Rusi zbyt często muszę je myć, jak na mój gust.

– Mnie się podobasz i z długimi, i z krótkimi – rzekłem. – A już szczególnie podobasz mi się jako najcu-
downiejsza gwiazda przybywająca z Cesarstwa. Jako
zwiastun piękna i cywilizacji, oświetlający blaskiem tę
straszliwą i smutną *barbari terra*.

– Och, Mordimerze. – Nontle złożyła dłonie. – Powinieneś układać poematy, a nie pracować dla Inkwizytorium. Damy by mdlały, słysząc układane przez ciebie strofy.

– Ja spoglądałbym tylko na to, czy tobie się podobają – rzekłem, a ona w odpowiedzi jedynie przycisnęła
dłoń do serca.

Miała rozmarzony wzrok, słodki uśmiech i delikatność
trzciny kołyszącej się na wietrze. A kim była tak naprawdę
Nontle, czy jak niektórzy woleli ją nazywać, Hildegarda
Reizend? Zapewne kimś, o czyim istnieniu nie powinno
się wiedzieć, nawet wtedy, jeśli miało się zaszczyt być inkwizytorem. Pamiętałem jeszcze rozmowę na jej temat,
którą przeprowadziłem w Lubece z Arnoldem Löwefellem.

„Gdybym natknął się na nią w innych okolicznościach,
kazałbym ją natychmiast aresztować i przesłuchać" – rzekłem wtedy.

Pamiętam, że Löwefell uśmiechnął się wówczas, a ja
właściwie zrozumiałem owo rozbawienie.

„Jest nawet bardziej niebezpieczna, niż sądziłem na
początku, prawda?" – zapytałem zamyślony.

Mój towarzysz przytaknął i stwierdził, iż powinniśmy się cieszyć, że ktoś taki jak ona towarzyszy nam do

samego środka dzikiego kraju. Być może. Ale wszystko zależało od tego, czy nasze plany, zamierzenia i interesy były zbieżne. Wtedy wydawało się, że tworzyliśmy jedną drużynę, teraz nie byłem już tego pewien. Ośmielałem się nawet podejrzewać, że może być wręcz odwrotnie.

– Siadaj, mój drogi, siadaj. – Poufałym i serdecznym gestem położyła mi dłoń na ramieniu.

Zgodnie z jej życzeniem ponownie spocząłem w fotelu, a ona wdzięcznie przycupnęła na poręczy, tak że opierała się o mnie barkiem i muskała mnie włosami.

Ująłem jej dłoń w swoją. Miała tak delikatne, wysmukłe palce zakończone długimi, wypolerowanymi paznokciami. Przypomniałem sobie, jak podrapała mnie w czasie pierwszej nocy, którą mieliśmy przyjemność spędzić razem. Po miłosnych zapasach na plecach miałem żywe rany, jakby ktoś solidnie mnie wybatożył. No cóż, pięknej Mauretance nie można było odmówić iście południowego temperamentu i dzikości zarówno serca, jak i zachowania.

Ale jej palce potrafiły stać się również zadziwiająco delikatne. Teraz właśnie czułem, jak drugą ręką muska moje włosy przy skroniach. Pomyślałem, jak dobrze byłoby położyć się z głową na jej kolanach. Poddawany tym muśnięciom, wpatrzony w jej oczy, powiedziałbym jej szczerze o wszystkim, co zdarzyło się na Rusi, i poprosił, by wreszcie zabrała mnie z tego miejsca przeklętego przez Boga oraz ludzi. Zaczęła mnie ogarniać słodka błogość... Spojrzałem raz jeszcze na dłoń Nontle splecioną z moją i pomyślałem nagle, jak łatwo te smukłe palce kruszyłyby się i łamały w maszynce do zgniatania kości. Jak bardzo potem, po torturach i nastawieniu, byłyby pogrubiałe i wykoślawione... Uśmiechnąłem się w myślach sam do siebie i uczucie rozleniwienia oraz rozmarzenia przeszło mi jak ręką odjął.

– Jak minął ci rok w tej strasznej, strasznej krainie? – zagadnęła.

– Cóż, na pewno mogło być lepiej, ale warta rozważenia jest myśl, że mogło być również dużo gorzej – odparłem sentencjonalnie. – I dlatego nie wypada lamentować.

– A twoje dworskie obowiązki? – Uśmiechnęła się figlarnie.

– Opiszę wszystko w szczegółowym raporcie – odparłem. – Niewątpliwie jednak poznałem interesujący rodzaj magii, czy może lepiej powiedzieć: rodzaj nadnaturalnej więzi polegającej na współdzieleniu mistycznych przeżyć... – Skinąłem głową. – Tak, wierz mi, że moje doświadczenia powinny stać się przedmiotem studiów w Świętym Officjum.

– O, nie wątpię. – Roześmiała się perliście.

Wstała szybko i delikatnie jak ptak o skrzydłach utkanych z ciemności. Odeszła na kilka kroków i sięgnęła do szafki stojącej przy biurku.

– A powiedz, jak ta ruska dziewka? Przypadła ci do gustu?

– Och, to bardzo poczciwa dziewczyna, nie powiem na nią złego słowa – rzekłem. – A również ładna i młoda, co nie jest, jak się domyślasz, od rzeczy przy tym rodzaju stosunków, jaki nas połączył.

Nontle zaśmiała się znowu.

– Przypuszczam, że tak właśnie jest – zgodziła się.

Obróciła się w moją stronę z butlą wina i dwoma kielichami w dłoniach.

– Napijesz się ze mną z okazji zakończenia czasu naszej bolesnej rozłąki?

Prędzej wypiłbym cykutę z rąk Gorgony Meduzy, pomyślałem. A na głos powiedziałem tylko:

– Z radością bym się napił, ale niestety, ślubowałem wstrzemięźliwość w podzięce za uratowanie życia z bitewnej zawieruchy.

Wzruszyła ramionami.

– W takim razie napiję się sama. A żałuj, bo to prawdziwa malaga. Warta na tym dzikim lądzie więcej złota, niż sama waży.

Otworzyła butlę i wlała sobie do kryształowego kielicha wino tak głęboko czerwone, że aż przechodzące w przydymiony brąz. Przekręciła naczynie w palcach, a wino i kryształ zamigotały w świetle lamp.

– Na pewno nie? – dopytała.

Uśmiechnąłem się przepraszająco i tylko w milczeniu rozłożyłem ręce. Mauretanka upiła niewielki łyk i przymknęła oczy.

– Prawdziwa malaga. Nierozcieńczona, nieoszukana. Kiedy ją piję, to wydaje mi się, że widzę słoneczne zbocza wzgórz Andaluzji – mówiła z urokliwym rozmarzeniem w głosie. – Wiesz, że Hiszpanie nazywają ją *dulce lagrima*? Słodka łza. Jest słodka i gęsta, jakby wyciskano ją z rodzynek, a nie winogron. Rozlewa się po podniebieniu, by dążyć żyłami do serca niby płynna, aromatyczna lawa. – Uniosła powieki i wpatrywała się we mnie intensywnie, a jej oczy błyszczały. – Ożywia. Roznamiętnia. Rozpala płomień i pasję... – Jej głos wibrował niczym trącona aksamitna nić.

Słuchanie jej i patrzenie na nią sprawiało mi wielką przyjemność i oczywiście właśnie to było prawdziwie niebezpieczne. Czasami bowiem może zdarzyć się tak, że kiedy spojrzysz zbyt ciekawie w otchłań, to nagle otchłań wychyli się i powie: ho, ho, tutaj jestem... I wtedy już nie można wrócić. Postanowiłem więc przerwać ten miły dla oka i ucha spektakl.

– Pamiętam ból głowy po pijatyce z pewnym majętnym towarzyszem – rzekłem ze śmiechem. – I zapewniam cię, że na drugi dzień rano nie wspominałem malagi aż tak wdzięcznie!

Roześmiała się. Nawet jeśli była zawiedziona lub rozzłoszczona, to w najlżejszy nawet sposób nie dała tego po sobie poznać.

– Tak to jest, kiedy wzniosła idea roztrzaskuje się na bruku realności, czyż nie? – rzekła.

A potem usiadła naprzeciwko mnie. Milczeliśmy przez chwilę. Ona leniwie, malutkimi łyczkami sączyła gęste wino, a ja przyglądałem się jej. Czy widzieliście kiedyś kobiety, które wszystko, co robią, robią pięknie? Pięknie zginają rękę i pięknie trzymają kielich w palcach. I pięknie kierują go w stronę ust oraz pięknie przytykają do niego wargi. No cóż, Nontle właśnie była taką kobietą. A kiedy odjęła puchar od ust i kiedy przesunęła po nich językiem, by odjąć z nich gęstą i lśniącą lepkość malagi, to ten gest nie był ani ordynarny, ani lubieżny, lecz pełen niewinnego, kociego wdzięku.

Odłożyła opróżniony do połowy kryształ na blat stołu i spojrzała na mnie uważnie.

– A wiesz, że słyszałam interesujące historie o Peczorze i o inkwizytorze księżnej Ludmiły?

– No proszę, proszę, a więc już powstały o mnie historie? – zakpiłem i machnąłem ręką. – Nie wiem, czy to dobrze, czy źle – dodałem. – Lecz wyjaw mi, proszę, cóż takiego słyszałaś?

– Słyszałam o wielkiej wyprawie przeciwko demonom...

– Tak było. – Skinąłem głową z poważnym wyrazem twarzy. – Wszystko co do joty opiszę w raporcie. Wyznam ci, że czułem się na tej wyprawie tak, jakbym cofnął się do Mrocznych Wieków, jakbym był jednym z bohaterów ponurych legend z odległej przeszłości... Wierz mi, że było to niezwykłe wydarzenie i ludzie słusznie o nim rozprawiają.

W tych słowach nie było ani przesady, ani nieszczerości. Wyprawa na moczary, ta zdumiewająca wojna, w której dana przez Boga moc inkwizytora i dana przez Szatana moc czarownicy połączyły się, by zatriumfować nad demonami, rzeczywiście godna była uwiecznienia. Czy podobne walki jak moja zdarzały się często w Mrocznych Wiekach? Zapewne tak. Ale dzisiejsi cesarscy inkwizytorzy mogli zaledwie pomarzyć o epickich zmaganiach, jakie stały się moim udziałem na Rusi.

– Rozprawiają również o tym – kontynuowała Nontle – że rzymski pies nie służy już tylko księżnej, ale że oszałamiająco piękna i śmiertelnie groźna Natasza wzięła go na smycz miłości... I że króciutko go na niej trzyma. – Przyglądała mi się chłodnym, badawczym wzrokiem.

Roześmiałem się szczerze.

– Naprawdę tak plotą? Cóż, konfrontacja rzeczywistości z bajaniami plebsu, niestety, zazwyczaj jest smutna dla tych, których fantazje nadmiernie rozbudzono. Natasza jest naprawdę, wierz mi, uroczym dziewczęciem, w którym obudziłem wielki zapał. – Uśmiechnąłem się z satysfakcją. – Ale postrzegam się przy niej raczej w roli Priapa, nie w roli Orfeusza ugodzonego strzałą Kupidyna.

– Och, to dobrze wiedzieć. – Uśmiechnęła się. – Bo przypuszczam, że nigdy już nie zobaczysz tej małej, więc byłoby mi przykro, gdybyś cierpiał.

– Nigdy nie zobaczę? – powtórzyłem jej słowa.

– Mój drogi, po cóż bym jechała tysiące mil po tym obrzydliwym, barbarzyńskim kraju, gdyby nie chodziło o ciebie? – Patrzyła na mnie z uważnym rozbawieniem. – Wreszcie udało nam się porozumieć w twojej sprawie z księciem Nowogrodu. Są ze mną ludzie z Nowogrodu, jest też wołch, mamy listy od księcia Włodzimierza. – Uśmiechnęła się szeroko. – Za miesiąc będziesz brykał po Cesarstwie jak źrebaczek na łące...

Otworzyłem ramiona.

– Jesteś moim wybawieniem! – zakrzyknąłem. – Nie spodziewałem się, że ktokolwiek po mnie wreszcie pośle! A tutaj ty sama, we własnej osobie. – Pokręciłem głową, wstałem z fotela, podszedłem do niej i pochylony ucałowałem jej dłoń. – Nie odwdzięczę ci się do końca świata – powiedziałem z mocą i szczerością tak wielką, że przekonałbym nawet samego siebie, gdybym podejrzewał się o fałsz.

Przez chwilę zdawało mi się, że moja reakcja zmieszała ją lub zbiła z tropu. Ale Nontle zaraz uścisnęła moją rękę i odpowiedziała uśmiechem.

– Cieszę się twoją radością – powiedziała ciepło. – Nie żal ci opuszczać Peczory?

– Żal? – Roześmiałem się, a potem skrzywiłem się i wzruszyłem ramionami. – Zostawiłem w fortecy cały mój roczny żołd. Cóż, mam nadzieję, że Święte Officjum raczy mi zrekompensować tę stratę.

– A dziewczyna?

– Może powinienem pogadać z wołchem, żeby ją dobrze traktował. – Zmarszczyłem brwi. – Ale z tymi ruskimi gadami nigdy nie wiadomo, czy nie postąpią dokładnie wbrew temu, o co ich prosisz.

– Pytałam, czy nie żal ci jej zostawiać. – Spoglądała na mnie.

Milczałem chwilę.

– Być może będzie mi jej przez moment brakować – westchnąłem wreszcie. – Jednak wierz mi, że powrót do cywilizacji wart jest zapłacenia każdej ceny. Bo chociaż trochę się już przyzwyczaiłem do ruskich obyczajów, na pewno w żaden sposób ich nie polubiłem! A że uwalniasz mnie od wilgoci, smrodu i komarów, to do końca życia będę ci niezmiernie wdzięczny... Chociaż...

– Chociaż?

– Przekonasz się po przeczytaniu mojego raportu, że to wielce ciekawa kraina. Z jednej strony jako obywatel Cesarstwa dzień w dzień myślałem o powrocie do cywilizacji. Z drugiej jednak strony ileż tu tajemnic. – Pokręciłem głową. – Ileż diablich knowań, ileż sztuczek zaplecionych w ciemności... Gdyby udało nam się kiedyś to wszystko zbadać... – Westchnąłem znowu. – Sam demon, którego zabiliśmy w czasie wyprawy na bagna, o której wspomniałaś. Nigdy o czymś takim nie słyszałem w Cesarstwie. Przynajmniej nie teraz. Kiedyś, w Mrocznych Wiekach, może...

– Och, budzisz moją ciekawość – powiedziała. – Czeka nas długa droga do Nowogrodu, więc opowiesz mi wszystko, dzień po dniu, ze wszystkimi szczegółami...

– Oczywiście. – Przyłożyłem dłoń do serca.

Wstała z fotela i stanęła tuż koło mnie. Była drobna i niewysoka, sięgała mi niewiele nad pierś. Wydawała się tak krucha, że każdy by pomyślał, iż można ją bez trudu zgnieść i połamać. I byłaby to najkosztowniejsza pomyłka w życiu tego kogoś.

– Powiesz mi, że tęskniłeś za mną? – Przytulona do mnie, uniosła wzrok, patrząc mi prosto w oczy.

– A jak mógłbym nie tęsknić za kobietą taką jak ty? – zapytałem z pełną zdumienia czułością w głosie. – Jesteś tak piękna i tak mądra, że nikt, kto cię spotkał na swojej drodze, nie mógłby o tobie zapomnieć. I nie byłby w stanie wspominać cię w inny sposób niż z czułą, namiętną nostalgią...

– To słooodkie – zamruczała.

Zaczęła rozpinać haftki mojego kaftana, cały czas spoglądając mi z uśmiechem w oczy.

– Mam nadzieję, że w tej mierze nie ślubowałeś wstrzemięźliwości? – spytała, obniżając głos do szeptu.

– W tej mierze słowo „wstrzemięźliwość" jest mi całkiem obce – odrzekłem.

I nagle Nontle syknęła ze złością i chyba nawet z bólem, po czym cofnęła się raptownie ze skrzywioną twarzą.

– Co masz na piersi? – zapytała ze złością.

– Na piersi?

Przyglądała mi się skupiona.

– Igrasz z ogniem, Mordimerze. Co masz na piersi? – powtórzyła lodowatym tonem.

Uśmiechnąłem się wyrozumiale.

– Masz na myśli te wiejskie hokus-pokus Nataszy? – spytałem lekko. – Wybacz, ale zupełnie o tym zapomniałem. Dziewczyna bawi się czymś, co uważa za magię. Wiem, wiem, sam wyczuwam w tym słabiutki urok... – Uśmiechnąłem się pobłażliwie.

Nontle przyglądała mi się zarówno bez życzliwości, jak i bez rozbawienia.

– Uważasz mnie za idiotkę? – wysyczała.

Teraz nie była już ani delikatna, ani ciepła, ani nawet powabna.

– Na miecz Pana, dlaczego miałbym tak sądzić? – Otworzyłem szeroko oczy. – Nie rozumiem, co cię właściwie ugryzło? – Spoglądałem na nią ze zdziwieniem i rozżaleniem.

– Nie czujesz tego? – W jej głosie złość walczyła o lepsze z podejrzliwością.

– Czego, na miecz Pana?!

– To wściekle potężna, diabelska magia – rzekła, a ja usłyszałem jednoczesną pogardę i szacunek. – Dawno nie widziałam tak silnych runów. Jesteś pewien, że napisała je ta twoja dziewczyna?

– Sam widziałem, jak je pisała. Ale nie czuję ich mocy. – Wzruszyłem ramionami. – A niby jakie według ciebie ma być ich zadanie?

Nontle nie odzywała się przez chwilę.

– Dobrze, że zabieram cię ze sobą – oznajmiła wreszcie. – Obawiam się, iż w Peczorze mogło ci grozić naprawdę wielkie niebezpieczeństwo. – Pokręciła głową z niezadowoleniem.

– Inkwizytorom wszędzie grozi niebezpieczeństwo – odparłem lekkim tonem. – A tu, na Rusi, gdzie jesteśmy znienawidzeni, pewnie nawet większe niż gdziekolwiek indziej na świecie.

Odsunęła się ode mnie jeszcze dalej, po czym znowu sięgnęła po kielich z malagą. Wypiła wino do końca i obróciła się w moją stronę, już ze spokojną twarzą.

– Ta twoja młoda Rusinka jest uczennicą wiedźmy z bagien, czyż nie? – zapytała. – O niej opowiadano mi również.

– O tak, to naprawdę potężna czarownica – rzekłem. – Nigdy nie spotkałem się w Cesarstwie z kimś o podobnej mocy.

Przypomniały mi się wszystkie zaklęcia mateczki Olgi, jakich działania byłem świadkiem, i pokiwałem głową.

– Naprawdę bardzo, bardzo potężna, wierz mi... – dodałem.

– Dlaczego więc nie zabiła inkwizytora? Rzymskiego diabła, jak oni tutaj mawiają?

– Bo się z nią sprzymierzyłem.

Nontle roześmiała się.

– Czyż nie to właśnie nakazują święte zasady inkwizytorskiego powołania?

– Jeśli nie możesz zwyciężyć wrogów, sprzymierz się z nimi, by poznać ich siły oraz słabości – zgodziłem się i rozłożyłem ramiona. – Tak właśnie uczyniłem. Lecz miałem nadzieję, że po powrocie do Peczory prędzej czy później uda mi się stanąć z nią do walki, pokonać ją, przesłuchać i poznać jej tajemnice. – Pokiwałem głową. – O tak, wierz mi, że właśnie tego naprawdę i szczerze żałuję...

– Opowiesz mi o niej wszystko, co wiesz, prawda?

– Oczywiście. Opowiem i napiszę również dokładny raport. Wszystko, czego tylko sobie zażyczysz. Jednak

wierz mi, że szkoda, iż sama nie będziesz mogła jej poznać.
Podobna kreatura zainteresowałaby kogoś takiego jak ty...
– Czyli kogo? – Jej spojrzenie stwardniało.

– Zainteresowałoby przesławną Hildegardę Reizend,
badaczkę anomalii – odparłem, udając, że nie dostrze-
gam zmiany jej tonu.

– Może kiedyś tam wrócimy. – Wzruszyła ramionami.

– Wiedźma zbudowała swój dom na kamieniu upadłym z gwiazd – dodałem. – Czyż to nie zdumiewające?
Nontle milczała przez dłuższą chwilę.

– Na kamieniu upadłym z gwiazd – powtórzyła. –
Widziałeś ten kamień na własne oczy?

– Widziałem to, co z niego zostało, nad powierzchnią
trzęsawiska. Tubylcy mówią, że spadł na ziemię tak dawno temu, iż spustoszenia, jakich dokonał, zdążył pokryć
już wielki, wiekowy las.

– Niezwykłe – powiedziała i potrząsnęła głową. –
Och, Mordimerze, najpierw zawróciłeś mi w głowie jako
mężczyzna i mój wybawca, a teraz jako inkwizytor. – Jej
głos znowu był ponętny, ciepły i pełen uroku. – Kamień
z gwiazd! Cóż to za okazja i sposobność dla badacza anomalii, by ujrzeć coś, czego nie widział nikt przed nim!

Wiedziałem oczywiście, co sądzić o jej słowach „zawróciłeś mi w głowie", i doskonale zdawałem sobie sprawę, iż nie wynikały one z niczego innego jak z chęci flirtu. Flirtu, który był nieodłączną częścią natury Nontle
i który przychodził jej z prawdziwą łatwością. Jeśli chodzi o mnie, wiedziała doskonale, że jestem, ku własnemu
zresztą zdumieniu, odporny na jej magiczny wdzięk. Ale
nie przeszkadzało jej to owego wdzięku używać. Zresztą byłem pewien, że przynajmniej na początku naszego

spotkania miała nadzieję, iż przełamie mój opór. Czy malaga, którą mi proponowała, była nasączona miłosną trucizną bądź miłosnymi zaklęciami? Kto wie, może tak, może nie. Może tylko miała odwrócić moją uwagę od rzeczywistego niebezpieczeństwa? W każdym razie jakiekolwiek by były zamierzenia pięknej Mauretanki, to nie powiodły się one. A do zbliżenia pomiędzy nami nie doszło, gdyż widziałem, że naprawdę zdumiała ją i wystraszyła moc napisanych na mojej piersi runów. Ja wiedziałem, że są one silne, ale że aż tak potężne, by wywrzeć wrażenie na badaczce anomalii, która z niejednego pieca chleb jadła?

Byłem zadowolony, iż nie posunęliśmy się dalej, gdyż przecież musiałbym wymyślić coś, by uniemożliwić nasze zbliżenie. Nie miałem pojęcia, jakie sztuczki może jeszcze znać Nontle, lecz wyobrażałem sobie, że ich siła może zwiększyć się wielokrotnie, kiedy mężczyzna będący z nią jest zanurzony w szale fizycznej miłości.

Oczywiście Mauretanka pociągała mnie jako kobieta i z przyjemnością wspominałem gorące zmagania, jakim oddawaliśmy się w służbie Wenus i pod czułym spojrzeniem Kupidyna. Ale nie utraciłem przy niej własnej woli, co zdarzało się innym mężczyznom.

A teraz zastanawiałem się, czy ja dam radę obrócić jej siłę w słabość i wykorzystać to, że była wielką badaczką, złaknioną nowych doznań i ciekawą świata. Nie miałem szczególnej nadziei, iż uda mi się namówić Nontle, by opóźniła i przełożyła odesłanie mnie do Nowogrodu, ale oczywiście musiałem spróbować. Bo przecież również z punktu widzenia inkwizytora zafascynowanego sekretami, jakie odkrył na Rusi, byłoby zdumiewające,

gdybym nie chciał namówić Nontle, by wraz ze mną spróbowała poznać sekrety mateczki Olgi. Nie było czasu na finezyjne zakładanie przynęty, więc musiałem od razu rzucić wszystkie haczyki, jakimi dysponowałem. Nie żebym bardzo liczył, że rybka łatwo da się złapać, ale na razie taki krok musiał mi wystarczyć.

– Wiedźma również jest niezwykła – stwierdziłem. – W czasie bitwy użyła zaklęć, które przemieniły zwyczajnych żołnierzy tak, że stali się jakimś rodzajem ludzkich branderów wybuchających na jej rozkaz...

Przypomniałem sobie tych kilku wojowników wyznaczonych i namaszczonych przez wiedźmę. Na nich właśnie rzuciło się gigantyczne stado wilków. I przypomniałem sobie, jak w pewnej chwili, w chwili, o której zadecydowała wiedźma, całe pole bitwy pokryło się ogniem oraz dymem. Z watahy liczącej co najmniej sto sztuk nie przetrwał żaden osobnik.

Nontle obróciła na mnie żywe spojrzenie.

– Co mówisz?!

– Tak właśnie było. – Pokiwałem głową. – Co ciekawe i co, jak mniemam, mogłoby cię szczególnie zainteresować, wiedźma wykazała również zdolności alchemiczne. Rozdała żołnierzom butle z substancją, którą nazywała greckim ogniem. Nie wiem, co owa maź miała wspólnego z prawdziwym greckim ogniem, jaki znamy z kronikarskich opisów – wzruszyłem ramionami – ale wiem jedno: diablo dobrze się paliła.

– Grecki ogień – powtórzyła Nontle z namysłem. – Tyle się wydarzyło, a ty nie spisałeś nawet raportów!

– Nikt się do mnie nie odezwał – warknąłem ze złością w odpowiedzi. – Nie przysłano mi żadnej wiadomości. Zostawiliście mnie w tej dziczy, sprzedaliście za własne bezpieczeństwo, i teraz ty ośmielasz się stawiać mi zarzuty?!

Zastanawiałem się, czy zdołam ją wyprowadzić z równowagi, ale ona tylko wzruszyła ramionami.

– Zobowiązaliśmy cię do pisania raportów – przypomniała lodowatym tonem. – Ja sama prosiłam, byś przygotował dla mnie opis wszystkiego, co cię spotyka! Jesteś funkcjonariuszem Świętego Officjum. Zawsze i wszędzie. Czy tu, czy na Saharze, czy na Księżycu. I masz wykonywać polecenia, a nie stroić fochy jak porzucony kochanek!

Roześmiałem się i zaklaskałem teatralnym gestem, bezgłośnie, samymi palcami. Oczywiście to, co mówiła Nontle, było najszczerszą prawdą. I musiałem przyznać, że miała całkowitą rację. Ale przyznam również, że w Peczorze zupełnie nie chciało mi się pisać raportów dla Świętego Officjum, zwłaszcza że samo Święte Officjum nieszczególnie interesowało się moim losem. No i informacje, które miałbym umieszczać w pismach, zapewne byłyby parokrotnie przeczytane, zanim dotarłyby do odbiorcy. Poza tym od zawsze miałem świetną pamięć i wiedziałem, że raport napisany po kilku miesiącach będzie tyle samo wart, co ten tworzony na bieżąco. Zresztą wydarzenia, w jakich brałem udział i jakich byłem świadkiem, zapadły mi w pamięć tak mocno i jawiły się tak wyraziście, iż wiedziałem, że nigdy o nich nie zapomnę.

– Wszystko w swoim czasie – odparłem celowo obojętnym tonem, gdyż nie spodobało mi się, w jaki sposób się do mnie zwracała.

Tym razem uśmiechnęła się z wdziękiem i uścisnęła moją dłoń.

– Oczywiście – powiedziała. – Nie mogłeś się przecież spodziewać, że tak nagle wrócisz na łono Cesarstwa, prawda? Ale bardzo cię proszę, byś przez najbliższe dni opowiadał mi o tym, co cię spotkało. Jak chcesz, wieczorami będę ci pomagać nawet w spisywaniu tych wspomnień. – Jej uśmiech był jeszcze słodszy niż poprzednio.

Wyobraziłem sobie nagle, jak siedzi przy stole, naga w półmroku i półblasku, opromieniona jedynie złotym światłem migoczącej świecy. W dłoni trzyma łabędzie pióro, którego delikatna, śnieżna biel tak kontrastuje z czernią jej skóry. Przed nią na biurku leżą karty papieru oraz buteleczka z inkaustem. Nontle wolnym ruchem macza dutkę pióra w inkauście i obraca się z uśmiechem w moją stronę... Tak, bo ja tam stoję. Tu, za jej krzesłem. Nagi i bliski eksplozji na widok jej nagości...

Otrząsnąłem się. Nontle była tak niebezpieczną kobietą, że aż wzbudzało to mój podziw. Skoro w jakiś sposób prowokowała męski umysł do kreacji podobnych obrazów, to znaczyło, iż posiadała zdolności wykraczające poza rozumienie znakomitej większości ludzi. A skoro potrafiła spowodować, by moje myśli pobiegły takim właśnie szlakiem, to oznaczało, że człowiek wrażliwy na jej wdzięki byłby już całkowicie zamroczony i bliski szaleństwa z pożądania oraz miłości. I oczywiście spełniłby każdą jej zachciankę, nawet taką, o której spełnieniu myślałby wcześniej ze wstrętem.

– Niewątpliwie będą to przemiłe wieczory – odparłem radośnie. – A jeśli jeszcze poczęstujesz mnie choćby tą cudnie woniejącą malagą lub, lepiej jeszcze, złotą

alhamrą, której tak bardzo mi brakowało w tej barbarzyńskiej krainie, to nie zapomnę ci owej grzeczności
do końca życia.

Wydawało mi się, że zobaczyłem w jej oczach błysk
złości. Ale nawet jeśli się nie omyliłem, to trwał tak krótko, że w rzeczywistości był niemal niezauważalny.

– Mam również złotą alhamrę – odparła wesoło. –
I chętnie cię nią ugoszczę. Ale co z twoimi przyrzecze-
niami wstrzemięźliwości?

Uniosłem ręce teatralnie obronnym gestem.

– Ślubowałem tydzień bez trunku. Uważam, że to
całkiem wystarczy.

– W takim razie widzę, że spędzimy wspólny czas nie
tylko mądrze, ale i przyjemnie. – Jej oczy spoglądały na
mnie znowu z radosną ekscytacją.

– I ja mam taką nadzieję – odparłem. – Bo jestem pewien, że wiele wieczorów zajmie mi opowieść o tym, co się
wydarzyło w Księstwie Peczorskim. Wiem jedno – uniosłem palec – nie spodziewałem się, iż pod naszym niebem
dzieją się sprawy tak niezwykłe i tak przeklęte jak tam...

– To nie jest „nasze niebo" – zauważyła Nontle, powtarzając z przekąsem moje słowa. – Pod prawdziwie
naszym niebem nic takiego nie byłoby możliwe.

– Tyle pytań, tyle zagadek bez odpowiedzi. – Pokręciłem głową. – Ta wiedźma, tak diablo potężna... Wiesz, że
potrafi stwarzać iluzje tak dokładne, iż na pierwszy rzut
oka nie różnią się niczym od prawdziwego człowieka?

Nontle skinęła głową.

– Potrafię sobie to wyobrazić.

– Pierwszy raz, kiedy zjawiliśmy się u niej, wtedy
weszliśmy na bagna wieczorem, a wyszliśmy o świcie.

Tymczasem przysiągłbym, a wiesz przecież, jak dobre inkwizytorzy mają wyczucie upływającego czasu, że nie spędziliśmy w podróży i gościnie więcej niż trzy godziny. Zdumiewające, prawda?

Znowu skinęła głową.

– Smród gnijącego mięsa? – spytała.

Tym razem zaskoczyła mnie.

– Tak – odparłem. – Parszywie mocny i niemal obezwładniający.

– Stare wiedźmie zaklęcie – skwitowała z niesmakiem. – Poradziłeś sobie z nim, oczywiście?

– Oczywiście – odparłem. – Dlaczego jednak straciłem poczucie upływającego czasu?

– Gnijące mięso, znak lawiny ognia, grecki ogień, iluzje... – Nontle pokręciła głową. – Miałeś do czynienia z wielce interesującą starowinką, mój drogi Mordimerze. Nie kusiło cię, by ją uwięzić i przesłuchać? – Usłyszałem, tak przynajmniej mi się zdawało, ironię w jej głosie.

– Oczywiście, że kusiło, mówiłem ci to już wcześniej – odparłem.

– Czemu więc tego nie uczyniłeś?

Dlatego że wiedźma zagroziła, iż kiedy wystąpię przeciwko niej, zemści się na Nataszy, pomyślałem. A potem dowiedziałem się nawet, jak straszna byłaby to zemsta.

– Bo człowiek, który jest sam wśród obcych, nie powinien pochopnie wypowiadać wojny jednemu z najpotężniejszych mieszkańców krainy, do której przybył – rzekłem na głos. – Niemniej miałem cały czas na uwadze, że może kiedyś dojść do ostatecznego rozstrzygnięcia sprawy pomiędzy mną a czarownicą.

– Pokonałaby cię – stwierdziła chłodno Nontle. – Zgniotłaby cię jak purchawkę. Ot tak. – Pstryknęła palcami. – Od niechcenia.

Wzruszyłem ramionami.

– Jak by było i co by było, teraz już wie tylko Bóg w niebiosach Wszechwiedzący – odparłem bez gniewu, gdyż sądziłem, że właśnie mój gniew lub co najmniej niezadowolenie chciała wywołać swoimi słowami. – My się, niestety, tego nigdy nie dowiemy, prawda? Bo nie sądzę, abym kiedykolwiek jeszcze wrócił pod Kamienie... Szkoda – westchnąłem. – Taka wiedźma! Kto wie czy nie najpotężniejsza ze wszystkich, jakie uchowały się na świecie.

Nontle skrzywiła się.

– Dlaczego chcesz wrócić do Peczory?

– Chcę wrócić do Peczory? – zdziwiłem się.

– Czymże innym jest opowiadanie mi o tych wszystkich dziwach i cudach, które jakoby widziałeś, jak nie próbą przekonania mnie, bym zmieniła decyzję?

Wzruszyłem ramionami.

– Jak mogłabyś zmienić decyzję wielkiego księcia Nowogrodu? – zapytałem lekceważącym tonem. – Skoro nakazał mi opuścić Peczorę i przybyć do stolicy, to tak musi się stać i niczego nie zdołasz w tej mierze odmienić.

Przyglądała mi się chłodnym wzrokiem.

– To ta dziewka? Ta Natasza? – zapytała, ignorując moje słowa.

Westchnąłem.

– Natasza jest słodkim stworzonkiem, ale nie sądzisz chyba, bym chciał opuścić cywilizację tylko po to, by w gnijącej ruskiej fortecy chędożyć wiejskie dziewczę? – Zaśmiałem się. – Chciałbym wrócić, przyznam to szczerze. – Położyłem dłoń na sercu. – Wrócić na niedługi czas. Ale tylko by poznać sekrety wiedźmy. A jeśli wróciłbym nie sam, lecz z kimś tak potężnym jak ty, to właśnie wtedy wszystko mogłoby się powieść na chwałę Świętego Officjum.

Popatrzyłem mojej towarzyszce prosto w oczy, szczerym spojrzeniem prawowiernego, zajadłego inkwizytora.

– To mogłaby być sprawa, jakiej nigdy jeszcze nie miałem. To mogłoby być doświadczenie, o jakim nigdy nie marzyłem. Mógłbym otworzyć drzwi, których istnienia nawet sobie nie wyobrażałem! – dopowiedziałem żarliwie.

Przypatrywała mi się uważnie dłuższą chwilę i wiedziałem, że zastanawia się, czy mi wierzyć, czy nie. Albo tylko udawała, że się zastanawia, by zmylić mój osąd.

– Tak, to byłaby sprawa, jakiej nigdy jeszcze nie miałeś – zgodziła się ze mną. – I owszem, byłoby to doświadczenie, o jakim nigdy nie marzyłeś. I obawiam się, że szybko marzyłbyś o tym, by nigdy nie dowiedzieć się o wiedźmie tego, czego się dowiedziałeś...

Wyrzekła te słowa zadziwiająco poważnym i ponurym tonem. Nie miała powodów, by mnie zwodzić i fantazjować na temat potęgi czarownicy, ale może chciała nadszarpnąć moją wiarę w siebie samego?

– Nie uczono cię, że lepiej nie otwierać drzwi do ciemnego pokoju? Że lepiej trzymać się z dala, jeśli słychać zza nich wściekły warkot? – dodała jeszcze.

– Uczono mnie, by w mrok nieść światło, a na warczące pyski nakładać mocne kagańce – odparłem natychmiast.

– Ech – westchnęła. – I tak na swoje szczęście nie roz-
począłeś wojny z tą czarownicą, więc przynajmniej tyle
w tobie zdrowego rozsądku.

– A fakt, że owa wiedźma hoduje dziewczęta i wysyła
je potem po szerokim świecie, by usługiwały możnym,
interesuje cię czy nie za bardzo? – zapytałem lekko.

– Hoduje – powtórzyła.

– Wychowuje, uczy, jak zwał, tak zwał – odparłem. –
Kiedy ją poznałem, miała sześć dziewczynek i pięć młodych kobiet.

– Dlaczego pięć? – zapytała natychmiast Nontle.

– Szóstą zabiła za karę, za bunt przeciwko niej – odparłem, nie wdając się w szczegóły.

– Jedna pachnąca jak tatarak, jedna gorzka jak piołun,
jedna podstępna jak szalej, jedna sprytna jak powój, jedna
silna jak sosna i jedna piękna jak lilia – wyrecytowała Nontle.

Jej słowa, tak mi przecież dobrze znane, zdumiały mnie.
Pamiętałem, że dokładnie takich samych słów w tej samej
kolejności użyła Natasza, by opisać dziewczęta wychowy-
wane przez wiedźmę.

– Skąd znasz tę wyliczankę?

– Skąd znam co? – Nontle rozbawiło moje zdziwienie.

– Tę wyliczankę – powtórzyłem.

– Jestem badaczką anomalii, autorką uczonych dzieł
traktujących o wielu sekretach świata. – Spoglądała na
mnie ironicznym wzrokiem. – Wiem co nieco o tych czy
innych obyczajach tych czy innych ludów.

– Czy te słowa mają jakiekolwiek znaczenie?

Przyglądała mi się z miną łowcy motyli, który złapał
szczególnie interesujący okaz i teraz zastanawia się, czy
puścić go wolno, czy też przyszpilić.

– Chcesz się dowiedzieć, czym w owej wyliczance jest twoja Natasza? Jaka roślina ją symbolizuje? – Zaśmiała się i miałem wrażenie, że jest to złośliwy śmiech. – Ja mam swoje podejrzenia, ale ty i tak już się nie dowiesz, bo i po co ci taka wiedza... – dodała, wzruszając ramionami.

– Interesuje mnie wszystko, co dotyczy wiedźmy z bagien – odparłem.

Nontle przeciągnęła się w fotelu z kocim wdziękiem i powiedziała:

– Idź już, mój dzielny inkwizytorze, bo twoja księżna zaraz wyśle na nas wojsko, jeśli do niej nie wrócisz. Jutro stawię się u niej z wołchem z Nowogrodu i listami od wielkiego księcia.

– Z wołchem? – zapytałem, wstając.

– Skoro książę zabiera ciebie, to przecież musi jakoś wynagrodzić Ludmile, że traci takiego dzielnego obrońcę, prawda? – Mrugnęła do mnie filuternie. – Chłop na schwał z tego Kosmy i wydaje mi się, że ma również siłę ducha, potrzebną w takich przypadkach, chociaż jest jeszcze młody, jak na wołcha.

– Dobrze słyszeć, że księżna nie zostanie bez obrońcy.

Zbliżyłem się i ucałowałem dłoń, którą księżniczka wyciągnęła w moim kierunku.

– Jeszcze raz pokornie ci dziękuję, że się zjawiłaś – powiedziałem, spoglądając jej prosto w oczy. – Nie masz pojęcia, ile dla mnie znaczy, iż wyrwę się z tego koszmaru...

– Nie wiem, czy czeka cię świetlana przyszłość w Inkwizytorium, ale twój raport z pewnością wzbudzi wielkie zainteresowanie. – Znacząco uniosła palec wskazujący. – Na pewno czekają cię ciekawe chwile, Mordimerze.

I kto wie, może odmiana losu na lepsze, chociaż... – westchnęła. – Różnie to u nas bywa, prawda?

– Jak wszędzie – odparłem. – Zapomina się o bohaterach, a wynosi na piedestał durni i łotrów. Bywa i tak, cóż możemy zrobić, jak nie znosić podobne koleje rzeczy ze stoicką cierpliwością i epikurejską pogodą ducha?

Roześmiała się.

– Właśnie tak – rzekła. – No dobrze, zatrzymałabym cię sobie na noc, ale runy tej twojej małej czarownicy spaliłyby mnie na popiół. Do jutra, Mordimerze.

Rozumiałem oczywiście, że Nontle, mówiąc o runach Nataszy „spaliłyby mnie na popiół", znacznie przesadza, ale zapewne mogły jej sprawić ból, którego chciała uniknąć. Czy potrafiłaby usunąć czar? Wierzyłem w jej wiedzę i zdolności, więc byłem pewien, iż poradziłaby sobie z podobnym zadaniem. Ale co powiedziałby na takie sprawki wołch z Nowogrodu, ów młody, choć dobrze przygotowany Kosma? Dla takiego człowieka jak on podobna erupcja magii musiałaby być niczym rozbłysk gwiazdy na nocnym niebie. No i Nontle nie chciała ryzykować, że jej umiejętności wyjdą na jaw. Najwyraźniej noc ze mną nie była warta kłopotów z uciszaniem strachu i gniewu wołcha. Trzeba przyznać, że piękna Mauretanka nie dawała się ponieść nastrojowi chwili. No ale w końcu była Hildegardą Reizend – badaczką anomalii i podróżniczką, która przewędrowała świat od Sahary aż po Dach Świata. Nie przeżyłaby tak długo, gdyby nie potrafiła kierować życiem swoim i innych ludzi. Jednak mimo tej całej eksperiencji w rozmowie ze mną popełniła jeden malutki błąd. Była tak doświadczona i tak zmyślna, a jednak drobne przejęzyczenie spowodowało, iż podejrzenia, które miałem co do jej intencji, zamieniły się w prawdziwy niepokój.

– Nie zwodzisz mnie? – zapytałem jeszcze.

– Zwodzę? – Zmrużyła oczy.

Wzruszyłem ramionami.

– Nie czuję mocy tych runów – rzekłem. – Wiem, oczywiście, że zawarto w nich urok. Coś w rodzaju opiekuńczego czaru. Ale nic poza tym...

Uśmiechnęła się, jak mi się wydawało, nawet szczerze.

– Bo to runy skierowane przeciw kobietom – odparła pobłażliwym tonem. – Tobie nie mają wyrządzić żadnej krzywdy, no chyba że za krzywdę uznać, iż kobiety chcące nawiązać z tobą nić porozumienia – zachichotała dziewczęco – szybko zrozumieją, że zrobiły błąd, i zostawią cię w spokoju.

– Ach, czyli to czar przeciw pokusom. – Odpowiedziałem jej uśmiechem.

Czy Nontle mówiła prawdę, opisując runy wypisane przez Nataszę? No cóż, Natasza na pewno nie należała do osób, które chętnie dzieliłyby się mężczyzną, ale szczerze wątpiłem, by naznaczyła mnie zaklęciem mającym odpychać ode mnie kobiety. Była zbyt mądra, by nie rozumieć, że po pierwsze, oznacza to brak zaufania, a po drugie, że wierność, do której jest się przymuszonym, nie będzie żadnym przejawem uczucia, a jedynie niewolą. Dlatego uważałem, iż Nontle kłamie. Te runy miały mnie chronić, być może miały mnie również chronić przed kobietami. Ale takimi kobietami, które spróbują omamić mnie za pomocą czarodziejskich metod.

– Czy potrafisz zdjąć ten urok? – spytałem. – Bo ja na pewno nie jestem w stanie tego dokonać.

– A co, chciałbyś poddać się pokusom? – Nontle uśmiechnęła się słodko.

– W Peczorze takie zaklęcie nieszczególnie by mi przeszkadzało, zważywszy, że i tak nie istniały tam ponętne pokusy. – Rozłożyłem ramiona. – No ale kiedy wreszcie trafimy do cywilizacji, wolałbym być swobodny ciałem i duchem.

– A może nawet wcześniej, hm? Może jeszcze w drodze do cywilizacji? – Spoglądała na mnie rozbawiona.

– Z całą pewnością byłoby to niezwykle miłe – odparłem ujmującym tonem.

– Nie pozbędę się tych runów, póki wołch księcia jest w pobliżu – wyjaśniła tym razem rzeczowo. – Natychmiast wyczułby wibracje magii, a ja nie życzę sobie, by ktokolwiek mnie przejrzał.

– Oczywiście – rzekłem. – W takim razie czy mógłbym cię prosić, abyś uczyniła to, kiedy już oddalimy się w stronę Nowogrodu? Czy wtedy mi pomożesz?

Pokręciła głową, jednak nie w geście odmowy, ale w znaczeniu „może tak, może nie".

– Zobaczę, co da się zrobić – powiedziała tylko.

To zapewnienie musiało mi wystarczyć, więc skłoniłem się nisko, przykładając dłoń do serca, i wyszedłem za kotarę.

Następnego dnia Nontle odwiedziła nasz obóz, ale nie poproszono mnie, bym wziął udział w jej rozmowie z księżną. Wraz z księżniczką pojawił się wołch, ów Kosma, o którym wcześniej mi wspominała, i muszę przyznać, że jak na wołcha, wyglądał całkiem przyzwoicie. Był młodym, barczystym mężczyzną o jasnych włosach opadających za ramiona i brodzie gęstymi falami spływającej na pierś. Kiedy szedł na piechotę do naszego obozu, obok jadącej wierzchem Nontle, ubrany był w białą szatę sięgającą po kostki i przewiązaną w pasie grubym sznurem. W dłoni trzymał misternie rzeźbiony, rosochaty, długi kostur z końcem uformowanym niczym paszcza smoka.

– Długo was nie było wczoraj – usłyszałem głos Andrzeja. – Czekałem i czekałem, ale w końcu przysnąłem. Uważajcie, bo jeśli Natasza się dowie, będzie zazdrosna... – Zaśmiał się, ale zaraz spoważniał. – Na Jezu Boga, nie myślcie przypadkiem, że ja bym jej powiedział. – Uderzył się dłonią w usta.

– Nie no, co wy, nie podejrzewałbym was. – Wzruszyłem ramionami. – Choć Bogiem a prawdą zupełnie nie byłoby o czym mówić. Ot, rozmowa...

Nontle z wołchem zniknęli w namiocie księżnej.

– Czego chcą, hm? – zagadnął Andrzej.

– Mnie – odparłem ponuro.

– Jak to was? – zdumiał się.

– Wracam do Nowogrodu, a potem do Cesarstwa. Nontle ma listy z rozkazami od wielkiego księcia.

Andrzej wpatrywał się we mnie, jakby sądził, że kpię sobie z niego. Potem jednak zrozumiał, że mówię prawdę.

– A Natasza?

– Widzieliście wołcha? Widzieliście. No to wiecie, co się stanie z Nataszą – odparłem jeszcze bardziej ponuro. Potem wstałem. – Użyczycie mi chwili swojego czasu? – zagadnąłem. – Zechcecie towarzyszyć mi w przejażdżce?

Skinął poważnie głową.

– Rzecz jasna – odparł.

Jechaliśmy wolniutko, stępa wzdłuż rzeki wolno toczącej ołowianej barwy nurt. Nie wydawało mi się, by ktokolwiek znajdował się w pobliżu, na tyle blisko, by nas podsłuchiwać, jednak obniżyłem głos.

– Tak jak wam mówiłem, takie, a nie inne przyszły polecenia z Nowogrodu – rzekłem. – Nawet nie wrócę do Peczory. Nontle zabiera mnie od razu ze sobą.

Skinął głową.

– Cóż mogę powiedzieć? – Spojrzał na mnie. – Tyle tylko, że przyzwyczaiłem się do was, inkwizytorze, i rozstanę się z wami z prawdziwą przykrością.

– Wolałbym się z wami nie rozstawać – mruknąłem.

Spoglądał na mnie uważnie.

– Dobrze rozumiem, że ciągnie was z powrotem do Peczory. Ale co niby zrobicie? Pan każe, sługa musi, sami to zawsze powtarzaliście...

– Inkwizytorzy są obdarzeni dużym zaufaniem i dużym stopniem samodzielności – odparłem ostrożnie, ważąc słowa. – Gdybym odmówił wykonania przywiezionych rozkazów, zapewne nie spodobałoby się to tym, którzy je przywieźli, ale Święte Officjum nie podważałoby pochopnie mojej decyzji. Zresztą nawet gdyby podważało, to cóż z tego. – Wzruszyłem ramionami. – Najbliższy inkwizytor jest dwa tysiące mil stąd...

– Niesubordynacja – rzekł.

– Och nie. – Uniosłem dłoń obronnym gestem. – Zaledwie wysnucie wniosków opartych na bacznej obserwacji otoczenia i podjęcie decyzji zgodnej z interesem chrześcijańskiego świata.

Roześmiał się.

– Obmyślacie sobie już mowę obrończą? – spytał. Potem spoważniał.

– A poza tym tu nie idzie o wasze Inkwizytorium – kontynuował. – Ono na Rusi nikogo nie obchodzi. Tu idzie o rozkazy wielkiego księcia Włodzimierza. Nie będziecie chcieli jechać po dobremu, to Ludmiła każe związać was jak świniaka i przytroczyć do siodła czy władować na wóz. I pojedziecie tak czy inaczej...

Przytaknąłem ponuro, bo niestety, takie właśnie zachowanie Ludmiły można było nie tylko sobie wyobrazić, ale i przewidzieć.

– A wiecie, że podobne zaproszenie mogłoby się już nie powtórzyć? – dodał. – Jeśli odrzucilibyście ofertę wyjazdu, kto wie, może zostalibyście już u nas na zawsze.

Wzruszyłem ramionami.

– *Deus vult* – odrzekłem. – Z Bogiem wszystko ma sens, nawet cierpienie i śmierć...

– No, no, nie dramatyzujcie. Ruś nie okazała się taka straszna, prawda?

Zastanowiłem się nad jego słowami.

– Okazała się ponura, przygnębiająca, barbarzyńska i pozbawiona poleru prawdziwej cywilizacji – rzekłem szczerze. – Ale to wszystko nieważne...

– Nieważne wobec tego, że znaleźliście Nataszę – dopowiedział cicho po chwili.

– Ano właśnie – odparłem.

– Nie musicie się o nią bać – stwierdził stanowczo. – Jeżeli nie zabito jej przez głupi przypadek, w co bardzo, ale to bardzo wątpię, to nic jej nie grozi. Jeżeli wyobrażacie sobie, że jęczy gdzieś w lochach torturowana i gwałcona przez strażników, to możecie te paskudne myśli i obrazy wyrzucić z głowy. – Uniósł gwałtownie dłoń, jakby chciał powstrzymać mnie przed reakcją na jego słowa, lecz ja słuchałem go spokojnie i w milczeniu. – Nikt, przysięgam wam na pamięć Siedmiu Synów, nie odważy się świadomie, ze złej woli skrzywdzić takiej dziewczyny jak Natasza. My na Rusi tego nie wybaczamy. Ścigałaby sprawcę zemsta wszystkich książąt i wszystkich wołchów. A kiedy by go już znaleźli, to jego cierpienie przeszłoby do legendy.

Potem Andrzej wzruszył ramionami.

– Po prostu gra jest niewarta świeczki – dopowiedział już lekkim tonem. – Nawet na dworze moskiewskiego Iwana, chociaż jest on przecież całkiem szalony, nie słyszałem, by dziewczynom wołchów ktokolwiek wyrządził jakąkolwiek krzywdę. A i sam Iwan, choć wiadomo, że każda młoda i ładna dziewka powinna się pilnować w jego obecności, nie napastował żadnej, bo pewnie nie tyle nawet bał się wołchów, co tego, by nie rzucono na niego klątwy lub nie wytrzebiono go w łożu...

– Nie wytrzebiono?

– A co to za kłopot dla takiej dziewczyny jak Natasza urwać mężczyźnie przyrodzenie, albo nawet wyszarpnąć trzewia z brzucha? – Wzruszył ramionami, potem zaśmiał się złośliwie. – Włosy i paznokcie odrastają, o odrastającym kutasie jakoś nie słyszałem...

Wiedziałem, że historia o dziewczynie wołcha, która wyrwała gałki oczne zbyt śmiałemu zalotnikowi (i potem je połknęła), jest prawdziwa, ale czy naprawdę któraś z tych dziewcząt potrafiłaby przebić dłonią brzuch? Przedrzeć się gołymi palcami przez skórę i mięśnie? Nadzwyczajnie wątpiłem w podobną siłę i zdolności. Niemniej samo istnienie takiej legendy na pewno dziewczętom pomagało.

– Tak więc mówię raz jeszcze: nie martwcie się – dokończył dworzanin. – Jeśli Natasza żyje, a jak sądzę, tak jest, to ma się całkiem dobrze. Pewnie nawet lepiej od nas tutaj...

– Wierzę wam. – Skinąłem poważnie głową. – Ale ja po prostu nie chcę wracać bez niej.

Kiedy wypowiedziałem te słowa, sam sobie nagle uzmysłowiłem, że wypowiadam je po raz pierwszy. Były jednak prawdziwe. Rzeczywiście nie chciałem rozstawać się z Nataszą.

– Natasza jest ruskim kwiatem – stwierdził Andrzej, spoglądając przed siebie tam, gdzie rzeka przechodziła zakolem w gęstwinie niskich krzewów. – Nie przesadzicie jej na inną ziemię, bo w obcej krainie zmarnieje i umrze.

– Myślę, że to nie do końca prawda – odparłem. – Ale tak czy inaczej, nie zamierzam i nie będę jej do niczego zmuszał.

– Zdecydowalibyście się zostać tutaj? – Aż wstrzymał konia i zwrócił twarz w moją stronę. – Opuścić, kto wie czy nie na zawsze, wasze cywilizowane Cesarstwo i zostać w dzikiej krainie barbarzyńców? – przemawiał z celową, nieukrywaną ironią.

– Cóż, zaryzykowałbym... – odparłem.

– No, no. – Pokręcił głową. – Szkoda, że wasza Natasza nie może tego słyszeć. – Cmoknął na konia i znowu ruszył stępa. – Wierzę, że spodobałoby jej się to.

– Mam nadzieję.

– A mogę wiedzieć, czemu zawdzięczam, że zechcieliście się ze mną podzielić swymi duchowymi rozterkami? Pragniecie, abym coś powtórzył od was Nataszy? Uczynię to z radością. A jeśli napiszecie pismo, zapewniam, że niechybnie oddam je waszej wybrance do rąk własnych.

Uśmiechnąłem się, słysząc słowo „wybranka", bo przypomniało mi się, że przy naszym pierwszym spotkaniu, w chacie wiedźmy, to Natasza podeszła do mnie i powiedziała, że należymy do siebie nawzajem. Na gwoździe i ciernie! Jakże dawno to było, czy raczej jakże zamglone i zamazane wydawały się te czasy, w których Nataszy jeszcze nie znałem.

– Chcę nie jechać do Nowogrodu i chcę, byście mi w tym pomogli – zdecydowałem się postawić sprawę całkiem jasno.

Znowu wstrzymał konia.

– A jak to sobie niby wyobrażacie? – parsknął. – Zgoda, wymówicie posłuszeństwo własnym przełożonym, to wyłącznie wasza rzecz. Ale w listach wyraźnie stoi, że wielki książę Włodzimierz życzy sobie waszego powrotu i pragnie was widzieć w Nowogrodzie. Jak księżna może odmówić swojemu suwerenowi w takiej sprawie? I dlaczego miałaby to uczynić, skoro przysłał jej wołcha na wasze miejsce, a więc uczynił jej wielką łaskę?

– Sądziłem, że te właśnie problemy pomożecie mi rozwiązać, jako człowiek obeznany z ruskimi obyczajami i jako dworzanin księżnej...

– Rozkaz wielkiego księcia jest rzeczą świętą. – Wzruszył ramionami. – Jak księżna mogłaby odmówić? – powtórzył, kręcąc głową.

– Nie mogłaby mnie odesłać dopiero po powrocie do Peczory? Nie może odpisać, że jestem na razie potrzebny, by strzec jej bezpieczeństwa?

– Podejrzewam, że Włodzimierz sformułował swoje pismo kategorycznie – rzekł. – Miałem kiedyś zaszczyt czytać księżnej na głos listy od wielkiego księcia i wiem, że jego żądania nie pozostawiają żadnego pola do manewru. Podejrzewam więc, że i w tym wypadku tak właśnie sprawy się mają. A na Rusi niedobrze jest ignorować tak jasno przedstawione polecenia wielkiego księcia, zwłaszcza kiedy przed chwilą straciło się własną stolicę i pomoc suwerena kto wie czy nie będzie potrzebna, by ją odzyskać... – odparł.

Dłuższą chwilę jechaliśmy w milczeniu. Słychać było tylko człapanie naszych wierzchowców w błocie i jednostajny szum spokojnie toczącej się wody.

– Naprawdę tak wam na niej zależy? – zapytał wreszcie Andrzej. – Kochacie ją?

Nie odezwałem się.

– Chyba kochacie – odpowiedział sam sobie. – Pamiętam, jak stanęliście na drodze tego parszywego demona, by dziewczynę osłonić własnym ciałem.

Przed oczami pojawił mi się obraz nie tej właśnie bitwy, ale widok dużo późniejszy: uśmiechniętej Nataszy, która boso i w samej koszuli nocnej stała na pierwszy raz rozłożonym przed naszym łóżkiem futrze zdartym z Wilka. „Jaki mięciutki...” – zachwyciła się wtedy.

Andrzej ściągnął cugle i skręcił w stronę rzeki.

– Ejże – zawołałem. – Co robicie?

Nie odpowiedział, tylko wszedł z koniem w nurt po pęciny, po czym dał rumakowi ostrogę. Chcąc nie chcąc, poszedłem w jego ślady. Kłusowaliśmy dobrą chwilę, zanim zwolnił.

– Uratowaliście mi życie – rzekł wreszcie poważnym tonem, ale bardzo, bardzo cicho. – I możecie myśleć, co chcecie, o Rusi i Rusinach, lecz czasem niektórzy z nas potrafią dobrem odpłacić za dobro. Pomogę wam, jeśli przysięgniecie na wszystkie świętości, że mnie nie wydacie...

– Przysięgnę, na co zechcecie. – Rozłożyłem dłonie i byłem nie tylko zdumiony, lecz też potężnie zaciekawiony jego przemową. No i zaświtała mi wywołana tymi słowami nieśmiała nadzieja.

– Przysięgniecie na życie Nataszy?

Przyłożyłem dłoń do serca.

– Nie wiem, co mi chcecie powiedzieć, ale przysięgam, że was nie wydam, że was nie zdradzę, jeśli mi tylko pomożecie. Cokolwiek by to miało znaczyć – dodałem.

Andrzej zbliżył się do mnie tak, że nasze konie zetknęły się łbami i bokami.

– Listy wielkiego księcia do księżnej, te, w których jest mowa o waszym powrocie, zostały sfałszowane – wyjawił tak cicho, że ledwo ja go słyszałem. – Wielki książę Włodzimierz wcale nie chce was widzieć w Nowogrodzie.

– Skąd to wiecie? – zdumiałem się i serce uderzyło mi szybciej w piersi. I nagle też domyśliłem się prawdy. – Na miecz Pana, jesteście szpiegiem Włodzimierza!

Syknął i skrzywił się.

– Ciszej, na Jezu Boga!

– Jesteście szpiegiem Włodzimierza – powtórzyłem już szeptem, chociaż przysięgam wam, mili moi, że i poprzednich słów wcale nie wykrzyczałem pełnym głosem.

W końcu doskonale wiedziałem, jak są ważne i jaką niosą ze sobą groźbę.

– Tak, jestem – przyznał. – Pamiętacie, jak opowiadałem wam o mojej siostrze?

Skinąłem głową, gdyż oczywiście przypominałem sobie naszą rozmowę. Żałował wtedy, że dawno nie widział siostry, ostatniej osoby, która mu pozostała z rodziny. Ludmiła zaraz po objęciu władzy wysłała ją w charakterze zakładniczki na dwór wielkiego księcia. Razem z wieloma innymi poddanymi. I nic nikomu z nich w Nowogrodzie nie groziło, póki Ludmiła była wierna suwerenowi.

– Poradzono mi, że będzie lepiej dla niej, jeśli skrupulatnie wykonam rozkazy wysyłane z Nowogrodu. Otrzymuję je za pośrednictwem kupców, w podobny też sposób składam raporty.

– Rozumiem.

– Dostałem list wczoraj. I wiecie, co w nim wyczytałem?

Potrząsnąłem głową.

– Wśród wielu innych kwestii nadmieniono, że mam nad wami czuwać, przyglądać się wam, a wielki książę niczego jeszcze nie zdecydował w waszej sprawie. Niczego nie zdecydował, rozumiecie? Tak napisano! Litera w literę.

– Na gwoździe i ciernie. – Podrapałem się po brodzie. – Ale oskarżenie o fałszerstwo książęcych pism to poważna sprawa...

Prychnął.

– Poważna? Inkwizytorze, za mniejsze przewiny ćwiartuje się u nas ludzi i rzuca psom na pożarcie.

– A jeżeli list do was napisano wcześniej, a dopiero potem w Nowogrodzie zapadła nowa decyzja i wystosowano rozkazy dla Ludmiły kłócące się z treścią pisma do was?

– Nie! – Machnął lekceważąco ręką. – Tak tutaj sprawy nie działają. Kupiec szedł zresztą szybciej od tego całego majdanu, który ciągnie ze sobą wasza przyjaciółka, a to oznacza, że z Nowogrodu wyjechał dużo później od niej.

Obróciłem się do niego i ująłem jego dłoń.

– Wyświadczacie mi wielką przysługę – stwierdziłem uroczyście. – Daj Boże, odwdzięczę się wam...

– Uratowaliście mi życie – przerwał mi. – Uznajecie więc teraz, że wyrównaliśmy rachunki?

Skinąłem głową.

– Nie miałem się wcale za waszego wierzyciela, lecz jeśli uważacie, że istniał między nami dług do spłacenia, to tak, właśnie żeście go spłacili...

– Niech tak będzie.

Uścisnęliśmy sobie mocno dłonie.

– A nie sądzicie, że uczyniono to dla was? Że w waszym interesie sfałszowano te pisma, by was uwolnić? – zapytał.

Potrząsnąłem głową.

– Z całą pewnością nie – odparłem stanowczo. – Inkwizytorium nigdy nie uczyniłoby czegoś podobnego.

– Tacy niby jesteście uczciwi? – skrzywił się.

– Jesteśmy pragmatyczni – odrzekłem. – Nie warto oszustwem, które prędzej czy później wyda się z całą pewnością, robić sobie wroga z najpotężniejszego księcia Rusi. Stosunki z Cesarstwem mogłyby na tym ucierpieć, nasz handel, nasi dyplomaci... – Potrząsnąłem głową. – To całkowicie niemożliwe, by ktokolwiek w Świętym Officjum podjął podobną decyzję. I to jeszcze w mojej sprawie? Niby po co?

– A więc? – Spoglądał na mnie z ciekawością. – Czyja to wina czy zasługa? Kto tak bardzo pragnie was mieć na własność, że ośmiela się fałszować wielkoksiążęce dokumenty?

Pokręciłem głową.

– Ani w Cesarstwie, ani w samym Inkwizytorium nie jestem nikim znaczącym – stwierdziłem i sam usłyszałem we własnym głosie cień zniechęcenia oraz rozgoryczenia. – Popełniłem pewne błędy i w związku z nimi moja kariera utknęła – wzruszyłem ramionami – w miejscu. A to i tak najłagodniej powiedziane...

– Oskarżono was o herezję?

– Na miecz Pana, oczywiście, że nie! – prychnąłem, lecz słowa Andrzeja raczej mnie rozbawiły niż zdenerwowały. – Podjąłem niewłaściwą decyzję dotyczącą własnej kariery i zapłaciłem za nią nawet nie niełaską, ale po prostu... – Zastanawiałem się chwilę nad wyborem słów. – Widzicie, było tak, że chciano, bym wskoczył na galopującego konia, a ja zdecydowałem się nie ryzykować i zaczekać. – Westchnąłem. – No i skończyło się tym, że beznadziejnie czekałem na odmianę losu, póki nie zaproponowano mi podróży na Ruś.

– A to się wasz los pięknie odmienił, nie ma co! – skwitował ironicznie.

– Może nie o takiej odmianie myślałem, ale wiecie co? – Przed oczami pojawił mi się obraz roześmianej Nataszy, niemal poczułem dotyk jej dłoni i zapach jej skóry. – Ni cholery nie żałuję!

Odpiął od pasa bukłak, potrząsnął nim i podał mi.

– A co to? – zapytałem podejrzliwie.

– Gorzałka zmieszana z czarnym prochem – objaśnił. – Dobry żołnierski napitek.

– Chryste Panie – westchnąłem.

Odszpuntowałem naczynie i powąchałem zawartość. Potem westchnąłem raz jeszcze i przechyliłem bukłak do ust. Wziąłem dwa solidne łyki, kaszlnąłem, skrzywiłem się z obrzydzeniem i splunąłem pod końskie kopyta.

– Niepojęte, że ktoś to może pić z przyjemnością – stwierdziłem.

Andrzej wziął bukłak z mojej dłoni i upił długi łyk. Chuchnął mocno i wzdrygnął się.

– O przyjemności nawet mowy nie ma – rzekł. – Ale przecież nie o przyjemność chodzi w piciu gorzałki. A za to rozgrzewa, dodaje odwagi i wyostrza umysł.

– Że rozgrzewa, to całkowicie się zgadzam. – Skinąłem głową. – Już czuję się tak, jakby w przełyku zbudowano mi hutniczy piec, z którego metal leje się wprost do żołądka.

– Gorzałka to przyszłość, mówię wam – stwierdził z pewnością w głosie. – Nie wino, nie piwo, nie słodkie nalewki, ale ta zwykła śmierdząca i pogardzana gorzałka. Zobaczycie, ile fortun dzięki niej powstanie...

– Nie zapominajcie również o tym, ile fortun się w niej utopi i rozpuści...

Skinął głową.

– Pewnie i tak będzie – zgodził się ze mną.

Obróciłem się przez ramię.

– Zawróćmy w stronę obozu – zaproponowałem. – I tak nie ma nas zbyt długo.

– Ano zawróćmy – zgodził się. – Ale nasza przejażdż-ka nikomu nie wyda się podejrzana. Cóż w tym dziwne-go, że żegnacie się z człowiekiem, który towarzyszył wam od samego początku życia na Rusi?

– Niemniej niech to pożegnanie się nie przeciąga – stwierdziłem. – Bo wiele osób wie, że inkwizytorzy nie należą do natur nadmiernie sentymentalnych.

– Dobrze więc. Zastanówmy się, co wiemy – rzekł. – A wiemy jedno na pewno: ktoś sfałszował książęce pis-ma...

– O nie – przerwałem mu. – Tego wcale nie wiemy na pewno. To wy tak twierdzicie...

Spojrzał na mnie zaskoczony.

– Dlaczego miałbym was okłamywać? – zapytał i sły-szałem w jego głosie rodzące się oburzenie.

Uniosłem dłoń.

– Nie bierzcie tego do siebie – rzekłem. – Rozumuj-cie zgodnie z zasadami logiki. Nie mam żadnych dowo-dów na fałszerstwo listów z Nowogrodu poza waszymi słowami, czyż nie?

Niechętnie skinął głową.

– Prawda – powiedział. – Ale czyż dla dalszego rozu-mowania nie musimy hipotezy o mojej prawdomówności przyjąć jako pewnika?

– Tak właśnie musimy uczynić – zgodziłem się z nim.

– Jeżeli mi nie dowierzacie, mogę pokazać wam pis-ma, które otrzymałem, a w których jak wół stoi, że w No-wogrodzie nie podjęto żadnej decyzji związanej z wa-szym losem.

– Dobrze. A więc przyjmujemy zdanie, że listy są nieprawdziwe, za pewnik. – Skinąłem głową. – A skoro przywiozła je moja piękna czarnoskóra przyjaciółka, oznacza to, że właśnie ona je sfałszowała lub przynajmniej wie o dokonanym fałszerstwie...

– Nie wyobrażam sobie, by mogło być inaczej – zgodził się ze mną.

– Wykluczam, by uczyniła to na rozkaz Inkwizytorium – dodałem.

Nieprzekonany Andrzej wzruszył ramionami.

– Teraz idźmy dalej w naszych rozważaniach o przyszłości, która miała nadejść. Oto odjeżdżam z Nontle i jej ludźmi. Co dzieje się dalej?

Rozłożył ręce.

– Bóg jeden wie, skoro nie mamy pojęcia, na co jesteście jej potrzebni.

– Nie o to mi chodzi. Przecież Nontle nie może wrócić ze mną do Nowogrodu. Tam już wszyscy wiedzą albo prędzej czy później dowiedzą się o fałszerstwie i o jej udziale w tym oszustwie. Podróż do Nowogrodu byłaby dla niej jak wędrówka muchy w odwiedziny do czekającego na środku sieci pająka.

– Jezu Boże, racja! – wykrzyknął.

Nagle wstrzymał konia i spojrzał na mnie z twarzą ściągniętą zdumieniem.

– Ona jest w zmowie z Moskwiczanami! Tak musi być!

– Owszem, tak może być – zgodziłem się. – Ośmielam się podejrzewać, że moja przyjaciółka sprzedała mnie carowi albo zawarła innego rodzaju, lecz podobną w treści umowę z Moskwą. Tylko po co? – Pokręciłem głową z niezrozumieniem. – Tak jak wam mówiłem i śmiało to powtórzę: nie jestem nikim ważnym – prychnąłem. – Władcy nie biją się o moje usługi ani o moją przy nich obecność – dodałem.

– Jak widać, jednak się biją – odparł i trudno było w tym momencie odmówić temu zdaniu logiki.

– Wczoraj Nontle powiedziała coś, co mnie zastanowiło. Powiedziała: „twoja księżna zaraz wyśle na nas wojsko, jeśli do niej nie wrócisz".

Andrzej spoglądał na mnie bez zrozumienia.

– „Na nas" – powtórzyłem dobitnie.

– Ach tak. – Potarł usta wierzchem dłoni. – Ale to może nic nie znaczyć. No nie wiem, jak dla mnie szukacie dziury w całym... – Uniósł rękę. – Niemniej podejrzenia okazały się, jak widać, trafne.

Jechaliśmy przez chwilę w milczeniu, ja zatopiony w myślach dotyczących mojej przyszłości, a zwłaszcza tego, co powinienem zrobić, by uczynić tę przyszłość lepszą.

– Jeśli wyznam księżnej, że pisma są sfałszowane, co się wtedy stanie? – zapytałem w końcu.

– Zapyta, skąd o tym wiecie...

– Przypuśćmy, że jakoś z tego wybrnę. W końcu jestem inkwizytorem. – Uśmiechnąłem się nieznacznie. – Czy księżna mi uwierzy, a jeśli uwierzy, to czy wyciągnie konsekwencje? A może – i ta myśl mnie zmroziła – uda, że o niczym nie wie, i pozwoli sprawom toczyć się dalej?

Mój towarzysz zdecydowanie potrząsnął głową.

– Sfałszowanie tych dokumentów to akt wrogości – rzekł. – Wobec całego Nowogrodu, nie tylko wobec naszej pani. Księżna nie puści tego płazem. – Tym razem skrzywił usta w czymś na kształt złośliwego uśmiechu. – Miłościwa pani nie znosi, kiedy uważają ją za głupią i kiedy sądzą, że potrafią ją nabrać, naciągnąć lub oszukać... Pamiętacie historię francuskiego kucharza?

Oczywiście, że pamiętałem historię szalbierza podającego się za mistrza sztuki kulinarnej, który przygotowywał potrawy tak paskudne w smaku i tak obrzydliwie wyglądające, że aż budzące odrazę. Ludmiła przez jakiś czas tolerowała jego wyczyny, sądząc, iż tak wygląda europejska kuchnia, i ciekawa, czy coś jej wreszcie w niej zasmakuje. Kiedy jednak zorientowała się, że przybysz jest oszustem, kazała utopić go w studni. Jak na mój gust, i tak zbyt późno zdecydowała się na podobny pokaz dyscypliny.

– Tak, pamiętam. – Skinąłem głową.

– Poza tym nasza pani lubi was i wam ufa – rzekł już poważnie. – Będzie zadowolona, iż możecie z nami zostać.

– Cieszą mnie wasze przypuszczenia. Naprawdę...

– I zastanówcie się nad jeszcze jednym. – Obrócił na mnie znowu kpiące spojrzenie. – Oto wracamy do Peczory, daj Boże, zwyciężamy w bitwie, wszyscy nas radośnie witają, pewnie najbardziej radośnie wasza Natasza... A potem Natasza dowiaduje się, że księżna oddała was na zawsze do Nowogrodu. Jak sądzicie: dużo zostałoby wtedy z Peczory?

Roześmiałem się. Każda wzmianka o Nataszy, zwłaszcza wskazująca, iż ona żyje i dobrze się miewa, wprawiała mnie w lepszy humor.

– Nie mówcie mi, że księżna przejęłaby się humorami wychowanki wiedźmy.

– Księżna musi brać pod uwagę wszystko – odparł znowu z powagą w głosie. – Również to, że musiałaby zabić waszą Nataszę, by uniknąć gorszych kłopotów... Ma teraz co prawda wołcha, ale Natasza może być... – nagle i mimowolnie obniżył głos do ledwo słyszalnego szeptu – poza zasięgiem takiego człowieka jak on.

Wzdrygnąłem się.

– Daj Boże, nic takiego nie tylko się nie wydarzy, ale nawet nie dojdzie do podobnych rozważań.

– Ano daj Boże – zgodził się.

Zobaczyliśmy już dymy z ognisk unoszące się nad obozowiskiem.

– Jeszcze rok temu nie przypuszczałbym, że moje życie tak się potoczy. – Andrzej westchnął i zapatrzył się w horyzont.

– I jak się z tym czujecie?

Pokręcił głową.

– Jakby całe lata minęły, a nie zaledwie jeden rok. Jakby ten ktoś, kim byłem wtedy, jawił się teraz zaledwie jako wyblakły cień przeszłości.

– Znam to uczucie – przyznałem ze smutkiem. – Po prostu rośniecie.

– Nie wiem, czy chciałem rosnąć w taki właśnie sposób. – W jego głosie niespodziewanie zabrzmiała bezradność.

Cóż, wielu ludzi pragnie pędzić spokojne życie pozbawione trosk i szaleństw. Nie chcą nikomu robić krzywdy i nie chcą znać takich, co chcieliby zrobić krzywdę im. Czasami podobne zamierzenia udaje się nawet przeprowadzić i zdarza się, że takie życie nawet nie jest nudne, lecz po prostu spokojne. Pewnie i ja wolałbym spędzać dni otoczony wielkimi dziełami sztuki oraz rozumu, zamiast polować na przeklęte pomioty diabła. Ale

ktoś musi brać na barki ciężar dźwigania trosk ludzko-
ści i tym kimś jesteśmy my, inkwizytorzy. Poświęcamy
wszystko, by przetrwały nasza wiara i nasza cywilizacja.
I nie żądamy niczego w zamian...

– Zamyśliliście się – powiedział Andrzej.

– W zeszłym roku sądziłem, że na każdą wzmiankę
o możliwości powrotu do Cesarstwa pofrunę tam jak
na skrzydłach – odparłem. – A oto proszę, co się stało...

Kiedy wróciliśmy do obozu, Nontle żegnała się właśnie
z Ludmiłą, a po zadowolonej minie Mauretanki poznałem, że wszystko ułożyło się tak, jak sobie to planowała.
Wołch stał obok namiotu i zamyślony spoglądał w niebo.

– Gdyby coś mu się przytrafiło – powiedziałem cicho
do Andrzeja – sprawy stałyby się jeszcze prostsze.

– Nie, nie, nie – potrząsnął głową mój towarzysz. –
Mielibyście wielkie kłopoty, gdyby sprawa się wydała.

– Nie jestem może skrytobójcą i nie szkolono mnie
w tym zakresie, ale z Bożą pomocą umiem zabić tak, by
nie narobić zamieszania – odparłem.

Zeskoczyliśmy z koni i uwiązaliśmy je przy żerdzi.
Chwyciłem przechodzącego obok nas żołnierza i kazałem mu je rozkulbaczyć oraz wytrzeć, a żeby lepiej zrozumiał, iż sprawa jest pilna i poważna, Andrzej przyłożył mu pięścią w ucho.

– Ciągle trudno mi się przyzwyczaić, że na Rusi uderzeniem nie tylko karze się niewykonanie polecenia, ale
również wbija do głowy, że ma zostać wykonane – powiedziałem.

– Co chcecie – wzruszył ramionami – szacunek wśród naszego ludu zdobywa się knutem i butem.

– Co by się stało, gdyby wołch zginął? – wróciłem do tematu. – Przecież każdy może się zadławić kością, prawda? Albo utopić w czasie kąpieli. Albo spaść z konia i dostać w łeb kopytem.

Dworzanin skrzywił się.

– Na razie co wam ten wołch przeszkadza? – mruknął. – Przecież jeśli zostaniecie w Peczorze, to księżna nie zabierze wam Nataszy. – Potem zamyślił się na moment. – Chyba... – dodał.

– Chyba?

Andrzej obrócił się plecami do obozowiska i stanął naprzeciwko mnie tak blisko, że gdyby zrobił z ust dzióbek, to ani chybi cmoknąłby mnie w brodę.

– Jakby to o was tylko chodziło – wyszeptał – księżna by się nawet nie zastanawiała. Najwyżej poszlibyście pod klucz albo do klatki nad peczorską bramę. Ale księżna doskonale wie, że z Nataszą byłyby wielkie kłopoty. Niby mówiłem wam, że wołchowie potrafią sobie radzić z takimi dzikimi dziewkami jak ona, ale... No cóż. – Wzruszył ramionami. – Nikt nie chce mieć wściekłej żmii w domu, prawda?

– To niby co ten Kosma będzie robił w Peczorze?

Andrzej odsunął się ode mnie i zaczęliśmy wolnym krokiem iść w stronę namiotu księżnej.

– Zdolności wołcha rzeczywiście rozkwitają wtedy, kiedy ma taką dziewczynę jak Natasza za pomocnicę – wyjaśnił. – Ale to nie znaczy, że bez niej nie potrafi zdziałać wielu pożytecznych rzeczy. I czarować potrafi, i prorokować, i sporządzać pożyteczne maści, wywary

i eliksiry. Przyda się w Peczorze, mówię wam... Choćby
po to, żeby ludzi leczyć.

– W takim razie, jeśli nie będzie mi wchodził w drogę, niech sobie żyje, skoro uważacie, że dla wszystkich
tak będzie wygodnie... – mruknąłem.

Nie do końca zgadzałem się ze słowami Andrzeja,
jednak na razie uznałem, że rzeczywiście mogę spokojnie obserwować, jak sprawy potoczą się w najbliższym
czasie. Jeśli zobaczę w nowogrodzkim wołchu nawet nie
niebezpieczeństwo, ale chociaż cień niebezpieczeństwa,
nie omieszkam wysłać go w podróż bez powrotu. Nie
miałem szczególnego szacunku do ludzkiego życia, nawet jeśli należało do dobrego chrześcijanina, a co dopiero
mówić o przeklętym poganinie czy heretyku, dla którego w piekle diabli już dawno nagotowali kotły ze smołą.
Życie i jego, i każdego podobnego szatańskiego kapłana
było przecież bezwartościowe, a wręcz wartość stanowiło ukrócenie takiego żywota. Zawsze przecież, kiedy
ginął heretyk lub poganin, aniołowie w Boskim chórze
śpiewali głośne „Alleluja!". Dlatego nie zawahałbym się
nawet przez mgnienie oka, by usunąć wołcha, jeśli tylko
zrozumiałbym, że jest dla mnie przeszkodą.

Na razie ów Kosma nie wydawał się komukolwiek
przeszkadzać, a nawet chcieć przeszkadzać, gdyż z przymkniętymi oczami gadał coś do siebie i chwiał się niczym pijany marynarz na deskach bujającej się na fa-
lach łodzi.

Zbliżyła się do nas jedna z dworek usługujących Ludmile.

– Jaśnie pani wzywa – burknęła, nie patrząc na mnie,
ale w ziemię pod swoimi stopami.

– Obu czy jednego? – zapytał Andrzej.

– Inkwizytora – odparła i zawinęła spódnicę, odchodząc już bez słowa.

– Pan każe, sługa musi – powiedziałem i odetchnąłem głęboko.

– Teraz? – spytał mój towarzysz.

– Zobaczymy – odparłem. – Wolałbym jeszcze nie.

A potem skinąłem mu głową i skierowałem się już w stronę namiotu Ludmiły. I nagle, kiedy zbliżałem się już do zasłony, stojący obok wołch uniósł powieki i przesunął się tak, by zagrodzić mi przejście.

– Dokąd to? – spytał basowym, lecz nadspodziewanie łagodnym głosem.

Miał intensywnie błękitne oczy, które sprawiały wrażenie, jakby spoglądał nie tylko na mnie, ale również zapatrzył się gdzieś w dal poza moimi plecami.

Zgodnie z ruskim obyczajem chciałem wyrżnąć go pięścią w ucho, by zrozumiał i dobrze sobie we łbie zakonotował, kto tutaj jest pierwszy w kolejce do dziobania. I kto ma prawo pytać, a komu pozostawiono jedynie prawo uniżonego odpowiadania. Wołch jednak nadspodziewanie szybko i zgrabnie pochwycił moją dłoń w nadgarstku, a ja poczułem, że ma diablo silny uścisk.

– Nie – powiedział bez gniewu. – Nie wolno bić.

Przez moment, przez chwilę, która pewnie by nie wystarczyła na zmrużenie oka, zastanawiałem się, czy posunąć się dalej w sprzeczce z nim. Owszem, wołch zdawał się bardzo silny i bardzo szybki, ale inkwizytorzy, mili moi, tak samo przerastają zwyczajnych ludzi, jak bojowy mastyf trenowany do walk przewyższa wiejskiego kundla.

– Jestem inkwizytorem księżnej. Księżna raczyła mnie wezwać – wyjaśniłem spokojnie. – A jeśli następnym razem chwycisz mnie za rękę, to ci ją połamię – dodałem.

Wyswobodziłem się zgrabnym ruchem, a on zachwiał się na nogach, gdyż widać nie spodziewał się podobnego obrotu spraw i tego, że uwolnienie się z jego naprawdę silnego uścisku przyjdzie mi z taką łatwością. A potem ku mojemu zdziwieniu odsunął się spokojnie na bok, znowu przymknął oczy i zaczął bezdźwięcznie poruszać ustami.

A ja, cóż, wzruszyłem ramionami i wszedłem do namiotu księżnej. Ludmiłę zastałem siedzącą przy stole, na którym leżały dokumenty. To były zapewne owe sfałszowane listy z Nowogrodu. Inna sprawa, że jeśli naprawdę je sfałszowano, w co nie tylko wierzyłem, ale i miałem szczerą nadzieję, że tak właśnie jest, to mistyfikacja musiała być bardzo umiejętna, skoro księżna, otrzymująca pisma z Nowogrodu, nic nie poznała. Inna sprawa, że władcy niezwykle rzadko pisywali listy sami, pozostawiając zazwyczaj ten obowiązek sekretarzom, a sami składając jedynie podpis. No ale tak czy inaczej, sfałszować trzeba było pieczęcie. A to wcale nie jest takie proste, jeśli nie ma się wiedzy o tym, jak powinien wyglądać oryginał, oraz naprawdę sporych zdolności. Jednak skoro ja sam umiałbym zapewne sfałszować dokumenty z Nowogrodu, to nie widziałem powodów, by podobnego talentu odmawiać Nontle, kobiecie o niebo bardziej doświadczonej ode mnie.

Księżna, słysząc moje kroki, odwróciła głowę.

– Wiesz wszystko czy mam ci opowiedzieć o twoim przyszłym losie? – zagadnęła.

– Dowiedziałem się wczoraj, wasza miłość, ale nic nie mówiłem, gdyż nie byłem pewien, czy Hildegarda Reizend nie zwodzi mnie, i nie chciałem niepokoić waszej mości, jeśli byłby to zaledwie żart.

– Czemu miałaby uczynić coś takiego?

– Wasza Wysokość wie, że łączyły nas pewnego rodzaju...

– A tak, tak, pamiętam, jak wrzeszczała – burknęła Ludmiła i machnęła ręką. – Ale zapewniam cię, że mówiła prawdę. Przywiozła dokumenty z Nowogrodu. No i co najważniejsze – tym razem usłyszałem szczerą radość w głosie księżnej – przywiozła mi wołcha.

– Widziałem go – odparłem. – Bardzo się cieszę, że ktoś zapewni waszej mości bezpieczeństwo, kiedy mnie nie będzie.

Wstała i zbliżyła się do mnie. Położyła mi dłoń na policzku.

– A więc cóż, mój inkwizytorze, rozstajemy się... – Spoglądała na mnie życzliwie. – Mam nadzieję, że dobrze zapamiętasz naszą piękną Ruś.

– Z całą pewnością zapamiętam Waszą Wysokość nie tylko jako kogoś, kto powinien zająć miejsce w historycznych kronikach, ale również jako kogoś, kto zajął miejsce w moim wdzięcznym sercu – odrzekłem i przyklęknąłem.

Uśmiechnęła się z zadowoleniem i podała mi dłoń do ucałowania.

– Dobrze się spisywałeś i byłam z ciebie całkiem zadowolona – rzekła. – Musisz mi jednak wybaczyć, że nie nagrodzę cię tak, jak na to zasłużyłeś, lecz nie mam wiele do ofiarowania na wyprawie wojennej.

– Doświadczenie, jakiego nabrałem pod wodzą Waszej Wysokości, przewyższa wartością każde bogactwo – odparłem. – Jedyne, czego żałuję, to tego, iż nie mogę służyć ci, pani, przynajmniej do chwili, gdy w chwale powrócisz na swój tron.

– Niemniej nie chcę cię zostawiać bez żadnej nagrody. – Podała mi zalakowane pismo. – To zlecenie do kancelarii w Nowogrodzie. Wypłacą ci sumę, jaką nakazałam. Ach – skrzywiła się – oczywiście będą cię próbowali oszukać, będą twierdzić, że nie mają teraz tyle w skarbcu, że wymaga to wszystko formalności i czasu, że muszą potwierdzić pisma. – Zaśmiała się nieprzyjemnie. – Znam ja dobrze te kanalie z Nowogrodu. – Uniosła palec. – Nie daj się więc okpić – przykazała.

– Pokornie dziękuję Waszej Książęcej Mości i obiecuję, że się nie dam – rzekłem, chowając dokument do wewnętrznej kieszeni.

Ciekaw byłem, na jaką kwotę księżna wyceniała moje usługi. Z drugiej jednak strony i tak przecież było to całkowicie obojętne, gdyż wiedziałem, że niezależnie od tego, jak sprawy się potoczą, na pewno nie dowiozę tego pisma do Nowogrodu.

– Czy mam natychmiast udać się do moskiewskiego obozu? – zapytałem.

Zastanawiała się przez chwilę.

– Nie. Niech ta twoja czarna kobieta zaczeka. Zjesz ze mną kolację. Jutro o świcie ruszymy do Peczory, a ty pojedziesz do Nowogrodu.

– Pokornie dziękuję waszej mości, to dla mnie wiele znaczy, że będę mógł z waszą miłością spędzić jeszcze wieczór i noc – odparłem.

– Dobrze, idź już – rozkazała. – Wróć o zachodzie słońca. Aha, jeszcze jedno – jej głos zatrzymał mnie tuż przy wyjściu. – Napiszesz list do Nataszy, w którym wyjaśnisz jej, że wracasz do Cesarstwa i że czynisz to z własnej woli.

– Tak jest, miłościwa pani.

– Dziwnie spokojnie przyjmujesz ten nagły obrót spraw – zauważyła. – Nie żal ci Nataszy?

– Wasza Wysokość, obydwoje wiedzieliśmy, że ten dzień nadejdzie – odparłem ze smutną powagą. – Dzień, w którym ścieżki naszego życia tak jak się splotły, tak się rozplotą. Nasza wola i nasz smutek nie mają nic do rzeczy wobec woli Boga Najwyższego. *Bóg dał, Bóg wziął, błogosławione niech będzie imię Pana* – dodałem z westchnieniem.

Ludmiła skinęła głową.

– Cieszy mnie twój rozsądek – stwierdziła. – I życzę sobie, by Natasza przejawiła podobny. I twoja w tym głowa. – Wskazała na mnie palcem. – Bo wiesz chyba, że jeśli twoja dziewka się zbuntuje, to obróci się to przeciw niej samej... A dobrze jej chyba życzysz, prawda?

– Nawet nie wiemy, czy ona jeszcze żyje – zauważyłem ponuro.

Ludmiła wzruszyła ramionami.

– Żyje, żyje. I oby żyła, bo następna by mnie znowu kosztowała fortunę. Tak więc napiszesz list i pokażesz mi go, a ja ci powiem, czy dobrze napisałeś.

– Oczywiście, Wasza Wysokość. Stanie się wedle życzenia waszej miłości.

W nocy jak zwykle zasunięto zasłonę oddzielającą część namiotu, w której przebywałem, od sypialni księżnej. Tuż przy wejściu czuwało dwóch strażników, słyszałem ich przytłumioną rozmowę. Odczekałem chwilę, w milczeniu uścisnąłem dłoń Andrzeja, który bezgłośnie niemal zaszeptał: „Nie wydajcie mnie, na miłość Pana", po czym odsunąłem kotarę i wszedłem do sypialni Ludmiły. Księżna leżała z otwartymi oczami, a jej twarz oświetlał blask płonącej świeczki postawionej na zydlu obok łóżka. Uniosła zdziwiona głowę, a ja w tym samym momencie przyłożyłem palec do ust. Zmrużyła tylko oczy i skinęła na mnie. Zbliżyłem się i uklęknąłem tuż przy wezgłowiu.

– Cóż za dziwna wizyta, inkwizytorze – zaszeptała.

– Wasza Wysokość, przejdę od razu do sedna, jeśli Wasza Wysokość pozwoli – odparłem szybko. – Okazane waszej miłości przez Nontle listy od wielkiego księcia Włodzimierza, te zawierające rozkaz mojego wyjazdu do Nowogrodu, sfałszowano. Nie wiem, z jakich powodów, ale ktoś chce oderwać mnie od Waszej Książęcej Mości. Podejrzewam, że to spisek, by pod moją nieobecność Waszą Wysokość usunąć, zapewne zamordować...

Co do ostatniego zdania nie miałem oczywiście pewności, gdyż ośmielałem się sądzić, iż w całej tej intrydze chodzi, niestety, nie o Ludmiłę, lecz o mnie. Ale nie miałem zamiaru wspominać o tym księżnej, gdyż im bardziej będzie sądziła, że to jej własne bezpieczeństwo jest zagrożone, tym chętniej będzie skłonna słuchać moich rad.

Przypatrywała mi się z nieruchomą twarzą i bez słowa.

– Zastanówmy się, skąd mój inkwizytor może wiedzieć, że sfałszowano pisma wielkiego księcia Nowogrodu, skoro listów tych nie widział ani nawet nie wie, jak

wyglądają oryginalne – przemówiła wreszcie. – Ktoś ci
o tym doniósł, czyż nie?

– Inkwizytorskie szkolenie – odparłem – polega na
tym, by czytać w ludzkich duszach oraz umysłach. Nie
zawsze się to udaje – dodałem, bo nie chciałem, by księżna powzięła podejrzenie, iż jej umysł jest dla mnie przej-
rzysty niczym tafla szkła. – Ale czasami kłamstwo czuje-
my tak, jakby było kawałem gnijącego mięsa rzuconym
na biesiadny stół – dokończyłem.

– Interesujące – odparła chłodno.

– Wasza Wysokość, przysięgam, że wedle mojego naj-
lepszego mniemania oraz mojej najlepszej wiedzy listy
sfałszowano – rzekłem, kładąc dłoń na sercu i jednocześnie z niepokojem myśląc o tym, co oznaczałoby dla mnie,
gdyby te zapewnienia okazały się nieprawdziwe, a Andrzej albo błądził, albo mnie zwodził.

Ludmiła spoglądała na mnie w milczeniu, z przy-
mrużonymi oczyma.

– Bardzo chciałbyś wrócić do Peczory, prawda? – zapytała wreszcie.

Tego mi właśnie brakowało. Podejrzenia, że okłamu-
ję ją i wymyśliłem tę historię, ponieważ pragnę połączyć
się z Nataszą.

– Wasza Wysokość – zaszeptałem żarliwie – nigdy,
przysięgam waszej mości, nigdy nie ośmieliłbym się tak
skłamać. Nigdy nie ośmieliłbym się zaryzykować przypuszczenia o fałszerstwie, gdybym nie miał pewności. Przecież doskonale wiem, co moje oskarżenie oznacza dla nas
wszystkich, jeśli Wasza Wysokość uzna je za wiarygodne!

Ludmiła znowu milczała. Tym razem jeszcze dłużej
niż poprzednio.

– Jakie mam dowody, że nie kłamiesz lub się nie mylisz? – zapytała wreszcie. – Czym mnie przekonasz poza słowami?

Przyłożyłem dłoń do piersi.

– Wasza Wysokość, kładę na szali nie tylko całe szkolenie inkwizytorskie, lecz jeśli się mylę, jestem gotów położyć na tej szali również moją głowę.

Wypowiadając te słowa, pomyślałem, że moja ufność w rewelacje Andrzeja jest naprawdę ogromna. Cóż, po prostu bardzo chciałem wierzyć, że dworzanin Ludmiły mi sprzyja i że mówi prawdę. Ludmiła wzruszyła tylko ramionami.

– A diabli mi tam po twojej głowie – mruknęła.

– Wasza Wysokość – kontynuowałem – jeśli się nie mylę w poznaniu ruskich obyczajów, to wiem, że czasami władca wydaje rozkaz, lecz wcale nie życzy sobie, by ten rozkaz wykonano. Albo uważa, iż jego wasal staje się użyteczny, kiedy sam domyśli się, iż pewnych rzeczy wcielać w życie nie powinien. Czy nie jest tak?

– Do czego zmierzasz?

– Czy wasza mość nie jest zdziwiona, iż wielki książę wpuszcza moskiewską wyprawę za Kamienie i pozwala jej spokojnie przemierzać ziemie Księstwa Peczorskiego? Czy Wasza Wysokość jest pewna, iż to możliwe, że życzeniem księcia Włodzimierza jest, by wyprawa taka przejechała swobodnie? A może wielki książę wolałby, aby została zatrzymana i cofnięta, z czym on nie będzie miał nic wspólnego i wręcz mógłby ten brak udziału zaprzysiąc...

Księżna skinęła głową.

– Bardzo ciekawe, inkwizytorze, że niedawno rozmawiałam o tym samym z Makarym, który miał podobne podejrzenia – stwierdziła Ludmiła. – Muszę przyznać, że składnie uczysz się naszych obyczajów. Albo składnie jesteś ich uczony... Tak czy inaczej, zdarza się dokładnie, jak mówisz, gdyż dobry sługa powinien odczytywać nie listy swego pana, tylko myśli w owych listach zawarte.

Dobrze, teraz sprawy toczyły się tak, jak sobie tego życzyłem.

– Czy więc fałszerstwo listów z Nowogrodu nie będzie wygodnym pretekstem, by przerwać tę wyprawę? – kontynuowałem. – By zarzucić Moskwiczanom, że do spółki z cesarską wysłanniczką uknuli intrygę, by odebrać mnie Waszej Wysokości? By zarzucić im, że mówiąc prosto z mostu, zapragnęli okraść Waszą Wysokość z własności, jaką jestem w inwentarzu Księstwa Peczorskiego?

Ludmiła uśmiechnęła się i poklepała mnie po policzku.

– Ależ ty bardzo chcesz wrócić do tej mojej Peczory – powiedziała. Potem już spoważniała. – Po co uknuto by tę intrygę?

Oczywiście nie mogłem powiedzieć Ludmile, że podejrzewałem, iż Nontle utkała spisek, by z nieznanych mi powodów mieć mnie w swojej mocy. Nie byłem nawet przecież pewien, czy Moskwiczanie w ogóle wiedzą o fałszerstwie listów. Kto wie czy Mauretanka nie oszukała również ich. Tak czy inaczej, uznałem, że lepiej będzie przyznać teraz, iż nie wszystko rozumiem. Człowiek stawiający hipotezy jest bowiem czasem znacznie bardziej przekonujący niż taki, który zadufany w sobie twierdzi, że zna jedyne właściwe rozwiązanie. Rozłożyłem więc tylko ręce.

– Dowiemy się tego, kiedy ją przesłuchamy, za pozwoleniem Waszej Wysokości.

Ludmiła wzruszyła ramionami.

– Twoja przyjaciółka na Rusi nic nie znaczy. Ale nie mogę jej przesłuchiwać i torturować bez powodu, gdyż wielki książę polecił mi otoczyć ją opieką.

– Polecił to w sfałszowanych listach – wtrąciłem od razu. – Podejrzewam, że było tak, iż Nontle otrzymała dokumenty polecające do waszej mości, ale nie było w nich nic o zabraniu mnie z Peczory. Jednak posługując się oryginałem, nasza księżniczka stworzyła falsyfikaty, w których dopisała, co jej odpowiadało. Proszę mi wierzyć, wasza mość, że dla człowieka tak szkolonego jak ona sfałszowanie listów czy pieczęci nie jest niczym trudnym.

– I to wszystko do spółki z Moskwą... – dodała zamyślona Ludmiła.

– Jeśli nawet nie, to do czasu wyjaśnienia sprawy moskiewska wyprawa nie może przecież przebywać swobodnie na ziemiach Nowogrodu.

Ludmiła nagłym, szybkim ruchem chwyciła mnie za ucho i przyciągnęła do siebie. Byliśmy tak blisko, że poczułem aż za dobrze, iż piła przed snem wino i ma zepsute zęby.

– Jeśli mnie oszukujesz, żywcem poćwiartuję cię na części i rzucę psom na pożarcie. Ale przedtem na twoich oczach zrobię to twojej wiedźmie – obiecała jadowicie.

– Nataszka nie jest wiedźmą! – zaprotestowałem żywo.

Zobaczyłem zdumienie w oczach księżnej, a potem Ludmiła roześmiała się szczerze i serdecznie. Puściła moje ucho i odepchnęła mnie.

– No, że w takiej chwili właśnie taka odpowiedź przyszła ci na myśl. – Pokręciła głową zdziwiona i rozbawiona.

I jakoś wydało mi się, że w tej właśnie chwili uwierzyła, iż nawet jeśli moje oskarżenia są nieprawdziwe, gdyż się mylę bądź zostałem zwiedziony okolicznościami, to jestem święcie przekonany, że mówię prawdę i że uczciwie dzielę się swoją wiedzą, mając szczere intencje.

– Jesteś tak pewny siebie – powiedziała zamyślona. – Stawiasz swoją głowę i głowę Nataszy w zastaw. Ha!

Przerwała na chwilę, a potem skinęła palcem, bym się przybliżył.

– Przyszedłeś, twierdząc, że dzięki inkwizytorskiemu szkoleniu poznałeś, iż mnie okłamano. Ale ja powiem ci, jak było naprawdę. – Położyła mi na karku gorącą dłoń. Miała silny uścisk. – Ktoś ci doniósł o fałszerstwie. A kto inny mógłby być tym kimś, jak nie ktoś, kto wie, czego naprawdę pragnie sam Włodzimierz?

Przyciągnęła mnie znowu tak blisko, że niemal dotknęliśmy się czołami. Wstrzymałem oddech, a przez myśl mi przeszło, że nie było czego zazdrościć nieszczęsnemu księciu Dymitrowi. A może Ludmiła, będąc z nim, bardziej dbała o siebie? O czystość? O zapach z ust? Albo, i to bardziej prawdopodobne, jej małżonkowi po prostu nie przeszkadzały wyziewy, które ja uznawałem za niemiłe.

– I teraz pomyślmy, któż może wiedzieć o zamierzeniach wielkiego księcia? – kontynuowała chłodnym tonem księżna. – Jeżeli ktokolwiek, to tylko szpieg Nowogrodu na moim dworze...

– Wasza Wysokość wysnuwa nadzwyczaj śmiałe wnioski, ale...

Wydęła usta i jeszcze mocniej ścisnęła mnie za kark na znak, że mam przestać mówić.

– Inkwizytorze, jeśli sądzisz, że nie wiem, iż Andrzej składa meldunki wielkiemu księciu, to jesteś głupszy, niż sądziłam. I co gorsza, mnie masz za głupią. – Tym razem spoglądała na mnie rozbawiona, co może nie do końca pasowało do wypowiadanych przez nią słów, ale na pewno punktowało mnie z fechmistrzowską sprawnością. Puściła mój kark i odsunęła się na odległość wyciągniętej dłoni.

– Długo byliście na pożegnalnej przejażdżce – stwierdziła. – To wtedy dowiedziałeś się tego wszystkiego, czyż nie?

– Wasza Wysokość, ośmielam się uważać Waszą Wysokość za jedną z najroztropniejszych osób, jakie spotkałem w życiu – odparłem, po raz kolejny przykładając dłoń do serca i wypowiadając słowa uroczystym tonem. – Lecz jeśli chodzi o Andrzeja, to...

– Nie, nie, nie – przerwała mi. – Proszę cię, byś nie kłamał. Zapewne przysiągłeś mu dyskrecję i bardzo dobrze, zachowaj ją, jeśli chcesz. Nie przeszkadza mi nikt donoszący Włodzimierzowi o tym, co robię, a wiesz dlaczego?

Skinąłem głową, gdyż oczywiście znałem odpowiedź na tak postawione pytanie. I przyznam, że zarówno pytanie, jak i odpowiedź pasowały tak do Ludmiły, jak i do ruskich obyczajów.

– Ponieważ wasza miłość nie czyni niczego, co mogłoby się wydawać wielkiemu księciu podejrzane lub co by szkodziło jego interesom – odpowiedziałem.

Uniosła palec wskazujący.

– Dokładnie. Więc jeśli donoszą mu, że jestem lojalna, tym lepiej dla mnie. Gorzej, gdyby miał za szpiega kogoś mi niechętnego, kto by kłamał na mój temat. Czyż nie mam racji?

– Z punktu widzenia logiki nie można wywodom Waszej Wysokości zupełnie niczego zarzucić – powiedziałem szczerze.

– No dobrze. – Oparła się wygodniej na poduchach. – A więc musimy postanowić, co wypada nam czynić dalej, skoro uznaję twoje rewelacje za... – zawahała się, zapewne przed wypowiedzeniem słowa „prawdziwe" – prawdopodobne.

– Tak jest, Wasza Wysokość – rzekłem. – Jestem całkowicie do usług Waszej Wysokości.

– O, nie wątpię. – Uśmiechnęła się. – Rozstanie z moim księstwem byłoby dla ciebie bardzo bolesne, czyż nie?

– Nie ukrywam, że przez głowę przemknęła mi myśl, iż moja obecność w Peczorze byłaby korzystna dla wszystkich – podtrzymałem jej lekki ton.

Poklepała mnie po wierzchu dłoni.

– Natasza na pewno będzie zadowolona, że przywiozłam cię z powrotem... – stwierdziła nieoczekiwanie ciepłym tonem.

– Jeśli jeszcze żyje – odparłem i sam usłyszałem, że mój głos zabrzmiał nieoczekiwanie gorzko oraz ponuro.

Złapałem się też na tym, że oczekuję stanowczego zaprzeczenia, czy może wręcz zdecydowanego pocieszenia. Ale Ludmiła tylko wzruszyła ramionami.

– Będzie, co Bóg da – rzekła. – W razie czego mateczka już na pewno szykuje dla ciebie tę rudą Tamarę.

Mówienie w ten sposób o możliwej śmierci Nataszy nie wydało mi się ani grzeczne, ani właściwe, ani delikatne. Oczywiście ni słowem czy drgnieniem brwi nie dałem poznać po sobie, iż te słowa mnie dotknęły. Zresztą spoglądając na sprawę chłodno, rozumiałem przecież Ludmiłę. Jej naprawdę było wszystko jedno, kto czuwa nad jej bezpieczeństwem. I również było jej zapewne wszystko jedno, czy uraziła moje uczucia, czy też nie.

– Mam nadzieję, że Tamara, choć ładna i miła, nie będzie musiała nikogo zastępować w moim łożu... – powiedziałem tylko. – Jednak jeśli Wasza Wysokość pozwoli, słowo jeszcze o dokumentach. Sądzę, że pomimo niewątpliwego talentu Hildegardy Reizend będę potrafił udowodnić fałszerstwo, jeśli tylko zobaczę oryginalne listy i pieczęcie.

– Tego ci tutaj nie zapewnię. – Potrząsnęła głową, a potem dodała: – Kim ta kobieta w ogóle jest? Co ją tu ciągnie do nas, na Ruś?

Ba, sam bym to chciał wiedzieć, pomyślałem.

– Powiedz mi wszystko, co o niej wiesz, inkwizytorze. – Ludmiła skierowała na mnie ostre spojrzenie. – Jeśli błagasz mnie o pomoc, wymagam od ciebie bezwzględnej szczerości. Bo wiesz więcej, niż kiedykolwiek powiedziałeś, prawda?

– Wasza Wysokość czyta w ludzkich...

– Dość!

Uderzyła mnie w twarz. Niezbyt mocno i może nawet bez gniewu. Bardziej był to wyraz braku akceptacji niż kara. I na pewno było to ostrzeżenie.

– Dość żartów, inkwizytorze. Mów!

– Wasza Wysokość, ośmielam się uważać, iż Nontle jest bardziej wpływowa, niż ktokolwiek sądzi. I niestety, bardziej utalentowana, niż ktokolwiek przypuszcza...

– W czym? W fałszowaniu listów? W okręcaniu sobie mężczyzn wokół palca? Tak, tak, nie myśl, że nie widzę, jak na nią wszyscy, obok których nawet tylko przechodzi, patrzyli i patrzą... – dodała.

Wyznanie, które miałem teraz uczynić, przychodziło mi z trudem. Musiałem zdradzić tajemnice Świętego Officjum i mogłem się tylko tłumaczyć i pocieszać faktem, że było to działanie podjęte w interesie chrześcijaństwa.

– Nontle należy do Świętego Officjum – wyjaśniłem. – Uczestniczyła w naszej misji za Kamienie jako członek wyprawy przewyższający rangą wszystkich mężczyzn.

Trochę koloryzowałem, gdyż ani Arnold Löwefell, ani Barnaba Biber z całą pewnością nie byli podwładnymi Mauretanki, ale o tym przecież nie wiedział nikt oprócz mnie.

– Ona jest inkwizytorem? – Usłyszałem zdumienie w głosie Ludmiły.

– Nie, wasza miłość. Nie ma kobiet inkwizytorów – odparłem zdecydowanie. – Nie wiem, kim dokładnie jest Nontle, gdyż nie wtajemniczono mnie w podobne sekrety. Ośmielam się podejrzewać, że może być nawróconą czarownicą. Potężną czarownicą. Z całą pewnością najpotężniejszą, jaką kiedykolwiek spotkałem. W każdym razie dysponuje wielkimi i niebezpiecznymi zdolnościami, których nie ujawniła tylko z uwagi na fakt, że mogłyby one zostać natychmiast wykryte przez wołchów lub kapłanów. A przez to zostałaby zdemaskowana, co naraziłoby nas wszystkich na kłopoty.

– Ja myślę! – warknęła Ludmiła, a potem milczała dłuższą chwilę.

– Czy inni członkowie twojej wyprawy za Kamienie byli również inkwizytorami?

– Nie, Wasza Wysokość – skłamałem gładko. – Inkwizytorem byłem i jestem tylko ja. Pozostali byli cesarskimi dyplomatami i szpiegami, lecz całą wyprawą kierowała właśnie Hildegarda Reizend. To do niej zawsze należało ostatnie słowo.

Nie wiem, czy mi uwierzyła, a jeśli nie, to czy sądziła, iż kłamię zamierzenie, czy też po prostu nie dysponuję stosowną wiedzą. Tak czy inaczej, nie podtrzymała na razie tematu.

– Co ona potrafi? – zapytała.

– Nie wiem, Wasza Wysokość, i wolałbym się nie przekonywać na własnej skórze, jeśli mam być szczery. Ośmielam się sądzić, iż byłoby bezpieczniej dla wszystkich, gdyby unieruchomiono ją, zanim zdąży wymówić jakiekolwiek słowo lub wykonać jakikolwiek gest... Wasza Wysokość, to nie jest tak, że nawet potężna czarownica pokona oddział zbrojnych mężczyzn. Ale może namieszać ludziom w głowach, może również spróbować uciec. Na bagnach przekonałem się, że mateczka Olga potrafi więcej, niż pomyślałbym, że potrafi. Więc wolałbym, aby podobne zaskoczenie nie przydarzyło mi się teraz...

– Otrujemy ją w czasie pożegnalnego poczęstunku?

Potrząsnąłem głową.

– My, inkwizytorzy, umiemy wykrywać trucizny. Nikt nie dałby rady otruć nawet mnie, a podejrzewam, że Nontle zna się dużo lepiej ode mnie na toksynach i jadach. Nie zdziwiłbym się też, gdyby była odporna przynajmniej na część z nich.

– Złapiemy ją w sieć? Ogłuszymy?

Westchnąłem i wzruszyłem ramionami gestem, który sam odczytałem jako wyraz bezradności. Przypomniałem sobie, jak łatwo Arnold Löwefell wyłowił z tłumu ludzi człowieka mającego złe zamiary, chociaż ja sam nie widziałem w nim nic podejrzanego. Niestety, musiałem więc zakładać, że Nontle potrafi w tej dziedzinie nie mniej niż Löwefell.

– Wasza Wysokość, ona najprawdopodobniej odczyta złe intencje człowieka, który zechce ją zaatakować, i wtedy spróbuje się bronić albo ucieknie. Przecież może się zdarzyć, że w tumulcie, w chaosie Moskwiczanie staną po jej stronie. Może dojść do niepotrzebnego przelewu krwi, który trzeba będzie potem tłumaczyć wielkiemu księciu.

Księżna znowu milczała dłuższy czas.

– Skoro uważasz, że jest aż tak groźna, każę ją zastrzelić. Mam jugryjskich łuczników umiejących z dwustu stóp przeszyć serce jelenia. Każę im ukryć się w lesie i sądzę, że jeśli kilku z nich strzeli, to chociaż jeden trafi...

Cóż, po popisach Jugrów w trakcie bitwy z Kamieńskim nie byłbym już tego tak pewny na miejscu Ludmiły.

– Martwej nie przesłuchamy – stwierdziłem tylko.

– Cóż, jest to pewien problem – zgodziła się ze mną i westchnęła. – Ale jeśli w ostateczności sięgnęlibyśmy po ten sposób, byłby on twoim zdaniem skuteczny?

– Może tak, może nie... – odparłem.

– Co to ma znaczyć?

– Wasza Wysokość sama wie, jak piękna jest Nontle, jak magiczna jest jej uroda, jak oszałamia ona mężczyzn. Czy Wasza Wysokość jest pewna, że mającemu ją zabić łucznikowi nie zadrży palec, kiedy będzie wypuszczać strzałę?

Księżna nie odzywała się przez chwilę.

– Inkwizytorze, chcesz powiedzieć, że mając pod bronią kilkuset zbrojnych, nie mogę zabić jednej kobiety?! A może i na ciebie rozciąga się jej urok, skoro tak bronisz jej życia?

– Ależ nie, Wasza Wysokość – zaprotestowałem szybko. – Chcę tylko powiedzieć, iż pragnę ostrzec Waszą Wysokość przed wszelkim niebezpieczeństwem oraz wyeliminować nawet cień zagrożenia. Chaos nie jest nikomu potrzebny. Tak jak nikomu nie jest potrzebna potężna czarownica krążąca wokół armii i pragnąca się zemścić na Waszej Wysokości.

Puściłem zapewne w tym momencie wodze fantazji, gdyż nie przypuszczałem, by zdemaskowana Nontle chciała brać odwet. Zapewne zawróciłaby szybko tam, skąd przybyła, albo w jakiś inny sposób wykaraskała się z kabały. Tyle że im bardziej demoniczny i niebezpieczny obraz przyszłych możliwych zdarzeń odmaluję przed oczami Ludmiły, tym lepiej dla mnie.

– Cóż, taka przezorność akurat ci się chwali – mruknęła. – Ale czy potrafisz coś zaproponować, czy zamierzasz jedynie mnożyć trudności? – Spojrzała na mnie może nie wrogo, lecz na pewno zimno.

– Obawiam się, że niestety, to ja będę musiał poradzić sobie z Nontle – odparłem. – Nie jestem z tego powodu zadowolony, jednak nie widzę również innego wyjścia.

– Jak zamierzasz to uczynić? Czy twoich złych intencji nie będzie w stanie odgadnąć?

– Nie chcę jej skrzywdzić, a przekonałem się również, że zarówno ku mojemu, jak i jej zdziwieniu oraz jej niezadowoleniu nie potrafi wywierać na mnie magicznego wpływu. Czy odczyta, iż zamierzam ją zdradzić? Może tak, może nie... Na pewno mam większe szanse niż ktokolwiek inny.

– Nie życzę sobie, byś zginął. – Zmarszczyła brwi.

– Byłoby to bardzo nieroztropne i pozbawione taktu z mojej strony, gdybym ośmielił się umrzeć. Postaram się nie narazić Waszej Wysokości na podobny kłopot – zapewniłem gorąco.

Uśmiechnęła się nieznacznie.

– Wróć teraz do siebie i daj mi się zastanowić – rozkazała. – Nie chcę, by ktokolwiek zobaczył, że nie ma cię w tym miejscu, gdzie być powinieneś.

– Tak jest, wasza miłość – odparłem.

Wiedziałem, że Ludmiła nie może na razie wezwać ani żołnierzy, ani oficerów, bo wszystkim takie spotkanie w środku nocy wydałoby się ogromnie dziwne, a jeśli wieść o nim dotarłaby w jakiś sposób do Nontle, to również ogromnie podejrzane.

Uzgodniłem z Ludmiłą wszelkie detale dotyczące jej udziału w rozprawieniu się ze spiskiem, ona zaś przyznała, że mój plan, chociaż na pewno nie idealny, daje pewne szanse powodzenia.

– Jeśli nawet nie pochwycimy tej kobiety, to chociaż zabierzemy wszystkie jej notatki i zapiski. Może znajdą się prawdziwe listy z Nowogrodu? – wyraziła przypuszczenie.

Szczerze wątpiłem, by Nontle przechowywała autentyczne dokumenty, które otrzymała z rąk wielkiego księcia. Sądziłem raczej, że posłużyły jej tylko za wzór fałszerstwa, a potem zostały zniszczone.

Tak czy inaczej, stało się tak, że zaczynało się zmierzchać, kiedy dotarłem do obozowiska Moskwiczan i kiedy wszedłem do namiotu Nontle. Podobnie jak poprzedniego dnia nikogo nie było w środku, więc również podobnie jak wcześniej usiadłem w fotelu. I dokładnie tak jak wczoraj moja piękna przyjaciółka zjawiła się otulona zapachem kwietnych olejków. Tym razem miała na sobie suknię mieniącą się srebrem i tak się skrzącą, jakby utkano ją z na przemian rozświetlających się i niemal w tej samej chwili gasnących promieni księżyca. W kontraście z jej hebanową skórą robiło to nadzwyczajne, wręcz piorunujące wrażenie. Na widok Mauretanki wstałem, choć najchętniej uklęknąłbym u jej stóp, by z pełnym oddaniem móc ucałować skraj jej szaty. A zaraz potem uzmysłowiłem sobie, jak niezwykle biegła i niebezpieczna jest ta kobieta, jak utalentowana, i że zadziwia mnie za każdym razem. I pomyślałem sobie, że dzisiaj jej wysiłki oczarowania mnie chyba nie pójdą na marne...

– *Cała piękna jesteś, przyjaciółko moja, i nie ma w tobie skazy* – wyrecytowałem z zachwytem, którego wcale nie musiałem udawać.

Uśmiechnęła się i wskazała, bym znowu usiadł.

– A więc jesteś. – Spoglądała na mnie ciepło. – I to właśnie oznacza koniec twojego koszmaru. Teraz – ujęła moją dłoń – jesteś już tylko mój. A za miesiąc, daj Boże, będziesz swobodnie oddychał błogosławionym powietrzem Cesarstwa.

Uśmiechnąłem się, lecz zaraz potem wysunąłem rękę z jej uścisku.

– Chciałbym zapowiedzieć bardzo wyraźnie, że zażądam od Świętego Officjum rekompensaty za wszystko, co mnie spotkało – oznajmiłem ponurym tonem. – Również za roczny żołd, który musiałem zostawić w Peczorze. Ty, moja droga, nie musisz zapewne kłopotać się tym, co włożyć do ust. – Ostentacyjnie rozejrzałem się po jej bogato urządzonym namiocie. – Ja, niestety, muszę.

– A cóż to za nagła zmiana humoru? – fuknęła na mnie.

– Bo co ja niby mam po roku gnicia tutaj? – odparłem nieprzyjaźnie. – Tyle co niosę na własnym grzbiecie! No, przynajmniej księżna dała mi konie, jednego pod wierzch i jednego luźnego, dobre i to. – Wzruszyłem ramionami. – Aha... i list do skarbnika w Nowogrodzie. Ale diabli wiedzą, co w tym liście jest.

Ponownie ujęła mnie za rękę.

– Otworzymy? – Uśmiechnęła się promiennie.

– Nawet jeśli jest w nim dyspozycja wypłaty, jeśli go otworzę, to na pewno już nic nie dostanę. – Machnąłem ręką.

– Umiem otworzyć tak, by nie zostawić śladów – pochwaliła się figlarnym tonem. – Zresztą ty na pewno tak samo. Zobaczymy, na ile wyceniła cię księżna? – Mrugnęła do mnie.

– Może później – odparłem. – Poczęstujesz mnie winem?

– A twoje ślubowanie? – zdziwiła się teatralnie.

– Bóg nie takie rzeczy wybacza – odparłem. – Może trunek poprawi mi humor?

– A ja? – Spojrzała na mnie spod opuszczonych do połowy rzęs. – Czy ja mogłabym go poprawić chociaż troszkę?

– Ty jesteś niczym słońce – powiedziałem. – Rozświetlisz mrok każdego zakamarka duszy samą swoją obecnością.

Roześmiała się.

– Bardzo cię lubię, wiesz? – Pogłaskała mnie po policzku czułym, przelotnym gestem. – Kto wie, może w innym świecie i w innych czasach moglibyśmy podróżować razem? Razem poznawać tajemnice i sekrety niezmierzonego uniwersum. – W jej głosie nagle zabrzmiał marzycielski ton, wiedziałem jednak doskonale, że nie dotyczy on mnie, lecz badania zagadek świata.

Potem odwróciła się i nalała wino do kielichów. Z tej samej butelki. Nie było to ważne. Nawet ja umiem niepostrzeżenie zaprawić wino podawane z tej samej flaszki, tak aby jedno naczynie było zatrute, a drugie od trucizny wolne. Byłem więc pewien, że Nontle potrafi uczynić to znacznie zgrabniej. Po co miałaby jednak mnie truć? Nawet jeśli użyłaby jedynie toksyny oszałamiającej, nie zabijającej. Przecież znajdowałem się w jej mocy, w jej namiocie, zdany tylko na nią i zmuszony do podróży z nią. Nie miała żadnego powodu, by teraz wyrządzić mi krzywdę, zwłaszcza że byliśmy jeszcze na ziemiach Ludmiły i w mocy jej armii. Ale wino mogło zawierać afrodyzjak lub być nasączone miłosnym urokiem. Tak, to pasowałoby niewątpliwie do stylu mauretańskiej księżniczki, a zwabienie mnie do amorów byłoby dla niej najwidoczniejszym znakiem, że raz na zawsze odkreślam peczorską przeszłość i raz na zawsze wyrzucam z pamięci Nataszę. Poza tym zapewne nie była zadowolona z naszej wczorajszej rozmowy, podejrzewała, iż coś przed nią ukrywam, więc skłonienie mnie, bym ogłupiały od namiętności odpowiedział szczerze na jej każde pytanie, na pewno ją kusiło.

Przyjąłem kielich z jej rąk i upiłem drobny łyczek. O tak, to była prawdziwa malaga. Ciężka i słodka niczym syrop. Pachnąca jak rodzynki. Przymknąłem oczy. – Widzę słoneczne zbocza Andaluzji – powiedziałem. – Winne grona nagrzane blaskiem. – Upiłem jeszcze jeden łyk. – Zaczynam wierzyć, że wszystko potoczy się dobrze – dodałem i pochyliłem się do dłoni Nontle. Pocałowałem wnętrze tej dłoni długim, czułym pocałunkiem, a ona sączyła wolno swój trunek i uśmiechała się, spoglądając na mnie. Kiedy podniosłem wzrok, zobaczyłem, jak bardzo jest piękna, z roziskrzonymi oczami, w sukni, która nie wiedzieć czemu opadła tak nisko, że niemal odsłaniała pełne piersi.

Być może niesłusznie obawiałem się jej aż tak bardzo. Być może nie była aż tak groźna, jak to sobie wyobrażałem. Ale widzicie, mili moi, inkwizytorzy potrafią wydostać się z wielkich tarapatów i bezpiecznie przeżyć diablo niebezpieczne przygody nie dlatego, że lekceważą zagrożenia. Któż w naszym umiłowanym Cesarstwie, od dziecka po starca, nie znał bajki o trzech małych świnkach i wielkim złym wilku? My, inkwizytorzy, byliśmy tą trzecią świnką. Tą, którą zbudowała swój domek z kamieni. A jeśli spojrzeć na mnie i na Nontle i rozpisać nam role z tej bajki, to z całą pewnością właśnie ona była wielkim złym wilkiem, a ja zaledwie małą świnką. I mogłem przeżyć tylko dzięki przezorności oraz sprytowi.

Otworzyłem mój umysł i duszę, pozwoliłem wtargnąć jej urokowi, tak jak sztormowa fala, wysoka niczym forteczne mury, uderza w plażę. Namiętność rozpaliła mnie, iż przez pierwszą chwilę myślałem, że się uduszę, że serce wytłucze sobie drogę poprzez mięśnie, ciało i kości, by w jedno bicie połączyć się z jej rytmem. Nie musiałem niczego udawać. Nie musiałem grać roli roznamiętnionego kochanka, ponieważ pożądanie płonęło we mnie niczym suchy las obrzucony greckim ogniem. Nontle, Nontle i Nontle, to ona przysłaniała mi cały świat, to ona była moim światem. Jednym ruchem zdarłem z niej suknię, a ona pisnęła jednocześnie zaskoczona, jak i zachwycona i niespodziewająca się niczego niezwykłego poza sztormem namiętności. Runąłem z nią w objęciach na ziemię, marząc tylko, by zewrzeć się z tą kobietą we wściekłych zapasach, by nasze nagie, spocone i splątane ciała przetaczały się po kobiercach połączone w jedno. By splotły się też nasze oddechy, nasze serca i nasze umysły, byśmy pośród jęków zachwytu i omdlewając z rozkoszy, podróżowali prosto do gwiazd z zatykającą dech prędkością...

Kiedy chwyciłem jej piersi w swoje dłonie, kiedy wpiłem się w jej usta, wtedy przyszło to, co przyjść miało, to, czego się spodziewałem, to, na co liczyłem...

...uderzenie miało tak potworną siłę i było tak bolesne, że niemal straciłem przytomność. Wydawało mi się, że zarówno moja klatka piersiowa, jak i głowa eksplodowały w oślepiającym błysku. A przecież runy wypisane na mojej skórze przez Nataszę nie były skierowane przeciwko mnie. Były wymierzone w kobietę, która będzie chciała mnie omamić i spętać moją wolę. Ja oberwałem tylko rykoszetem, a cała siła i moc tego uroku, który zobaczyłem niczym wybuchającą pod czarnym niebem kometę, cały ten właśnie impet trafił w Nontle. I powalił ją, jak cios młota w czoło kładzie ofiarnego wołu.

Chwilę jeszcze leżałem przy Mauretance, pogrążony w otępieniu, a potem odczołgałem się na bok i zwymiotowałem. Ręce drżały mi i były tak słabe, że z trudem utrzymywały mnie, kiedy się podpierałem, i o mało nie wpadłem twarzą we własne wymiociny. Zobaczyłem, że kielich leży na ziemi, nienaruszony, ale malaga wylała się z niego i wsiąkła w kobierzec niczym plama krwi. Znów chwyciły mnie torsje i zacząłem płakać. Może właśnie własny szloch, a może nieprzyjemny smak i zapach wymiotów przywróciły mnie, choć z trudem, do rzeczywistości. Wiedziałem, że muszę się spieszyć, wiedziałem, że czas nie jest moim sprzymierzeńcem, i wiedziałem również, że muszę zachować chociaż minimum sił. Obawiałem się, że wołch mógł poczuć siłę magii, która wybuchła nie tak daleko od niego. Czy nie uzna, że trzeba może nawet nie wszczynać alarm, lecz chociaż sprawdzić, co się stało? I na taką ewentualność musiałem być gotowy. Zacząłem się modlić, by oczyścić umysł i dodać sobie otuchy.

Wstałem z trudem, a nogi miałem równie słabe jak wcześniej ramiona. Tak jakbym był galaretą utworzoną i podaną w podłużnej formie, którą ktoś dla żartu postawił, zamiast położyć na talerzu. Podszedłem do stołu, chwyciłem karafkę z wodą i osuszyłem ją do dna. Boże, dzięki Ci za drobne dary, pomyślałem, i za to, że Nontle piła nie tylko wino, lecz również wodę. Potem obróciłem spojrzenie na Mauretankę.

Leżała nieprzytomna na wyściełającym ziemię kobiercu i pomimo znieruchomienia była tak zniewalająco piękna, że aż poczułem łaskotanie w sercu i ukucnąłem nad nią. Włosy otaczały jej twarz niczym krucza aureola, a pełne, wilgotne usta były rozchylone jak do pocałunku. Ująłem jej głowę w swoje dłonie i złożyłem czuły, długi pocałunek na tych miękkich, ciepłych ustach. Tak pięknie pachniała i tak pięknie smakowała! Wiedziałem, że powinienem teraz powiedzieć coś wzniosłego, coś poetyckiego, coś godnego przechowania w sentymentalnej pamięci. Że być może powinienem, wznosząc oczy ku niebu, zadeklamować: „O, jak piękna jesteś, przyjaciółko moja, jakżeś piękna". Zamiast tego pocałowałem ją raz jeszcze i powiedziałem:

– Chrum, chrum...

Zaraz po pozbawieniu Nontle przytomności i odzyskaniu swoich sił zająłem się przede wszystkim nią samą. Czyż mało słyszeliście historyjek, mili moi, o tym, jak bohater pokonuje wroga lub potwora, a potem zamiast obciąć mu łeb, poderżnąć gardło czy zrobić którąś z oczywistych i nakazywanych przez zdrowy rozsądek rzeczy, po prostu zostawia go leżącego i zajmuje się innymi sprawami? Otóż w opowieściach, baśniach i legendach tak pozostawione potwory zawsze wstają. Zawsze, mili moi! I zawsze narobią potem diablo nieprzyjemnych kłopotów temu, kto je zlekceważył. Nie zamierzałem więc zachowywać się jak nierozumni bohaterowie tych historii i zanim zająłem się czymkolwiek innym, bardzo pieczołowicie związałem Nontle. Ręce i nogi, a potem ręce z nogami. A jeszcze później ją zakneblowałem i opatuliłem jej głowę obrusem zdjętym ze stołu.

– Byłoby bardzo niefortunnie, gdybyś się udusiła – mruknąłem cichutko. – Ale z drugiej strony muszę przyznać, że nie rozpaczałbym po tobie aż tak długo, by mogło to złamać moje serce...

Później zacząłem myszkować po namiocie. Oczywiście starając się zachować ostrożność, bo diabli wiedzą czy na przykład jej kufry nie były oprócz kłódek zabezpieczone zatrutymi igłami. Nie miałem wiele czasu, by cokolwiek dokładnie badać, ale zabrałem wszystkie, jakie tylko wpadły mi w ręce, rękopisy oraz kilka książek, które na pierwszy rzut oka robiły wrażenie bardzo starych, a poza tym zapisane były alfabetem, którego w żaden sposób nie potrafiłem rozpoznać. Domyśliłem się więc, że mogą być cenne, kto wie czy nie najcenniejsze z całego dobytku. Jeśli chodzi o kufer z pieczołowicie zawiniętymi w miękkie skórki flaszeczkami i buteleczkami, to nie ośmieliłem się niczego ruszać. Bo mogły to być perfumy, mogły to być pachnące olejki, mogły to być lekarstwa, ale równie dobrze mogły to być jady, trucizny czy toksyny. Wręcz założę się, że spora część tych substancji nie była całkowicie niewinna.

Przeraźliwy sygnał mojego gwizdka dał znak czającym się w ciemności oddziałom Ludmiły. Kawalerzyści opadli moskiewski obóz niczym wygłodniałe szczury rzucające się na padlinę. Tak właśnie uzgodniliśmy i na powodzenie tego planu mieliśmy nadzieję.

– W imię księżnej Ludmiły!
– Nie stawiajcie oporu!

– W imię Nowogrodu!

– Poddajcie się!

Skłamałbym, gdybym powiedział, że obyło się bez ofiar, ale można chyba powiedzieć, że obyło się prawie bez ofiar. Kogoś stratowano koniem, ktoś dostał w łeb pałką, jednego nieszczęśnika pchnięto włócznią, co prawda nie śmiertelnie, ale zapewne odbierając mu nadzieję na potomstwo... Moskwiczanie nie byli gotowi do walki z tak przeważającymi siłami, ale też widziałem w pewnej chwili, że Basmanow wydał rozkazy, by nie stawiać oporu. Albo sądził, że to wszystko to pomyłka, która zaraz się wyjaśni, albo nie chciał pogarszać swojej sytuacji (i pewnej przecież klęski), zabijając poddanych Ludmiły. Tak czy inaczej, wszyscy moskiewscy żołnierze i słudzy poszli w kajdany, a wszyscy oficerowie i dowódcy pod straż.

Basmanow głośno domagał się posłuchania u księżnej, ale nie tylko nie spełniono jego życzenia, lecz kiedy krzyczał zbyt donośnie i zbyt natrętnie, oblano go kubłem zimnej wody. Wtedy przestał. Widziałem go z oddali, jak z ponurą miną i w milczeniu siedzi wraz ze swymi podwładnymi, przywiązany do pala wbitego w ziemię. Pal był zaostrzony na końcu i również ten widok mógł zapewne Moskwiczanom dawać do myślenia. Tak czy inaczej, przetrzymano ich pod gołym niebem całą noc i cały poranek, nie dając ani się ogrzać, ani okryć, ani nic jeść, ani nic pić. No chyba że za napojenie uznać wylanie na Basmanowa wiadra wody, wtedy można powiedzieć, że pić dostali aż do przesytu.

Księżna pofatygowała się do jeńców dopiero o poranku, i to też raczej bliżej południa niż świtu. Ubrana w kolczugę, zasiadająca w wysokim siodle, z oficerami po bokach, stanęła konno naprzeciw związanych Moskwiczan. Półkolem ustawiła się straż uzbrojona we włócznie. Wszystkie groty wymierzone były w siedzących na ziemi podwładnych Basmanowa. Sam garderobiany nic nie powiedział, widząc Ludmiłę i jej eskortę, ale należy mu oddać, że przynajmniej skłonił głowę w pozdrowieniu. No cóż, a więc pokazał, że prawdziwy szlachcic zachowuje grzeczność mimo niedogodności.

Ludmiła natychmiast przeszła do rzeczy.

– Wyjawiono mi, że kobieta, która była pod twoją opieką, mości garderobiany, to cesarska wiedźma, władająca mrocznymi siłami i plotąca klątwy oraz uroki, by mnie pognębić – rzekła lodowatym tonem i bardzo głośno. – Odkryłam również, że dokumenty, jakie mi przedstawiła, zostały sfałszowane. Wielki książę Włodzimierz nigdy nie napisał listów, które od niej otrzymałam... – Księżna wstała z krzesła i wyrzekła jeszcze głośniej: – Oskarżam cię, Konstanty Basmanowie, o spisek przeciwko Nowogrodowi, o szpiegostwo na rzecz Cesarstwa i Moskwy, o przygotowywanie zamachu na moje życie, o intrygę mającą na celu odebranie Księstwa Peczorskiego Nowogrodowi.

Książę garderobiany miał wzrok wbity w ziemię, ale nie wydawał się przestraszony, lecz raczej wściekły. Przynajmniej tak odczytywałem uczucia malujące się na jego twarzy. Nie miałem pojęcia, co Ludmiła pragnie uczynić z moskiewskim poselstwem, nie przypuszczałem jednak, by zdecydowała się wyrządzić Moskwiczanom krzywdę.

Chociaż diabli ich tam wiedzą, barbarzyńców, co wykiełkuje w ich wypaczonych umysłach! W końcu mówiliśmy o kobiecie, która własnego męża powiesiła w żelaznej klatce, by umarł z głodu i pragnienia...

– Mocą władzy danej mi przez wielkiego księcia Włodzimierza skazuję wszystkich twoich ludzi na oślepienie oraz odrąbanie rąk – rzekła uroczyście Ludmiła.

A ja aż podniosłem na nią wzrok, tak mnie zdumiała surowość, bezwzględność i nieodwracalność tej kary.

– Po otrzymaniu kary mogą jednak pójść wolno, gdzie tylko zapragną – dokończyła wielkodusznie księżna.

– Na miecz Pana – szepnąłem. – Przecież Moskwa może to uznać za akt wypowiedzenia wojny. – Potrząsnąłem głową. – Albo ja czegoś tu nie rozumiem.

Stojący obok Andrzej uśmiechnął się nieznacznie.

– Słuchajcie, co stanie się dalej.

– Ciebie zaś, mości garderobiany – kontynuowała Ludmiła i wyciągnęła dłoń, wskazując Basmanowa – skazuję na oślepienie oraz wytrzebienie. Po tym wszystkim zostaniesz nawleczony na pal i w ten sposób dokonasz grzesznego żywota.

– A to jeszcze lepiej – mruknąłem coraz bardziej zdziwiony.

– Kara zostanie wykonana w Nowogrodzie po zatwierdzeniu przez jaśnie oświeconego wielkiego księcia Włodzimierza, mego pana i suwerena – dokończyła Ludmiła ogłaszanie werdyktu.

– Teraz już rozumiecie? – znowu uśmiechnął się Andrzej. – Księżna odeśle ich pod eskortą do Nowogrodu, a tam niech się wielki książę i jego doradcy martwią, co robić dalej...

– A wy może wiecie lub podejrzewacie, czy sprawy potoczyły się po myśli wielkiego księcia? – spytałem ostrożnie.

– Sądzicie, że wielki książę dzieli się swymi przemyśleniami z jednym z setek szpiegów, jakich ma rozrzuconych po całym księstwie? – Dworzanin był wyraźnie rozbawiony.

– Z waszego dobrego humoru wnioskuję, że sprawy ułożyły się tak, jak sądzicie, że ułożyć się powinny – rzekłem.

Andrzej rozłożył ręce.

– Pozwólcie, że nie będę ani wnikał w wasze spekulacje, domysły lub hipotezy, ani ich komentował – rzekł stanowczo. – Zresztą podejrzewam, że zważywszy na waszego więźnia, macie teraz ważniejsze rzeczy do roboty niż konwersacja ze mną.

– Ano mam – przyznałem smętnie, gdyż ten rodzaj obowiązków, jakie mnie teraz czekały, wcale a wcale mnie nie cieszył.

Wcześniej jednak, zanim zacząłem zajmować się Nontle i jej bezpieczeństwem, miałem jeszcze sposobność przyjrzeć się, jak potoczyły się sprawy wołcha Kosmy przybyłego z nowogrodzkiego klasztoru.

– Pani miłościwa! – Potężny wołch padł na kolana i bił czołem w ziemię. – Ja nic nie winien, ja o niczym nie wiedziałem. Przyjechali do naszego klasztoru z listami od wielkiego księcia, mówiącymi, że jeden z nas jest potrzebny. Nikogo to nie zdziwiło, bo i czemu miało zdziwić? A i o potrzebach waszej miłości przecież dobrze słyszeliśmy i wiedzieliśmy, iż przyjdzie czas, że jeden z nas ruszy służyć Waszej Wysokości. Zmiłuj się, pani, nad ciałem i duszą sługi twojego Kosmy!

Wołch uderzył raz jeszcze czołem w ziemię, po czym znieruchomiał, leżąc twarzą w błocie. Cóż, wołchowie mogli podlegać specjalnej i szczególnej ochronie, mogli być wyjątkowymi ludźmi, w wyjątkowy sposób traktowanymi, ale jednak udział w spisku był poważnym oskarżeniem. Ludmiła raczej nie mogłaby go zabić, gdyż był poddanym Włodzimierza i powinna odesłać go wielkiemu księciu. Ale na pewno wcześniej mogła go wziąć na tortury, tłumacząc potem, że chciała wybadać i dowiedzieć się, kto jeszcze na jej dworze uczestniczył w spisku. Wielki książę musiałby podobne wyjaśnienia wziąć za dobrą monetę. Najwyraźniej Kosma świetnie o tym wiedział i najwyraźniej bardzo bał się podobnego biegu wypadków. Zresztą kto by się nie bał? Na Rusi może nie stosowano wyrafinowanych tortur, z których choćby słynęło Bizancjum, ale podejmowano działania dostatecznie okrutne, by budziły powszechną grozę.

– Zabierzcie go – rozkazała żołnierzom, wskazując na leżącego wołcha.

Wszyscy zrozumieli, że nie podjęła jeszcze decyzji co do jego dalszego losu. Ja raczej sądziłem, iż Ludmiła wierzy, że wołch jest niewinny, ale teraz zastanawia się, co z nim uczynić. Mogła odesłać go do klasztoru, skąd go przecież podstępem zabrano, mogła wyprawić go do Nowogrodu, by wyspowiadał się przed obliczem wielkiego księcia, ale mogła również kazać mu towarzyszyć sobie do Peczory. To ostatnie rozwiązanie oczywiście najmniej mi odpowiadało. I chociaż powątpiewałem, by próbowano siłą odebrać mi Nataszę, to jednak musiałem brać pod uwagę, iż sprawy różnie mogą się potoczyć i niekoniecznie w sposób, który uznam za korzystny. A obecność

Kosmy w Peczorze na pewno nie ułatwiłaby nam życia. Chyba żeby... Zastanowiłem się. Chyba żeby wołchowi dano inną dziewczynę. Może wtedy bylibyśmy z Nataszą wreszcie wolni? Może bezpieczna i zadowolona z tego bezpieczeństwa księżna zwolniłaby nas ze służby? Wiedziałem oczywiście, że są to jedynie rojenia, gdyż żaden człowiek, a już na pewno żaden możnowładca, nie oddaje chętnie tego, co uznaje za swoją własność. Wiedziałem jednak, że czasem każdemu przydarza się pofolgować kaprysowi i nawet spełnić dobry uczynek, wyświadczyć komuś łaskę, może nie tyle nawet bezinteresownie, co jedynie po to, by wydać się sobie samemu i we własnych oczach łaskawszym oraz godniejszym.

Rozdział trzeci

Dom kłamstw

Od tego czasu miałem już nie spędzać nocy w namiocie Ludmiły, lecz przydzielono mi własną kwaterę oraz dwóch strażników mających czuwać, by nikt do niej nie wchodził, jeśli ja musiałbym ją akurat opuścić. Ludmiła nie była zadowolona, że traci swojego psa czuwającego i stróżującego na progu, jednak udało mi się ją przekonać, że pilnowanie Nontle, by nie zdołała się uwolnić i wyrządzić komukolwiek krzywdy, jest warunkiem bezpieczeństwa nie tylko władczyni, ale i całego obozu.

Księżna oczywiście życzyła sobie zobaczyć swojego więźnia i mogłem nie być tym zachwycony, ale rzecz jasna, nie miałem mocy, by jej odmówić. Przede wszystkim dlatego, że ostrzeżenia by zignorowała, a ja tylko naraziłbym się na niełaskę.

Zaraz po rozprawie z Moskwiczanami oraz wołchem Ludmiła weszła do zajmowanego przeze mnie namiotu.

Zasępiona, z twarzą ściągniętą i ponurą. Nie mogłem się jej dziwić, bo wbrew sobie wylądowała pośrodku intryg i kłopotów, których ani nie wywołała, ani sobie nie życzyła. Byłem pewien, że najbardziej chciałaby pędzić spokojne życie, kontentując się tym, co miała, i wcale nie pragnąc więcej. Sądzę, że wielki książę Włodzimierz doskonale o tym wiedział i między innymi dlatego nie zażądał jej głowy w zemście za zabicie krewniaka. Ale tak to czasami bywa na świecie, że ludzie chcący przeżyć swoje dni w ładzie i poczciwości zmuszani są do tego, by wbrew swej woli wieść życie pełne gwałtownych czynów, a nawet takie, które kiedyś trafi do ballady czy chociaż do jarmarcznej opowieści. I tylko można się zastanawiać, czy znajdą się tam jako bohaterowie heroiczni, czy jako bohaterowie tragiczni. Ludmiła najpierw musiała wszcząć bunt przeciw mężowi, źle rządzącemu Peczorą, potem musiała poprowadzić wyprawę przeciwko demonom, by teraz wreszcie mieć na głowie rebelię stryja, moskiewskie intrygi oraz cesarską wiedźmę. I tak jak żadna z tych trzech rzeczy nie mogła jej cieszyć, tak byłem pewien, że sprawa z Nontle niepokoi ją najbardziej. Bunt krewniaka czy podstępy Moskwiczan były w pewien sposób sprawą na Rusi zwyczajną, lecz czarnoskóra kobieta władająca potężną magią, służąca Świętemu Officjum i fałszująca nowogrodzkie listy – to było coś, na co księżna nie była przygotowana.

Stanęła trzy kroki od krzesła, do którego przywiązałem Nontle, i wpatrzyła się w nią wzrokiem nawet nie gniewnym czy badawczym, tylko po prostu posępnym. W taki właśnie sposób dobra gospodyni mogłaby się wpatrywać w plamę smoły na dopiero co wyczyszczonej i wybielonej podłodze, plamę, która pojawiła się nie wiadomo skąd i nie wiadomo jakim diabelskim zrządzeniem.

Wreszcie westchnęła.

– Co mam z nią zrobić? – zapytała.

– Z praktycznego punktu widzenia najlepiej byłoby ją usunąć – odparłem spokojnie. – Jest zbyt utalentowana i groźna, abyśmy czuli się przy niej bezpiecznie. Gdybyśmy byli w Peczorze...

– Ale nie jesteśmy w Peczorze! – przerwała mi księżna z gniewną zajadłością.

– Tak jest, Wasza Wysokość. – Pochyliłem głowę. – Dlatego najkorzystniej byłoby ją zabić.

– W jaki sposób?

– W jaki sposób Wasza Wysokość sobie życzy. Mogę jej poderżnąć gardło albo przebić serce. Z uwagi na sentyment dawnej wspólnej służby nie chciałbym jednak, by cierpiała...

Mauretanka siedziała nieruchomo, ze wzrokiem utkwionym w czubki własnych butów. Nie tylko nie sprawiała wrażenia, że obchodzi ją nasza rozmowa, lecz wręcz wydawało się, że jej nie słyszy, pogrążona w zamyśleniu czy nawet stuporze. Zastanawiałem się, czy teraz, ujarzmiona i pozbawiona zdolności mowy, nadal może zrobić coś niebezpiecznego? Nie postrzegałem wokół niej żadnej magicznej aury, na którą przecież tak wyczulone są inkwizytorskie zmysły, niezależnie od tego, czy owa aura jest wynikiem modlitw pobożnych, czy też mrocznej magii. Ale z drugiej strony cóż ja mogłem wiedzieć o tym, co potrafi doprowadzona do desperacji Mauretanka? Może samą siłą umysłu i bezgłośną modlitwą potrafi zesłać nam zagładę, a sobie ocalenie? Miałem nadzieję, że tak nie jest, i wiedziałem również, iż jeśli zaświta mi chociaż cień podejrzenia, że tak jednak może być, to nie zawaham się natychmiast jej zabić...

– Słusznie. – Ludmiła skinęła głową. – Nie zadrży ci ręka? – Spoglądała uważnie w twarz Nontle, która cały czas sprawiała wrażenie, jakby w ogóle ani nas nie dostrzegała, ani nie słyszała.

– Nie, dlaczego? – zdziwiłem się. – Na mnie nie działa jej urok.

Księżna podeszła do Mauretanki i powiodła palcami po jej gęstych ciemnych włosach, potem przesunęła opuszkami po czarnej, gładkiej skórze jej twarzy.

– Wygląda tak młodo i tak niewinnie – powiedziała zamyślona. – Kto by pomyślał, że jest groźna...

– Między innymi jest groźna właśnie dlatego – odparłem. – Iż jej łagodność, piękno oraz inteligencja tworzą doskonałe przebranie maskujące prawdziwą naturę.

– A jakaż jest ta prawdziwa natura twoim zdaniem?

– Jest pozbawionym skrupułów drapieżnikiem, Wasza Wysokość, uważającym się za kogoś lepszego niż cała reszta ludzi – wyjaśniłem.

– Taaak. – Ludmiła raz jeszcze przeciągnęła palcami po policzkach Nontle. – Nie odbiega więc wcale w tym mniemaniu o sobie od wszystkich ruskich książąt – dodała.

A potem ku mojemu zdziwieniu pochyliła się, ujmując twarz Mauretanki w swoje dłonie. Spojrzała jej prosto w oczy.

– Taki ktoś jak ona może mi się przydać – stwierdziła łagodnym tonem.

O, na pewno, pomyślałem. Oswajanie Nontle byłoby równie bezpieczne jak oswajanie żmii, by polowała na myszy w domu pełnym dzieci.

– Jeśli Wasza Wysokość ją wypuści, będzie to tak samo bezpieczne jak uwolnienie w sypialni jadowitego węża i pójście spać – powiedziałem zgodnie z tym, co pomyślałem, i starałem się, by moje słowa zabrzmiały naprawdę przekonująco i poważnie. – Uwierzcie mi, miłościwa pani, że tę kobietę szkolono, by potrafiła zjednywać sobie ludzi, by mamiła ich oraz naginała do swej woli. Umie to robić i co ważne, czyni to bez skrupułów oraz chętnie. A ponieważ posługuje się magią, to zwyczajny człowiek, nieprzeszkolony w obronie przed czarami, nie jest w stanie się jej oprzeć.

Ludmiła milczała.

– Złoży wszelkie obietnice, jakich się od niej zażąda – kontynuowałem – aby tylko odzyskać swobodę, ponieważ wtedy, już uwolniona, to ona zacznie rozdawać karty. Wszyscy jesteśmy bezpieczni tylko wtedy, kiedy Hildegarda Reizend jest pozbawiona mowy oraz unieruchomiona.

Nie zamierzałem spowiadać się z tego, iż wcale owego bezpieczeństwa nie byłem do końca pewien. Ale Ludmiła nadal się nie odzywała. Przyglądała się Nontle, która teraz dopiero podniosła głowę i odpowiedziała jej obojętnym spojrzeniem. I tak samo jak jej spojrzenie było pozbawione uczuć, tak wyrazem twarzy nie dawała poznać, jakie wrażenie wywierają na niej moje słowa. Ciekawe, czy teraz, w tej właśnie chwili, mnie nienawidziła? A może tylko zimno zastanawiała się, co powinna uczynić? A może, i ta myśl była zarówno nieprzyjemna, jak i mrożąca krew w żyłach, bawiła się tylko nami? Ale w jakim celu miałaby to robić? Rozumiem, iż w życiu niektórych ludzi jest za mało szaleństwa i niebezpieczeństwa, więc z całych sił szukają mocnych wrażeń, ale siedzenie na krześle i bycie zakneblowanym oraz związanym trudno jednak uznać za odpowiednik świetnej zabawy...

– Pomyślę nad tym – zdecydowała wreszcie Ludmiła. Odeszła dwa kroki od krzesła i obrzuciła spojrzeniem najpierw Mauretankę, potem mnie.

– Zajmiesz się nią – rozkazała. – Zadbasz, by nikomu nie zaszkodziła, zadbasz jednak również, by nie umarła. Rozumiesz mnie, inkwizytorze? Byłabym bardzo niezadowolona, gdyby zdarzył się jej jakiś przykry wypadek.

– Rozumiem, miłościwa pani – odparłem.

Przez chwilę przypatrywała mi się uważnie.

– Nie pochwalasz tego, prawda?

Rozłożyłem ręce.

– Szczerze mówiąc, nie pochwalam, Wasza Wysokość, co nie zmienia postaci rzeczy, że co do litery zastosuję się do wydanych mi rozkazów. Jednak tylko do tego momentu, jeśli nie będzie to zagrażało bezpieczeństwu waszej miłości...

Ludmiła znowu milczała przez chwilę.

– Dlaczego sam jej nie zabiłeś? – zapytała wreszcie. – Nie mów, że czekałeś na moją decyzję, bo przecież mogłeś ją zabić i powiedzieć, że musiałeś to zrobić, broniąc własnego życia. Dlaczego więc tak właśnie nie uczyniłeś?

Nie odezwałem się nie dlatego, że nie chciałem, ale z tej przyczyny, że nie znajdowałem dobrej odpowiedzi.

– Może więc nie jesteś aż tak odporny na jej urok, jak chciałbyś wierzyć? – zapytała księżna.

– Przemyślę słowa Waszej Wysokości – obiecałem. – Jako inkwizytora nauczono mnie przyjmować, iż wszystko jest możliwe. Zwłaszcza skazy na ludzkiej woli. Każdej. A więc również mojej.

Skinęła głową.

– Mam nadzieję, że odkryjesz te skazy, zanim rozpryśniesz się na kawałki – stwierdziła, po czym odwróciła się i wyszła.

Stałem jeszcze przez chwilę, spoglądając na falujące płótno namiotu, tak jakbym spodziewał się, że księżna wróci. Ale nie wróciła. Obróciłem się więc w stronę Nontle.

– I co ja mam z tobą zrobić, księżniczko? – spytałem. – Nie podoba mi się, że Ludmile najwyraźniej zaświtały w głowie jakieś plany co do tego, jak można cię wykorzystać w przyszłości. Bo ja, niestety, wiem, jak kończy się iganie z siłami, których potęgi się nie pojmuje.

Przeszedłem za jej plecy, bo przyznam, że niepokoiło mnie jej spojrzenie. Było w nim coś, co sprawiało mi pewien rodzaj nieprzyjemności. Nie czułem zagrożenia, lecz niepokój, i wcale mi się to nie podobało. Wyciągnąłem zza pasa nóż, odkroiłem pas materii od ręcznika i zawiązałem Mauretance oczy. Nawet nie drgnęła, kiedy jej dotykałem i kiedy splatałem opaskę na jej głowie. Cóż, było to chwalebne opanowanie, ale przecież tego właśnie mogłem się spodziewać po kimś, kto służył Wewnętrznemu Kręgowi Inkwizytorium.

– Problem, moja miła, że będę musiał cię karmić i poić przez całą drogę do Peczory – powiedziałem. – A to oznacza, że będę musiał odkryć ci usta. Taaak, chyba że potrafisz przeżyć bez jadła i napojów, ale nie sądzę, by twoje zdolności rozwinęły się akurat w tej dziedzinie.

Przypomniałem sobie, jak w czasie naszej wyprawy za Kamienie chętnie i ze smakiem jadła oraz piła. Pamiętałem przecież, że miała dobry gust co do trunków (na pewno lepszy ode mnie!) i lubiła smacznie przyrządzone potrawy. I wspomniałem również, jak siedzieliśmy obok siebie nadzy, przytuleni ramionami i piliśmy na zmianę wino z wielkiego złotego kielicha. W pewnym momencie Nontle zaśmiała się i opryskała mnie trunkiem wydmuchiwanym z napełnionych ust. No cóż, niewątpliwie były to słodkie chwile. Ale wszystkie one minęły i zniknęły niczym łzy w deszczu... Albo mówiąc mniej sentymentalnie, niczym plwocina na gorącym blaszanym dachu.

– Nie wiem, czy to moja pamięć, czy jednak twoja magia – rzekłem na głos. – Ale zapewniam cię, że bardzo miło wspominam czas, który spędziliśmy razem.

Przyklęknąłem przed krzesłem i położyłem dłonie na jej przywiązanych do poręczy dłoniach. Były miękkie i ciepłe.

– I zapewniam cię również, moja droga księżniczko – powiedziałem serdecznym tonem – że wszystkie możliwe szaleństwa z tobą zamieniłbym za to, by znowu zobaczyć Nataszę... Więc jakiekolwiek struny poruszyłyby się w mojej pamięci, gwarantuję ci, że przeszłość nie jest warta przyszłości, którą planuję.

Poruszyła głową tak, jakby chciała spojrzeć w moje oczy, czego oczywiście nie mogła zrobić z powodu opaski przesłaniającej twarz.

– Powiedziałaś wczoraj, iż ludzie gadają, że piękna Natasza krótko trzyma inkwizytora na smyczy miłości – dodałem z uśmiechem. – A ja zapewniam cię, że nawet jeśli jestem uwiązany na jakiejkolwiek smyczy, to tylko na takiej, której nie chcę, nie zamierzam i nie życzę sobie zrywać.

Podniosłem się z kolan.

– Bądź rozsądna, a postaram się, byś wyszła z tego wszystkiego z życiem – dodałem. – W końcu wydaje mi się, że kiedyś służyliśmy jednej sprawie, więc może twoje życie jeszcze się komuś na coś przyda...

Hildegarda Reizend, podróżniczka i badaczka anomalii, służąca Świętemu Officjum, zapewne nigdy w najczarniejszych snach nie sądziła, że znajdzie się w mocy podrzędnej ruskiej księżnej, mieszkającej w gnijącej fortecy na samej granicy znanego nam świata, a daleko, daleko poza granicami świata cywilizowanego. Nigdy też zapewne nie sądziła, że całe to nieszczęście przydarzy się z winy szeregowego inkwizytora, który dysponował tą unikalną zaletą umysłu, iż był odporny na roztaczane przez nią uroki.

– Moja droga księżniczko, cokolwiek sądziłaby o tobie Ludmiła i jakąkolwiek planowałaby ci przyszłość, ja muszę cię przesłuchać...

Człowiek prosty mógłby się spodziewać w odpowiedzi na te słowa wybuchu złości lub gniewu, udawanych czy prawdziwych łez. Ja nie oczekiwałem niczego prócz obojętności i to właśnie otrzymałem.

– Zdaję sobie sprawę, że bardzo nieszczęśliwie potoczyła się nasza znajomość – ciągnąłem. – Która przecież zapowiadała się tak pięknie – westchnąłem. – Pamiętasz, jak piliśmy wino z jednego kubka? – Uśmiechnąłem się do niej, choć ona i tak nie mogła tego zobaczyć. – Pamiętasz, jak kochaliśmy się całą noc, a ty byłaś tak głośna, że Barnaba Biber nie mógł spać i wściekał się następnego dnia?

Jej twarz była cały czas obojętna. Założyłbym się, że gdyby nie miała na oczach opaski, to spoglądałaby teraz martwym wzrokiem gdzieś w dal, poza mnie, poza skórę namiotu, a może poza te wszystkie ruskie równiny i puszcze...

– Oczywiście, nic nie może przecież wiecznie trwać. – Strzepnąłem palcami. – Jednak wydawało mi się, że jeśli nie połączy już nas uczucie miłości ani pożądanie, jeżeli nie uchowa się nawet przyjaźń czy choćby cieniutka nić sympatii, to przynajmniej będziesz miała dla mnie chociaż odrobinę szacunku... – przerwałem na moment. – Powiedz: dlaczego nie zachowałaś nawet szacunku?

Po chwili wzruszyłem ramionami.

– No tak, nic mi nie możesz przecież odpowiedzieć, bo jesteś zakneblowana – przyznałem. – Widzisz, z ogromną chęcią uwolniłbym cię od tego ordynarnego knebla, ale problem tkwi w tym, że nie do końca znam oraz rozumiem siłę, jaką dysponujesz. Tak, tak. – Pokiwałem głową. – Arnold Löwefell jeszcze w Lubece ostrzegał mnie, że jesteś dużo bardziej niebezpieczna, niż sądzę. I przyznam, że bardzo mocno wziąłem sobie do serca jego przestrogi. Zwłaszcza że Arnold jest kimś znaczącym, prawda? I doskonale zaznajomionym z rodzajem spraw, o jakich większość inkwizytorów nie ma nawet pojęcia, że istnieją...

Równie dobrze mogłem przemawiać do maski wyrzeźbionej z lśniącego hebanowego drewna. Nontle nawet nie sprawiała wrażenia, że mnie słyszy, nie mówiąc już o pojmowaniu konkretnych słów oraz zdań.

– Miło mi siedzieć obok ciebie, księżniczko – powiedziałem. – Ale ponieważ oboje mamy na pewno dużo obowiązków, musimy szanować nawzajem swój czas. Na razie umówimy się tak, że będziesz odpowiadała mi ruchem głowy. Skinienie oznacza „tak", pokręcenie oznacza „nie". Czyli zostawimy wszystko tak, jak wygląda zawsze i na całym świecie. Czy to jest jasne?

Najwyraźniej nie było jasne, gdyż nie zareagowała w żaden sposób.

– Nie rozczarowuj mnie, księżniczko – poprosiłem. – Uporu spodziewałbym się po kimś mniej inteligentnym i doświadczonym niż ty. Nie zmuszaj mnie, bym posunął się w rozmowie z tobą do ostrzeżeń lub gróźb, bo przecież sama doskonale znasz wszystkie, które mógłbym wypowiedzieć...

Umilkłem na chwilę.

– Czy zechcesz ze mną rozmawiać? – spytałem znowu.

Skinęła głową.

– Dziękuję ci, Nontle – powiedziałem przyjaźnie.– Teraz musimy wyjaśnić jeszcze jedną kwestię. Chciałbym bowiem, abyśmy rozmawiali nie tylko rozumnie, lecz również nie kalecząc się nawzajem łgarstwami. Dlatego bardzo serdecznie cię proszę, byś nie raniła mnie kłamstwem i starała się odpowiadać zgodnie z prawdą...

Nie musiałem grozić, iż kiedy będzie mnie zwodzić i kiedy się o tym upewnię, boleśnie oraz paskudnie ją skrzywdzę. Miałem bowiem nadzieję, iż jest to najzupełniej oczywiste, a przypominanie jej o tym byłoby wręcz niegrzeczne.

– Droga Nontle, czy kiedy się rozstaliśmy, wróciłaś wraz z inkwizytorami do Cesarstwa?

Pokręciła głową.

– Czy odebrałaś z Inkwizytorium jakiekolwiek rozkazy mnie dotyczące?

Znowu zaprzeczenie.

– Tak sądziłem. – Pokiwałem głową. – Czyli zdecydowałaś się przejąć mnie z rąk księżnej Ludmiły na własną rękę. A może – skrzywiłem usta – na zlecenie kogoś innego? Czy służysz komuś, Hildegardo Reizend? Komuś prócz Świętego Officjum?

Ponownie pokręciła głową.

– Może użyłem złych słów. – Zastanowiłem się. – Nie musisz przecież służyć nikomu, wystarczy, że działasz z kimś w porozumieniu... Czy tak właśnie jest? – Wbiłem w nią wzrok. – Czy podzieliłaś się z kimś pomysłem, by zabrać mnie z rąk peczorskiej księżnej?

Przez chwilę trwała w znieruchomieniu. Wreszcie powoli skinęła głową.

– Ach, to takie buty... – mruknąłem.

Milczałem przez chwilę.

– Nie mam pojęcia, na co komu jestem potrzebny – rzekłem wreszcie. – Nie znam żadnych wielkich tajemnic, nie jestem szkolony w sztukach tak hermetycznych, by chciano informacje o nich wydobyć ode mnie za wszelką cenę. Nie naraziłem się nikomu w taki sposób, by budował wielopiętrowe intrygi prowadzące do uwięzienia mnie. – Wzruszyłem ramionami. – To wszystko nie ma żadnego sensu.

Ponieważ nie zadałem żadnego pytania, Nontle nawet nie drgnęła. Siedziała na krześle nieruchoma niczym hebanowa figurka, nie wiadomo z jakich powodów skrępowana sznurami i dziwnie przyozdobiona opaską oraz kneblem.

– Czy jestem komuś potrzebny? Czy ktoś chciałby zapłacić w ten czy inny sposób za to, że będzie miał mnie w swojej mocy?

Skinęła głową.

– Czy jest coś, czego o sobie nie wiem, a co wiedzą o mnie inni ludzie i co wydaje im się na tyle interesujące, by mnie porwali?

Wydawało mi się, że kąciki jej ust uniosły się minimalnie, ale może było to zaledwie złudzenie.

W każdym razie ponownie skinęła głową.

– Niedobrze – mruknąłem. – Bardzo chciałbym z tobą porozmawiać, ale Bóg mi świadkiem, że boję się wyjąć ci knebel z ust. Zbyt ufam ostrzeżeniom Arnolda, by pochopnie podejmować taką decyzję.

Pokręciłem głową i pomyślałem, jak byłoby dobrze, gdyby Nontle znalazła się po mojej stronie, gdyby mogła mi służyć pomocą oraz radą. Bo nie tylko wiedziała więcej ode mnie o otaczającym nas świecie, a nawet, jak widać, o mnie samym, lecz przede wszystkim była bardziej doświadczona i dysponowała niezwykłymi zdolnościami. Sojusznik taki jak ona mógłby okazać się nie tylko przydatny, ale wręcz bezcenny. Z drugiej strony przyjęcie pomocy kogoś takiego jak Nontle byłoby tak samo bezpieczne jak uproszenie krokodyla, by na swoim grzbiecie przewiózł nas przez rzekę. Niemniej żałowałem, że nie możemy być przyjaciółmi w tym obcym kraju i wśród obcych ludzi, skoro przynajmniej kiedyś wydawało się, że służymy jednej wielkiej idei. Gdyby na moim miejscu znalazł się Arnold Löwefell, zapewne doskonale wiedziałby, co czynić, by poradzić sobie z kimś tak niebezpiecznym jak afrykańska księżniczka. Ja, niestety, tego nie wiedziałem.

– A Moskwiczanie? – zagadnąłem. – Czy odgrywają jakąś rolę w twoim spisku?

Skinęła głową.

– To mnie nie dziwi – westchnąłem. – Gdzie mogłabyś się udać, jak nie do Moskwy, skoro sfałszowałaś dokumenty wielkiego księcia Nowogrodu?

– Czy Moskwa czegoś ode mnie chce? – zapytałem, sam słysząc, jak dziwnie brzmią te słowa. Cóż bowiem, tak na zdrowy rozum, wielkie wschodnie księstwo mogłoby chcieć od szeregowego inkwizytora, takiego jak ja?

Nontle potrząsnęła głową i przyznam, że to zaprzeczenie mnie uspokoiło. Jednak dla człowieka żyjącego na Rusi nie jest dobrze, kiedy skupi na sobie uwagę wielkiego księcia czy cara, jak nazywali go Moskwiczanie, Iwana. Mogłem być zaledwie przybyszem, obcym w obcym kraju, ale to akurat wiedziałem świetnie.

– Czyli dogadałaś się z Moskwiczanami – rzekłem. – Że w zamian za jakieś przysługi, które im oddasz, oni pozwolą ci zatrzymać mnie. – Pokręciłem głową. – Zakochałaś się aż tak mocno, że nie mogłaś beze mnie żyć? – zażartowałem.

Tak naprawdę wcale nie było mi jednak do śmiechu. Czego chciała ode mnie badaczka Hildegarda Reizend, znawczyni i tropicielka anomalii?

– Czy twoje przysługi dla Moskwiczan dotyczą w jakimś stopniu również mnie? – zapytałem.

Zaprzeczyła tym samym gestem, co poprzednio.

– Czego ty ode mnie chcesz, moja droga księżniczko? – zapytałem bardziej samego siebie niż ją, bo przecież nie mogła mi odpowiedzieć. – Ani nie jestem nikim ważnym, ani nie spodziewam się, bym kimś ważnym został w dającej się przewidzieć przyszłości. A ty zadałaś sobie tyle trudu, by do mnie dotrzeć... – Westchnąłem. – Niepojęte.

Wstałem z krzesła.

– A książę Basmanow? Byłaś z nim w zmowie? Wiedział, że sfałszowałaś dokumenty?

Znów zaprzeczyła, a ja aż się uśmiechnąłem. A więc nieszczęsny garderobiany nie ze swojej winy zakończył wyprawę za Kamienie w łańcuchach. Wydawało mu się zapewne, że jest na Rusi jednym z kół młyńskich, a okazał się zaledwie kamykiem, który takie koła przemieliły.

– To na razie wszystko – zdecydowałem. – Muszę się zastanowić nad tym, jak ułożymy nasze wspólne sprawy. Najlepiej by było, gdybym cię zabił...

Potrząsnęła głową.

– Ba, przecież wiem, że nie dla ciebie najlepiej. – Uśmiechnąłem się smętnie. – Ale najbezpieczniej dla mnie. Już sama podróż z tobą, trzymanie cię związanej, pilnowanie, karmienie i pojenie będzie wystarczającym wyzwaniem. Całe szczęście, że niedługo znajdziemy się w Peczorze. – Uśmiechnąłem się, ale tym razem pogodnie. – A tam już Natasza pomoże mi się tobą zaopiekować.

Położyłem dłoń na jej dłoni.

– Postaram się nie sprawiać ci więcej niewygód, niż będzie to konieczne dla mojego bezpieczeństwa. Co nie znaczy, że będą to małe niewygody – dodałem. – Ale chciałbym, abyś wiedziała, że żadna z nich nie będzie wynikać ani z niechęci, ani ze złośliwości.

Ku mojemu zdziwieniu skinęła głową. Cóż, była mądrą kobietą i wiedziała, że patrząc z mojego punktu widzenia, mam niezaprzeczalną rację.

– Będziesz przez cały czas zakneblowana, związana i w kapturze na głowie – powiedziałem. – Nie wiem co prawda, co można złego uczynić samymi oczami i w pustym pokoju, ale wolę nie ryzykować, iż mógłbym się tego dowiedzieć...

Podszedłem do wyjścia.

– Zobaczymy się niedługo – obiecałem.

Zmierzaliśmy w stronę Peczory dużo spieszniejszym marszem niż wtedy, kiedy gotowaliśmy się do bitwy z Kamieńskim. Było zrozumiałe, że Ludmiła pragnie, po pierwsze, jak najszybciej znaleźć się na własnych ziemiach, po drugie, chce dać żołnierzom jak najmniej czasu na zastanawianie się nad tym, co w ogóle się dzieje. Z tego powodu część jadących na wozach taborów została z tyłu, ale i tak pochód ograniczony był szybkością piechurów. I chociaż wyciskano z nich siódme poty, to przecież nawet rzymskie legiony, złożone z wytrenowanych żołnierzy i poruszające się po bitych traktach, miały swoje ograniczenia, a co dopiero ta ruska zbieranina.

Na wszelki wypadek zaufani Ludmiły rozpuścili wieści, że księżna negocjuje ze stryjem cenę za pomoc, której ów jej w dobrej wierze udzielił, i że tylko suma jest tutaj kością niezgody, nic innego. Sam zobaczyłem, że te konsekwentnie rozsiewane informacje, wcale przecież nie nieprawdopodobne, znacznie uspokoiły nastroje. Bo żołnierze nie mieli ochoty znowu walczyć, a poza tym wielu na pewno martwiło się o rodziny czy przyjaciół zostawionych na terenie fortecy i przytulonego do niej miasteczka. Więc chodziło o to, by ten strach w nich stłumić i by wszystkim pokazać, że to, o czym słyszą, to nie wojna, ale po prostu bezwzględne, może nawet brutalne robienie interesów. A że to byli dzicy ludzie mieszkający w dzikim kraju na pograniczu jeszcze dzikszej krainy, akurat dzikość obyczajów wydawali się świetnie rozumieć.

Wiedziałem, że Ludmiła kazała szeroko rozesłać zwiadowców, głównie najemnych Jugrów, których zadaniem było nie tylko pozyskiwanie języka, ale również chwytanie i badanie wszystkich podejrzanych podróżnych. I okazało się zresztą, że owe poczynania przyniosły efekty, bo w zastawione przez księżną sieci wpadło kilka interesujących ptaszków. Dzięki temu miałem okazję poznać, w jaki sposób wbija się człowieka na pal. W naszym błogosławionym Cesarstwie bowiem karę tę stosowano niezwykle rzadko i chociaż rzeczywiście miałem już okazję widzieć takich skazańców, to akurat tak się złożyło, że widziałem już tylko ich mękę na palu, a nie sam proces nawlekania. Wiedziałem jednak zarówno z książek, jak i opowieści, że prawidłowe poprowadzenie tej operacji wymaga spokoju oraz umiejętności, gdyż pochopność oraz niezręczność mogła bardzo szybko zakończyć życie skazanego. Tymczasem w wyroku skazującym na tę torturę chodziło przecież nie o szybkie zadanie śmierci, ale o powolną mękę na oczach gawiedzi.

– Wiecie, że widziałem człowieka wbitego na pal, który jeszcze na trzeci dzień jęczał i bełkotał? – zagadnąłem Andrzeja.

Dworzanin wzdrygnął się.

– Mówiłem wam, że to ulubiona tortura moskiewskiego Iwana – odparł. – Ale ja pierwszy raz coś takiego widzę, bo u nas nie ma tego zwyczaju. – Zastanowił się chwilę. – No może zdarzało się kiedyś, ale jednak nieczęsto... Za kniazia Dymitra nie było takiego wypadku, a i teraz księżna woli... sami zresztą widzieliście.

Ano widziałem. Księżna Ludmiła, jak zdołałem poznać przez rok spędzony pod jej władzą, nie srożyła się zbytnio, ale jeśli już skazywała kogoś na śmierć, to przez zakopanie żywcem albo rozszarpanie przez psy. Nie licząc oczywiście jej biednego męża, który dokonał żywota w żelaznej klatce zawieszonej nad peczorską bramą.

Inkwizytorzy nie czują satysfakcji, obserwując kaźń, cierpienie i męczarnie innych ludzi. Oczywiście radujemy się, jeśli poprzez mękę zbliżają się do Królestwa Niebieskiego. Wtedy nasze serca wznoszą się w pochwalnym hymnie do Pana i dumni jesteśmy nie tyle z siebie samych, ile z tego, iż tak składnie wypełniamy rozkazy Tego, którego jesteśmy emanacją wiecznej woli.

Jednak w wypadku, który obserwowaliśmy, chodziło nie o nawrócenie, lecz tylko i wyłącznie o odstraszającą karę. Trzech mężczyzn oskarżonych o szpiegostwo na rzecz Moskwy nawłóczono na pale, kolejno jednego po drugim. Andrzej zaśmiał się, kiedy zobaczył, że trzeci ze skazańców omdlał ze strachu jeszcze przed tym, nim ostry szpic wdarł się w jego odbyt. Ale słyszałem, że ten śmiech zabrzmiał niewesoło, tak jakby chciał nim przykryć czy to strach, czy zawstydzenie. Księżna przyglądała się kaźni ze spokojem i powagą, a kiedy pale już równo ustawiono, przez chwilę jeszcze mierzyła wzrokiem scenę, która zdawała się pochodzić z jakiegoś piekielnego obrazu. Bo oto trzech nagich, krwawiących mężczyzn wyło, krzyczało, lamentowało i błagało o łaskę śmierci. Jeden z nich odgryzł sobie wargi i krew strumieniem leciała mu na brodę i piersi.

– Dlatego wolę stos – westchnąłem. – Szybka, czysta śmierć.

– Ładna mi szybka, upiec się żywcem... – burknął Andrzej.

Wzruszyłem ramionami.

– Wszystko zależy od tego, w jaki sposób ułożono bierwiona i jak podłożono ogień – odparłem. – Czasami skazaniec dusi się od dymu, zanim jeszcze dosięgną go płomienie. A jeśli rodzina wcześniej opłaciła kata, to zdarza się nawet, że ten kat wali osądzonego pniakiem w głowę. No i wtedy człowiek płonie już nieprzytomny. Oczywiście w procesach inkwizycyjnych na to nie pozwalamy – zastrzegłem.

Dworzanin odwrócił wzrok od skazańców, drgających i wyjących na palach.

– Jezu Boże, jedźmy już stąd. – Zacisnął dłonie na cuglach, aż pobielały mu kostki. – Jak oni strasznie krzyczą... – Przymknął oczy. – Zaraz się porzygam – dodał słabym głosem.

I wtedy księżna szarpnęła wodze, wykręciła konia i odjechała stępem, a my wreszcie mogliśmy ruszyć w ślad za nią. Andrzej z wyraźnie malującą się ulgą na twarzy, a ja też zadowolony, że nie będę dłużej narażony na słuchanie potępieńczych wrzasków. Oczywiście inkwizytorzy są przyzwyczajeni do najgorszego rodzaju odgłosów i najpodlejszych wyziewów produkowanych przez ludzkie ciało, lecz nie oznacza to przecież, że owe odgłosy i wyziewy nam się podobają...

Inna sprawa, że byłem w raczej dobrym nastroju, gdyż jeszcze wcześniej, zanim pochwycono i skazano tych trzech zdrajców, miałem okazję przebadać człowieka, który uszedł z Peczory. Chłopina był zabiedzony, drżał na całym ciele i kulił się trzymany na krótkiej smyczy przez żołnierza.

– Wiesz, kim jestem? – zapytałem po rusku.

Wybałuszał tylko ślepia w jakimś ogłupiałym stuporze i nic nie odpowiedział, tak jakbym przemawiał nie w języku jego przodków, ale w kompletnie mu nieznanej mowie. Tymczasem, pomimo że oczywiście popełniałem jeszcze liczne błędy i nie wszystkie myśli potrafiłem dokładnie i jasno wyrazić, to jednak tak proste pytanie na pewno zadawałem zrozumiale.

Zbliżyłem się o krok w jego stronę.

– Jeśli nie będziesz odpowiadał na moje pytania, każę ci obciąć palec. Jedno pytanie, jeden palec. Rozumiesz mnie? A jak palców ci już zabraknie, wtedy pomyślimy, co dalej. – Uśmiechnąłem się, starając się, by wyglądało to naprawdę wrednie.

Chłopina w odpowiedzi wyszczerzył się do mnie szerokim uśmiechem wioskowego debila.

– Czy on w ogóle zrozumiał, co mówię? – zwróciłem się do stojącego obok Andrzeja.

Dworzanin księżnej spojrzał na mnie z wyraźnym rozbawieniem.

– Chcecie, abym wam pomógł w przesłuchaniu? – spytał.

– Uprzejmie was proszę – odparłem.

Skinął na dwóch żołnierzy, rozkazał im coś po rusku, ale tak szybko, że niewiele zrozumiałem. Mężczyzna trzymający więźnia na smyczy ściągnął sznur tak, że chłopina zaczął się dusić, a wtedy tych dwóch zaczęło go okładać i dźgać po plecach, po brzuchu, po piersiach, ot, gdzie popadło, drzewcami włóczni. Kilka razy trafili też w twarz i chyba złamali mu nos.

– Starczy! – zawołałem w pewnym momencie, gdyż obawiałem się, że jeśli ta bezmyślna masakra potrwa dłużej, to zaraz nie będę miał kogo przesłuchiwać.

Andrzej krzyknął, żeby przestali, i dopiero wtedy puścili więźnia. Ten upadł na ziemię, charcząc, dławiąc się, jęcząc i krwawiąc.

– Ależ go obrobili – burknąłem.

– Ruski chłop nie takie rzeczy przetrzyma – stwierdził Andrzej lekceważąco. – Ot, dalibyście mu teraz butlę gorzałki, to wypiłby, przetarł gębę rękawem i poszedł do karczmy na tańce...

Na razie jeniec wcale nie wyglądał, jakby miał zamiar pić lub tańcować. Wyglądał raczej, jakby zamierzał umrzeć, przedtem wykasłując z siebie płuca.

– Chyba trzeba go porządnie wymłócić jeszcze raz – zauważył głośno Andrzej.

I oto, jak za dotknięciem czarodziejskiej różdżki, chłopina nagle przestał kaszleć. Dławił się jeszcze trochę, charczał i spluwał, ale już bystrym wzrokiem wpatrzył się w Andrzeja i choć nie mógł jeszcze nic powiedzieć, zaczął machać rękami w wyraźnym sygnale, że mówić zamierza i że zaraz zacznie, jak tylko przestanie go ściskać w gardle.

– No, no, cudowne ozdrowienie – mruknąłem.

– Teraz zadawajcie mu pytania. Już wie, że powinien szybko odpowiadać – nakazał dworzanin.

– Dziewczyna wołcha. Natasza. Co się z nią dzieje? Widziałeś ją?

– Dziewczyna wołcha? – powtórzył moje słowa, wybałuszając ślepia. – Znaczy, że co?

– Biała wiedźma – podpowiedział Andrzej. – Co żołnierze Izjasława zrobili z białą wiedźmą?

– Z jaką znowu białą wiedźmą? – Spojrzałem na niego krzywo.

– Wybaczcie, ale tak część służby nazywa waszą Nataszę. – Wzruszył ramionami i rozłożył ręce przepraszającym gestem.

– Barbarzyńcy. – Pokręciłem głową. – Przecież Nataszka wcale nie jest czarownicą... I dlaczego niby biała?

– Bo ma jasną skórę i jasne włosy.

– Zgadzam się, że jasne, ale przecież nie białe! – powiedziałem obruszony. – Ma kremową cerę i złote włosy, a oni nazywają ją, jakby była jakimś dziwadłem. – Spojrzałem niechętnie na kulącego się więźnia.

– Niezależnie od tego, jak nazywają Nataszę, może chcielibyście się jednak dowiedzieć, co się z nią stało?

– Tak, tak, wybaczcie...

Andrzej obrócił srogi wzrok na jeńca.

– Co się stało z wiedźmą? – zapytał ostro. – Tylko gadaj prawdę, bo pójdziesz na szubienicę.

– Nic się nie stało, co się miało niby stać? – Mężczyzna zdumiał się w najdurniejszy z możliwych sposobów, ale z tej jego durnowatości przebijała tak wielka, niekłamana szczerość, że uwierzyłem mu prędzej, niż gdyby zaprzysięgał się na wszystkie świętości.

– Nie zabili jej? Nie zrzucili z murów? – zapytałem pospiesznie.

Wybałuszył oczy jeszcze bardziej niż przed chwilą.

– Że niby jak zabili? Wiedźmę? – Przeżegnał się gwałtownie, potem nakreślił w powietrzu znak krzyża i ślad po nim zgniótł w dłoni. Sprawiał wrażenie prawdziwie przestraszonego.

– Widziałeś ją?

– Jakżeby nie, pewnie, że widziałem. Szła sobie po krużganku, a ja z dziedzińca widziałem...

– Pilnowali jej?

– Że niby kto?

– Izjasławowi ludzie – podpowiedział Andrzej.

– Że niby po co?

Mój towarzysz chciał coś rzec, ale powstrzymałem go uniesieniem dłoni. To zdziwienie przesłuchiwanego było wystarczającą odpowiedzią. A więc Natasza miała się całkiem dobrze, jeśli oczywiście mogliśmy wierzyć nie tyle prawdomówności więźnia, gdyż byłem pewien, że odpowiadał bez fałszu, ile jego spostrzegawczości i umiejętności rozumowania. Co prawda nie wyglądał ani na bystrego, ani na rozumnego, ale na Rusi, żeby być szczerym, mało kto na takiego wyglądał. A jednak ten ciemny, barbarzyński lud jakoś żył od zimy do zimy i chociaż biedował, to przecież nawet rozmnażał się i rósł w siłę. Więc coś na kształt zmysłu obserwacji musieli jednak ci Rusini mieć, skoro udało im się na przestrzeni wieków uniknąć pożarcia przez wilki lub niedźwiedzie czy wystrzegać się objedzenia tojadem lub muchomorami.

– Dobrze, zabieraj go – rozkazałem żołnierzowi.

– Co mam z nim zrobić? – Żołnierz spojrzał na Andrzeja.

– Niech pójdzie pomagać przy koniach. – Dworzanin spojrzał na jeńca, wydął usta i wzruszył ramionami. – Jeść przynajmniej dostaniesz – dodał.

I tak właśnie sprawy się miały, zanim jeszcze pochwycono owych trzech ludzi, którzy teraz konali w wielkiej męce wbici na pale i których udręka miała jeszcze potrwać wiele, wiele godzin.

– Patrzcie, jak to jest – odezwał się nagle Andrzej. – Odjedziemy stąd, zjemy kolację, a ci tutaj będą wyć w męczarniach, pójdziemy spać, obudzimy się, zjemy śniadanie, a ci tutaj dalej będą cierpieć...

– Jak dobrze pójdzie, to dojedziemy do Peczory, a oni jeszcze będą żyć – dodałem. – Chyba że trafi im się łaska losu i jakaś litościwa ręka skróci ich katusze.

– Mój Boże, nie wymażę ich twarzy sprzed oczu – westchnął chrapliwie Andrzej. – Ani tego ich strasznego krzyku...

– Wymażecie, wymażecie – odparłem pobłażliwie. – A jeśli nawet będziecie pamiętać, to zrozumiecie, że tak było trzeba.

– To, że tak było trzeba, to ja wiem i teraz – odparł smętnie. – Ale wolałbym, aby nie było trzeba.

Skinąłem głową.

– To tylko dobrze o was świadczy. Zły to człowiek, który czerpie rozkosz z męki drugiego. Święte Officjum przygląda się inkwizytorom również pod tym kątem, by zbożnej radości nawracania grzeszników i posyłania ich przed Tron Pański nie przysłoniła grzeszna namiętność napawania się ich cierpieniem. Bo nie grzesznika mamy przecież nienawidzić, lecz grzech.

Ludmiła odwróciła głowę w naszą stronę.

– Słuchaj inkwizytora, bo ma rację – stwierdziła.

– Może kiedyś nastaną takie czasy, że ludzie będą dobrzy i rozumni sami z siebie i nikogo nie będzie trzeba karać z takim okrucieństwem – powiedział Andrzej z nadzieją w głosie.

Ludmiła roześmiała się głośno.

– Nawet jeżeli kiedykolwiek tak się stanie, w co bardzo wątpię, to nie za życia naszych wnuków ani za życia wnuków tych wnuków.

– Człowiek z natury swojej jest skłonny do czynienia zła – stwierdziłem. – A jedynie światła władza, taka jak Waszej Książęcej Mości – skłoniłem uprzejmie głowę – powstrzymuje ludzi przed tym, by wzajemnie się nie pozabijali.

Ludmiła uniosła dłoń.

– Słusznie – zgodziła się ze mną.

I tak sobie czasem rozmawialiśmy, lecz większość drogi jechaliśmy jednak w milczeniu lub tylko słuchając, jak księżna wydaje rozkazy i przyjmuje meldunki od zwiadowców. Wydawało się, że obraz tego, co wydarzyło się w Peczorze, jawił się w całkiem jasnych barwach, oczywiście jak na ogólnie mroczne tło całego nieszczęsnego zajścia. Atak Izjasława kosztował bowiem Peczorę życie ledwo kilku ludzi, i to, jak się wydawało, zginęli oni raczej przypadkowo niż celowo. Stryj Ludmiły nikogo potem nie kazał zabić, nie rabowano ani nie gwałcono, nie srożono się też w żaden inny sposób. Krótko mówiąc, bardziej przypominało to nie inwazję, atak czy szturm, ale przejęcie majątku przez nowego właściciela. I z jednej strony Ludmiła mogła być zadowolona, że nie zrujnowano jej dóbr, lecz z drugiej jednak na pewno martwił ją ten przemyślany spokój, świadczący o tym, iż Izjasław ma bardzo konkretne plany na przyszłość. I że plany te najprawdopodobniej nie obejmują obecności w nich bratanicy. A jeśli już, to tylko w formie więźnia zamkniętego w żelaznej klatce.

Nadszedł wieczór, ostatni nasz wieczór, zanim ujrzymy peczorską twierdzę, a ja pozwoliłem sobie, kiedy Ludmiła skończyła już wszelkie narady i rozmowy, wejść do jej namiotu.

Uniosła głowę i zmierzyła mnie wzrokiem.

– Widzę, że przyzwyczaiłeś się już odwiedzać moją sypialnię – powiedziała. – Rozgość się więc, proszę.

– Pokornie dziękuję Waszej Wysokości. Czy mogę w czymś wam usłużyć, pani? Wino? Zioła? Przekąska?

– Czego chcesz?

Zbliżyłem się dwa kroki i stanąłem naprawdę blisko niej. Nie była tym w żaden sposób zaniepokojona, a ja pomyślałem, że nie sprawiłoby mi najmniejszego kłopotu, by ją zabić, a potem niepostrzeżenie wymknąć się z obozu i zgłosić po nagrodę do Izjasława. Tylko w jakim celu miałbym to niby uczynić?

– Zaświtał mi w głowie pewien pomysł, Wasza Wysokość – wyznałem mocno przyciszonym głosem.

– Mów.

– Wasza Wysokość z całą pewnością wie, iż inkwizytorzy nie są co prawda skrytobójcami, lecz szkolono nas, byśmy umieli zachować ciszę i kryli się w cieniu, kiedy tylko sprawa tego wymaga...

Ludmiła zmrużyła oczy.

– Uczono nas, byśmy nie tylko palili wiedźmy i heretyków w blasku Bożej chwały, ale byśmy potrafili zabić tak, aby nikt nie wiedział, skąd pochodzi cios – kontynuowałem.

Księżna uniosła się na łokciach.

– Pomyślałem więc, iż może Wasza Wysokość chciałaby wiedzieć, że za pozwoleniem Waszej Wysokości mógłbym, jeśli okazałoby się to konieczne i właściwe, wejść nocą do peczorskiej fortecy. Skorzystałbym z sekretnego przejścia, które za wiedzą waszej miłości odkryłem w zeszłym roku.

Ludmiła skinęła głową, nie spuszczając ze mnie uważnego spojrzenia.

– Kiedy znalazłbym się już w fortecy, miałbym szansę rozważyć różne możliwości postępowania – ciągnąłem. – Mógłbym zastanowić się nad otworzeniem bramy i opuszczeniem mostu, chociaż przyznam, iż dla jednej osoby to zadanie wygląda na zbyt trudne.

Księżna znowu skinęła głową na znak, że zgadza się z tą opinią.

– Mógłbym również, i kto wie czy ten wybór nie byłby najwłaściwszy oraz najszczęśliwszy, sięgnąć dosłownie i w przenośni do samego serca naszego problemu – dodałem.

Ludmiła przez chwilę milczała i przyglądała mi się, jakby czekała na kolejne moje słowa, a kiedy się nie doczekała, roześmiała się całkiem szczerze i naturalnie.

– Chciałbyś zabić mojego stryja? – zapytała rozbawiona.

– Czy więzy rodzinne stanowią w tym wypadku jakiś problem?

Roześmiała się jeszcze głośniej.

– Nie, oczywiście, że nie – odparła i zaraz potem spoważniała. – A jeśli natkniesz się na strażników? – zapytała.

– Cóż, ich również pozabijam, skoro taka będzie wola wszechmogącego Boga – stwierdziłem lekko. – Ale mam nadzieję poruszać się tak ostrożnie, by jednak na nikogo się nie natknąć. Zostawianie za sobą trupów na widoku nigdy nie jest dobrym pomysłem dla kogoś, kto jest sam jeden wśród gromady niewiedzących o nim wrogów.

Parsknęła.

– A i owszem, trudno się z tym nie zgodzić – odparła.

Potem milczała chwilę, a ja widziałem, że się zastanawia. Ale wcale nie dałbym głowy, że jest to szczery namysł. Być może była z góry pewna odpowiedzi, a być może sama się domyślała, że przyjdę do niej z podobną propozycją?

– Przypuśćmy, że się zgodzę na ten niezwykły i szalony plan – odezwała się wreszcie. – Czego chciałbyś w zamian?

– Przychylność Waszej Książęcej Mości będzie dla mnie największą nagrodą. I ośmielony tą przychylnością będę pragnął poprosić kiedyś waszą miłość o przysługę.

Przypatrywała mi się bacznie.

– Ach tak – powiedziała. – Rozumiem, że miałaby to być wielka przysługa?

– Och, z całą pewnością nie tak wielka jak całe Księstwo Peczorskie – odparłem.

Kąciki jej ust uniosły się. Wydawało się, że przygląda mi się nawet z życzliwością. A jeżeli tylko ją udawała, też dobrze to świadczyło o kierunku, w którym toczyła się nasza rozmowa.

– Mój stryj nie jest durniem. Zawsze był chytry i ostrożny, a teraz podejrzewam, iż stał się ostrożny w dwójnasób.

– Ja również tak podejrzewam, Wasza Wysokość. Nie spodziewałbym się czegokolwiek innego po człowieku, który na Rusi dożył tak leciwego wieku...

Żartobliwie pogroziła mi palcem.

– Oj, przyznaj sam, że nie taka straszna jest ta nasza Ruś, inkwizytorze. – Zaraz jednak spoważniała. – Nie będę się krygowała i zakazywała ci misji, którą wymyśliłeś, jednocześnie mrugając okiem, że masz ją wykonać – powiedziała wreszcie. – Bo Boga i tak nie oszukam, a przed ludźmi zawsze i wszędzie przysięgnę, że nic o twoim działaniu nie wiedziałam. Chociaż nie wiem, kto – wzruszyła ramionami – ośmieliłby się żądać ode mnie tłumaczeń. Niemniej jeśli wpadniesz w ręce mojego stryja, wyprę się ciebie...

Skinąłem głową.

– Bardzo słusznie – zgodziłem się.

– Choć podejrzewam, że na torturach i tak wyznasz mu wszystko, co będzie chciał usłyszeć.

Powtórnie skinąłem głową.

– Zapewne tak właśnie by się stało, gdyby doszło do podobnie nieprzyjemnego rozwiązania.

– A więc dobrze. Niech Bóg prowadzi twoje kroki. – Nakreśliła w powietrzu wielki znak krzyża.

– Pokornie dziękuję Waszej Książęcej Mości. – Pochyliłem głowę.

Zatrzymała mnie jeszcze, kiedy wychodziłem.

– Zaproponowałeś wysoką cenę za swe usługi, inkwizytorze. Skąd jednak pewność, że kiedy owe usługi zostaną wykonane, kupujący nie uzna twych żądań za zbyt wygórowane i nie odmówi zapłaty?

– Czymże ryzykuję, Wasza Wysokość, skoro doświadczenie nauczyło mnie, że na honorze Waszej Wysokości można zawsze i bez wątpienia polegać? – odparłem z ręką na sercu.

Roześmiała się znowu.

– Mówiłam ci kiedyś, że dojdzie jeszcze do tego, iż przemienisz się w gładkiego dworaka. Pamiętasz? Czyżby to się właśnie działo na moich oczach?

Widziałem, że znów przygląda mi się z przychylnością, ale była przecież na tyle doświadczona i sprytna, że nie mogłem do końca wierzyć w szczerość jej intencji. Chociaż w tym wypadku i w tej chwili ośmielałem się sądzić, że wcale udawać nie musiała. W końcu któż nie spogląda życzliwie na człowieka, który chce wykonać za niego niebezpieczną i amoralną misję, zadowalając się w nagrodę jedynie mglistymi obietnicami? Na koniec kazała mi jeszcze wezwać Jewsieja, gdyż teraz on i jego żołnierze mieli zająć się strażą nie tylko na zewnątrz, ale i wewnątrz książęcego namiotu.

Poprzedniego roku odnalazłem, sprawdziłem i parokrotnie później zbadałem sekretne przejście zbudowane jeszcze przez księcia Dymitra, męża Ludmiły, prowadzące z książęcej sypialni tajnymi korytarzami aż do samej rzeki Peczory. Co prawda księciu owa droga ucieczki na nic się nie zdała, bo kiedy przyszło do buntu, został pokonany, pochwycony i powieszony w żelaznej klatce, by tam skonać z głodu i pragnienia, ale przejście, choć niewykorzystane kiedyś przez Dymitra, wykorzystane mogło być teraz. Z tym że nie do ucieczki, a wręcz przeciwnie: by wtargnąć do peczorskiej fortecy.

Wiedziałem już, że Natasza żyje, i z zeznań pochwyconego głupka wynikało, iż nie tylko nie poniosła żadnego uszczerbku, ale nikt nawet nie pomyślał o wyrządzeniu jej krzywdy, więc przynajmniej w tej mierze mogłem mieć spokojne serce. Zamierzałem oczywiście dokładnie to sprawdzić i miałem nadzieję, iż w ten czy inny sposób uda mi się ją uwolnić. Ponieważ, jak sądziłem, jednym ze sposobów wyzwolenia Nataszy było zabicie Izjasława, wcale nie wzdragałem się przed myślą, że mogę to uczynić. O ile oczywiście okoliczności będą sprzyjać skrytobójstwu. I, co szczególnie ważne, o ile sprzyjać będą temu, bym później mógł cieszyć się moim życiem z Nataszą, a nie natychmiast został rozsiekany przez strażników. Jak się bowiem domyślacie, mili moi, nie zamierzałem poświęcać się na ołtarzu ambicji peczorskiej księżnej, a wręcz przeciwnie: byłem gotów służyć każdemu, kto zaoferuje bezpieczeństwo mnie oraz Nataszy. Inna sprawa, iż sądziłem, że jeśli chodzi o samą ofertę, to może być nawet dość łatwo ją otrzymać, lecz mogą powstać kłopoty z późniejszym jej dotrzymaniem.

Wahałem się chwilę, co jeszcze zrobić w obozie poza samymi przygotowaniami odzienia i broni, i wreszcie zdecydowałem, że pożegnam się z Andrzejem. Wiedziałem, że jest w namiocie owej Nadieżdy, kochanki Kamieńskiego, gdyż dziewczyna wyraźnie wpadła mu w oko. Było mi to na rękę, bo po pierwsze, zapewniało dziewczynie i jej dziecku jeszcze większe bezpieczeństwo, a po drugie, całkowicie odsuwało ode mnie zarzuty (jeśli takie by się pojawiły), iż miałem jakikolwiek prywatny interes w ocaleniu jej życia. Przed namiotem, owinięty w koc, siedział ów żołnierz, któremu poleciłem pilnować Nadieżdy. Kiedy zobaczył, że ktoś się zbliża, podniósł głowę, lecz kiedy przekonał się, że to tylko ja, znowu ją opuścił. Odchyliłem zasłonę i wszedłem do środka. Wnętrze było nieporównywalne z książęcym namiotem, ot, skórzana płachta została rozbita na drewnianych masztach, a w środku ledwo mieściły się trzy osoby, czyli Nadieżda, pomagająca jej kobieta i Andrzej. W środku było ciemno, ale kiedy odchyliłem kotarę, siedzące postaci uwyraźnił blask jasnej, rozgwieżdżonej nocy. Dworzanin Ludmiły zerwał się, kiedy mnie zobaczył, zaraz jednak uspokoił się i odetchnął.

– Ach, to wy – powiedział. – Co się stało?

– Pozwólcie ze mną, jeśli łaska – poprosiłem.

Nie miał zapewne szczególnej ochoty opuszczać namiotu, gdzie siedział bark w bark z młodą, ładną i chyba niebędącą mu niechętną kobietą, no ale niby co miał zrobić? Wyszliśmy w jasną noc, a dzięki pyszniącemu się na niebie wielkiemu talerzowi księżyca i jasnym gwiazdom widzieliśmy niczym w dzień obozowisko naszej armii oraz siedzących, leżących czy strażujących żołnierzy.

– Rzadko zdarzają się takie noce. – Andrzej spojrzał w niebo i odetchnął pełną piersią. – Mawiamy wtedy, że noc jest tak jasna, iż wśród gwiazd widać nawet wiedźmy frunące po niebie.

– Prawdziwie chrześcijańskie określenie – mruknąłem.

– Cóż chcecie, u nas chrześcijaństwo to ledwie cieniutka warstewka lodu na powierzchni bezdennego bagna – odparł ze śmiechem.

Nie widziałem w tym nic szczególnie zabawnego, ale z całą pewnością opinia była jak najbardziej prawdziwa. Zresztą czyż w naszym błogosławionym Cesarstwie nie rodziły się i nie wegetowały najohydniejsze przesądy i zabobony, czyż nie odprawiano przeklętych guseł? I to wszystko działo się przecież w kraju, w którym Święte Officjum od wieków opromieniało obywateli blaskiem wiary i światłem Bożej miłości. Cóż więc powiedzieć o barbarzyńskiej krainie takiej jak Ruś, która nigdy podobnego szczęścia nie zaznała i od wieków gniła w pogańskiej nikczemności oraz heretyckim plugastwie?

– Czemu żeście mnie wywołali? – zagadnął.

– Widzę, że zaprzyjaźniliście się z Nadieżdą – powiedziałem.

– O tym chcieliście ze mną porozmawiać?

– Nie, oczywiście, że nie. – Potrząsnąłem głową. – Ale jako człowiek wam życzliwy pozwolę sobie poradzić, byście się na razie nie przywiązywali zanadto. Wiecie przecież, że księżna nie podjęła jeszcze żadnej decyzji co do tej dziewczyny i jej bękarta.

Wzruszył ramionami.

– Mam nadzieję, że wasza Natasza wstawi się za nią.

– Z całą pewnością – odparłem. – A przynajmniej tak myślę – dodałem po chwili. – Niemniej na razie sprawy wyglądają, jak wyglądają. My jesteśmy tutaj, a Natasza tam, i ani ona, ani ja nie będziemy mieli nic do gadania, jeśli księżna zmieni decyzję.

Westchnął.

– Myślicie, że nie wiem? To miła dziewczyna. Nie miała śmiałości wam dziękować, ale doskonale wie, co dla niej zrobiliście. – Spojrzał na mnie uważnie i widziałem, że odżyły w nim poprzednie podejrzenia, że okłamałem Ludmiłę. – Chociaż trochę się boi.

– Nataszy? Natasza nie zjada młodych kobiet i dzieci na śniadanie – prychnąłem.

– Nigdy nie wiadomo, do jakich celów spodoba się czarownicy użyć zwykłych ludzi – odparł nieoczekiwanie posępnym głosem.

– Dajcie spokój – obruszyłem się. – Rozumiem, że ten otaczający nas nieoświecony motłoch, by zacytować Horacego, uważa Nataszkę za wiedźmę. Ale wy? Człowiek solidnie wykształcony?

Spojrzał na mnie i pokręcił głową.

– Wybaczcie, inkwizytorze, ale czy wywołaliście mnie w jakimś określonym celu, czy tak tylko, żeby pogawędzić? – zapytał zrezygnowanym tonem.

Zatrzymałem się, rozejrzałem szybko wokół i zbliżyłem do Andrzeja tak blisko, że zetknęliśmy się ramionami.

– Gdyby przytrafiło mi się coś złego – powiedziałem stłumionym głosem – gdyby stało się jakieś nieszczęście, no nie sądzę, by sprawy tak źle się miały, lecz gdyby jednak... – urwałem i zaczerpnąłem tchu. – Powiedzcie Nataszy, że... że naprawdę ją polubiłem.

Przyglądał mi się i milczał, chyba czekał, aż dokończę zdanie. Kiedy jednak się nie doczekał, rzekł:

– Ja też nie sądzę, by złego diabli wzięli, i nawet nie chcę wnikać, z jakich powodów właśnie teraz dzielicie się ze mną podobnym niepokojem. Oczywiście gdyby przyszło co do czego, powtórzę wasze słowa Nataszy. I tak sobie myślę, że podobnie czułe wyznanie każda kobieta całymi latami chętnie pielęgnowałaby we wdzięcznej pamięci.

Żachnąłem się.

– Ech, dajcie spokój – burknąłem. – Po prostu chciałbym, żeby wiedziała...

– No dobrze, mogę wracać?

– Dziękuję wam za poświęcony czas...

Uśmiechnął się zdawkowo.

– Ach, a jak tam się czuje wasz powabny więzień? – zapytał jeszcze, oglądając się przez ramię.

– Jak kobra Kleopatry w pudełku z figami – odparłem.

– No to będzie wesoło, kiedy się wymknie.

– Oby tak się nie stało – odrzekłem poważnie.

O tak, Nontle na pewno spędzała mi sen z powiek. A teraz, kiedy miałem podjąć się misji w Peczorze, musiałem przecież zostawić ją pod strażą tego, kogo wyznaczy księżna. Miałem więc wielkie obawy, czy pod moją nieobecność ta niebezpieczna kobieta nie uczyni czegoś niespodziewanego. Była nie tylko znawczynią magii, lecz przewędrowała pół świata i miała na pewno do czynienia ze złoczyńcami dużo groźniejszymi i dużo bardziej bezwzględnymi niż wasz uniżony i pokorny sługa, człowiek przecież łagodnego serca i delikatnych obyczajów, którego do gwałtowności zmuszały czasem jedynie nieubłagane przeznaczenie lub źli ludzie...

Andrzej zawahał się, potem z powrotem zbliżył się do mnie.

– Zabijcie ją lepiej – zaszeptał. – Nic dobrego dla nikogo nie wyniknie z tego, że ona żyje.

– Księżna zakazała – mruknąłem, nie tłumacząc, iż sam mam wątpliwości, jakiego wyboru powinienem dokonać.

Przysunął usta tak blisko mojego policzka, że ktoś przypatrujący nam się z daleka mógłby przypuszczać, że całując, chce mi okazać braterskie przywiązanie albo że rozpoczyna zaloty godne Patroklosa i Achillesa.

– Akurat byście się przejmowali zakazami księżnej, gdybyście byli pewni, co czynić.

I tu naprawdę miał rację. Bo co mnie powstrzymywało przed ostatecznym rozprawieniem się z Hildegardą Reizend? Sentyment? O, na pewno nie! Ciekawość, chęć, by ją wybadać i by przekonać się, kim jest, co potrafi i czego tak naprawdę potrzebowała ode mnie? Zapewne tak. Intuicyjne przekonanie, że może mi się w przyszłości, być może nawet niedalekiej, do czegoś przydać? Że jej obecność okaże się pomocna? Czarnej pantery nie da się osiodłać i pogalopować na jej grzbiecie na wrogów, nie da się jej również zmusić do ścisłego wykonania rozkazów, bo kiedy znudzi się ich słuchaniem, odgryzie łeb rozkazującemu.

– Czarna pantera – szepnąłem nagle sam do siebie.

– Co mówicie?

– Nontle jest niczym czarna pantera – powiedziałem z namysłem. – Nie uważacie?

– Nigdy nie widziałem pantery. – Wzruszył ramionami. – To taki wielki, groźny kot, co?

– Dwa razy większy niż największy ryś – objaśniłem.

– I co z tą czarną panterą?

– Natasza przestraszyła się pewnego snu, w którym...

– Natasza przestraszyła się – przerwał mi, ironicznym tonem powtarzając moje słowa.

– Dajcie spokój – warknąłem. – I posłuchajcie, z łaski swojej.

– Jezu Boże, spraw wreszcie, żebyście się z powrotem połączyli z Nataszą, to wtedy ją będziecie zanudzać, nie mnie...

– Bardzo wam dziękuję. – Skinąłem głową. – A teraz słuchajcie: Nataszę wystraszył sen, w którym zagrażały jej – uniosłem palec – uważajcie teraz: czarna pantera, niedźwiedź i sokół o złotym dziobie. – Odczekałem chwilę. – Mówi wam to coś?

Wypowiadając te słowa, przypomniałem sobie, jak bardzo przejęta i wystraszona była Natasza. Ona, która zdawała się na co dzień zarówno pogodna, jak i odważna, wtedy, opowiadając o koszmarze, wyglądała tak bezradnie, że serce się krajało.

– Sokół o złotym dziobie? – powtórzył i pokręcił głową. – Szukajcie w czyimś herbie, tak mi się wydaje...

– Na tyle mądry, by mieć podobne skojarzenie, to i ja jestem – odparłem. – Ale nie znacie może podobnego herbu?

– Sokół o złotym dziobie – powtórzył raz jeszcze. – Zapytajcie kanclerza, on dużo wie o takich sprawach.

– Zapytam – odparłem.

– Tym bardziej dziwię się, że chcecie trzymać tę kobietę przy życiu, skoro podejrzewacie, że właśnie o niej Natasza śniła koszmary – rzekł.

– Nie mogę zabić kogoś tylko dlatego, że niedobrze przyśnił się Nataszy – odparłem. – No a w każdym razie powinienem to brać pod uwagę dopiero w ostateczności – dodałem po chwili namysłu.

Zaśmiał się cicho, a potem znowu szepnął:

– Czemu księżna zakazała wam ją zabić?

– Pamiętacie, jak walczyliśmy z demonami na moczarach, prawda?

Zmrużył oczy, zdziwiony, że zmieniam temat.

– Nie sądzicie, że trudno zapomnieć o takim wydarzeniu? – odpowiedział pytaniem.

– Bardzo mnie ucieszyło wtedy, że księżna była od początku przekonana, iż Wilka należy zabić. Nigdy nie rozważała idei, by go uwięzić czy wykorzystać.

– A więc to takie buty – mruknął.

– Kiedy będziecie pisać raport dla wielkiego księcia Włodzimierza – tym razem już nie szeptałem, ale w zasadzie poruszałem niemal bezgłośnie ustami – napiszcie mu, że ta kobieta jest bardzo, bardzo niebezpieczna.

– Napiszę – odparł po chwili. – Oczywiście, że napiszę. Ale sądzę, że zanim list dotrze do wielkiego księcia, zanim podjęta zostanie decyzja i zanim nadejdzie odpowiedź, sprawy tutaj dawno już będą ułożone. I ułożą się albo tak – pstryknął palcami – albo inaczej.

– Trafne proroctwo – zauważyłem ironicznie.

Uśmiechnął się znowu i klepnął mnie w ramię, a w zasadzie nawet nie klepnął, tylko przesunął dłonią po moim barku.

– Bądźcie ostrożni w tym, co zamierzacie – rzekł. – I niech wam się powiedzie.

– Dziękuję.

A potem odszedł z powrotem w stronę namiotu. Ciekawiło mnie, czy jego sprawy z dawną kochanką Kamieńskiego ułożą się w zadowalający sposób, chociaż nie miałem wcale pewności, czy dokonał dobrego wyboru. No ale to nie była moja sprawa i nie było to również moje zmartwienie. Ja miałem tylko i aż dokonać samotnego ataku na twierdzę strzeżoną przez wrogów i przynieść z niej głowę ich wodza, by ofiarować ją w podarunku księżnej, która uważała mnie za swoją własność. Cóż, jutrzejszy dzień zapowiadał się więc pracowicie, a ja zamierzałem przed tą pracą przynajmniej dobrze się wyspać.

Przed moim namiotem siedziało dwóch żołnierzy i obaj spali, jeden z głową przyciśniętą do kolan, drugi – nawet nie udając czujności, gdyż zwinięty w kłębek. Pokręciłem głową, nie zamierzałem jednak ani ich budzić, ani wyklinać czy karać. Dyscyplina ruskich wojaków dobrze wróżyła każdemu, kto chciałby walczyć z Rusią, chociaż pamiętałem przecież, jak Andrzej, pokazując mi kiedyś śpiącego wartownika, powiedział: „U Iwana jutro wbiliby go na pal. A razem z nim trzech losowo wybranych żołnierzy z jego oddziału. Za to, że nie dopilnowali towarzysza". „Okrutne, ale skuteczne" – odparłem wtedy. Tak więc, jak widać, obyczaje żołnierskie różniły się wewnątrz samej Rusi, a w Peczorze po prostu pozwalano podwładnym na więcej.

Odsznurowałem wejście, skrzesałem ogień, podpaliłem knot olejowej lampy i w pierwszej kolejności sprawdziłem, czy mój pomysłowy sposób na uwięzienie Nontle zdaje egzamin. No cóż, pomysłowy czy nie pomysłowy, nie to było ważne, bo przecież skrzynia stojąca od niedawna w moim namiocie przypominała po prostu trumnę. Ważne było, aby zamknięcie okazało się skuteczne. Skrzynia stała dokładnie tak, jak ją zostawiłem, zresztą nie spodziewałem się przecież niczego innego. Zbliżyłem się i przyświeciłem dokładniej. Z wewnątrz unosił się fetor moczu i pomyślałem, że lubiąca piękno, elegancka i zawsze rozkosznie pachnąca Nontle nie zapomni i nie wybaczy mi upokorzenia, na które ją skazałem. No ale cóż, w moim życiu tak już się sprawy układały, że wielu ludzi chętnie utopiłoby mnie w łyżce wody. A jakoś z pomocą Bożą udawało mi się jednak przeżyć od poniedziałku do poniedziałku i od stycznia do stycznia.

Mauretanka z pewnością słyszała moje kroki, być może również wyczuła mój zapach, ale nie dała w żaden sposób poznać po sobie, że coś się zmieniło. Nadal leżała całkowicie nieruchomo, okutana w sznurowany worek, do którego ją włożyłem.

– Księżniczko – odezwałem się cicho – chciałbym cię napoić, bo jak mniemam, jesteś spragniona, a nie zamierzam sprawiać ci więcej bólu, niż jest to konieczne dla utrzymania naszego wspólnego bezpieczeństwa. Pragnę cię jednak ostrzec, że kiedy wyjmę ci knebel i pozwolę się napić, w drugiej dłoni będę trzymał nóż. Jeżeli spróbujesz przemówić choć jednym słowem, nawet gdyby to słowo miało jedynie brzmieć: „dziękuję", to wbiję ci ostrze w gardło.

Odczekałem chwilę, a ponieważ nie doczekałem się żadnej reakcji, poprosiłem:

– Życzyłbym sobie, byś poruszyła głową na znak, że zrozumiałaś moje słowa. Nie chciałbym cię bowiem skrzywdzić z winy prostackiego nieporozumienia. Jeżeli jednak nie poruszysz głową, uznam, że nie jesteś spragniona, i z napojeniem cię poczekam do rana.

Teraz kaptur wyraźnie drgnął, a więc poruszyła głową. Cóż, albo była naprawdę spragniona, albo liczyła, że uda jej się wykorzystać szansę, kiedy wyjmę knebel. Czy naprawdę potrafiłaby zagrozić mi przez tak krótką chwilę? Czy nawet kobieta o tak niezwykłych zdolnościach, przed którą ostrzegał sam Arnold Löwefell, umiałaby zrobić krzywdę doświadczonemu inkwizytorowi, nie dysponując niczym innym jak tylko ułamkiem chwili na wykrzyczenie odpowiednich słów? Cóż, miałem świetną okazję, by się o tym przekonać.

Ująłem sztylet w lewą dłoń i odsunąłem materię z twarzy Nontle. Mauretanka miała zamknięte oczy i gdyby nie leciutko pulsująca, nadzwyczajnie wyraźna żyłka na skroni, można byłoby odnieść wrażenie, iż kobieta jest martwa. Oparłem ostrze w delikatnym wgłębieniu tam, gdzie kończą się kości klatki piersiowej, a jeszcze nie zaczynają mięśnie szyi.

– Wystarczy delikatne pchnięcie – ostrzegłem łagodnym tonem. – Pamiętaj o tym. Ten nóż jest tak ostry, że rozcina liść spadający na jego klingę.

Potem ostrożnie i powoli wyjąłem knebel z jej ust. Oblizała usta i odetchnęła. Widziałem, że bardzo się stara, by przekonać mnie, iż żadna czynność, którą wykonuje, nie jest ani wroga, ani gwałtowna. Rozchyliła wargi (miała je nieładnie popękane), a ja przytknąłem do nich bukłak.

– To kozie mleko – wyjaśniłem, by nie była zdziwiona smakiem. – Nie wiem, czy ci będzie smakować, ale jest bardzo pożywne.

Poiłem ją ostrożnie, żeby się nie zakrztusiła, o co przecież tak łatwo, kiedy człowiek musi pić, leżąc na wznak. Kilka razy przerywałem, by mogła odetchnąć, a ona zaraz, za chwilę wysuwała znowu język, dając mi znak, że jest gotowa, by znowu pić. No cóż, nie dziwiłem się temu pragnieniu, bo przypuszczałem, że zastanawia się, kiedy dostanie następną porcję, i pije na zapas.

– Teraz dam ci jedzenie – powiedziałem. – To nic specjalnego, ale nie chciałbym, żebyś była głodna.

Włożyłem jej w usta kilka kawałków słoniny, a ona żuła je spokojnie i połykała. Aż wreszcie zacisnęła mocno wargi na znak, że nie chce jeść więcej. Wtedy znowu przytknąłem bukłak do jej ust.

– Teraz włożę ci knebel – zapowiedziałem, kiedy znowu skończyła pić.

Zachowywała się tak spokojnie, tak grzecznie i tak rozumnie, że mógłbym ją obwozić po miastach i wsiach i pokazywać jako wzór najbardziej posłusznego więźnia, jakiego ktokolwiek miał szczęście mieć. Ale jej posłuszeństwo i spokój mogły mnie zmylić i omamić w tym samym stopniu, w jakim mangusta daje się omamić tańcom jadowitego węża.

Uważnie sprawdziłem, czy knebel dobrze pasuje, potem dopiero odjąłem ostrze od jej szyi i z powrotem założyłem worek na jej głowę, zatrzasnąłem wieko i zamknąłem kłódkę na klucz.

– Musisz wybaczyć te niedogodności – rzekłem. – Ale zapewniam cię, że one już długo nie potrwają. Kiedy wrócimy do Peczory, postaram się, byś otrzymała warunki godne twojego pochodzenia i statusu.

Oczywiście, kiedy znajdziemy się w Peczorze, pilnowanie stanie się łatwiejsze, chociaż nadal nie będzie to zajęcie ani bezpieczne, ani przyjemne. Tymczasem jednak wreszcie mogłem położyć się spać. I co prawda czujny sen w odzieniu, w butach i pod bronią nie był tym, co może sobie wymarzyć zmęczony człowiek (którego w dodatku czekają nazajutrz wielkie wyzwania), ale lepszy jakikolwiek odpoczynek niż żaden. Zresztą wielu inkwizytorów ma nadzwyczajny, jakże praktyczny i pożyteczny dar umożliwiający im zaśnięcie w każdej chwili i w każdych warunkach. Nie różnimy się w tym szczególnie od żołnierzy weteranów. Pamiętam, że poznałem niegdyś takiego wojaka, który po bitwie smacznie przespał się na ciałach zabitych wrogów i rankiem narzekał tylko, że byli za bardzo kościści.

Przed samym snem wzniosłem swoje myśli i modlitwy do Pana, polecając się Jego opiece, potem z czułością i nadzieją pomyślałem o Nataszy i o tym, że być może już jutro zobaczę ją naprawdę, a nie tylko oczami tęsknoty i wspomnień, no a potem zasnąłem snem, który był jednocześnie głęboki i czujny.

Nontle leżała na kremowej pościeli haftowanej złotymi nićmi. Opierała się na poduchach, a rozpuszczone włosy otulały jej głowę niczym czarna aureola. Była całkowicie i zupełnie naga, a jej piersi, zwarte i jędrne, wyglądały jeszcze ponętniej, gdyż zarzuciła ramiona do tyłu. Jedną stopę trzymała na poręczy łóżka, a drugą opierała o smukłe udo w ten sposób, że kostką i łydką zasłaniała tak dobrze mi przecież znany sekret swego łona. Spoglądała na mnie i uśmiechała się łagodnie.

– Podasz mi wino? – poprosiła.

– Z rozkoszą – odparłem.

Z przyjemnością przyglądałem się jej foremnie ukształtowanemu ciału, godnemu, by służyć za wzór najprzedniejszym malarzom czy rzeźbiarzom.

Nontle była kobietą szczupłą i drobną, ale w porównaniu z delikatną budową ciała miała pełne piersi i pięknie zaokrąglone pośladki. Mimo lekkości, wręcz kruchości w niczym nie przypominała dziewczynki. Była pełnokrwistą kobietą, tak nasyconą i emanującą afrodyjskim urokiem i tak przekonaną o mocy tego uroku, że w każdej chwili budziło to zachwyt zmieszany z pożądaniem.

Podałem jej kielich, a ona przyjęła go z moich rąk z uśmiechem. Upiła łyk. Potem wygięła się kusząco i skinęła dłonią.

– Chodź – szepnęła. – Podzielę się z tobą. Zawsze mówiłeś, że z moich ust wino smakuje najlepiej.

Nachyliłem się w jej kierunku, kiedy nagle piersi przeszył mi ból tak niespodziewany i tak silny, jakby ktoś przyżegał mi mięśnie rozżarzonym żelazem. Cofnąłem się z grymasem na twarzy i chwyciłem dłonią za klatkę piersiową. Ból minął, serce nawet nie biło szczególnie przyspieszonym rytmem, lecz pamięć o tym, że to dziwne uczucie się pojawiło, była wyjątkowo nieprzyjemna.

– Co się stało? – Nontle zmrużyła oczy. Spoglądała na mnie z zatroskaniem.

– Nie wiem. – Potrząsnąłem głową. – Chyba skurcz... Takie rzeczy mi się nigdy nie zdarzają.

Sięgnąłem po butelkę, wlałem trunek do kielicha i wypiłem. Uczucie niepokoju wywołanego niedawnym uderzeniem bólu mijało.

– Nie lubię, kiedy ciało płata mi figle – wyznałem na pół żartobliwym tonem, lecz tak naprawdę dokładnie to właśnie myślałem. Zresztą czyż ktokolwiek z ludzi lubi, kiedy jego ciało sprawia mu niespodzianki, kiedy zawodzi go w zaskakującym momencie?

Nontle wplotła sobie dłonie i nadgarstki we włosy i jęknęła.

– Jestem taka bezbronna – powiedziała z żartobliwą emfazą. – Taka naga i taka całkowicie bezbronna. Nie chciałbyś tego wykorzystać, mój ty olbrzymie?

Wygięła ciało w delikatny łuk.

– Chodź, chodź – zaszeptała czule. – Pozwolę robić ci ze mną takie rzeczy, jakie tylko zechcesz, i zrobię z tobą takie rzeczy, jakich nikt jeszcze ci nie robił...

Roześmiałem się i ruszyłem w stronę łoża. Już miałem chwycić Mauretankę za ręce, kiedy ból znów uderzył z taką siłą, że aż zgiął mnie do ziemi.

– Boże święty! – Ledwo dobyłem tchu.

Klęcząc, opierałem czoło na ramie łóżka, a ból tym razem nie mijał, lecz walił równomiernymi żgnięciami, jakby ktoś rozpalonym dłutem ociosywał moje mięśnie i kości. I kiedy to cierpienie stało się już wyjątkowo silne oraz wyjątkowo przytłaczające, wtedy obraz wszystkiego, co miałem przed oczami, zaczął się zamazywać, rozmywać i rozpływać. Gdzieś zniknęło łoże, zniknął zapach kadzideł i perfum, przygasły światła, które zastąpił duszny mrok...

Potrząsnąłem głową i zobaczyłem, że stoję w niemal pełnej ciemności mojego namiotu z dłońmi na skrzyni więżącej Nontle. Przez chwilę nie rozumiałem, gdzie jestem i co robię, ale kiedy w moje nozdrza wdarł się smród potu i uryny, wtedy zrozumiałem, że z powrotem znalazłem się nie w sennym świecie złud i wizji, lecz w realnym uniwersum. Tylko pierś cały czas paliła bólem, jakby mnie poparzono. Rozpiąłem kaftan i koszulę, nie zobaczyłem jednak niczego niepokojącego. Zresztą ból powoli ustępował. Jego jądrem emanacji było dokładnie to miejsce na mojej skórze, na którym Natasza pisała swoje runy.

– Gratuluję, księżniczko – powiedziałem na głos, chociaż z wysiłkiem. – Było naprawdę blisko...

Odetchnąłem głęboko. Gdyby sen potrwał dłużej, to ja w świecie rzeczywistym otworzyłbym skrzynię, wyjął knebel z ust Nontle i uwolnił ją z więzów. Cóż, wierzę, że wtedy naprawdę zrobiłaby ze mną takie rzeczy, jakich nikt wcześniej nie robił, jak obiecywała. Tyle że z całą pewnością byłoby to coś całkiem innego niż to, o czym myślałem, słysząc owe słowa w sennym marzeniu.

– Zachowałaś się niemądrze – rzekłem spokojnie. – Ale Bogu dziękować, nie tak łatwo jest omamić zmysły inkwizytora. Potraktuję to więc jako ostrzeżenie i nauczkę. Jeżeli jednak jeszcze raz spróbujesz mi zagrozić, będę musiał cię ukarać... – zawiesiłem głos. – Wypalę ci piętno na twarzy, księżniczko, aby twoja słodka buzia nie pozwalała ci więcej na zwodzenie wszystkich wokół, oraz obetnę ci nos, tak jak Bizantyjczycy zwykli czynić ze swoimi zbrodniarzami. A być może potraktuję cię jeszcze surowiej. Porusz głową, jeśli usłyszałaś moje słowa i zrozumiałaś je.

Drgnęła, więc sprawdziłem raz jeszcze, czy wszystko jest w nienaruszonym stanie.

– Muszę się wyspać – oznajmiłem. – Więc bardzo cię proszę, abyś mnie w moich snach więcej nie niepokoiła.

Położyłem się i nakryłem kocem, tym razem jednak nie wiedziałem, czy tak naprawdę chcę zasnąć. Moc Nontle okazała się przejmująco niebezpieczna, a możliwość kierowania uczynkami śpiącego człowieka poprzez zsyłanie na niego snów była mi co prawda znana, ale w tak perfekcyjnym wykonaniu jedynie z teorii. Doskonale wiedziałem, że gdyby nie ochrona, jaką dały mi runy nakreślone przez Nataszę, to jeszcze tej nocy znalazłbym się w mocy Hildegardy Reizend, która zapewne nie omieszkałaby mi okazać, jak bardzo jest niezadowolona ze sposobu, w jaki ją traktowałem. Pomyślałem więc o Nataszy z dodatkową czułością i z wdzięcznością, ale też z wielkim podziwem dla jej zdolności. Zarówno tych magicznych, jak i tych dotyczących przewidywania niebezpieczeństwa.

Czy Nontle odważy się na kolejne próby wyrwania się spod mojej władzy? I co najważniejsze: jakie miała jeszcze na podorędziu sztuczki oraz fortele? Jakimi dysponowała mocami? I wtedy przyszła mi do głowy myśl jednocześnie śmiała i, mówiąc szczerze, nawet w pewien sposób zabawna. Skoro Nontle zastosowała swój podstęp, ja zastosuję swój. Na pewno nie tak elegancko wyrafinowany i nie wynikający z wielkich zdolności, lecz śmiałem przypuszczać, iż może okazać się całkiem skuteczny. Uśmiechnąłem się do siebie samego. A poza tym cóż, będzie to również w pewien sposób forma zemsty na Nontle za jej bunt. Wstałem, zbliżyłem się do skrzyni i powiedziałem:

– Muszę ci jeszcze przeszkodzić na chwilę, księżniczko. Mam nadzieję, że nie zajmujesz się w tej chwili niczym pilnym i nie masz nic przeciwko temu... A jeślibyś nawet miała coś przeciwko temu, chciała stawiać opór lub okazywać niezadowolenie, to pamiętaj, że pomysł spalenia ci twarzy piętnem nadal nie ulotnił się z mojej głowy...

A potem już zabrałem się do robienia tego, co wymyśliłem, i robiłem to na tyle długo, aby być pewnym umyślonego skutku. A przyznam, że dodatkową satysfakcję sprawił mi fakt, iż w tej chwili na pewno rozwścieczyłem już Nontle do granic możliwości. Obawiałem się, że rankiem ten stan jeszcze się powiększy.

Skrzynia z Nontle, okryta czarnym płótnem, wylądowała na zaprzęgniętym do jucznego konia wózku. Oczywiście żołnierze nie mieli pojęcia, co znajduje się w pakunku, podejrzewali zapewne, że jakieś rzymsko-diabelskie inkwizycyjne przyrządy o straszliwej mocy. Na wszelki wypadek poddałem zarówno księżnej, jak i Andrzejowi myśl, by mimochodem tu i ówdzie rzucili uwagę o tym, jak bardzo niebezpieczna jest skrzynia wieziona przez inkwizytora.

Żołnierz prowadzący konia pociągnął mocno nosem raz i drugi.

– Co tam niuchasz? – zapytałem.

– A za przeproszeniem waszym, ale czuję okowitę. – Uniósł głowę. – Zaczął węszyć niczym posokowiec na tropie. – Jak mi miłość Jezu Boga miła, czuję!

Sięgnąłem po manierkę i podałem mu.

– Skoro czujesz okowitę, znaczy, że ci jej potrzeba – rzekłem.

Widziałem, że przyjmuje ode mnie bukłak z wahaniem, jednak chciwość, by skosztować trunku, zwyciężyła. Powąchał najpierw, potem posmakował tylko ledwo, ledwo, aż wreszcie, kiedy własne zmysły go przekonały, że to żadna trucizna, lecz porządna ruska gorzałka, mocna i śmierdząca, wtedy dopiero przechylił naczynie i upił solidne łyki. Zaraz też się rozpromienił, a oczy aż mu się zaświeciły.

– Pij do końca, skoro smakuje – zezwoliłem łaskawym tonem.

Skłonił się z wdzięcznością i teraz już nie krygując się, pociągnął tak potężnie, iż osuszył bukłak w kilka chwil i na koniec tylko poparskał trochę z wybałuszonymi oczami. Potem oddał mi naczynie z uśmiechem tak szerokim, jakbym obiecał mu całe Księstwo Peczorskie i złoty świecznik z komnat księżnej na dokładkę. Z rozbawieniem pomyślałem, że Nontle wcale nie była tak zadowolona i wdzięczna, kiedy do syta napoiłem ją w nocy ruską okowitą. Dlaczego to uczyniłem? Ano dlatego, iż zarówno z doświadczenia, jak i z teorii wiedziałem, że nic bardziej nie szkodzi koncentracji umysłu niż trunkowe upojenie. A następnego dnia cierpienie spowodowane tym, że nasze ciało świetnie pamięta czas owego upojenia i pragnie nas ukarać za podobną swawolę, jest tak dojmujące, że również przesłania nam jasność postrzegania. Oczywiście nie mogłem być pewien, że Nontle nie zna jakichś mistycznych, medytacyjnych sztuczek pozwalających przezwyciężyć skutki nadużycia trunku, ale pomyślałem, że spróbować nie zawadzi. Miałem tylko nadzieję, że gorzałka nie skłoni jej do wymiotów, gdyż z uwagi na knebel kto wie czyby jej to nie uśmierciło. Zaiste posępna i ponura byłaby to śmierć dla Hildegardy Reizend, wybitnej i utytułowanej badaczki świata oraz poszukiwaczki anomalii, gdyby skonała zamknięta w drewnianej skrzyni i uduszona własnymi wymiocinami. Nie żebym płakał, gdyby podobne nieszczęście się wydarzyło. Sądziłem raczej, że całą sytuację skwitowałbym słowami *Deus vult*, po czym odetchnąłbym z ulgą.

Pamiętałem, jak w czasie naszej wspólnej wyprawy Nontle opowiadała, że widziała ostatnią fortecę Aleksandra Wielkiego, oglądała pole bitwy, na którym walczył z księciem Porosem, a nawet wędrowała dalej, aż w stronę lodowych szczytów Dachu Świata, wbijających się w samo niebo i wyrastających jeszcze hen nad chmurami. Dla takiej osoby naprawdę przygnębiające byłoby skonanie na ruskich błockach w oparach okowity z czarnego żyta.

Armia Ludmiły poruszała się dość żwawo, bo też księżna nie zamierzała żołnierzom folgować. Zwłaszcza że rozesłani na wszystkie strony zwiadowcy nie donieśli o żadnych wrogich oddziałach, o niespodziewanych czy spodziewanych ruchach obcych wojsk.

– Zamknęła się w fortecy, kanalia, i nie wyściubi nosa – zawyrokował Andrzej, który podjechał na chwilę, by sprawdzić, jak się miewam.

Potem poniuchał.

– A co tu tak śmierdzi gorzałką? – spytał podejrzliwie. – Przekonaliście się do naszego specjału?

– Boże broń – odparłem. – Ot, koniuch się upił. – Wskazałem głową maszerującego przy jucznym koniu żołnierza, który szedł, kiwając się na boki i śpiewając coś sobie pod nosem.

– Poczekajcie, zaraz go każę oćwiczyć – mruknął dworzanin.

– Nie, dajcie spokój – powstrzymałem go. – Póki się trzyma na nogach i póki prowadzi moją skrzynię jak trzeba, to niech sobie będzie i pijany.

Andrzej wzruszył ramionami.

– Niech będzie, jak chcecie. Wasza skrzynia, wasza sprawa. Nie macie z nią... kłopotów? – zagadnął nieco ciszej.

– Najmniejszych – odparłem spokojnie.

– To i dobrze. – Kiwnął mi głową i odjechał w swoją stronę.

Późnym popołudniem, ale jeszcze za dnia, kiedy czerwone słońce nawet nie rozmazywało się po niebie, lecz płonęło niczym krwawy lampion zawieszony nad rysującymi się na horyzoncie lasami, w takiej właśnie chwili dotarliśmy do brzegu rzeki Peczory. Jak donieśli wcześniej zwiadowcy, ani przystani nie zajęto i nie obsadzono żołnierzami, ani na przeprawie nie postawiono straży, ani nie czuwały tam oddziały gotowe nas powstrzymać. Można byłoby pomyśleć, że nic złego nie stało się w księstwie, że nie nastąpił przewrót. Nie płonęły domy, nie uciekali ludzie, na horyzoncie nie było widać łun pożarów, a w powietrze nie wzbijał się lament mordowanych bezbronnych. Czyli nie wydarzyło się nic, co zazwyczaj wydarza się w czasie wojny. Mogło to dziwić, ale mieszkańcy na pewno żywili wdzięczność dla Izjasława, że zachowywał się w tak ludzki sposób. Czy może lepiej i zręczniej byłoby powiedzieć, zważywszy na przyrodzone okrucieństwo naszego gatunku, że zachowywał się w tak nieludzki sposób.

Spokój był tak wielki, że na Peczorze kołysało się kilka kryp, widzieliśmy też małe łodzie z rybakami, a po samej przystani kręcili się handlarze sprawiający wrażenie zajętych własnymi interesami i własną pracą. I tak właśnie powinny się toczyć starcia pomiędzy możnymi, pomyślałem, aby z powodu tych konfliktów nie cierpieli i nie byli najbardziej poszkodowani zwyczajni ludzie. A najlepiej, gdyby przyjęto reguły podobne jak w wojnie pomiędzy Izraelitami a Filistynami. Ot, Ludmiła wystawiłaby swojego wojownika, Izjasław swojego, a który by zwyciężył w pojedynku, ten by zagarnął włości wraz z książęcą koroną. Pytanie tylko, kto byłby w tym zwarciu tępym, prostodusznym Goliatem, a kto sprytnym, podstępnym Dawidem...

Tajne przejścia, sekretne korytarze, fałszywe ściany, podziemne drogi ucieczki – wszystko to znałem z zamków

i pałaców Cesarstwa. Wiedziałem, że czasami możnowładcy kazali je konstruować z rzeczywistej obawy lub
potrzeby, ale najczęściej były jednak czymś w rodzaju
mody i pretekstu do żartów czy niespodzianek szykowa-
nych gościom. I póki ową niespodzianką nie był skryto-
bójca z zatrutym sztyletem, można było tę modę uznać
za całkiem zabawną. Jednak peczorski książę Dymitr,
korzystający z pracy nowogrodzkich architektów oraz
budowniczych, nie kazał zbudować korytarza prowadzącego z jego sypialni za zamkowe mury dla pustej roz-
rywki. Na niebezpiecznej ruskiej ziemi ta droga ucieczki
miała być ostatnią szansą, kiedy nic innego nie pozosta-
nie. Jak wspominałem, mili moi, mężowi Ludmiły tajne
przejście przydało się jak psu buty, nie oznaczało to przecież, że nie przyda się mnie. I że dzięki poznaniu sekre-
tu oraz dzięki zdolnościom i inteligencji pozwalających
na triumfalne wykorzystanie go nie zdołam przeważyć
szali na wojennej wadze.

Wiedziałem, że muszę być bardziej niż ostrożny, więc
z ręką na sercu mogę przysiąc, iż w czasie mej sekret-
nej eskapady byłem tak cichy, jak cichy może być pa-
jąk przekradający się pośród pajęczyn, i tak czujny jak
sowa wpatrująca się w nocny mrok. Czy w czymś mi to
pomogło? Niestety, w niczym. Kiedy tylko wyszedłem
z wielkiej szafy w książęcej sypialni, natychmiast spadła
na mnie ciężka sieć, a zewsząd wokół doskoczyli ludzie
i sieć tę jeszcze bardziej splątali. Nie ma dobrego sposobu, by wydostać się szybko z podobnej pułapki. A jeśli
wyrzucić słowo „szybko", to cóż... nawet wtedy również
nie ma dobrego sposobu. Zwłaszcza że sieć była już mocno zaciśnięta, a oczka na tyle małe, że nie można było

wsunąć w nie dłoni. Oczywiście gdybym miał wysuwane z palców niedźwiedzie pazury wykute z wyostrzonej damasceńskiej stali, to mógłbym spróbować nie tylko rozerwać sznury, ale również zaatakować stojących wokół mężczyzn. Niestety, w Inkwizytorium nie udało się jeszcze stworzyć wojownika o podobnych zdolnościach. Tak więc jedyne, co mogłem zrobić, to przycisnąć plecy do ściany, nie ruszać się i liczyć na to, że nie będą mnie bardzo bić. Jednak, o dziwo, nie bito mnie w ogóle. Stojący obok mężczyźni wyglądali parszywie paskudnie ze swoimi skołtunionymi brodami i szpetnymi twarzami, ale ku mojemu zdumieniu nie byli uzbrojeni. Nie próbowali mnie również kopać, a że każdy miał, jak zauważyłem, solidne, podkute buty, to nie ukrywam, iż bardzo się ucieszyłem tą ich wstrzemięźliwością. Widziałem wszystko w miarę wyraźnie, bo jeden z mężczyzn trzymał w dłoni lampę. I właśnie w świetle tej lampy zobaczyłem podbiegającą Nataszę. Rzuciła się w moje objęcia. Czy z uwagi na fakt, iż byłem oplątany siecią, raczej lepiej powiedzieć, że rzuciła się na mnie. Zaczęła całować moją twarz przez oczka sieci.

– Jesteś wreszcie! Wiedziałam, że będziesz, wiedziałam, że przyjdziesz... – wołała rozradowana.

Przyznam szczerze, mili moi, że zgłupiałem. Po schwytaniu (już samo w sobie było to zdumiewające, gdyż oznaczało, że na mnie czekano) nie rozumiałem, czemu mnie nie bito. A tutaj nagle zamiast solidnych batów, wzmocnionych równie porządnymi kopniakami, które stanowiłyby jedynie wstęp do czekających mnie tortur, dostałem radosną, tulącą się dziewczynę. W dodatku dziewczynę, która po chwili podniosła się i zaczęła lżyć stojących obok mężczyzn tak wściekle i plugawie, iż nie wiedziałem nawet, że Natasza zna podobnie obelżywe słowa. Rozumiałem jedno: jest na nich wielce rozsrożona, iż mnie tak oplątali, i mają mnie natychmiast wydostać. A potem zauważyłem jeszcze jedno: Natasza była ładnie ubrana, ładnie uczesana i ładnie pachniała. Na pewno nie sprawiała wrażenia więźnia, lecz raczej damy wystrojonej na spotkanie z kawalerem.

– Natasza, poczekaj, jeśli łaska... – usłyszałem nagle stanowczy głos i w pole mojego widzenia wszedł siwowłosy i siwobrody mężczyzna o bladych, wychudłych policzkach. Był ubrany w czarną suknię sięgającą mu za kostki. Wyglądałby może jak jakiś mnich eremita, gdyby nie fakt, że nosił kosztowne pierścienie na palcach, modne aksamitne buciki o wygiętych noskach, a jego odzienie było szamerowane srebrem. – Z radością każę uwolnić twojego przyjaciela – kontynuował uprzejmym tonem. – Jeśli tylko obieca, że powstrzyma się od wszelkiej gwałtowności. A także dopiero po tym, jak zostanie dokładnie obszukany i uwolniony od narzędzi mordu, które na pewno trzyma przy sobie. – Na bladych, wąskich ustach pojawił się nieznaczny uśmiech.

– Ponieważ niewiele mam do powiedzenia, a jeszcze mniej do protestowania, zgadzam się na wszystkie warunki – odparłem szybko, gdyż nie chciałem, by Natasza zaczęła toczyć spór ze starcem.

Cierpliwie znosiłem obmacujące mnie dłonie żołnierzy i trzeba przyznać, że nawet zręcznie wyłuskali moją broń. Kordelas u pasa, sztylet w cholewie buta, drugi nóż ukryty pod pachą. Sprawdzili mi nawet włosy, ale cóż, nie miałem w zwyczaju nosić w nich zatrutych igieł, jak

podobno czyniły to kurtyzany zabójczynie. Nie zabrali mi jednak niepozornego skórzanego woreczka. Woreczek był napełniony sherskenem, parszywie skutecznym proszkiem używanym przez inkwizytorów, by oślepić i oszołomić wrogów. Receptura sherskenu była tajemnicą, a za posiadanie go i używanie lądowało się na szafocie, chyba że miało się zaszczyt należeć do Świętego Officjum. To, iż pozostawili w moim posiadaniu broń tak niepozorną z wyglądu, a tak diablo niezawodną i wielokrotnie sprawdzoną w walce, bardzo mnie ucieszyło. Oczywiście na razie nie zamierzałem przedsiębrać żadnych pochopnych działań. W komnacie znajdowała się przecież Natasza, i to najwyraźniej w dobrej kondycji oraz ciesząca się znacznym statusem, był również starzec, który najwyraźniej chciał ze mną rozmawiać, a nie torturować lub zabijać. Posiadanie sherskenu cieszyło mnie, na wypadek gdyby zamierzenia starego względem mojej osoby radykalnie się odmieniły. Domyślałem się, że białobrody mężczyzna to nikt inny jak Izjasław, dowódca owej bandy, która napadła na Peczorę i zdobyła fortecę pod nieobecność prawowitej władczyni. Zastanawiałem się, o czym chce ze mną rozmawiać. Najchętniej wbiłbym mu nóż w gardło, zabrał Nataszę i wrócił tą samą drogą, którą przyszedłem, lecz rozumiałem, że w tej chwili jest to plan, którego realizacja mogłaby nastręczać kłopotów.

W czasie kiedy żołnierze rozplątywali mnie z sieci oraz przeszukiwali, Natasza siedziała naprzeciwko i wpatrywała się we mnie szczęśliwym, rozradowanym wzrokiem. Wreszcie kiedy zostałem uwolniony, odepchnęła jednego z mężczyzn i sama pomogła mi wstać. Przytuliła się do mnie.

– Tak bardzo za tobą tęskniłam, tak bardzo się o ciebie martwiłam. Jesteś zdrowy? – Odsunęła się ode mnie, nagle zaniepokojona. – Nie zranili cię?

Zrozumiałem, że nie pyta o to, co się wydarzyło przed chwilą, bo przecież oglądała wszystko na własne oczy, lecz o wyniki naszej kampanii przeciwko Kamieńskiemu.

– Nie, Nataszka – odparłem. – Nie była to wielka bitwa, raczej rzeź, bym powiedział...

– Mój kochany! – Znowu wtuliła się we mnie. – Kazałam ci naszykować kolację, zaraz będzie gotowa. I wino. I pójdziemy do naszego pokoju. – Jej spojrzenie rozjaśniło się.

Starzec zakasłał.

– Natasza, nie chciałbym przeszkadzać ci w powitaniu i niszczyć twoich planów na wieczór, ale może pozwolisz mi porozmawiać z twoim inkwizytorem? – zapytał oschle.

Odsunęła się ode mnie, jednak niezbyt daleko. Nadal trzymała moją rękę.

– Możesz z nim porozmawiać – rzekła. – Pod warunkiem, że przy mnie.

A potem wyprostowała się, uniosła przed siebie dłoń i wyciągając palec wskazujący, okręciła się wolno, wolniutko na pięcie. Wskazywała po kolei wszystkich obecnych w komnacie, od żołnierza stojącego przy drzwiach poprzez trzech pozostałych aż po samego Izjasława.

– On należy tylko do mnie, pamiętajcie o tym – wypowiedziała te słowa głuchym, władczym tonem. – I lepiej dla was, abyście dobrze zapamiętali...

Żołnierze aż się skulili przy ścianach, a każdy z nich wbił wzrok w podłogę i założę się, że każdy marzył również, by znaleźć się jak najszybciej za drzwiami. No cóż, Natasza właśnie taki wpływ miała na ludzi. I pomyśleć, że kiedy chciała, potrafiła być słodsza od ocukrowanego kociątka. Nie przypatrywałem się uważnie Izjasławowi, by nie uznano tego za bezczelność, ale zerknąłem, gdyż byłem ciekaw jego reakcji na słowa Nataszy. Niestety, na bladym, zarośniętym obliczu starca trudno było odczytać malujące się uczucia. Jeśli w ogóle jakieś uczucia na nim gościły.

– Wynocha! – rozkazał żołnierzom Izjasław, a potem obrócił na mnie spojrzenie bladoniebieskich, zimnych oczu. – Podejrzewam, że nawet teraz, kiedy jesteś bez broni, potrafiłbyś mnie bez szczególnego trudu zabić. Jednak Natasza zapewniała mnie o twojej nadzwyczajnej mądrości, więc ufam, że tego nie zrobisz.

– Nataszka, słodka jesteś. – Uścisnąłem mocniej jej palce.

Oczywiście nie zamierzałem zabijać stryja księżnej. Nic by mi to nie dało, gdyż i tak nie wyszedłbym żywy z fortecy. Poza tym bałbym się narazić Nataszę. A jeszcze poza tym byłem bardzo, ale to bardzo ciekaw, cóż to za dziwny spisek i dziwne sprzysiężenie wyrosły podczas naszej nieobecności w Peczorze. I jaką rolę odgrywała w nim moja miła.

– Zabicie was w obecności damy mojego serca byłoby ogromnie niegrzeczne – odparłem lekkim tonem. – I jeśli pozwolicie: jak mam się do was zwracać, by was nie urazić?

Natasza, słysząc słowa „damy mojego serca", roześmiała się i pocałowała mnie w policzek.

– Możesz mówić: kniaziu albo władyko. Nawet lepiej: władyko. Wiesz czemu?

– Zbyt wielu plebejuszom nadano tytuł kniazia – domyśliłem się, gdyż przypomniałem sobie historię pochodzenia Aleksandra Kamieńskiego i słowa Ludmiły mówiącej o nadawaniu nic niewartych tytułów.

Skinął głową.

– Podłe czasy – rzekł. – I coraz podlejsze z roku na rok.

– Czyż triumf nad demonami z bagien nie uczynił tych podłych czasów nieco mniej podłymi? – zagadnąłem.

– Może – odparł.

– Chociaż z kolei atak na fortecę należącą do bratanicy zapewne znowu uczynił je podłymi w nieco większym stopniu niż wcześniej – dodałem, patrząc wprost na niego.

Nie odpowiadał przez chwilę, spoglądając na mnie zimno i uważnie.

– Nikt ci nie mówił, inkwizytorze, że na zbyt długim języku można nawet zawisnąć? – zapytał wreszcie.

– A wam, władyko, nikt nie powiedział, że straszenie inkwizytora to bardzo niedobry pomysł? – Pochyliłem się do przodu.

Jeśli klaśnie lub zawoła, skoczę i złamię mu kark, pomyślałem. A potem niech się dzieje wola Boża. Ale Izjasław ani nie klasnął, ani nie zawołał. Prychnął tylko i chyba miało to oznaczać rozbawienie.

– Przyszedłeś mnie zabić, prawda? – Cały czas wpatrywał się we mnie wzrokiem obojętnym i bez wyrazu.

– Tak obiecałem księżnej – odparłem.

– Mówiłam ci, że przyjdzie do mnie albo po mnie – wtrąciła Natasza. – Wiedziałam, że nigdy mnie nie zostawisz – zwróciła się tym razem w moją stronę.

– Stąd to powitanie. – Wskazałem podbródkiem pociętą sieć skłębioną na dywanie.

– To mój pomysł – odparła szybko. – Bałam się, żeby nie zrobił się bałagan. W bałaganie zawsze łatwo o tragedię. Gdyby zrobili ci krzywdę, musiałabym ich pozabijać – westchnęła, ale potem zachichotała. – Zabawnie wyglądałeś w tej sieci.

– Cieszę się, że ci się podobało...

– Oj, nie gniewaj się.

– Natasza, duszko, może jednak pozwolisz, że porozmawiam z tym człowiekiem o sprawach, które nas interesują? – W głosie Izjasława, o dziwo, słyszałem nie złość czy irytację, ale coś na kształt pogodzonej z losem rezygnacji.

– Dlaczego mówicie do niej „duszko"? – Spojrzałem na niego ostro.

– Okazało się, że jest pradziadkiem mojego stryjecznego kuzyna – wyjaśniła Natasza, tym razem poważnie.

– Tylko ona jedna została z całego rodu, o której coś wiem – rzekł Izjasław z nagłym smutkiem. – Jedni pomarli, drudzy zginęli, inni wyjechali gdzieś i ślad po nich zaginął. Nikogo już nie mam, tylko ją jedną.

Spytacie, mili moi, czy wierzę w nagłe wybuchy familijnych uczuć i ogniste płomienie rodzinnych sentymentów ogarniające serca pożarem uczuć? Odpowiem wam: nie, nie wierzę. Ale dodam również, że nie takie rzeczy widziałem na szerokim świecie i nie o takich rzeczach czytałem oraz słyszałem. Ludzkie serca są skomplikowanymi magicznymi księgami i tylko Bóg Wszechwiedzący potrafi w nich bez trudu czytać. My, inkwizytorzy, jesteśmy co prawda drudzy po Nim, ale zawsze musimy brać pod uwagę, iż nie ofiarowano nam łaski nieomylności.

Poza tym jestem, byłem i zapewne zawsze będę człowiekiem ufnym oraz marzycielskim, więc zdecydowałem się teraz zaufać słowom Izjasława i marzyć, że wypowiadane przez niego zdania wynikają z rzeczywistej potrzeby jego duszy. Jeśli okaże się to nieprawdą, zawsze zdążę go przecież zabić. A przynajmniej spróbuję.

– Mówiłaś, że nie znasz swojej rodziny – przypomniałem. – Mówiłaś, że nie wiesz, skąd i od kogo zabrała cię wiedźma.

Mateczka Olga, wiedźma mieszkająca na bagnach, czarownica o wręcz niezrozumiale wielkiej sile, wybierała dzieci – małe dziewczynki – by je wychowywać i przyuczać do magicznych sztuk. Dziewczęta nie znały swego pochodzenia. Cóż takiego więc się stało, że Natasza nagle to pochodzenie poznała?

– Izjasław mi powiedział – rzekła.

Zatrzymałem spojrzenie na władyce.

– Nie pokładasz przypadkiem zbyt wielkiej ufności w słowach zupełnie obcych ludzi, Nataszka? – zapytałem lekko.

Na twarzy starca nie drgnął nawet jeden mięsień. Dobrze to świadczyło o jego opanowaniu.

– Znam historię tej rodziny – rzekł. – Mój prawnuk miał sześcioro dzieci. Wszystkie umierały, zanim dożyły wieku, w którym wypowiada się pierwsze słowo...

– Smutna historia jakich wiele – wtrąciłem.

– I wreszcie urodziła się ona. – Nie zwracał uwagi na moje wtrącenie i wskazał moją towarzyszkę ruchem podbródka. – Światło w oczach matki...

Dostrzegłem, że Natasza przetarła szybko twarz wierzchem dłoni, potem przylgnęła do mojego ramienia.

– Kiedy zachorowała, a zachorowała ciężko, wtedy zjawiła się wiedźma i obiecała, że uratuje jej życie, jeśli ją oddadzą. No to oddali... – kontynuował Izjasław.

– A wam, władyko, tę piękną historyjkę wyśpiewały ptaszki w lesie?

Starzec obrócił na mnie spojrzenie.

– Zarzucasz mi kłamstwo? – zapytał zimno.

– Uchowaj Boże! – zastrzegłem szybko. – Jedynie zastanawiam się nad tym, jak sprawy się poukładały, że ta niewątpliwie prawdziwa sentymentalna opowieść o dawnych czasach okazuje się przydatna w czasach obecnych. I przydatna bynajmniej nie w rozwiązaniu problemów sentymentalnych, ale problemów nadzwyczajnie wręcz praktycznych.

– Dobrze już, dobrze – odezwała się nagle Natasza rozkapryszonym tonem. – Chciałabym zjeść kolację, wypić kubeczek wina z moim mężczyzną i przytulić się do niego. Stęskniłam się.

– Natasza, obiecałaś, że pozwolisz nam porozmawiać... – tym razem Izjasław przemówił surowiej.

Dziewczyna żachnęła się, lecz potem wzruszyła ramionami.

– Przejdźcie więc do rzeczy – nakazała, odwracając głowę.

Starzec znowu spojrzał na mnie.

– Przejdźmy więc do rzeczy, skoro dama tak uprzejmie prosi – rzekł.

Położył dłonie na kolanach. Miał blade, długie palce. Chude i węźlaste niczym dotknięte chorobą gałązki zeschniętego, pokrytego szronem drzewa.

– Wróć do Ludmiły i zabij ją – rzekł prosto z mostu.

Doświadczenie kazało mi domniemywać, że sprawy mogą się potoczyć w podobnym kierunku. Jednak bezpośredniość tej propozycji zaskoczyła mnie. Ale może to w sumie i lepiej, że Izjasław był człowiekiem zmierzającym szybko do sedna problemu?

– Usłyszałem propozycję pracy – odparłem. – Teraz chciałbym jeszcze usłyszeć propozycję zapłaty.

– Słusznie – pochwalił mnie władyka.

– Mam swojego wołcha – mówił dalej. – A ten wołch ma swoją kobietę. Oboje całkiem mi wystarczają za ochronę i jestem z nich zadowolony. Ani ty, ani Natasza nie jesteście mi więc potrzebni. Żyjcie sobie, jak chcecie i gdzie chcecie...

– Ofiarowujecie nam więc, władyko, wolność – odezwałem się po chwili.

Powolnym gestem uniósł dłoń.

– Ofiaruję wam więcej – rzekł. – Jeśli chcesz, dostaniesz ode mnie magazyn na Iżmie w dożywotnią dzierżawę, ten sam, który dla Ludmiły prowadził Czarny Daniła. Staniesz się bogatym człowiekiem, inkwizytorze. I będziesz żył w spokoju ze swoją ukochaną. – Uśmiechnął się. – Wyprawię wam takie wesele, o jakim Peczora nigdy nie zapomni.

Oczy Nataszy rozbłysły, ale zaraz odwróciła głowę.

– Oj tam, wesele – rzuciła lekceważącym tonem. – Ważne, że on kocha mnie, a ja kocham jego... Co mi tam wesele.

– Bardzo interesująca propozycja – powiedziałem uprzejmie. – Serdecznie wam dziękuję za hojność i wielkoduszność, władyko.

Strzepnął niedbale palcami.

– Bądźcie szczęśliwi – odparł tonem takim, jakby udzielał nam błogosławieństwa.

Przez chwilę milczeliśmy.

– Jak rozumiem, dla człowieka o twoich umiejętnościach zabicie Ludmiły nie będzie kłopotem? – zagadnął.

– Nie, nie będzie – odparłem. – W obozie sypiałem w jej namiocie i oddzielała nas tylko skórzana zasłona. Tutaj, w Peczorze, też będę nocami kilka kroków od niej. Mógłbym wbić Ludmile sztylet w serce albo poderżnąć jej gardło, a potem niepostrzeżenie wyjść, opuścić obóz i wrócić do fortecy.

– Tak właśnie zrobisz? – Przypatrywał mi się chłodnym, pozbawionym emocji wzrokiem.

– Jestem człowiekiem honoru, władyko – odparłem. – Nie zabijam śpiących kobiet, nie dlatego, iż są ludzie, którzy mogliby uznać to za niegodne, ale dlatego, że ja sam uważałbym taki postępek za niegodny. Poza tym zostałem wynajęty, by strzec tej kobiety. Zły to pies, co przegryza gardło własnemu panu.

Milczał dłuższą chwilę.

– Zmuszono cię do służby – rzekł wreszcie.

– Ale płacą mi za nią – odrzekłem. – Zostańcie księciem Peczory, władyko, i zapłaćcie mi moją lafę, a wtedy będę służył wam. I uwierzcie mi, że nie zarżnę was w łóżku, lecz urwę łeb każdemu, kto zechce to uczynić.

– Warto poświęcać życie dla Ludmiły? – spytał po chwili.

– Życie warto poświęcać tylko dla Boga – odparłem. – Bo kiedy Bóg mnie woła, to ja, władyko, odpowiadam: „Jestem!", nie patrząc i nie zważając na to, czy woła mnie dla chwały, czy dla męczeństwa.

Izjasław odwrócił wzrok. Przez dłuższy czas spoglądał w zamknięte okiennice, jakby chciał coś wypatrzyć między szparami, z których wyzierała ciemność nocy.

– Zostaw mnie samego, dziecko – nakazał wreszcie, spoglądając na Nataszę. – Zjedz kolację ze swoim mężczyzną i spędź z nim noc.

– Jak wytłumaczę księżnej tak długą nieobecność? – zapytałem.

– Nie będziesz musiał niczego tłumaczyć – odparł. – Nie wrócisz już do Ludmiły.

A potem strzepnął palcami na znak, że mamy sobie iść. Przez chwilę nie dłuższą niż moment pomiędzy jednym uderzeniem serca a drugim zastanawiałem się, czy go jednak nie zabić. Mogłem przecież nie mieć drugiej takiej okazji nie tylko w najbliższej przyszłości, ale nigdy. Jednak potem tylko wstałem, skłoniłem głowę, życzyłem mu dobrej nocy i wraz z Nataszą wyszedłem do sąsiedniej izby. Pokój ten pełen był zbrojnych mężczyzn, ponuro popatrujących osiłków, którzy jednak aż się skulili, kiedy Natasza stanęła w progu i omiotła ich uważnym, chłodnym spojrzeniem. Później wzięła mnie za rękę i poprowadziła dalej na korytarz. Ruszyliśmy w stronę naszej kwatery.

– Dzikar tęsknił – westchnęła Natasza. – Tak strasznie wył jednej nocy, że myślałam, że umarłeś.

– Nawet nie było blisko umierania – odparłem. – Tylko biedny Andrzej oberwał pałką w twarz. Stracił kilka zębów i ma paskudną szramę.

Uśmiechnęła się lekko.

– Kobietom to się spodoba – powiedziała. – Od razu będzie widać, że prawdziwy z niego mężczyzna...

– Też go w ten sposób pocieszałem – odparłem.

Nagle zatrzymałem się i położyłem jej dłonie na ramionach.

– Co tu się działo, Nataszka? – zapytałem cicho, ale z napięciem. – Nikt ci nie zrobił krzywdy? Powiedzieli mi... – przełknąłem ślinę – powiedział mi taki jeden, że widział, jak twoje ciało zrzucają z murów.

– Swołocz – warknęła.

– Co swołocz?

– Bo naprawdę zrzucili jedną dziewczynę. – Wzruszyła ramionami, ale miała zaciętą minę. – Cała się połamała, więc kiedy spadła, to ją dobili pod murami. A rzeczywiście była podobna do mnie. Też miała długie jasne włosy...

Przytuliła się do mojej piersi.

– Tak bardzo za tobą tęskniłam. Niczego się nie bałam, bo czego tu się było bać? Tylko o ciebie się cały czas bałam...

– Dużo ludzi zabili?

Pokręciła głową.

– Nie, niedużo – odparła. – Izjasław to nie obcy, to nie buntownik, ale ta sama rodzina. Kiedy Ludmiła zabrała władzę Dymitrowi, też obyło się bez ofiar. Ludziom łatwo pogodzić się z taką zmianą, zwłaszcza że Izjasław zaraz ogłosił, że nikogo nie będzie karał ani dręczył. I ucztę wyprawił. – Natasza roześmiała się. – Trzy dni trwała ta uczta. Prawie wszyscy w Peczorze leżeli pijani do nieprzytomności, wyobrażasz sobie?

– Wyobrażam sobie, że szkoda, że byliśmy wtedy daleko od fortecy – rzekłem.

Pocałowała mnie i poszliśmy dalej korytarzem.

– Izjasław będzie dobrym księciem – stwierdziła. – Wszyscy wiedzą, że godnie rządzi swoimi włościami. Ludzie u niego są bogaci i bezpieczni.

– A Ludmiła źle rządziła? – spytałem i nagle wpadła mi do głowy pewna myśl, aż się zdziwiłem, że wpadła tak późno. – Czekaj, Nataszka, ale skoro ty jesteś krewną Izjasława, to jesteś też krewną Ludmiły.

– Wychodzi na to, że jestem – parsknęła. – Dziwne, prawda? Czyli jestem tak jakby księżniczką?

– Jesteś na pewno moją księżniczką. – Uścisnąłem jej palce.

– Tak sobie myślę, jakie to jest zabawne, że gdyby Ludmiła umarła i gdyby Izjasław też umarł, to tylko ja bym została z całej rodziny. – Złożyła usta w ciup. – Zostałabym księżną Peczory? – Zastanowiła się. – Ej, wcale nie wiem, czybym chciała. – Zwróciła zamyśloną twarz w moją stronę. – Jak myślisz: chciałabym?

– Bycie władcą oznacza nie tylko odpowiedzialność, ale też bardzo dużo bardzo nudnych obowiązków – odpowiedziałem, sądząc, że byłoby dobrze, by myśl o zostaniu księżną nie zagnieździła się na dłużej w umyśle Nataszy.

– Ech, ty byś się wszystkim zajął. – Wzruszyła ramionami.

– To po co chciałabyś zostawać księżną? – Uśmiechnąłem się.

– Bo nasz syn, jakby dorósł, zostałby wtedy księciem Peczory – rzekła uroczystym tonem. – A kto wie, może kiedyś i władcą całej Rusi. Największym ze wszystkich władców. Jak Gunderyk.

– No cóż, musiałby się najpierw urodzić. – Zaśmiałem się, rozbawiony rozsnuwanymi przez nią wizjami.

Westchnęła.

– Opowiesz mi, Nataszka, co tu się w ogóle stało? W jaki sposób Izjasław zdobył Peczorę?

– Spałam – odparła. – A potem oni już byli w fortecy. Wszyscy mówili, że Izjasław przekupił strażników, a strażnicy opuścili most i podnieśli bramę. Tylko z pięćdziesięciu ludzi miał tu na początku wszystkiego, nie więcej. No, teraz doszło wielu, bo szykuje się nam bitwa.

– Nie miałaś żadnych koszmarów, żadnych wizji?

– Trochę miałam – przyznała. – Ale myślałam, że to dlatego, że ciebie nie ma, że jestem sama i że się o ciebie tak bardzo boję... – Wzruszyła ramionami. – Nawet by mi nie przyszło do głowy, że właśnie tu może się wydarzyć coś złego. – Potem wstrząsnęła głową. – No właściwie nie wiadomo, dobrego czy złego. – Spojrzała na mnie. – Dla nas chyba dobrego, prawda?

– Jeszcze zobaczymy, jak sprawy się ułożą – odparłem zgodnie z prawdą, bo przecież dobrze wiedziałem, że w tej chwili nie znamy odpowiedzi na pytanie Nataszy.

Słudzy zastawili w naszym pokoju stół talerzami i półmiskami, kielichami i karafkami. Wyglądało to wszystko całkiem smakowicie. Wręcz powiedziałbym: nadzwyczajnie smakowicie. I równie dobrze pachniało. Natasza jednym gestem wypłoszyła służbę. Właściwie to nawet nie był gest, tylko niedbałe strzepnięcie palcami, a oni wyfrunęli, jakby porwał ich powiew wichru. Dzikar powitał mnie tak radośnie i wylewnie, aż się zdziwiłem, bo chociaż wiedziałem, że mnie lubi, to jednak wyjątkową czułość zostawiał zazwyczaj tylko dla Nataszy. A tym razem obskakiwał mnie jak szczeniak i lizał po twarzy, kiedy przy nim przykucnąłem.

Potem przyjrzałem się zastawionemu stołowi.

– Naprawdę pomyślałaś o wszystkim – powiedziałem, obejmując Nataszę. – Ale wiesz, co ci powiem?

– Co mi powiesz? – Wtuliła się w moje ramię.

– Powiem ci, że ty jesteś moim najsmaczniejszym smakołykiem, a stół, na którym chętnie bym cię spróbował, jest trochę dalej. – Ruchem głowy wskazałem sypialnię.

– Myślałam, że tak właśnie będzie! – Roześmiała się.

– To dobrze czy źle?

– Byłabym zawiedziona, gdyby stało się inaczej – odparła przytłumionym głosem i objęła mnie jeszcze mocniej.

Więc nic innego już nie mogłem zrobić, jak wziąć ją na ręce i zanieść do sypialni. Kiedy przekraczałem próg, usłyszałem, że Natasza płacze.

– Nataszka, co się stało? – spytałem zaskoczony i zaniepokojony.

– Nic się nie stało – chlipnęła. – Po prostu czekałam na ciebie i bałam się, że nigdy już cię nie zobaczę. A teraz niesiesz mnie na rękach w naszym domu. No to płaczę, bo co mam niby robić?

Kiedy wskoczyliśmy do łóżka, to czas, jak zwykle miał w zwyczaju, kiedy byłem z Nataszą, zapętlał się, zwalniał i przyspieszał, tak że wśród miłosnych porywów trudno było mi zrozumieć, czy upłynęła jedna godzina, czy też minęło ich pięć. Kiedy w pewnym momencie odsunęliśmy się od siebie, zadyszani i mokrzy jak po kąpieli, zobaczyłem, że przez okiennice sączy się półmroczne światełko nadchodzącego świtu.

– Och, Nataszka! – Pocałowałem ją w ucho. – Gdyby cię nie było, musiałbym cię wymyślić.

– A to niby co znaczy? – spytała ze śmiechem.

– Że jesteś najlepszym, co mnie spotkało – odparłem, ściskając jej palce.

Przekręciła się w moją stronę i znowu przylgnęliśmy do siebie z mlaśnięciem mokrych ciał. Natasza zachichotała.

– Lepsze to niż łaźnia – powiedziała. – Wszystko człowiek z siebie wypoci tym mocowaniem się.

– W takim rodzaju zapasów ty i ja zdobylibyśmy na pewno laury zwycięstwa na greckiej olimpiadzie – rzekłem.

– O, ja myślę! – zawołała.

Przyłożyłem usta do jej ucha.

– Nie tylko ty masz ciekawe rzeczy do opowiedzenia – zaszeptałem. – Bo i w obozie Ludmiły przydarzyło mi się tyle dziwnych rzeczy, że wojna z durnym buntownikiem była najmniej dziwna z nich wszystkich.

– Coś takiego. To nie były dobre rzeczy, prawda? – Poczułem, że sztywnieje w moich ramionach. – Teraz możesz mi już wszystko opowiedzieć. – Polizała mnie po szyi. – A potem... może... hmmm, pomyślmy, kto wie, może uda ci się jeszcze raz i drugi roztopić lód mojego serca...

– No nie wiem. – Pokręciłem głową.

I nagle przypomniały mi się słowa Andrzeja.

– Wiesz, Nataszka, że niektórzy z tych głupców nazywają cię białą wiedźmą?

Sądziłem, że może ją to rozbawić, ale ona tylko wzruszyła ramionami i powiedziała „wiem". I zabrzmiało to smutno.

– To opowiem ci już, co mnie spotkało – zaproponowałem szybko. – A wtedy ocenisz sama, czy to były bardziej dobre rzeczy, czy bardziej złe. No i wcale nie jest dla mnie jasne, dokąd nas to wszystko zaprowadzi.

I tak opowiedziałem Nataszy o ruskim poselstwie i o towarzyszącej mu Hildegardzie Reizend. I o intrydze, którą uknuła czarnoskóra księżniczka. O tym, jak ją pokonałem dzięki runom wypisanym przez Nataszę. I o tym, jak ją uwięziłem. I o tym, jak te same runy uratowały mnie przed nieszczęściem, kiedy pogrążony we śnie o mało nie uwolniłem bestii z klatki. Natasza słuchała wszystkiego bez słowa, ale wiedziałem, że nie zasnęła w trakcie mojej opowieści, gdyż w co bardziej dramatycznych momentach wbijała mi paznokcie w udo. A kiedy doszło do opowieści o runach wypisanych na mojej piersi, nawet zaśmiała się z satysfakcją.

– Wiedźma cię oszukiwała – powiedziała. – Nie zdjęłaby moich runów. Nie tak łatwo obcemu na ruskiej ziemi poradzić sobie z ruską magią.

– Ona jest bardzo groźna i bardzo doświadczona – odparłem. – Zwiedziła niemal cały świat i wszędzie, gdzie tylko trafiła, studiowała oraz poznawała jego sekrety. Pamiętaj – dodałem z naciskiem. – Nigdy jej nie lekceważ. Nataszka, nigdy!

– Oj, nie bój się tak o mnie. Jestem już całkiem duża. – Zachichotała.

– Nikt nie jest wystarczająco duży w starciu z Hildegardą Reizend – rzekłem poważnie.

– Ty ją pokonałeś – powiedziała.

– Czy pokonałem? – Zastanowiłem się. – Jeśli nawet, to przecież tylko dzięki temu, że wpadłem na pomysł, jak wykorzystać otrzymaną od ciebie moc. No i rzeczywiście na razie trzymam ją w pułapce. Ale to jest tylko na razie – podkreśliłem. – I nie mam pojęcia, co zrobić z nią dalej. W każdej chwili z obawą myślę, co się stanie, jeśli ją wypuszczą pod moją nieobecność.

– To byłoby niedobre – odparła po chwili.

– Ba... I jeszcze ten wołch. – Pokręciłem głową. – Nie wiem, co Ludmiła planuje z nim zrobić.

– Najlepiej byłoby go zabić – stwierdziła Natasza obojętnym tonem.

Opowiedziałem jej, jak sprawy się mają i że wołch został do Peczory ściągnięty podstępem i ani Ludmiła o niego nie prosiła, ani Włodzimierz nie wydał zgody na jego przyjazd. Słuchała mnie spokojnie, potem jednak powtórzyła:

– Tak czy inaczej, najlepiej byłoby go zabić. Niech zginie w czasie bitwy. W zamieszaniu. Niczyja to będzie wina, a jedynie fałszerzy i oszustów, którzy go sprowadzili do Peczory.

– Szczerze mówiąc, Nataszka, wolałbym, aby nie doszło do żadnej bitwy – zauważyłem.

Wzruszyła ramionami.

– A co my mamy do gadania? Stanie się, co ma się stać, a dla nas ważne, byśmy wykorzystali wszystko tak, by obróciło się na naszą korzyść.

– Bardzo rozsądne podejście.

Podniosła się i pocałowała mnie. Potem przylgnęła do mnie tak, że kiedy mówiła, to jej usta łaskotały moje.

– Idziemy wspólną drogą, mój miły – szeptała ciepło. – A inni ludzie są jedynie pniami na naszej drodze. Czasem możemy je przeskoczyć, czasem ominąć, ale czasem trzeba je raz na zawsze usunąć. Potem cmoknęła mnie w ramię i przekręciła się tym razem plecami.

– Pewnie, że nie chcę zabijać ludzi na prawo i lewo – zamruczała już tonem raczej żartobliwym niż poważnym. – Nie sądzisz chyba, że jestem jakąś krwiożerczą strzygą wysysającą krew z ludzi?

– Strzygi są stare, brudne i śmierdzą – odparłem, odpowiadając jej z uśmiechem. – Nie mogłabyś być strzygą, bo jesteś młoda, śliczna i zawsze pięknie pachniesz.

Przywarła mocno pośladkami do mojego podbrzusza i zakołysała się.

– Skończyliśmy już rozmawiać? Hm? Jak myślisz? – zapytała.

Za okiennicami panował nie ledwo rozświetlony świtem półmrok, lecz zwyczajna jasność poranka, kiedy usiedliśmy przy stole. Natasza rzuciła się na jedzenie jak wygłodniały pies, a ja śmiałem się, widząc, jak wpycha sobie do ust kawały zimnego mięsa i aż pomrukuje z ukontentowania.

– Nie śmiej się, tylko jedz, bo jak nie, to ja wszystko zjem – powiedziała z pełnymi ustami.

Wyglądała zabawnie, kiedy tak z apetytem pochłaniała kolejne kęsy, naga, z rozczochranymi, splątanymi włosami i z sosem spływającym z brody na piersi. Ale co ciekawe, nie tylko nie wydawała się w tym szale jedzenia odstręczająca, lecz wręcz przeciwnie: tak apetyczna, że aż chciało się jej towarzyszyć. Zresztą nawet gdyby nie dobry przykład dawany przez Nataszę, i tak z radością rzuciłbym się na jedzenie. Bo miłosne figle wyczerpują gorzej niż bijatyka. A miłosne figle z Nataszą zazwyczaj były tak intensywne, że naprawdę potrzebowałem po nich solidnego wzmocnienia.

Tak więc dokonaliśmy sporych spustoszeń na stole, zanim Natasza przestała jeść i pić. Po posiłku wyciągnęła się na krześle.

– A teraz zanieś mnie na łóżko, mój miły, proszę, zanieś mnie... – poprosiła omdlewającym głosem.

Cóż było robić, skoro dama prosi? Wziąłem ją na ręce, a ona chwyciła mnie za szyję.

– Ważę teraz pewnie tyle, co dwie Natasze... – poskarżyła się.

– Och, ważysz tyle, co puch ostu – odpowiedziałem.

Ułożyła się na łóżku i zawinęła w pościel.

– To jest właśnie szczęście – oznajmiła tonem tym razem rozmarzonym. – Ty, dużo jedzenia i wygodne, mięciutkie, cieplutkie łóżeczko...

A potem zwinęła się w kłębek, wtuliła twarz w poduszkę i w jednej chwili zasnęła. Przez pewien czas przyglądałem się jej i wsłuchiwałem w spokojny oddech, a potem wstałem i przespacerowałem się po obu pokojach. Sprawdziłem, czy drzwi i okiennice są dobrze zamknięte, obdarowałem Dzikara mięsem ze stołu (chociaż Natasza i tak karmiła go wcześniej na tyle suto, że teraz wydawał się jeść z mojej dłoni jedynie z uprzejmości).

Dołożyłem kilka drew do ledwo żarzącego się ognia w kominku, a później wreszcie również położyłem się na łóżku. Sprawdziłem, czy sztylet jest, tak jak powinien być, pod poduszką.

– Jest, jest, kto niby miałby go zabrać? – zamruczała obrócona tyłem Natasza.

– Czemu nie śpisz, Nataszka?

– Śpię.

– No to dobrze, że śpisz. – Przytuliłem się do jej pleców i położyłem dłoń na miękkiej piersi. Czułem, jak serce dziewczyny bije spokojnym, miarowym rytmem i wsłuchany w ten rytm, uspokojony nim i ukojony, zasnąłem.

Inkwizytorzy śpią czujnie niczym polujące sowy. A może lepiej powiedzieć, że tak właśnie powinno wyglądać to w pięknej teorii. Tymczasem ja nie obudziłem się nawet wtedy, kiedy Natasza wstała i wyszła z sypialni, tylko dopiero wtedy, kiedy do niej wróciła, niosąc dwa kubki wypełnione wodą z liśćmi mięty. A i tak otworzyłem oczy tylko dlatego, że postukała mnie palcem w ramię.

– Południe już minęło, mój miły – oznajmiła. – Izjasław rozkazał, byś się stawił u niego.

Potem pocałowała mnie w usta.

– Ale śniadanie zdążymy jeszcze zjeść. Chociaż – uśmiechnęła się samymi kącikami ust – nic ponadto.

Opróżniłem kubek do dna, potem przyciągnąłem Nataszę do siebie.

– Wierzysz w to, co Izjasław opowiada o tobie i twojej rodzinie? – zaszeptałem z ustami przy jej uchu.

Milczała długo i tak równo oddychała w całkowitym znieruchomieniu, że przez chwilę przeleciała mi przez głowę myśl, że po prostu zasnęła w moich ramionach, ale przecież, nawet przy jej łatwości zasypiania, nie była to chwila odpowiednia na sen. Wreszcie obróciła się w moją stronę.

– Chciałabym wierzyć – szepnęła i moje usta musnął jej oddech.

– Więc nie jesteś pewna?

– Był dla mnie dobry. Naprawdę. Opowiadał mi o mojej matce i o moim ojcu, chociaż mówił, że nie znał ich bardzo dobrze. – Poruszyła ramionami. – Może dlatego uwierzyłam. Gdyby kłamał, to przecież zapewniałby, jakimi to wielkimi byli przyjaciółmi, prawda?

– Gdyby głupio kłamał, tak właśnie by zapewniał – odparłem.

– Chciałabym mieć rodzinę – wyznała bardzo, bardzo smutnym tonem. – Chciałabym, żeby ktoś mnie kochał.

– Mój Boże, Nataszka, przecież ja cię kocham – powiedziałem, zanim zdążyłem pomyśleć.

– Naprawdę? – Poczułem, jak drżą jej szczupłe ramiona.

– Oczywiście, że naprawdę.

– Uratowałeś mi życie na bagnach, chociaż mogłeś stracić własne – rzekła po chwili. – A teraz wdarłeś się do twierdzy wroga, żeby zobaczyć, czy nic złego mi się nie dzieje... Tak, ty chyba naprawdę mnie kochasz. – Objęła mnie mocno ramionami i splotła nogi na moich biodrach. – Pozwoliłeś mi zachować odciętą głowę tropiciela, chociaż wiem, że ci się to nie podoba – dodała. – I dałeś mi skórę z Wilka. I dałeś mi pieska, który jest mój i tylko mój. – Usłyszałem, że płacze.

– Nataszka, nie płacz – poprosiłem i usłyszałem bezradność we własnym głosie. – Czemu płaczesz?

– Bo nie chcę, żeby to wszystko się skończyło. – Objęła dłońmi moją twarz. – Chcę być zawsze z tobą i żeby zawsze było nam tak dobrze jak wtedy, kiedy jest najlepiej...

Pogładziłem ją po włosach.

– Wszystko będzie dobrze – zapewniłem. – Zobacz, jesteśmy teraz razem, w jednym pokoju i jednym łóżku, nasz pies leży za drzwiami. A jeszcze wczoraj nie byłem nawet pewien, czy żyjesz. A ty żyjesz, jesteś bezpieczna i w dodatku zostałaś księżniczką.

Poczułem, że się uśmiecha.

– Wielka księżna Natasza – powiedziała z udawanym patosem.

– Och, od zaginionej księżniczki do wielkiej księżnej droga daleka.

– Jak do gwiazd – dokończyła. – Może kiedyś, może w innym życiu – westchnęła. – Wiesz, co mówiła mateczka? Co mówiła o moim imieniu? Bo kiedyś tłumaczyła nam wszystkim, co oznaczają nasze imiona.

– Moje pochodzi od słów *morte mer* – wtrąciłem. – Które oznaczają „martwe morze". Nieszczególnie to radosne.

– Och, daleko ci do martwego. – Zaśmiała się. – Zwłaszcza wtedy, kiedy...

Jej dłoń nagle wylądowała na moim podbrzuszu, ale niemal zaraz się cofnęła.

– Nie, nie, nie – powiedziała szybko sama do siebie. – Izjasław wścieknie się, jak nie przyjdziesz...

– Nataszka, może wrócisz z tą ręką tam, gdzie była? – Ująłem ją pod pośladki, ale nagle wykręciła się zręcznie jak piskorz i błyskawicznie przesunęła na drugi koniec łóżka. Roześmiana pomachała palcem w powietrzu.

– Nic z tego – zdecydowała. – Wstawaj i ubieraj się. Westchnąłem i opuściłem nogi na podłogę.

– A co z twoim imieniem? – zapytałem.

– *Dies natalis* – odparła. – Dzień narodzin. Oznacza kogoś, kto po śmierci narodzi się powtórnie.

– Wszyscy narodzimy się powtórnie po śmierci w blasku Bożej chwały – rzekłem.

– Jeśli umrzesz, ja umrę zaraz za tobą – zapowiedziała nagle tak lekko, jakby opowiadała, że niedługo wyjdzie na spacer. – Żebyś nie musiał na mnie ani chwili czekać.

Ująłem jej rękę i pocałowałem ją we wnętrze dłoni.

– Nikt nie umrze. Ani ja, ani ty – rzekłem zdecydowanie. – A w każdym razie nastąpi to nieprędko.

Potem wstałem z łóżka i zacząłem się ubierać. Byłem przy zapinaniu haftek kaftana, kiedy coś mi się przypomniało. Coś, co powinno było przypomnieć mi się dużo wcześniej. I jedyne usprawiedliwienie, jakie miałem dla siebie, było takie, że moja dobra pamięć niczego by nie zmieniła.

– Powiedz mi, Nataszka, gdzie jest Wasyl?

Natasza stała przed lustrem i oglądała uważnie swoje odbicie.

– Czy ja nie mam przypadkiem zbyt grubej szyi? – zapytała, przekręcając głowę.

– Nataszka, masz łabędzią szyję – odparłem.

Roześmiała się.

– Wyobrażasz sobie, jak by to było, gdyby kobiety naprawdę miały łabędzie szyje, tak jak mówią ci, którzy chcą im się przypochlebić? Długie, wygięte i z małym łebkiem na końcu. – Wstrząsnęła się z teatralnym obrzydzeniem. – Fuj!

– Otrząśnij się tak jeszcze raz – poprosiłem, patrząc na jej piersi.

Znowu się roześmiała i pogroziła mi palcem.

– Ubieraj się – nakazała. – A o co w ogóle pytałeś?

– Pytałem, gdzie jest Wasyl – powtórzyłem.

– Wasyl? Jaki Wasyl? – zdziwiła się.

– Jak to jaki? Malarz Wasyl.

– Ach, ten Wasyl! Tyle dni go nie widziałam...

Wasyl był cudownie utalentowanym malarzem. To on stworzył monumentalne arcydzieło, uwiecznił na nim i przedstawił wizje, o których mu opowiadałem. To dzięki wskazówkom z tego właśnie obrazu mogliśmy dotrzeć do siedliska potworów. I w tym właśnie siedlisku pokonaliśmy demonicznego Wilka, którego gigantyczne futro teraz leżało przy naszym łóżku. Ale Wasyla zachowałem w pamięci nie tylko jako autora owego oszałamiającego, genialnego malowidła. Nie zapomniałem też o podejrzeniach, jakie go otaczały, o legendzie, w którą on sam święcie wierzył, a mianowicie, że kiedy Wasyl namaluje rzeczywistą ludzką postać, sportretowany przez niego człowiek umiera. Ciekaw byłem, czy Izjasław wie o tym zabobonie, ciekaw byłem, czy wierzy w niego, a jeśli wierzy, to czy pragnie malarza w jakiś sposób wykorzystać.

Zbliżyłem się do Nataszy.

– Może maluje portret Ludmiły na rozkaz Izjasława – poddałem szeptem.

Zmarszczyła brwi.

– Kto wie – odpowiedziała w końcu. – Człowiek zdesperowany chwyta się każdego sposobu.

To prawda, że Izjasław musiał być zdesperowany. W końcu był tylko uzurpatorem. W dodatku takim, który rościł sobie prawo do książęcego stolca jedynie na podstawie pokrewieństwa z innym uzurpatorem. Tyle że Ludmiła została przez wielkiego księcia zaakceptowana jako lenniczka. Z niechęcią, ale jednak. Włodzimierz powinien więc przyjść jej z pomocą. Oczywiście, nie osobiście. Wielki książę Nowogrodu nie będzie sam ruszał w podróż na koniec świata, kiedy to w jego stolicy bije serce całego państwa. Ale może wysłać armię na czele ze zdolnym, zaufanym dowódcą. Zawodowe wojska Nowogrodu bez trudu zmiażdżą hałastrę Izjasława. Jeśli w ogóle na wieść o maszerującej armii wielkiego księcia ktokolwiek z tej hałastry zostanie u boku samozwańczego władyki... Natomiast śmierć Ludmiły może nie kończyłaby konfliktu, jednak znacznie ułatwiłaby jego rozwiązanie. Odpowiednio cenne dary, obietnice, zakładnicy, uniżone wyrazy hołdu mogłyby skłonić wielkiego księcia do rezygnacji z męczącej kampanii. W końcu Nowogród był zainteresowany jednym: chciał, aby Peczora dbała o bezpieczeństwo szlaków handlowych i pilnowała wielkoksiążęcego monopolu na handel skórami oraz futrami. Czy zadanie to wykonywał Izjasław, czy Ludmiła, to już wielkiemu księciu było wszystko jedno. Na korzyść Izjasława przemawiał jeszcze jeden fakt: wielki książę Włodzimierz nie rozpoczął wojny z Ludmiłą, kiedy ta kazała zabić jego przyjaciela, a swojego męża. Wówczas mimo niechęci, może nawet nienawiści do niej zdecydował, że pokój oraz dochody z handlu są ważniejsze niż prywatna zemsta. Czy więc teraz ochoczo i zdecydowanie stanie po stronie księżnej? A może będzie wolał wręcz udać przed wszystkimi, że Izjasław działał i działa z jego rozkazu?

– Zamyśliłeś się. – Natasza przesunęła dłonią przed moimi oczami.

– Chciałbym, abyśmy mogli żyć. Jak zwykli ludzie.

– Nie jesteśmy zwykłymi ludźmi. – Posmutniała i wzruszyła ramionami. – Ale kto wie... Może kiedyś...

– Może kiedyś – powtórzyłem po niej jak echo.

– Chodź, mój miły, mam dla ciebie pewne dokumenty i chcę, żebyś je przeczytał. To ważne, zanim spotkasz się z Izjasławem.

– Masz dla mnie dokumenty – znowu powtórzyłem, ale tym razem ze zdziwieniem. – Coś takiego...

– Naprawdę. Ja już je przeczytałam.

Podeszła do sekretery, otworzyła drzwiczki, wyjęła z nich obitą złotą blachą szkatułę i przekręciła kluczyk w zamku. Z wnętrza wyjęła dwie karty papieru.

– To kopia listu księżnej do wielkiego księcia Włodzimierza z Nowogrodu – wyjaśniła. – Znaleziono ją w dokumentach należących do Makarego.

Makary, kanclerz Ludmiły, był jej zaufanym powiernikiem, doradcą i administratorem. Jeżeli ktokolwiek wiedział wszystko o sprawach księstwa, to był to właśnie ów stary, wydawałoby się, niedołężny już mężczyzna z bielmem na oku.

– Czytaj – przykazała.

Wziąłem papier do rąk, ale nie spojrzałem jeszcze na niego.

– Listy otrzymałaś, jak rozumiem, od Izjasława.

– Znaleziono je przy przeszukiwaniu kancelarii.

– Nie byłaś przy tym, prawda?

Prychnęła.

– Oczywiście, że nie byłam! Po co miałabym tam być!?

Obejrzałem pismo uważnie, ale nie czytając na razie jego treści.

– Żadnych pieczęci, żadnych podpisów – stwierdziłem.

– Na kopii? – zapytała.

Zastanowiło mnie, że dokument był bardzo porządnie przygotowany. Papier nie był ani brudny, ani pogięty, inkaust nie pociekł piszącemu, nie wsiąkł i nie narobił kleksów. Ta kopia wyglądała tak, że mogłaby zostać po podpisaniu i opieczętowaniu wysłana do adresata bez obawy, że może być oznaką lekceważącego niechlujstwa. Ale wiedziałem z doświadczenia, iż kopie zostawały we wszelkiego rodzaju kancelariach z jeszcze innych powodów: albo piszący zmieniał w ostatniej chwili zdanie co do treści listu, albo decydował się w ogóle na jego wstrzymanie. Niektórzy zwykli również przechowywać duplikaty wszystkich dokumentów, również wysłanych pism, aby zawsze pamiętać, jak przebiegała korespondencja. A jeśli nie „wszystkich dokumentów", to przynajmniej tych najważniejszych. A wymiana listów z najpotężniejszym księciem Rusi i suzerenem Ludmiły na pewno zostałaby uznana za godną takiego określenia.

Każdy człowiek stawia litery w nieco inny sposób. I chociaż kaligrafia żąda od nas bardzo ścisłego przestrzegania reguł, to jednak niemal zawsze piszący odbiega od nich w ten czy inny sposób. Makary był starym człowiekiem, sam pamiętam, jak czasami drżała mu dłoń i kanclerz musiał przytrzymywać ją drugą ręką. Tymczasem pismo w liście było równe i czyste niczym ostrokół ze stalowych pali. To budziło we mnie pewne podejrzenia, aczkolwiek w żadnym wypadku nie mogłem przecież wykluczyć, że Makary nie wszystkie listy, nawet najbardziej poufne, pisał sam. Na pewno często oboje z księżną korzystali z usług pięknie kaligrafującego kancelisty. Pamiętałem, że koło Makarego kręciło się zazwyczaj dwóch młodych, cichych i spokojnych mnichów. Byli czymś w rodzaju jego osobistych pomocników i służących, o niebo lepiej wyedukowanych niż znakomita większość barbarzyńskiego ludu zamieszkującego Księstwo Peczorskie. Czy to jeden z nich tak ładnie kaligrafował? Być może. Powąchałem papier, potem potarłem palcem litery i przyjrzałem się, czy inkaust aby nie został mi na skórze opuszki. Ale nie, nie został.

Natasza ze smakiem ogryzała nóżkę jakiegoś ptaka, jednak cały czas przyglądała się z uśmiechem moim działaniom.

– Potrafiłbyś poznać fałszerstwo? – zapytała wreszcie.

– I tak, i nie – odpowiedziałem. – Gdybym miał inne listy pisane przez Makarego czy jego kancelistów, to tak, poznałbym, że ktoś usiłuje naśladować ich stawianie liter. Jednak w tej chwili fałsz mógłbym rozpoznać, tylko jeśli fałszerz byłby naprawdę nieudolny.

– I co w takim razie?

– Cóż. – Wzruszyłem ramionami. – Zapoznałem się już z formą, więc najwyższy czas przyjrzeć się treści.

Przeczytałem list uważnie, raz, a potem drugi. Wreszcie złożyłem ostrożnie kartę na pół i odłożyłem na bok.

– Widzisz? Zdradziła nas – syknęła Natasza i zauważyłem, że te słowa wypowiedziała z nieukrywaną, prawdziwą złością.

– Może tak, może nie – odparłem.

– Jak możesz widzieć ten list i jej bronić? – obruszyła się.

– Widzę słowa, które zostały napisane, ale wcale nie widzę ani wcale nie jestem pewien, kto tak naprawdę owe słowa napisał... – odparłem.

Przyglądała mi się w milczeniu.

– Nie twierdzę bynajmniej, że twój stryjeczny pradziadek kazał sfałszować te dokumenty, chociaż, rzecz jasna, nikt i nigdy nie powinien takiej ewentualności wykluczyć. Ale list mógł zostać napisany przez Makarego, a ponieważ księżna go nie zatwierdziła, została tylko kopia. I oryginał nawet nie został wysłany. Mogło tak być, prawda? – Spojrzałem pytająco na Nataszę.

Niechętnie skinęła głową.

Oczywiście list, który właśnie przeczytałem, również i mnie bardzo się nie spodobał. Jego autor bowiem (a miała to być na pewno księżna, gdyż używano żeńskich form gramatycznych) żarliwie prosił o jak najszybsze przysłanie wołcha z Nowogrodu, „aby zajął się wiadomą Waszej Wielkoksiążęcej Wysokości dziewczyną w sposób zgodny z obyczajem i służący bezpieczeństwu całego Nowogrodu".

– A gdyby wołch rzeczywiście się tu zjawił – zacząłem – co by się wtedy wydarzyło?

– Chcesz wiedzieć, co ja bym zrobiła, prawda?

– Tak, chyba właśnie o to chodziło mi w tym pytaniu – zgodziłem się po chwili.

Naprawdę nie wiedziałem, co by się wtedy stało. Andrzej kiedyś ostrzegł mnie wprost, że dziewczyny takie jak Natasza są posłuszne swemu obowiązkowi i swemu przeznaczeniu i że przyjazd wołcha będzie równoznaczny z tym, iż ją stracę. Przyznam, że ciężko mi było uwierzyć, iż Natasza bez oporu pogodzi się z taką odmianą losu, ale na tyle znałem świat, by nie wykluczać podobnego obrotu spraw.

– On jest cały czas w obozie Ludmiły. Ten Kosma.

Natasza machnęła ręką.

– On jest nieważny. Ludmiła musi go odesłać do Nowogrodu, skoro sfałszowano listy wielkiego księcia nakazujące mu wyjazd. Gdyby go zatrzymała, byłaby to wielka, naprawdę wielka zniewaga.

Skinąłem zgodnie.

– Tak, podobne myśli też przyszły mi do głowy. Teraz trzyma go, tłumacząc, że niby podróż powrotna byłaby dla niego niebezpieczna, skoro trwa bunt. Ale jestem pewien, że coś knuje.

– A ładny z niego chociaż chłopak? – uśmiechnęła się Natasza.

– Jak niedźwiedź – odparłem, odpowiadając jej uśmiechem. – I owłosiony też niczym niedźwiedź.

– Hm, takie futro może być całkiem milutkie... – Wykonała w powietrzu gest głaskania.

– Jakby go oskórować, można by uszyć ciepłą kapotę. – Mrugnąłem do niej.

Tak naprawdę wcale nie było mi jednak do śmiechu. I oczywiście nie wołch spędzał mi sen z powiek, bo rozumiałem, że Ludmiła naprawdę nie odważy się go zatrzymać. Chyba żeby przyszło pozwolenie z Nowogrodu. Albo gdyby była bardzo do tego pomysłu prze-konana.

Na razie jednak miałem przecież ważniejszy kło-pot. Nie do końca wiedziałem bowiem, po której ze stron w tej wojnie rodzinnej i domowej powinniśmy się opowiedzieć. Co będzie najbardziej korzystne dla mnie, dla Nataszy i dla naszej przyszłości. Nie miałem żadnych złudzeń co do lojalności któregokolwiek z de-cydujących o Peczorze możnowładców. Zarówno Lud-miła, jak i Izjasław chcieli nas wykorzystać, ale słowa Izjasława o tym, co zrobi, kiedy zostanie władcą Pe-czory, należało rozważyć. Skoro miał własnego wołcha, a ów wołch miał własną dziewczynę, to my dwoje byli-śmy Izjasławowi niepotrzebni, a przynajmniej na razie nie wiedziałem, na cóż takiego moglibyśmy się okazać mu przydatni.

Do Ludmiły przez rok bytności w Peczorze czułem coś na kształt sympatii, ale w żadnym razie nie pozwa-lałem i nie pozwoliłbym, by tak nieracjonalny sentyment przyćmił mi jasność oraz trzeźwość oglądu oraz osądu. Uczucia przyjaźni czy wdzięczności są dobre dla kompa-nów siedzących przy butelce wina, lecz nie wtedy, kiedy należy podejmować decyzję o własnym życiu. W takim wypadku sentymenty mogą jedynie zaciemniać obraz oraz utrudniać wybór.

– Wolisz Ludmiłę, prawda? – zaszeptała Natasza, ide-alnie trafiając w tok moich myśli.

Pokręciłem głową i przysunąłem się do dziewczyny.

– Usiądź mi na kolanach, Nataszka – poprosiłem.

Od razu zrozumiała, że nie o amory tutaj chodzi, ale widziałem, jak uśmiechnęła się promiennie, i zaraz potem wskoczyła mi na kolana. Wtuliła się w moje ramię, a jej gęste, rozpuszczone włosy osłoniły nas i otuliły. Objąłem ją w pasie.

– Doskonale wiem, że każdy bez wahania nas sprzeda, jeśli tylko będzie miał okazję i jeśli tylko mu się to opłaci – tchnąłem w ucho dziewczyny. – Więc musimy postawić na tego, komu się to nie opłaca, komu jesteśmy niepotrzebni.

– Czyli Izjasław...

– Może i tak – westchnąłem. – Tak przynajmniej on twierdzi.

– Chyba dobrze, że nie zgodziłeś się zabić Ludmiły – powiedziała po chwili.

– Oczywiście, że dobrze – odparłem. – Izjasław oskarżyłby mnie o skrytobójstwo i kazał stracić. W oczach ludzi nic nie byłoby jego winą, a wszystkim, co złe, obarczyłby mnie, rzymskiego diabła...

– Naprawdę tak by zrobił? – W jej głosie usłyszałem zdumienie.

– A wydaje ci się to niemożliwe? – odpowiedziałem jej pytaniem. – Przecież w takiej niezręcznej sytuacji podobne wyjście okazałoby się całkiem zręczne.

– Nie pozwoliłabym, żeby cię zabito! – Usłyszałem złość w jej głosie.

– Obawiam się, że nieszczególnie by się przejmowano twoją niezgodą – odparłem.

Milczała dłuższą chwilę.

– Gdybym się rozgniewała, potrafiłabym narobić sporego zamieszania – powiedziała po chwili dziwnie zimnym głosem. – Może nawet większego, niż ktokolwiek sobie wyobraża...

Spojrzałem na jej twarz i dostrzegłem, że jej oczy się zmieniły. Były teraz czarne, puste jak prowadzące w otchłań studnie i pełgały w nich iskry czerwieni.

– Nataszka – szepnąłem.

Zamrugała, westchnęła, a jej tęczówki stały się znowu takie jak zawsze. Szare, przejrzyste i z zielonymi plamkami.

– Lepiej, aby mnie nie rozgniewali – powiedziała już tylko.

Cóż, też przypuszczałem, że prawdziwe rozzłoszczenie Nataszy mogłoby się niedobrze skończyć dla tego, kto ją rozzłościł.

Jednak prędzej czy później by sobie z nią poradzono. Nie była ani nieśmiertelna niczym Achilles, ani bosko mocarna niczym Herakles. Zresztą nawet ci dwaj półbogowie źle przecież skończyli, zamordowani przez podstępnych wrogów.

– Nataszka, lepiej nie próbować, prawda? Rafy wygodniej omijać, niż sprawdzać, co jest mocniejsze: one czy dziób łódki...

Rozchmurzyła się.

– No, ja myślę – powiedziała.

A potem poszliśmy już w stronę pokojów Izjasława i wtedy uświadomiłem sobie, że Natasza nie odpowiedziała mi, co by zrobiła, gdyby zjawił się prawdziwy wołch z Nowogrodu z rozkazem, by Natasza została poddana jego władzy. Tak więc zadałem znowu to samo pytanie.

– Karą za bunt przeciw wołchowi dla takich dziewczyn jak ja jest nie tylko śmierć w męczarniach – odparła poważnie. – Najpierw muszą patrzeć, jak okrutnie zabijani są wszyscy, którzy byli im bliscy. Rodzice, siostry, bracia... Bo przecież nie wszystkie jesteśmy samotne tak jak my u mateczki.

– Więc jesteś w jakiś sposób swobodniejsza dzięki temu – zauważyłem. – Przynajmniej tobie nikt nie może niczym zagrozić.

Zatrzymała się i spojrzała na mnie.

– Jezu Boże, jaki ty głupi jesteś! – burknęła i poszła przed siebie szybkim krokiem, nie oglądając się już na mnie.

Izjasław siedział w fotelu tak wielkim i wyściełanym tyloma poduchami, że jego szczupłe, odziane w czerń ciało zdawało się niknąć wśród natłoku otaczających go przedmiotów i kolorów. Obok władyki stało dwóch ponurych mężczyzn, bardzo brodatych, nawet jak na Rusinów. Jeden miał wplecione w zarost złote pierścionki i taki zwyczaj widziałem tutaj po raz pierwszy. W komnacie znajdowało się jeszcze kilka postaci, ale najciekawszą z nich wszystkich był niewątpliwie wołch. Mały, siwy i stary, o włosach spływających niemal do pasa i rozwichrzonej brodzie. Ubrany w połataną, brudną kapotę i drewniane chodaki, zza których pasków wystawały mu sękate paluchy z powrastanymi, czarnymi od brudu szponami. W dłoniach trzymał kijki z czaszkami zwierząt zatkniętymi na szczytach. Jak mi się wydawało, jedna z nich była czerepem lisa, a druga mogła należeć do małego psa albo wilka.

– Rozumiem, że wołchowie są dziwni, ale czy oni zawsze muszą być również brudni? – mruknąłem przez zęby, a Natasza tylko się uśmiechnęła nieznacznie. Potem szepnęła do mnie:

– To nie wołch. To Maksym. Żerca. Wołch choruje. Jak zwał, tak zwał. Wszyscy oni to było barbarzyńskie, pogańskie nasienie, a czy się nazywali żercami czy wołchami, to ja najchętniej ochrzciłbym ich mianem podpałki pod stos.

Podchodziłem do Izjasława, śledzony czujnym, wrogim wzrokiem jego strażników. Przyłożyłem dłoń do serca i skłoniłem się.

– Raczyliście mnie wezwać, władyko, a więc jestem na rozkazy – powiedziałem uroczystym i ugrzecznionym tonem.

Natasza dygnęła z niewinnym, ujmującym uśmiechem i wtedy dopiero stryj Ludmiły obrócił na nas wzrok. Zastanawiałem się, w jakim celu zostaliśmy wezwani przed jego oblicze i dlaczego w komnacie było kilka osób mających się rozmowie przysłuchiwać. Albo więc Izjasław nie miał nam nic ważnego do powiedzenia, albo wręcz przeciwnie: chciał obwieścić coś, co mogłoby od razu zostać powtórzone w całej warowni. Jednak jakiekolwiek by były jego plany, postanowiłem je pokrzyżować. A przynajmniej postarać się pokrzyżować.

– Czy uczynicie mi tę ogromną łaskę, władyko, i zechcecie wysłuchać mnie na osobności? – zapytałem z pochyloną głową.

Izjasław skrzywił usta, mierzył mnie przez chwilę wzrokiem, a wreszcie zerknął na stojącego obok żercę.

– A więc mówisz, że nic złego nie widziałeś? – zagadnął.

Tamten podskoczył ciężko i zagrzechotał kościanymi grzechotkami (taką rolę, teraz dopiero to poznałem, pełniły owe czaszki zwierząt) trzymanymi w obu dłoniach. Wgapił się we mnie zaropiałymi oczami.

– Nic nie widziałem, nic nie słyszałem, nic nie czułem, latała myśl moja w czasy przyszłe. – Zachybotał się tak z boku na bok, iż myślałem, że upadnie. – I śmierci twojej, władyko, w oczy nie spojrzałem. – Znowu podskoczył i zagrzechotał. – Ani kroków jej nie usłyszałem. Ani zgniłego odoru jej cielska nie poczułem. – Niespodziewanym ruchem, szybkim i zdumiewająco zręcznym, skłonił się tak głęboko, iż niemal wsadził sobie głowę między kolana. I zastygł w tej wielce niewygodnej pozycji.

– Dobrze, że nie muszę robić takich rzeczy, by prorokować przyszłość – zauważyłem.

Natasza zachichotała. O dziwo, również Izjasław uniósł kąciki warg.

– Skoro Maksym mówi, że mnie nie zabijesz, to nie wypada, bym mu nie wierzył, prawda?

– Aby dowiedzieć się, co zamierzam, wystarczyło mnie zapytać, władyko – odparłem łagodnie.

Izjasław uniósł palec.

– Oho, człowiek honoru – rzekł. – No dobrze, zostań, inkwizytorze.

– Ja zostanę również – wtrąciła Natasza.

– Nie mam wątpliwości – mruknął Izjasław, a ja uznałem, że zaskakująco nie jest to człowiek zupełnie pozbawiony poczucia humoru.

Potem niedbałym strzepnięciem palców dał znak wszystkim pozostałym, że mają się wynosić. I wszyscy bez szemrania się wynieśli, z tym że żerca Izjasława zrobił to, podskakując do tyłu i machając grzechotkami. Naprawdę dziwni byli ci ruscy czarownicy. Z nich wszystkich to już ów młody Kosma przybyły z Nowogrodu wydawał się najbardziej poukładany, czy raczej najmniej pomylony. Oczywiście pierwszy rzut oka mógł mnie zmylić i jak sprawy mają się w rzeczywistości, okaże się, dopiero kiedy poznam tego człowieka bliżej. I mój osąd oraz co pewnie ważniejsze, osąd Nataszy zadecydują, czy Kosma będzie miał okazję się jeszcze zestarzeć, czy też umrze młodo i nieszczęśliwie.

– Pragnę złożyć wam propozycję, władyko – odezwałem się, kiedy zostaliśmy we trójkę.

Rozłożył ręce gestem, który najwyraźniej miał oznaczać: „Słucham cię, mów".

– Wy, władyko, uwolnicie mnie i pozwolicie wrócić do Ludmiły, a ja namówię ją, by zakończyła tę wojnę bez rozlewu krwi.

Izjasław nie okazał żadnego zainteresowania, a tylko wzruszył ramionami.

– Nie przeszkadza mi rozlew krwi, póki nie jest to moja krew – stwierdził. – Co mi może zrobić Ludmiła? Prędzej czy później jej żołnierze uciekną albo przejdą na moją stronę.

Cóż, rzeczywiście była to jedna z opcji. I na pewno ludzie wierni Ludmile bardzo poważnie takiego rozwiązania się obawiali.

– Nie planuję wychylać nosa z fortecy. Niech sobie Ludmiła ją szturmuje, skoro tak bardzo chce – zachichotał sucho. – Przecież to wszystko są jej włości, jej budowle, jej ludzie. Zamierza swoją własną Peczorę zburzyć armatami? A zresztą powiedz szczerze, inkwizytorze: czy zostało jej jeszcze wystarczająco dużo czarnego prochu, by to uczynić, nawet jakby tego chciała?

Szczerze mówiąc, nie miałem pojęcia, jakimi zapasami prochu dysponowała Ludmiła. Sądziłem, że zabrała wszystko, co znalazła w magazynach Czarnego Daniły. Ale czy było tego dużo? Zresztą Izjasław pewnie miał rację, iż Ludmiła dwa razy by się zastanowiła, zanim zaczęłaby burzyć własne podegrodzie, mury i zabijać swoich poddanych. Pewnie nie wahałaby się, gdyby gwarantowało jej to zwycięstwo, ale tu przecież podobnej gwarancji w żadnym razie być nie mogło.

– Domyślacie się oczywiście, władyko, że pierwszą rzeczą, jaką uczyniła księżna, było posłanie błagania o pomoc do Nowogrodu? – spytałem. – Czy jesteście pewni, że wielki książę Włodzimierz nie przychyli się do tego błagania?

O tak, jeżeli coś spędzało sen z oczu Izjasława, to na pewno był to gniew wielkiego księcia.

– Wiem, władyko, że i wy wysłaliście swoich ludzi do Włodzimierza. Tyle że widzicie, z ich podróżą jest pewien problem: zakończyła się bardzo szybko i bardzo nieszczęśliwie.

Drgnął i zapatrzył się we mnie.

– Przechwycili ich Jugrowie księżnej – wyjaśniłem. – Listy znalazły się więc w archiwum Ludmiły, a wasi ludzie wylądowali na palach.

Izjasław wpatrywał się we mnie nieruchomo.

– Oczywiście spodziewaliście się, władyko, że jedna misja może nie dotrzeć do Nowogrodu – kontynuowałem. – Dlatego wysłaliście te same pisma inną drogą.

Przez kupca Maksyma Borsuka, dowodzącego karawaną, czyż nie?

Natasza przyglądała mi się z dumnym uśmiechem właściciela, którego ukochane zwierzątko prezentuje wszystkim zebranym wyjątkowo trudne i zachwycające sztuczki. Izjasław przyglądał mi się również, lecz w jego spojrzeniu nie wyczytywałem, aby był ze mnie dumny.

– Niestety, Borsukowi zdarzył się wypadek. – Uśmiechnąłem się przepraszająco. – Może za dużo piwa, może za dużo gorzałki z czarnego żyta. W każdym razie zasnął i już więcej się nie obudził. Jego syn i dziedzic nie marzy o niczym innym, niż przysłużyć się księżnej. Myślę, że w tej chwili on i jego ludzie są już naprawdę blisko Nowogrodu...

Milczałem przez chwilę, a potem wreszcie odezwałem się:

– Zastanawiam się, czy wysłaliście jeszcze następnych posłańców, władyko...

Natasza pocałowała mnie w policzek.

– Nie wysłał. – Zaśmiała się.

Izjasław, o dziwo, nie rozgniewał się na nią, tylko pokręcił głową z niezadowoleniem.

– Duszko moja – powiedział – nie powinnaś się cieszyć z triumfów Ludmiły.

– Ależ ja się wcale nie cieszę z jej triumfów, tylko z tego, że będziesz musiał wysłuchać mojego mężczyzny – zawołała. – Bo może ma on pomysł, który pomoże nam wszystkim. – Spojrzała na mnie rozjaśnionym wzrokiem. – Masz taki pomysł, prawda?

– Władyko, księżna kazała rozpuścić w wojsku wieść, że Izjasław, usłyszawszy rozsiewane przez złych ludzi pogłoski, iż zginęła z ręki buntowników, uczynił to, co

powinien uczynić dobry krewniak i posłuszny poddany Nowogrodu: zabezpieczył fortecę. Teraz kiedy te pogłoski okazały się fałszywe, a możecie Ludmiłę ujrzeć na
własne oczy, nie macie już żadnego powodu, by chronić
Peczorę. Księżna na pewno zechce nad wyraz hojnie wynagrodzić wasze wysiłki i dobrą wolę, a także zapewnić
sobie waszą życzliwość na przyszłość.

Umilkłem, a ponieważ ani Izjasław, ani Natasza się
nie odzywali, ciągnąłem dalej:

– Czyż to nie lepsze wyjście niż wojna, której chybot-
liwe szale nie wiadomo, w którą stronę przeważą? – zapytałem. – To prawda, że władacie fortecami, władyko. Ale
Ludmiła ma armię i poparcie Nowogrodu. Ludmiła wysłała również gońców, by służący jej cesarski oficer Zygfryd wracał jak najszybciej z Jugry z tyloma jugryjskimi
najemnikami, ilu tylko zdoła zebrać. I wiecie, gdzie ci
Jugrowie pójdą, władyko?

Przyglądał mi się tak, jak żmija powinna patrzeć na
małą myszkę, która wcześniej pogryzła złożone przez
nią jaja.

– Ci Jugrowie nie zostali wezwani, by ratować Peczorę. Oni pójdą na wasze włości, władyko. I dostali
rozkaz, by nie zostawić nic więcej jak trupy i spaloną
ziemię.

– Złapał Rusin Tatarzyna, a Tatarzyn za łeb trzyma –
zawołała wesoło Natasza.

Przez chwilę sądziłem, że Izjasław ją uderzy, ale powstrzymał się i tylko szczęka zadrgała mu jak u warczą-
cego buldoga.

– A przecież to wszystko jest tak bardzo niepotrzeb-
ne. – Rozłożyłem ręce, łagodząc głos. – Wojna szkodzi

handlowi. Kto zagwarantuje, że nawet jeśli pokonacie Ludmiłę, to Włodzimierz nie wystawi wam rachunku za wszystkie straty, jakie poniósł z winy rebelii? I kto zagwarantuje, że ten rachunek będzie opiewał tylko na sumy w złocie, a nie na wasze gardło?

Natasza pokiwała gorliwie głową.

– Słucham go, słucham i mnie by przekonał – powiedziała wesołym tonem. – Dobrze mieć u boku mądrego mężczyznę!

Izjasław znowu skrzywił usta. Potem milczał przez chwilę.

– Opowiem ci inną historię, inkwizytorze – rzekł wreszcie. – Zwyciężam armię Ludmiły, ją samą wieszam na peczorskiej bramie w żelaznej klatce, tak jak ona uczyniła ze swoim mężem, a potem wysyłam kolejne poselstwo do Nowogrodu. Mam armię, mam fortecę, pomściłem książęcego kuzyna. Dlaczego nie miałbym dostać tytułu oraz nadania?

– Jeśli wszystkie sprawy ułożyłyby się dla was, władyko, w niezwykle pomyślny sposób, to tak właśnie mogłoby się stać – zgodziłem się z nim. – Pytanie tylko brzmi: czy warto ryzykować wszystko, co się ma, żeby osiągnąć korzyści więcej niż niepewne? Teraz wydaje wam się, że jesteście niczym łucznik na wieży. Ale kiedy Jugrowie zaczną pustoszyć wasze włości, coraz częściej zacznie się wydawać, że wieża zamieniła się we wnyki, a łucznik w uwięzionego lisa.

– Tak będzie, tak właśnie będzie... – powiedziała zamyślona Natasza, jakby przemawiała z głębi wieloletniego wojennego doświadczenia taktycznego.

Jednak Izjasław nie obruszył się ani też nie zlekceważył jej słów. Spoglądał na nią przez chwilę, a ona z kolei zapatrzyła się gdzieś w dal, jakby nie zdając sobie sprawy ani z tego, co powiedziała, ani że władyka uważnie ją lustruje.

Czy odgrywała teraz i tutaj scenę teatralną mającą na celu przekonać upartego starca, czy też jej umysł naprawdę na chwilę uleciał ku przeczuciom mogącej się ziścić przyszłości? Tego nie wiedziałem.

– Tyle mi miałeś do powiedzenia? – zapytał wreszcie zimnym tonem Izjasław.

– Tyle, władyko, że jestem gotów na każdy wasz rozkaz, by doprowadzić do zgody, jeśli tylko pomoc człowieka tak tutaj obcego i tak mizernej konduity może w czymkolwiek pomóc. Ale wierzcie mi, że postarałbym się zapałem na rzecz działania zadośćuczynić tym brakom.

– Ale Ludmiły nie zabijesz dla mnie – odezwał się po chwili Izjasław.

– Ludmiła umrze, a wtedy i ty umrzesz – odezwała się niespodziewanie dla nas obu Natasza głuchym głosem. – Widzę to oczami duszy.

Władyka bez słowa dłuższą chwilę wpatrywał się w nią, a ona odpowiadała mu tym razem śmiałym, jasnym spojrzeniem.

– Wiesz, inkwizytorze, do czego przydają się nasi wołchowie? – zapytał wreszcie, ale spoglądał wciąż na Nataszę. – Ano przydają się do tego, oprócz oczywiście wielu innych spraw – ciągnął, odpowiadając sam sobie – że bezbłędnie potrafią odróżnić, kiedy ich kobiety mówią prawdę, kiedy bezwiednie fantazjują, a kiedy miałyby ochotę zwyczajnie i celowo zmyślać. Taaak, to właśnie potrafią. Coś, czego ty ze swoimi miernymi zdolnościami nie jesteś w stanie nawet sobie wyobrazić.

– Wierz, nie wierz, twój wybór, tylko żebyś potem nie żałował – wtrąciła Natasza tak ostrym tonem, że nawet ja uznałem, iż posuwa się niebezpiecznie daleko.

To oczywiste, że była wyjątkowa, lecz nawet wyjątkowość może nie uratować człowieka przed gniewem władcy, którego prawdziwie urażono. Ale Izjasław, o dziwo, tylko uśmiechnął się wyrozumiale.

– Każdy chce żyć, moja duszko. Każde Boże stworzenie ma taką nadzieję i taki zamiar. I dlatego tak łatwo kierować drugim człowiekiem, obiecując mu życie albo grożąc mu śmiercią, aby tylko szedł w stronę, do której go nakłaniamy.

– Ja nie grożę, ja widzę – odparła Natasza z poważnym spokojem.

Izjasław pokiwał głową i znowu milczał, tym razem przez czas tak długi, iż przeleciała mi przez głowę myśl, czy ten stary, blady i zasuszony człowiek, zatopiony w poduchach rozłożonych na szerokim fotelu, jeszcze w ogóle żyje. Ale jednak żył, bo jego źrenice nagle drgnęły, a on sam zakasłał suchym kaszlem przypominającym szurgot liści gnanych wiatrem po piaszczystej dróżce.

– Namyślę się nad tym, co od was usłyszałem – rzekł. – Ty, Natasza, powiedziałaś mu o listach, czy tak?

– Powiedziałam. Oczywiście, że powiedziałam. Sam je przeczytał. – Uścisnęła moją dłoń.

– Tak więc wiesz, jak sprawy się mają. – Władyka przeniósł spojrzenie na mnie. – Czy winien lojalności jest ten, kogo zdradzono, czy też zdrada rozcina więzy owej lojalności? Jak sądzisz, inkwizytorze?

– Nigdy nie jestem lojalny wobec nikogo jak tylko wobec Boga Wszechmogącego – odparłem. – I wszyst-

ko, co czynię, czynię w nadziei, że przysparzam Mu
chwały.

Izjasław skrzywił usta.

– Zapewnienie o służbie Bogu to taki klucz, którym
można otworzyć każde drzwi – rzekł. – I te, które prowadzą do podłości, i te, które prowadzą do świętości. –
Strzepnął palcami w ten sam sposób, w jaki uczynił to
wcześniej, wyganiając swych podwładnych. – Idźcie, po-
wiadomię was, co zadecydowałem o waszym losie...

Otworzono dla mnie małą furtkę w murze, ale oczywiście nikt nawet nie myślał, by opuścić most zwodzony. Na
użytek takich chwil była jednak wąska kładka, którą można było bezpiecznie przerzucić z jednego na drugi brzeg
fosy i w razie niebezpieczeństwa szybko podnieść. Modliłem się tylko, by ów naprawdę wąski, chybotliwy i niewy-
glądający szczególnie solidnie mostek okazał się wytrzy-
mały i nie pękł pode mną. Kąpiel w cuchnącej padliną,
nieprzejrzystej brei, w jaką zamieniła się woda z fosy, była
ostatnim, na co miałem ochotę. Na pewno nie spodobałby
mi się też fakt, że owa kąpiel nastąpiłaby na oczach paru
setek ludzi z obu armii, a historia o inkwizytorze tak niezręcznym, że aż skąpał się w gównie, byłaby, jak mniemam, szeroko powtarzana w całym Księstwie Peczorskim,
do kiedy by tylko ono istniało. Oczywiście nie zależało
mi na opinii wśród Rusinów, jednak dobre imię Świętego
Officjum wymagało, byśmy my – jego funkcjonariusze –
nie narażali na szwank instytucji, której służymy. Poza
tym nie ukrywam też, iż przykra byłaby dla mnie kom-

promitacja w oczach Nataszy, która to Natasza wyszła razem ze mną przez furtkę i ucałowała mnie na pożegnanie.

– Wracaj do mnie – szepnęła.

– Wrócę – obiecałem.

– Nie waż się zginąć – ostrzegła już mocniejszym głosem i ścisnęła mnie za rękę tak mocno, iż wbiła mi paznokcie głęboko w skórę.

– Nie zginę, Nataszka.

– Pamiętaj, że jeśli umrzesz, ja też umrę. Tego samego dnia. – Jej oczy błyszczały. Zamigotały w nich iskierki czerwieni, ale zaraz zamrugała i znowu były to tylko szare, przejrzyste oczy o głębokim wejrzeniu.

Ucałowałem jej dłoń, uśmiechnąłem się i przeszedłem na drugą stronę fosy. Krokiem, jak mi się wydawało, stanowczym, pewnym, zręcznym i stawiając stopy bez chwili wahania. A więc udało mi się uniknąć kompromitacji...

Z obu stron śledziły mnie ciekawe spojrzenia i niemal natychmiast, kiedy tylko znalazłem się na podegrodziu, podjechało do mnie dwóch jeźdźców wiodących luźnego konia. Jednym z tych jeźdźców był Jewsiej.

– Żyjecie. – Pokręcił głową ze zdziwieniem. – Straciłem przez was złotego rubla w zakładzie.

– Inkwizytorzy nie umierają tak łatwo – odparłem. – A z kim przegraliście?

– A z tym waszym Andrzejem. Dobrze, że się o dwa nie założyłem...

Dosiadłem przyprowadzonego mi konia.

– Księżna rozłożyła główny obóz pod lasem, niedaleko przystani – wyjaśnił. – My tu tylko pilnujemy osady, patrzymy, co i jak się dzieje...

Z punktu widzenia sztuki wojennej było oczywiste, iż Ludmiła powinna natychmiast spalić całe podegrodzie, wszystkie budynki mieszkalne i rzemieślnicze, wszystkie magazyny, aby oczyścić przed sobą drogę prowadzącą do fortecy. Rozumiałem jednak, czemu tego nie uczyniła. To było przecież jej podegrodzie. Majątek jej poddanych, którzy zapewne nie byliby zachwyceni, iż płonie dorobek ich życia, w dodatku podpalony ręką żołnierzy księżnej, która miała ich chronić. Czy ci ludzie nie zaczęliby wtedy spoglądać jeszcze przychylniejszym wzrokiem na Izjasława, który nie uczynił im przecież żadnej krzywdy i od początku zapewniał, że będzie rządził sprawiedliwie? Zresztą sam Izjasław, jak okazało się w czasie rozmowy, doskonale zdawał sobie sprawę z faktu, iż księżna ma po trosze związane ręce.

Ludmiła aż wyszła z budynku, kiedy dowiedziała się, że nadjeżdżam. Była odziana w kolczugę i nosiła miecz u boku, ale nie miała na razie ani hełmu na głowie, ani stalowych rękawic na dłoniach.

– Mój inkwizytor! – zawołała nawet całkiem radośnie. – Byłam pewna, że nie żyjesz.

Andrzej stał u jej boku, uśmiechając się życzliwie. Pokazał mi zaciśniętą pięść w geście triumfu i uznania.

– Nie ośmieliłbym się umrzeć bez zezwolenia Waszej Wysokości – zapewniłem gorąco.

Księżna zaśmiała się.

– A więc chodź ze mną i opowiesz mi, dlaczego mój opętany, przeklęty stryj darował ci życie – rozkazała. – Bo jak rozumiem, zostałeś złapany, zanim zdołałeś cokolwiek przedsięwziąć...

– Tak właśnie się stało, Wasza Wysokość – potwierdziłem.

– Odgaduję również, że zastałeś Nataszę wolną i zdrową, czyż nie?

– Wasza Wysokość ma znakomite oko i czyta w ludzkich naturach niczym w otwartej księdze – odparłem.

– No, no, wiem, że nie byłbyś taki wygadany, gdyby już nie żyła...

– Królestwo Niebieskie otwiera swe wrota dla wszystkich i nikt nie wie, o jakiej porze się to stanie – stwierdziłem sentencjonalnie.

– Nie wiem, czy na twoim miejscu łączyłabym słowo „Natasza" ze słowami „Królestwo Niebieskie" – zauważyła Ludmiła. – Czyż to nie wy, inkwizytorzy, powtarzacie: „Czarownicy żyć nie pozwolisz"?

– Nataszka nie jest czarownicą – odparłem natychmiast i wręcz usłyszałem urazę we własnym głosie.

Ale księżna tylko się zaśmiała. Weszliśmy do budynku, który pełnił rolę tymczasowej kwatery dowodzenia, a potem korytarzem przeszliśmy do pokoju Ludmiły. Tylko ja, ona i Andrzej. Księżna usiadła w fotelu i wyciągnęła wygodnie nogi.

– Opowiadaj – rozkazała. – Kiedy i gdzie cię dopadli?

– Natychmiast i w sypialni Waszej Książęcej Mości – rzekłem.

– Skąd wiedzieli o tajnym przejściu? – Zmarszczyła brwi.

– Na początku sądziłem, że skoro Izjasławowi służy wołch, więc może to on odnalazł sekret...

Ludmiła spojrzała na mnie z uwagą.

– Na początku?

– To żadna tajemnica, że Izjasław dowiedział się wszystkiego od Nataszy.

– Twoja kobieta ostrzegła moich wrogów, że będziesz próbował wedrzeć się do fortecy? – Twarz księżnej ściągnęła się gniewem.

– Wasza Wysokość, to tylko na pierwszy rzut oka wydaje się dziwne czy niewłaściwe – odparłem szybko. – Natasza przewidziała, iż skorzystam z tajnego przejścia. Ale wiedziała jednocześnie, że moja misja się nie powiedzie, ponieważ zobaczyła, że Izjasław jest zbyt pilnie strzeżony. Wolała więc pokierować tak sprawami, by ocalić moje życie i zachować mnie dłużej na usługi Waszej Książęcej Mości. Wydaje mi się, że w tej generalnie złej sytuacji nie było to wcale takie złe wyjście.

Ludmiła wysłuchała moich słów spokojnie. A potem nawet skinęła głową.

– Gdybyś miał zginąć, niczego nie dokonawszy, to rzeczywiście lepiej, że przeżyłeś – zgodziła się wielkodusznie.

Jak łatwo było z jej słów wywnioskować, że gdybym zabił Izjasława, nieszczególnie by żałowała, gdybym tego zamachu nie przeżył. Cóż, z punktu widzenia interesów księżnej nie mogłem się dziwić tak cynicznemu, czy może raczej rzeczowemu stawianiu sprawy. Zwycięstwo nad Izjasławem było więcej warte niż życie inkwizytora, którego można było już teraz zastąpić przybyłym z Nowogrodu wołchem (a przynajmniej starać się wydłużyć pobyt tego wołcha w Peczorze). Oczywiście, iż podobne traktowanie mogło mi się nie podobać, ale nie zamierzałem ani mu się dziwić, ani obwiniać Ludmiły. Była, kim była. A była ruską władczynią, którą nauczono, że ludzie warci są tylko tyle, na ile mogą jej usłużyć. Zresztą w Cesarstwie możnowładcy na ogół mieli podobne podejście do świata oraz bliźnich. Mogliśmy to pochwalać, sprzeciwiać się lub godzić, ale na pewno nie mogliśmy tego zmienić. Zresztą nie sądziłem, by kiedykolwiek w przyszłości próby takich zmian się powiodły. Bogaci i ustosunkowani zawsze będą pogardzali biednymi plebejuszami, a pochylą się nad nimi z udawaną troską jedynie wtedy, kiedy ci plebejusze będą im do czegoś potrzebni. Prawo będzie zawsze sprzyjać możnym i dręczyć biedaków, bo jak mówiło dawne przysłowie: „Prawo jest niczym płot. Tur go stratuje, wąż się prześlizgnie, ryś przeskoczy, ale za to całe bydło jest trzymane tam, gdzie jego miejsce"...

– Dlaczego Izjasław darował ci życie? Powiedziałabym, że jak na niego, to zdumiewające. – Zerknęła na Andrzeja. – Tak czy nie?

– Wasza miłość, z całym szacunkiem, ale „zdumiewające" to nawet zbyt delikatne słowo – rzekł dworzanin. – Powiedziałbym, iż byłoby to wręcz niepojęte, gdybym się nie domyślił, że to dzieło Nataszy...

– Właśnie tak? – Przeniosła wzrok na mnie.

– Tak jest, wasza miłość – odparłem. – Izjasław twierdzi, że Natasza jest jego stryjeczną prawnuczką. Wydaje się, że odczuwa do niej sentyment lub bardzo chce wszystkich przekonać, że go odczuwa...

– Nic mi o tym nie wiadomo – wzruszyła ramionami księżna. – Wiem tylko, że w naszej rodzinie wszyscy albo poumierali, albo opuścili Peczorę, Bóg wie gdzie ich teraz szukać. – Zamyśliła się na moment. – Nie wiem, czy Izjasław powiedział prawdę, jednak nie wykluczam, że może i tak być... A więc nie zabił cię z powodu Nata-

szy. Tak, nawet to rozumiem, bo dobrze mieć przy sobie
taką dziewczynę, którą wychowała mateczka Olga. Ale
dlaczego cię wypuścił?

– Mam przekonać Waszą Wysokość, że wojna nie ma
sensu – odparłem.

– Czemu akurat ty? – zdumiała się Ludmiła. – Co
przyszło do głowy Izjasławowi, by właśnie ciebie wysłać
jako posła?

– Na początek oczywiście zaproponował mi, bym,
proszę z całym szacunkiem o wybaczenie, zamordował
Waszą Wysokość.

Księżna roześmiała się i klepnęła w uda.

– Oczywiście. Jakżeby inaczej! I co odpowiedziałeś?

– Że dopóki jestem na żołdzie waszej mości, dopóty
będę waszej mości służył, gdyż nie mówiąc już o kwe-
stiach moralnych, to nikt nie ma zaufania do zdrajców...

Ludmiła odwróciła się w stronę Andrzeja.

– Przypomnij mi, abyśmy wypłacili inkwizytorowi
na czas lafę za przyszły miesiąc – powiedziała.

Uśmiechnąłem się i skłoniłem głowę.

– Pokornie dziękuję waszej miłości – rzekłem.

– Co nadal nie daje odpowiedzi na moje pytanie: dlaczego jesteś posłem Izjasława?

– Po pierwsze, zaoferowałem się, po drugie, poparła
mnie Natasza, po trzecie, stryj Waszej Książęcej Mości
uważa to, jak sądzę, za gest dobrej woli. Tak jak to, że
nie mordował sług waszej miłości, że nie spalił miasta...
Wykazuje się łaskawością przed ludźmi. Hołubi Nataszę,
a na jej prośbę wypuszcza na wolność mnie.

– Ty nikogo nie obchodzisz – wzruszyła ramionami
Ludmiła. – Z resztą rzeczy się zgadzam, że chce obrócić

moich poddanych przeciwko mnie. Ale ty? – Spojrzała na mnie lekceważąco. – Twoja śmierć nikogo z moich ludzi by nie obeszła. Mógłby wywiesić cię w klatce nad bramą, a nikt nawet nie dałby ci kęsa strawy ani łyka wody.

Cóż, nie było miło słyszeć takie słowa, ale zapewne Ludmiła miała rację. W końcu kto mógł lepiej znać mieszkańców Peczory niż ona sama?

– Czemu wypuścił inkwizytora? – Obróciła wzrok na Andrzeja.

Dworzanin rozłożył tylko ręce.

– Wasza Wysokość, przysięgam, że nie wiem, ani nawet nie podejrzewam. Wydaje mi się to tak dziwaczne i tak niepodobne do Izjasława, że sam nie wiem, co o tym sądzić.

Księżna ściągnęła usta.

– No właśnie – rzekła. – Bardzo mi się to nie podoba. Podejrzewam, że coś ten mój stryj knuje. – Obrzuciła mnie badawczym spojrzeniem. – Ale dlaczego wykorzystuje ciebie, inkwizytorze, do tego knucia?

Milczeliśmy wszyscy przez chwilę.

– Na co Izjasław mógł mieć nadzieję, wypuszczając cię? – przerwała ciszę księżna.

– Że jeśli zostanę spytany o zdanie, to będę namawiał do pertraktacji – odparłem.

Żachnęła się gniewnie, potem jednak wzruszyła ramionami.

– Dlaczego miałby niby sądzić, że posłucham rad rzymskiego diabła? – szyderczo zaakcentowała dwa ostatnie słowa.

Potem wszyscy milczeliśmy przez chwilę.

– Że cię nie zabił, dobrze, zgadzam się, że miał w tym cel, i nawet ten cel rozumiem – powtórzyła Ludmiła raz jeszcze poprzednią myśl. – Ale po co cię do mnie wypuszczał? – Zawiesiła na mnie ciężkie spojrzenie. – Jeśli naprawdę nie zgodziłeś się mnie zdradzić.

Oparła się w fotelu i przymknęła oczy. Cóż, podobne pytania, jakie nękały Ludmiłę, również mnie przychodziły na myśl. W czasie mojego inkwizytorskiego powołania nauczyłem się jednego: są zachowania, na które nie można znaleźć innego uzasadnienia jak ludzki kaprys i powodowana nim decyzja. Problem widziałem tylko w tym, iż Izjasław nie wyglądał mi na człowieka, który łatwo poddaje się woli nieprzemyślanej fanaberii.

– Chciał, by inkwizytor coś tu u nas zrobił – odezwał się Andrzej.

I wtedy doznałem olśnienia.

– Nie, wasza miłość. Andrzej nie ma racji. Stryj Waszej Wysokości nie chciał, bym coś zrobił tutaj. Chciał, bym czegoś nie zrobił tam. – Wyciągnąłem dłoń w stronę peczorskiej fortecy. – A ponieważ uznał, że zabicie mnie nie będzie mu się opłacało, choćby ze względu na Nataszę, co do której najwyraźniej ma jakieś tajne zamiary, więc mnie wypuścił.

Skonfundowany Andrzej obrócił spojrzenie na Ludmiłę.

– Ja... nie rozumiem – rzekł.

Księżna wzruszyła ramionami i zaraz potem potrząsnęła zdecydowanie głową, tak jakby wyrzucała z niej wszelkie myśli, pytania, teorie i koncepcje.

– Nie zamierzam łamać sobie głowy nad tym, co ten stary dureń wymyślił – rzekła, zaciskając dłonie w pięści. – Zamierzam go wykurzyć z nory. – Wstała z fotela z zaciętą, złą twarzą. – Nie będę czekać, aż zza Kamieni przyjdą Jugrowie – rzekła. – Bo przyjdą albo i nie przyjdą.

Chciałem jej powiedzieć, że Zygfryd jest człowiekiem godnym zaufania i nie zawiedzie jej rozkazów, jednak zdecydowałem się nie odzywać. Bo księżna tym razem na pewno nie była w nastroju, w którym życzyłaby sobie, aby ktokolwiek jej przerywał.

– Ale zanim zdecyduję o wojnie – dodała – zostało mi jedno.

Odwróciła się do nas plecami i podeszła do okna.

– Mateczka Olga musi mi pomóc – rzekła nie tylko z pewnością w głosie, ale wręcz z zapiekłą złością.

To tylko utwierdziło mnie w podejrzeniu, iż księżna spodziewa się, że wiedźma z trzęsawisk wcale nie będzie miała ochoty na mieszanie się w sprawy możnowładców. Zwłaszcza że te konflikty między książętami, bojarami i kupcami uważała za głupie i niegodne jej uwagi.

Kiedy cisza wydłużyła się, zdecydowałem się odezwać.

– Proszę wybaczyć, Wasza Wysokość, moje pytanie, ale mam nadzieję, że znając na nie odpowiedź, będę mógł lepiej się przysłużyć Waszej Wysokości. Na czym Wasza Wysokość opiera swoje przeświadczenie o życzliwości, powiedziałbym nawet: o tak daleko posuniętej życzliwości czarownicy?

Andrzej odwrócił wzrok, udając, że nie słyszy mojego pytania. Ale przecież musiałem znać na nie odpowiedź! Jeśli taka odpowiedź w ogóle istniała. Księżna jednak nie zgniewała się o moje słowa. Odwróciła się od okna.

– Jestem jej winna przysługę, pamiętasz, inkwizytorze? – zapytała. – A niby w jaki sposób miałabym spłacić dług, jeśli mnie przedtem zabiją lub wygnają? Tak, to był rzeczywiście argument. Wiedźma z trzęsawisk będzie musiała rozważyć, czy bardziej opłaca jej się wziąć udział w wojnie i odzyskać dług, czy też machnąć na wszystko ręką i ani nie marnować czasu, ani nie narażać się na niebezpieczeństwa. Bo nawet dla potężnej wiedźmy wojna nie jest przecież pozbawiona zagrożeń. Strzała z łuku czy kuszy równie łatwo przebije serce chłopa, inkwizytora czy czarownicy. Poza tym, jak wiedziałem, mateczka Olga starała się trzymać z daleka od konfliktów zwykłych ludzi. Owszem, pomogła nam w walce z demonicznym Wilkiem, a jak mniemam, bez jej udziału wyprawa zakończyłaby sie klęską. I choć ja sam poległbym zapewne jako ostatni, ze świetlistym mieczem w dłoniach broniąc Nataszy, to żadna w tym pociecha. Tylko pamiętać należy, iż wiedźma uczyniła, co uczyniła, dlatego, iż sama poczuła się zagrożona. A magiczny potwór i jego wynaturzona armia plugawiły i profanowały świat swoją obecnością. Natomiast konflikt Izjasława z Ludmiłą był podobny do dziesiątek, setek i tysięcy zwad pomiędzy możnymi. Nie stanowił niczego szczególnego ani niczego niezwykłego. No, poza jednym: nie mogłem rozgryźć motywów postępowania władyki. Ale może zadziałała zwyczajna ochota zaszkodzenia nielubianej krewniaczce? Rozszerzenia przed śmiercią swej władzy na całe księstwo? A może Izjasławowi brakowało wojennych emocji: gniewu, strachu, nienawiści, radości z odniesionego triumfu? Może młode kochanki nie rozgrzewały już starczego umysłu i zwiędłego ciała, więc

Izjasław pomyślał, że rozpali je przelana krew nieprzyjaciół? Może pragnął stać na czele armii, pod łopoczącym sztandarem i wznosić pod niebo miecz schlapany czerwienią? I może pragnął w taki właśnie sposób przejść do pamięci potomnych, do pisanych przez kronikarzy historii, do opowieści wyśpiewywanych po karczmach?

– A jeśli wiedźma spisze ten dług na straty? – wyraziłem na głos wątpliwości i miałem nadzieję, iż pytanie nie rozgniewa Ludmiły.

Jednak księżna najwyraźniej również obawiała się podobnego obrotu zdarzeń, gdyż skinęła głową z ponurym wyrazem twarzy.

– Kto wie – sapnęła. – Czort jeden wie takie jak ona...

A potem obróciła na mnie ciężkie spojrzenie.

– Pójdziesz do niej na bagna, inkwizytorze – rzekła. – I będziesz z nią negocjował w moim imieniu.

– Ja? – Ten rozkaz naprawdę mnie zdumiał. – Wasza Wysokość, zrobię wszystko, by się przysłużyć Waszej Wysokości, ale...

– Kazałam słać wieści na bagna, by mateczka przysłała przewodnika lub by sama do mnie przybyła, jednak wcale się nie odezwała – ciągnęła Ludmiła, całkowicie ignorując mnie i moje słowa. – Więc ktoś musi iść do niej, w sam środek tych mokradeł. Tylko ty znasz magię, tylko ty znajdziesz sposób, by przedrzeć się przez uroki i zaklęcia, które rzuciła, broniąc swego władztwa. – Zapatrzyła się we mnie posępnie. – Widziałam, co potrafisz... Przetniesz pajęcze sieci, gdy inni by się w nie zaplątali.

A więc sprawy miały się jeszcze gorzej, niż mogłem to sobie wyobrazić. Wiedźma nie chciała spotkać się z Ludmiłą. Jakie miała powody, trudno powiedzieć, jednak najwyraźniej kłopoty księżnej wcale jej nie obchodziły. Pomysł, bym to ja przedzierał się przez trzęsawisko oplecione wiedźmimi zaklęciami, był nie tylko cudaczny i niebezpieczny, lecz przede wszystkim podejrzewałem, iż okaże się całkowicie nieskuteczny. Nie sądziłem, by czarownica zabiła mnie z premedytacją i za karę, że wdzieram się na jej terytorium (choć i takiego przebiegu wypadków nie mogłem wykluczyć), podejrzewałem raczej, że po prostu pozwoli, bym zbłądził, zszedł z drogi i utopił się w zdradliwym błocku.

– Wasza mość, nic z tego nie będzie, jeśli nie dostanę tropicieli – rzekłem zdecydowanie. – Nie umiem poruszać się na bagnach, a to, że potrafię osłabić zaklęcia czarownicy, nie pomoże mi w znalezieniu ścieżek przez trzęsawisko.

Powoli skinęła głową.

– Dobrze więc. Dostaniesz tropicieli. Coś jeszcze?

– Za waszym pozwoleniem, pani, ale to, co powiem, może zostać powiedziane tylko w cztery oczy, bez urazy dla was, wasza miłość, i obecnego tu waszego dworzanina.

Skinęła dłonią.

– Wyjdź – rozkazała Andrzejowi.

Dworzanin skłonił się i nie spoglądając w moją stronę, opuścił komnatę.

– Czego chcesz? – zapytała Ludmiła nieprzyjaznym tonem, kiedy szczęknęły już zamykane drzwi.

Spojrzałem jej prosto w oczy.

– Chcę wolności dla mnie i dla Nataszy.

Milczała dłuższą chwilę.

– Wolność – powiedziała wreszcie, a ton jej głosu nie był już nieprzyjazny, lecz posępny. – A któż z nas jest prawdziwie wolny, inkwizytorze?

– Nie wnikając w filozoficzne rozważania na temat wolności, Wasza Wysokość, pragnę, byśmy mogli decydować sami o sobie w takich ramach, w jakich czynią to zwykli obywatele.

Prychnęła.

– Na Rusi nie ma obywateli – stwierdziła pogardliwie. – Na Rusi są tylko rabowie, poddani... No dobrze – dodała po chwili. – Ale jeśli dostaniesz swoją wolność, czymkolwiek ona by była, to co z nią uczynisz, inkwizytorze? Nie wrócisz do Nowogrodu, bo zabiorą ci Nataszę, a jeśli nie zabiorą, to na pewno nie wypuszczą jej za granice Rusi – odpowiedziała sama sobie. – A jeśli nawet by ją wypuszczono, to przecież w Cesarstwie zostanie uwięziona i pewnie spalona na stosie. Co więc zamierzasz uczynić?

– Izjasław obiecał mi zajazd Czarnego Daniły w dożywocie. Jeśli pomogę Waszej Wysokości zwyciężyć, czy pozwolisz mi, pani, zamieszkać tam z Nataszą i rządzić w twoim imieniu?

Znowu milczała dłuższy czas.

– Czemu nie... – rzekła wreszcie.

Potem pokręciła głową.

– Ale nie znasz nas i naszego kraju, jeśli sądzisz, że będziesz bezpieczny. Jeden rozkaz z Nowogrodu i stracisz wszystko. Własność, kobietę, a nawet życie... Nie rozumiesz, że jakkolwiek nie podobałaby ci się rola, jaką pełnisz tutaj i przy mnie, to tylko pełniąc ją, jesteś w miarę bezpieczny? Tylko ja mogę cię ochronić...

Popatrzyła na mnie pobłażliwie, jednocześnie z chyba nieudawanym smutkiem.

– Nie ma przyszłości dla ciebie i Nataszy. Cokolwiek byś próbował uczynić, jesteście zgubieni. Korzystaj z chwil, inkwizytorze, bo tylko chwile ci pozostały...

Zdecydowałem się przemilczeć jej ponure ostrzeżenia.

– Czy więc z łaską i pozwoleniem waszej książęcej mości będę mógł z tych chwil korzystać w zajeździe Czarnego Daniły?

Uśmiechnęła się.

– Jesteś uparty. Ale może to i dobrze. Mam tego wołcha z Nowogrodu, chociaż nie wiem, czy uda mi się go zatrzymać, pewnie będę miała wołcha należącego do Izjasława, kiedy już zwyciężę, więc nie będziesz mi potrzebny tak jak dzisiaj. Sprowadzisz czarownicę, dostaniesz, co chcesz. Masz moje słowo – rzekła.

Skłoniłem się bardzo głęboko.

– Pokornie dziękuję Waszej Wysokości. Zrobię wszystko, aby wasza mość była ze mnie zadowolona.

Przed opuszczeniem obozowiska zająłem się jeszcze moją piękną więźniarką, która teraz, po kilku dniach zamknięcia w skrzyni, nie sprawiała już wrażenia pięknej. Miała zlepione włosy, szarą, napuchniętą twarz i spieczone usta. Poza tym diablo śmierdziała. Nic jednak na razie nie mogłem na to poradzić. Miałem nadzieję, że kiedy odzyskamy już Peczorę, to z pomocą Nataszy będę mógł zarówno gruntownie przesłuchać Mauretankę, jak i przy okazji zadbać, by nie cierpiała niewygód. Cóż, mili moi, jednak mimo że mnie zdradziła, miałem do niej pewien rodzaj sentymentu. Nie wynikający oczywiście z naszych wspólnych miłosnych uniesień, lecz z faktu, że służyliśmy wspólnej sprawie. Niedawno zresztą zadałem sobie pytanie, na które nie znajdowałem odpowiedzi, a które wydało mi się bardzo niepokojące: czy usiłując mnie porwać, Nontle przypadkiem nie uważała, że służy sprawie chrześcijaństwa? Czy nie uważała, że nie tylko nie zdradza naszych wspólnych ideałów, ale wręcz działa na ich rzecz? Miałem nadzieję, że będzie na tyle rozsądna, by w czasie przesłuchania opowiedzieć mi o wszystkim bez kłamstw. Ale to wszystko, niestety, musiało jeszcze poczekać...

Rozdział czwarty
Dom na trzęsawisku

K siężna kazała dołączyć do mnie dwóm tropicielom, któ-rzy jak się możecie domyślać, mili moi, wcale, ale to wcale nie pałali zachwytem, że będą musieli pro-wadzić rzymskiego diabła (jak cały czas mnie nazywano) w samo serce włości żyjącej na trzęsawiskach wiedźmy. Ludmiła obiecała im hojną nagrodę, jeśli tylko przyprowadzą in-kwizytora cało i zdrowo z powrotem, więc miałem na-dzieję, że właśnie żądza zysku skusi tych ludzi i nie zo-stawią mnie samego pośrodku bagnisk. Jestem bowiem, i nie raz twierdziłem to z całą stanowczością, cywilizo-wanym człowiekiem pochodzącym z miasta. Potrafię po-ruszać się w labiryncie ulic, uliczek i zaułków, umiem odnaleźć przydatnych ludzi, choćby pochowali się na najgorszych suburbiach, otoczeni najpodlejszego sortu zabijakami. Ale w lesie czy na bagnach mogę pobłądzić niczym dziecko z kapturem na głowie. Nie widziałem

nigdy potrzeby, by w świecie cesarskiej cywilizacji nabywać podróżniczego doświadczenia, a teraz było już za późno na podobne nauki. Tymczasem przecież nawet Andrzej, wcale nie tropiciel, przewodnik czy obieżyświat, potrafił świetnie orientować się pośrodku bezdroży, poznawać kierunek marszu, szacować odległość od celu i określać godzinę, nawet kiedy niebo było zachmurzone czy zamglone. O podobnych zdolnościach mógłbym tylko pomarzyć, oczywiście zakładając, że moje marzenia biegłyby tak pozbawionymi sensu szlakami.

– Księżna nie zgodziła się, bym wam towarzyszył – poinformował smętnie Andrzej.

– Pokornie wam dziękuję, że zaproponowaliście podobne rozwiązanie – odparłem.

Wzruszył ramionami.

– Porzucą was te kanalie. – Zerknął w stronę przewodników siedzących nieopodal.

Mężczyźni, o których wspomniał, tkwili nieruchomo, przykucnięci na piętach, i wpatrywali się martwym, bezmyślnym wzrokiem gdzieś w przestrzeń. Czyli generalnie robili właśnie to, co większość Rusinów lubiła robić najbardziej, jeśli akurat nie mogli żłopać swojego ohydnego, kwaśnego piwska albo upijać się do bolesnej nieprzytomności smrodliwą gorzałką z czarnego żyta.

– Też tak sądzę – przyznałem mu rację z westchnieniem.

Cmyknął przez zęby, pokręcił głową, najwyraźniej zastanawiając się nad czymś, po czym odszedł ode mnie i zbliżył się do przewodników. Tropiciele w Księstwie Peczorskim czuli się o tyle lepsi od zwykłych żołnierzy, że ci tutaj nawet się nie podnieśli, widząc nadchodzącego dworzanina. Oczywiście Andrzej nie był oficerem, lecz był przecież zaufanym księżnej oraz pochodził z dobrego rodu. Prości ludzie kulili się, kiedy nadchodził, i opuszczali wzrok, kiedy z nim rozmawiali. A ci tutaj po prostu się nie przejęli. Nie drgnęli nawet, zupełnie jakby byli jakimiś ruskimi gargulcami, znieruchomiałymi i skamieniałymi, pilnującymi jednak nie kościoła czy katedry, lecz kałuży z błotnistą wodą. Mój towarzysz przykucnął obok nich, tak jak i oni na piętach, i zaczął mówić coś, czego nie słyszałem, lecz po ruchu ust poznawałem, że wypowiada słowa bardzo wolno i wyraźnie. Najwidoczniej powiedział coś, co zainteresowało przewodników, gdyż obaj drgnęli i obrócili na niego wzrok. Te spojrzenia nie były już martwe i obojętne, lecz tym razem ożywione. Andrzej mówił jeszcze przez chwilę, potem podniósł się i nie zwracając na nich więcej uwagi, odszedł w moją stronę. Pozostawieni przez niego Rusini odprowadzili go wzrokiem, a później, kiedy stanął obok mnie, opuścili głowy i wgapili się w ziemię.

– Cóżeście im powiedzieli? Jak mniemam, nie była to obietnica nagrody...

– Przypomniałem im, że jesteście własnością białej wiedźmy. – Uśmiechnął się krzywo, a zaskorupiała rana na policzku tę krzywiznę uśmiechu jeszcze powiększyła. – I że jeśli coś wam się stanie, to ona nigdy, przenigdy im tego nie daruje.

– Nataszka nie jest wiedźmą – burknąłem.

Rozłożył ręce.

– Ja im tylko tak powiedziałem – zastrzegł od razu. – Zresztą wy możecie wierzyć, w co chcecie, ale w Peczorze wszyscy wierzą w co innego – dodał.

– Dobrze, dobrze, wybaczcie. – Machnąłem ręką. – Zresztą pewnie to i lepiej, bezpieczniej dla niej... A w każdym razie dziękuję wam bardzo, że staraliście się ich przekonać.

– Przekonać jak przekonać. – Wzruszył ramionami i uśmiechnął się. – Ostrzegłem ich, że wasza kobieta rzuciła urok. W brzuchu każdego, kto was skrzywdzi, będą się rodzić czarne pijawki, które wyżrą go od środka, a które im człowiek więcej zje i wypije, tym staną się głodniejsze. Aż w końcu tak człeka podziurawią, że będą wypadać na ziemię przez dziury w jego trzewiach...

– Obrzydliwe – przyznałem i skinąłem z uznaniem głową.

– Takie rzeczy u nas, na Rusi, się zdarzają – odparł poważnie. – I każdy od maleńkości wie, że nie ma życia dla tego, kto ośmielił się wejść w drogę wiedźmie. Może więc chociaż na chwilę powstrzyma ich ta opowieść przed ucieczką – westchnął. – Chociaż sami wiecie, jak jest – kontynuował tonem nieco bardziej posępnym. – Gdyby ludzie, popełniając głupstwa, myśleli o ich groźnych konsekwencjach, pewnie nigdy by tych głupstw nie popełnili.

– Święta prawda – zgodziłem się z nim. – Jako inkwizytor nie raz dochodziłem do podobnego wniosku.

– Ano, gdyby ludzie byli mądrzy, to nie byliby głupi – westchnął. – Co zrobić, że jest, jak jest?

– Cóż, Andrzeju, jednak, jak widać, głupota głupich przydaje się korzyściom rozumnych. – Uprzejmie żartobliwym gestem wskazałem na niego i na siebie.

Skinął głową.

– To na pewno. – Zerknął przelotnie na przewodników, którzy nadal kucali ze spojrzeniem wbitym w ziemię. – Uważajcie na nich i starajcie się ich natchnąć odwagą, jeśli będzie trzeba. Nie zrobią wam krzywdy sami z siebie, najwyżej, jeśli strach ich zmoże, zostawią was na zatracenie.

– Pomimo klątwy?

– Umkną byle dalej, licząc, że klątwa ich nie trafi, jeśli znajdą się wystarczająco daleko od wiedźmy, która rzuciła urok. – Pokręcił głową z niesmakiem. – Ciemnota w naszym ruskim ludzie jest taka, że mówię wam. Jakby siła klątwy zależała od odległości...

Andrzej wraz z dwoma zbrojnymi jeźdźcami towarzyszył mi do samego skraju puszczy. Tam pożegnaliśmy się krótkim uściśnięciem dłoni, a po jego szybkim, jakby spłoszonym spojrzeniu poznałem również, że nieszczególnie jest pewien, iż kiedykolwiek mnie jeszcze zobaczy. No cóż, ja, rzecz jasna, byłem o wiele lepszej myśli, gdyż jako wierny Sługa Boży pokładałem ufność w mym Panu i Stwórcy. Oraz w tym, że przydam Mu się jeszcze w Jego przyszłych zamierzeniach, więc nie warto mnie na razie wzywać przed Tron Pański.

Poprzednim razem, kiedy wjeżdżaliśmy na szlak prowadzący do obszaru, jaki wiedźma uznała za swoje królestwo, panowała mgła, mrok i nad głowami posępnie zawodziły dziwne ptaki. Teraz nic nie zostało z tamtej atmosfery grozy czy przygnębienia, która na wszystkich, łącznie ze mną, robiła tak wielkie wrażenie. Dzisiaj powietrze może nie jawiło się przejrzyste niczym kryształ, a niebo nie lśniło od rozsłonecznienia, ale po prostu był zwykły peczorski dzień. Ni to pogodny, ni mglisty, ni to ciepły, ni zimny, ale poza wszystkim i na pewno wilgotny. I oczywiście pełen komarzego bzyczenia. Czym zresztą przejmowałem się coraz bardziej, ponieważ pomimo bardzo oszczędnego stosowania mikstury, jakie otrzymałem rok wcześniej od Nontle, były na wyczerpaniu. A chociaż teraz, po uwięzieniu księżniczki, ostrożnie przejrzałem jej bagaże, to oczywiście za nic w świecie nie ośmieliłbym się próbować niczego z jej mazideł na własną rękę. Bo diabli wiedzą co ta zręczna alchemiczka (i jak mniemałem, równie zręczna trucicielka) woziła ze sobą.

Przewodnicy oczywiście nie przejmowali się komarami, zresztą na początku drogi nie wydawali się niczym szczególnie przejęci. Ale też leśny dukt prowadził na razie nie wśród mokradeł z ich powykręcanymi, zgniłymi drzewami, przypominającymi koślawe kończyny utopionych olbrzymów, lecz pośród zwykłej leśnej gęstwiny. Błoto mlaskało co prawda pod nogami wierzchowców, ale zanurzały się one w nim zaledwie po kopyta lub czasem po pęciny, a ponieważ jechaliśmy wolno, to nawet się tym brodzeniem nie męczyły. Pamiętałem, iż zeszłym razem, idąc do wiedźmiego siedliska, zsiedliśmy od razu z koni, prowadzeni przez sapiącego pokraka służącego mateczce Oldze. Domyśliłem się jednak, że ów pokrak znał skróty dostępne tylko ludzkim stopom, a moi przewodnicy wiedli nas ścieżką prowadzącą dookoła.

Wreszcie jednak przyszedł czas, że zatrzymaliśmy się na porośniętej brudnozieloną trawą polanie, która lśniła od skrytych pod trawą kałuż wody. Obaj tropiciele bez słowa zeskoczyli z siodeł i uwiązali konie do drzewa, a ja poszedłem w ich ślady. Starszy z mężczyzn podał mi linę i gestem nakazał, bym obwiązał się nią w pasie, a on sam mocno zapętlił ją wokół własnego nadgarstka. Poczułem się bez mała niczym krowa na postronku albo niczym baran prowadzony na rzeź i ponuro pomyślałem, iż to porównanie wcale nie musi być takie odległe, jak mogłoby się wydawać na pierwszy rzut oka.

Ruszyliśmy przez polanę, która najwyraźniej była już początkiem właściwych i niebezpiecznych mokradeł. Mój przewodnik ostrożnie i uważnie stawiał stopy, drugi z tropicieli kroczył za moimi plecami. Słyszałem, jak jego buty mlaszczą w błocku, i czułem jego oddech, przesycony smrodem kwaśnego piwa i gnijących zębów. Pomyślałem, że najprościej dla nich byłoby zadźgać mnie gdzieś zaraz na samym początku bagien, trupa wrzucić w toń, potem wrócić do księżnej i powiedzieć, że byłem nieostrożny i się utopiłem... Chociaż nie, pomyślałem po chwili, to byłoby dla nich zbyt niebezpieczne. Ludmiła kazałaby ich przesłuchać osobno, wzięła na tortury i prędzej czy później udowodniła, że kłamią. Nie miałem wątpliwości, iż nie uczyniłaby tego z uwagi na uczucie do mnie lub wielką żałobę po mojej śmierci, lecz ponieważ kłamstwo podważyłoby jej autorytet. Więc może dla przewodników wygodniej byłoby po zabiciu mnie po prostu zapaść gdzieś w lasach po tej lub tamtej stronie Kamieni? Kto ich wówczas znajdzie i kto ich w ogóle będzie szukał, skoro oni sami byli najlepiej wytrenowani do tego zajęcia? I mogłem tylko w tym właśnie momencie myśleć z życzliwością o Andrzeju, który nawet jeśli tropiciele mieli podobne plany wobec mnie, to im te plany jednak skomplikował. Bo nawet w prymitywnych umysłach Rusinów, zarośniętych, tępych i bardziej przypominających dzikie puszczańskie stwory niż ludzi, musiała zakiełkować myśl, że niedobrze jest narazić się na gniew czarownicy i niedobrze zostać doświadczonym klątwą polegającą na tym, iż twoje ciało zżerają od środka czarne robaki. A że Natasza nie jest żadną czarownicą, o tym przecież owo zabobonne plemię nie chciało nawet wiedzieć...

Z polany weszliśmy teraz na prawdziwe bagno. Drzewa rosły wokół nas burozielone, poskręcane, z przegniłymi konarami i zbrązowiałymi liśćmi. Ich chorobliwie łuszczącą się korę pokrywał szarozielony nalot mchu, który wyglądał tak zwyrodniale, iż wzdragałem się przed myślą, że miałbym dotknąć go choćby końcami palców. Korzenie i gałęzie tych drzew (a trudno było czasem odróżnić jedno od drugiego) kładły się pod powierzchnią błota lub wisiały tuż ponad nim. Coraz ciężej nam się szło w tej mięsistej brei, gdzie każdy ruch stopy wywoływał wstrętne odgłosy jakby zasysania, mlaskania i przełykania śliny przez jakiegoś zdegenerowanego, ociekającego smrodliwą plwociną giganta zakopanego tutaj przed wiekami, może nawet przed eonami, uśpionego od czasów, kiedy on i do niego podobni panowali nad światem. Wyobraziłem sobie to niezmierzone, przegniłe cielsko, pokryte zrogowaciałą, ropiejącą skórą, leżące tuż pod powierzchnią bagna. Wyobraziłem sobie jęzor mlaskający spoza przegniłych warg, wychylający się zza wytłuczonych, czarnych zębów, spróchniałych niczym pnie na bagnisku. I wyobraziłem sobie również, że oczy tego olbrzyma zaczynają się otwierać, że potężne, pokryte sinymi plamami powieki odmykają się...

I kiedy moja wyobraźnia pędziła już coraz dalej na rydwanie ciągnionym przez groteskowe w swym szaleństwie, koszmarne wizje, zrozumiałem, że to nie jest wina skrzydeł fantazji waszego uniżonego sługi, lecz uroków

przeklętej czarownicy, pułapek zastawionych na szlaku
na tych, którzy ośmielili się wejść do wiedźmiej domeny.
– Stójcie! – krzyknąłem zdecydowanie, mocno i pełnym głosem. – Na kolana i módlcie się!
Obaj tropiciele wgapiali się we mnie wzrokiem na
poły otumanionym, na poły przerażonym. Byłem ciekaw, czy ich wyobrażenia również krążyły wokół postaci gigantycznego cielska leżącego pod trzęsawiskiem, czy
też miało ich strwożyć zupełnie co innego.
– Na kolana! – Szarpnąłem linę, którą przytroczony
był do mnie starszy z mężczyzn.
Oprzytomniał i próbował się wyrwać, ale wtedy, widząc już, że nie mam żadnych szans, by zatrzymać go
samym rozkazem, rzuciłem się i chwyciłem go z całej
siły za siwą brodę. Skręciłem sobie jego włosy wokół palców, szarpnąłem do dołu. Na pewno byłem dużo mocniejszy od niego, ale on, chociaż chudy i żylasty, okazał
się bardzo zwinny. Omal mi się nie wyślizgnął nagłym
skrętem ciała, zupełnie przy tym nie zważał na ból, jaki
musiała mu sprawiać targana moją dłonią broda. Kątem
oka zerknąłem na zwiadowcę idącego za nami, lecz ten
wpatrywał się w coś między drzewami (a nie było tam,
przysiągłbym! – zupełnie nic oprócz cienia kładzionego przez poskręcane konary) z wyraźnym przerażeniem
w oczach. Przestałem zwracać na niego uwagę, wystarczyło mi tylko wiedzieć, że nie zamierza iść z pomocą
swemu towarzyszowi, że nie wbije mi noża w plecy albo
nie skoczy na kark. Udało mi się obalić siwego tropiciela,
ten właściwie nie próbował ze mną walczyć, a przynajmniej nie w taki sposób, by mnie pokonać czy skrzywdzić. Usiłował tylko za wszelką cenę wyrwać się z mojego

uścisku. Cały czas coś widział, widział to coś nie istniejące w świecie rzeczywistym, ale w stworzonym poprzez
narzucony nam wszystkim obłęd. Mnie, Bogu dziękować, udało się wcześnie wyzwolić spod władzy uroku,
lecz stary, jak widać, brnął w szaleństwo wciąż głębiej
i głębiej. Wreszcie klęknąłem tropicielowi na klatce piersiowej i uderzyłem go pięścią w głowę. Szarpnął się z całej siły, więc drugi raz zamiast w nos trafiłem w błocko obok jego ucha. Spod mojej pięści trysnęła fontanna
i może nawet był to szczęsny traf, gdyż muł oślepił mojego przeciwnika. I zrobił to na tyle skutecznie, że zdążyłem bezkarnie huknąć starego dwa razy czołem w twarz.
Za pierwszym razem rozległ się trzask pękających kości,
a z nosa zwiadowcy buchnęła krew, za drugim razem
odgłos był już tylko taki, jakby młotek wbijać w surowe mięso. Tropiciel pode mną wreszcie znieruchomiał.
Odetchnąłem z bólem i wysiłkiem i odsunąłem się od
leżącego mężczyzny.

– Boże, spraw, żeby nie okazało się, że go zabiłem –
wyszeptałem.

Rzecz jasna, nie zależało mi na generalnie bezwartoś-
ciowym życiu owego człowieka. Chodziło mi tylko o to,
że w tej chwili jego los był ściśle powiązany z moim. Jeśli
on umrze, prawdopodobnie umrę i ja, gdyż za nic w świecie nie znajdę drogi powrotnej prowadzącej z tych ostępów. Rozejrzałem się i zobaczyłem drugiego tropiciela,
cofającego się krok za krokiem, z dala od szlaku, którym
do tej pory żeśmy szli, gdzieś pomiędzy wykrzywiony-
mi konarami. Cofał się i zasłaniał twarz rękoma, jakby
przed atakiem kogoś dla mnie niewidzialnego, a może
nawet nie atakiem, lecz widokiem czegoś, czego nie

mogły znieść jego oczy. Wiedziałem już, że ten człowiek jest stracony. Nie wymknie się z więzienia obłędu, gdyż utkwił w nim na dobre i będzie tam zamknięty tak długo, póki w świecie rzeczywistym nie pogrąży się w bagiennej toni i nie straci w ten sposób życia. No cóż, na pewno nie była to dla mnie dobra wiadomość, lecz na szczęście miałem obok siebie siwowłosego mężczyznę, musiałem więc pilnować go, troszczyć się o niego i dbać niczym krowa o ostatni kwiatek mlecza przed nadchodzącą zimą.

Usiadłem na jego stopach, by nie moczyć pośladków w bagnistej brei, i cierpliwie czekałem, aż zwiadowca oprzytomnieje. Liczyłem, że urok ustąpił, miałem też nadzieję, iż tropiciel nie podda się tak łatwo następnemu zaklęciu. Ja sam od czasu do czasu miałem jeszcze przebłyski złud i majaków, które kazały mi wyobrażać sobie tego gnijącego olbrzyma wstającego spod mokradeł i rozwierającego przerażającą, cuchnącą paszczę, by mnie pożreć, lecz od kiedy wiedziałem, że jest to jedynie urok, i nie dawałem się ponieść fantazji, w niczym mi te wyobrażenia nie zagrażały. Zresztą nie same wizje były groźne, ale to, co człowiek wyprawiał pod ich wpływem. Pułapki zastawione przez wiedźmę nakierowane zostały przecież na prostych Rusinów, nie na ostry niczym brzytwa umysł doświadczonego inkwizytora.

Otworzyłem torbę, wyjąłem z niej kawałek wędzonego mięsa i zacząłem spokojnie go przeżuwać. Do zmierzchu zostało jeszcze sporo czasu. Przynajmniej tak mi się wydawało, gdyż miałem nadzieję, że tym razem nie zatraciłem umiejętności oceny pory dnia. Zastanawiałem się też, jakie czekają nas kolejne niespodzianki, bo że takowe się pojawią, byłem pewien. Wreszcie dłoń mężczyzny, na którego stopach siedziałem, drgnęła, a z jego ust wydobyło się coś pomiędzy jękiem a chrapliwym sapnięciem. Kucnąłem przy jego twarzy i poklepałem go dość mocno po policzku. Zajęczał tym razem nieco głośniej i otworzył oczy. A w zasadzie lepiej powiedzieć: otworzył jedno oko, gdyż drugie miał pokryte skorupą błota i krwi.

– Wszystko dobrze – powiedziałem wolno i wyraźnie. – Żyjesz i nie masz się czego bać. Jesteśmy bezpieczni.

Wpatrywał się we mnie nieprzytomnym spojrzeniem. Cóż, miał prawo być oszołomiony, bo przecież do szoku spowodowanego strachem doszły moje wcale nie słabe uderzenia. I to musiało wywrzeć na nim wrażenie. Miałem tylko nadzieję, że zachował pamięć, zdrowe zmysły oraz zdolności tropicielskie.

– Co to? Gdzie to? – bąknął bezsensownie.

Otworzyłem bukłak i wystawiłem mu go przed oczy.

– Dobra gorzałka – rzekłem. – Zmieszana z czarnym prochem. Pij.

Nie wiem, czy do jego zatkanych zaschniętą krwią nozdrzy doszedł ten paskudny odór, czy raczej zrozumiał wypowiadane przeze mnie słowa, lecz wydawało mi się, że jego spojrzenie nabrało żywości i blasku. Po chwili wyciągnął rękę. Wziął ode mnie manierkę i przyssał się do niej, dudląc duże łyki.

– Ejże – mruknąłem po chwili.

Oddał mi puste naczynie, a jego oczy już całkiem oprzytomniały.

– I tak to z wami na Rusi jest – powiedziałem. – Dać wam za mało gorzałki, to będziecie się awanturować, a dać wam za dużo gorzałki, to zaśniecie choćby z twarzą w latrynie. Ale dać wam gorzałki w sam raz, i od razu może być z was pożytek.

– Co jest? Gdzie Iwan?

Na Rusi co drugi mużyk to był Iwan albo Kola, co było barbarzyńskim zdrobnieniem, jakim wołano na każdego Mikołaja, ale jak rozumiałem, siwowłosemu chodziło o naszego towarzysza wyprawy.

– Uciekł – rzekłem i zaraz uniosłem znacząco palec. – Dla ciebie to zresztą tym lepiej, bo nagroda, co miała być na was dwóch, teraz wypadnie tylko na ciebie jednego.

Spoglądał na mnie przez chwilę, jakby starał się odgadnąć, zrozumieć i rozszyfrować tajemnicę tkwiącą w moich słowach, aż wreszcie skinął głową.

– Nagroda – powtórzył nieco weselszym tonem. – Będzie nagroda.

– Ano będzie – zgodziłem się z nim.

– A ja? – Krzywiąc się, dotknął palcem nosa i kości policzkowych. – Co ja taki obity?

Aha, a więc mój bystry towarzysz nie pamiętał, co się wydarzyło przed tym, nim utracił przytomność. Może to i lepiej.

– Próbowałeś zatrzymać Iwana, lecz chłop tak silnie machał rękami, że cię trafił i jednak uciekł. No to zostałem tu z tobą i pilnowałem cię, żeby ci się, Boże chroń, nie przytrafiło nic złego.

– Że niby jak? – Zmarszczył brwi.

Trudno było mi powiedzieć, do czego konkretnie odnosiło się tak inteligentnie postawione pytanie.

– Trzeba sobie pomagać nawzajem, prawda? – spytałem serdecznym tonem. – Leżałeś nieprzytomny, więc czekałem, aż wydobrzejesz. Chcesz mięsa?

Pokręcił głową.

– Rzygnęło by się – burknął.

A potem rzeczywiście odwrócił się i zwymiotował za siebie. No cóż, po silnym pobiciu i utracie przytomności często tak bywa. A tym bardziej kiedy człowiek wypije do tego wszystkiego dużo gorzałki jednym cięgiem. Potem siwowłosy zwrócił raz jeszcze, tym razem dłużej wycharkując z siebie przetrawione resztki. Wokół rozszedł się smród, który przyćmił zwyczajny gnilny odór bagniska. No cóż, po prawdzie można nawet powiedzieć, że wstrętna woń trzęsawisk wydawała się niemal nieszkodliwa w porównaniu z wyjątkowo śmierdzącymi rzygami tropiciela.

Podniosłem się.

– Czas chyba wracać do obozu, do księżnej – obwieściłem smutno. – Nie ma Iwana, to nie wiem, czy ty sam byś nam pomógł dotrzeć do celu. No, nagrody pewnie, że szkoda, i księżna się zgniewa, kiedy wrócimy. No nic, może jakoś nam daruje, żeśmy nie wypełnili jej rozkazów – dodałem ponuro i ze zwątpieniem.

– No jakże to tak? – obruszył się. – A co ja sam jakiś głupi?

Spojrzałem na niego z niedowierzaniem.

– Naprawdę? Trafisz? Poradzisz sobie? – zapytałem, starając się, by w moim głosie było tyle wątpliwości co pcheł w lisim futrze. – Iwan mówił, że to on jest najlepszy i że mógłbyś się tylko uczyć od niego, jak chodzić po puszczy.

Siwowłosy zacisnął dłonie w pięści. Jego twarz wykrzywiła się w gniewnym grymasie.

– A to sobaka końskim kiepem w paszczu chędożona! – zawarczał wściekle. – To ja go nauczyłem wszystkiego, co umiał! Zresztą gdzie on teraz? – Tropiciel rozejrzał się wokół. – Jego nie ma, a ja jestem!

– Słusznie – pochwaliłem go za tak trafną obserwację. – Wierzę ci bez zastrzeżeń – dodałem, przytknąwszy dłoń do serca. – Prowadź więc, tylko powiedz mi jeszcze, jak masz na imię?

– A jakże jak? – Otworzył szeroko oczy. – Fiodor przecież.

– No, Fiedka. – Klepnąłem go w ramię. – Dobrze się spiszesz, a księżna może nada ci nawet nazwisko, co? – Uśmiechnąłem się do niego szeroko. – Fiodor Gierojew, podoba się? To dopiero brzmi, co?

– Fiodor Gierojew – przepowiedział sobie w pełnym podziwu zachwycie i przetarł nos z sączącej się krwi. – Fiodor Gierojew – powtórzył znowu, uśmiechając się coraz szerzej. – Hej! – Spojrzał na mnie. – Ja żem jest Fiodor Gierojew, wiecie?! – Zarechotał radośnie i stuknął się pięścią w pierś. – Fiodor Gierojew, tropiciel – rzekł z poważną miną i basem, jakby się przedstawiał komuś obcemu.

– No dobrze, Fiedka, czas się zbierać, bo... – urwałem i spojrzałem w ołowiane niebo. – Ja nawet nie wiem, czy wiele czasu zostało do zmroku.

– Eeee, wiele jeszcze. Zdążymy – mruknął, nawet nie spoglądając w górę.

– Fiedka, widziałeś kiedyś obraz, co? Na przykład w świątyni...

Zagapił się na mnie nierozumiejącym spojrzeniem.

– Jezusa na obrazku może widziałeś? Albo Gunderyka i jego siedmiu synów?

– No jakże nie, jak tak! – wykrzyknął. – Gunderyka i siedmiu synów. I Jezusa. Tak jest. Widziałem.

– To są tylko obrazy. Malowane farbą. To nie prawdziwi ludzie. Wiesz o tym, prawda?

– Co wy mnie za jakiegoś głupiego macie? – Zmarszczył brwi.

Nie no, skądże znowu. Miałem go za wybitnego wręcz myśliciela, duchowego potomka greckich filozofów i spadkobiercę Arystotelesa!

– No coś ty, Fiedka, po tobie przecież od razu widać, że z niejednego pieca chleb jadłeś i że nad podziw bystry z ciebie chłop – pochwaliłem go serdecznie. – Tylko widzisz, zaraz ci powiem, dlaczego to mówię. Bo wiesz przecież, że idziemy do wiedźmy, prawda? A wiedźma chroni swój dom takimi obrazami jak te, które widziałeś w świątyni. Tylko że jej obrazy mają ludzi przestraszać, a wiedźma maluje je nie na drewnie, tylko w środku ich głów...

Tak, wiem, mili moi, że to było skomplikowane i wymagało od tropiciela głębszego namysłu, by pojął, co mówię. Powtórzyłem więc moją przemowę jeszcze dwa razy, dodatkowo pomagając sobie gestami.

– Słuchałeś w karczmach na pewno różnych opowieści, co? – zagadnąłem jeszcze. – Na przykład o wyprawach na daleką północ?

Pokiwał głową. Ja również przypomniałem sobie rozmowę z Andrzejem o bajaniach podróżników, którzy wyprawili się hen daleko, nad samo wiecznie zamarznięte morze.

„Nasi ludzie docierają nad wielki, skuty lodem ocean" – mówił wtedy. „Skały i pustkowia ciągnące się setkami, może tysiącami mil. Żyją tam białe niedźwiedzie, które polują na zwierzęta i na ludzi. Czasem płynie taki człowiek łodzią, a tu spod wody wynurza się łapa i ściąga nieszczęśnika z pokładu".

Opowiadał mi też dalej o nocy polarnej, która całą krainę zaściela ciemnością na pół roku. „Niewielu było na tyle odważnych, by zostać na północy, kiedy rozpoczyna się ten czas" – ciągnął. „A z tych, co się odważyli, niewielu już wróciło. Mówili o białych potworach, które śpią w śniegu i lodzie przez cały polarny dzień, a wychodzą na żer dopiero w czasie polarnej nocy i najbardziej upodobały sobie smak ludzkiego mięsa. Mówili o tańczących demonach, które spadają wraz z błyskami polarnej zorzy otwierającymi piekielne wrota. Mówili o kobietach z płetwami zamiast nóg, które wciągają nieostrożnych pod pokrywę lodu i tam pożerają. I mówili o grobach. O tysiącach lodowych grobów..."

„O grobach?" – zdziwiłem się wtedy.

„Ano o grobach. Leżą tam jakieś postacie, skute lodem od wieków, martwe i nieruchome, ułożone szeregami jedna przy drugiej, tysiące ich są i tysiące... I leżą tam również włochate słonie tak wielkie, że gdyby stanęły, to grzbietami sięgnęłyby najwyższych drzew. Leżą tam oni wszyscy nieruchomi, zastygli i czekający, aż obudzi ich mroczna sztuka, aż ktoś tchnie iskrę życia w zlodowaciałe truchła..."

Tak wtedy bajał mój towarzysz i na początku sądziłem, że być może żartuje sobie ze mnie, jak to zwykli czynić tubylcy w stosunku do łatwowiernych i nieznających ich obyczajów cudzoziemców, ale jednak nie, wcale mnie nie nabierał. Opowieści o groźnej i tajemniczej dalekiej północy, o jej ukrytych w wiecznej zmarzlinie i pogrążonych w letargu dawnych mieszkańcach były powszechne w tej części Rusi. Opowiadano je sobie zarówno wśród zwykłego ludu, jak i wśród tropicieli czy szlachty. Straszyli nimi również kapłani, mówiąc, że kiedy grzechy człowiecze przesypią się w czarze boskiej cierpliwości, to lodowi wojownicy na swych straszliwych lodowych wierzchowcach potworach ruszą na wojnę, by cały świat obrócić w perzynę i unicestwić wszystką ludzkość.

Rozumiałem więc, że mój towarzysz dobrze zna te historie i że będzie wiedział, o czym mówię.

– To tylko opowieści, prawda? Komuś, kto ich słucha w karczmie, nic nie grozi, rozumiesz to?

Znowu obrzucił mnie spojrzeniem, które pewnie byłoby pogardliwe, gdyby nie fakt, że miał zapuchniętą twarz, więc ciężko uwidoczniały się na niej jakiekolwiek uczucia.

– Każdy głupi wie – burknął tylko.

– Wiedźma, by chronić swój dom, otacza się takimi obrazami, tyle że malowanymi w głowach ludzi, i otacza się takimi opowieściami, tylko opowiadanymi wprost do ich uszu. Ale ani obrazy, ani opowieści nie mogą nikomu zrobić żadnej krzywdy – mówiłem wyraźnie i wolno, by na pewno mnie rozumiał. – Chyba że... – zawiesiłem głos – ktoś w nie uwierzy. Ale ani opowieść, ani obraz mu nie zaszkodzą, tylko zaszkodzi mu własny strach. Bo na przykład ucieknie na bagna i utonie. A to tak jakby przestraszyć się własnego cienia.

Pokiwał głową z namysłem i uniósł palec.

– Żebym nie wiem co zobaczył albo usłyszał, nie wolno uciekać – rzekł dobitnie.

– Dokładnie tak, Fiedka – pochwaliłem go. – Stać w miejscu i myśleć o przyjemnych rzeczach. O dziewkach, o dobrej uczcie, o złocie od księżnej. O tym, że będziesz się nazywał Fiodor Gierojew i może nawet herb dostaniesz za wielkie zasługi!

– O, sygnet z herbem! – zawołał radośnie. – Tak bym kułakiem w mordy prał tych wszystkich mużyków. – Zacisnął dłonie w pięści. – Ażbym im na pyskach zostawiał ślad mojego herbu.

O, widzicie, mili moi, jakie Rusini mieli piękne marzenia! Bo nic to szczególnego samemu otrzymać wielkie szczęście, kiedy przy tym wielkim szczęściu nie można mieć takiej władzy, by unieszczęśliwić bliźnich. Dopiero wtedy człowiek może być prawdziwie zadowolony, kiedy pozwolą mu bezkarnie pomiatać innymi... Szczerze mówiąc, w tej mierze w sposobie zapatrywań obywateli niewiele różniła się Ruś od naszego błogosławionego Cesarstwa.

Ruszyliśmy z Fiedką, on z przodu, ja ostrożnie za jego plecami. Tropiciel może i nie był najlotniejszego umysłu, ale na swoim fachu musiał się znać, gdyż drogę wybierał nam nieomylnie. I co ważne: bezpiecznie. A przecież dla mnie to na pół martwe mokradło wydawało się w każdej chwili i na każdym sążniu niemal identyczne. Tu breja zarośnięta zielonym kożuchem, tu zwisające schorowane gałęzie, tam wygniłe konary szczerzące się z bagniska. I za chwilę taki sam, wydawałoby się, widok. Tymczasem tropiciel wiódł nas wcale nie wprost przed siebie, ale raz skręcał w lewo, raz w prawo, raz byłem niemal pewien, że przez chwilę się cofaliśmy, lecz nie po własnych śladach, a tak jakby obok poprzedniej drogi. Nic oczywiście nie mówiłem i o nic nie pytałem. Każdy człowiek ma w danej chwili swoje zadanie na ziemi. I moim zadaniem w tej właśnie chwili było być prowadzonym, a jego zadaniem mnie prowadzić. I nie zamierzałem w tej mierze niczego zmieniać. Oraz na pewno byłem ostatnim, który chciałby przeszkadzać tropicielowi w bezpiecznym znajdowaniu drogi...

Nagle usłyszałem mlaśnięcie błocka gdzieś za moimi plecami. A nawet nie tyle mlaśnięcie, co donośny chlupot. Obróciłem się jak dźgnięty ostrzem, dokładnie to samo i w tym samym momencie uczynił mój przewodnik. Zobaczyliśmy zwierzę, które szło wprost na nas. Co to było za zwierzę? Przyznam wam, mili moi, że trudno określić na pierwszy rzut oka. A nawet na drugi i trzeci. Potwór wzrostem i posturą przywodził na myśl niedźwiedzia stojącego na tylnych łapach, niedźwiedzia raczej z tych potężniejszych, a nie z tych mniejszych. Paszczę jednak miał wydłużoną i zakończoną... co to mogło być? Tak, na miły Bóg! Znalazłem odpowiednie słowo: ona była zakończona czymś na kształt dzioba. Poza tym każdy przyzwoity niedźwiedź powinien być obrośnięty bujnym futrem, a owo stworzenie idące w naszym kierunku pokrywała raczej łuska albo zrogowaciała skóra. W każdym razie na pewno nie przypominało to futra.

– To tylko taki obraz? – zagadnął niepewnie Fiodor.

– Tak, Fiedka – odparłem beztrosko i poklepałem go po ramieniu. – To tylko jakby sen na jawie. Ani my go nie możemy dotknąć, ani on nas.

Zwierzę szło co prawda wolno, lecz konsekwentnie. Bagienna toń chlupotała pod jego stopami, przegniłe korzenie łamały się, ale ani nie zbaczał z drogi, ani niestety, nie zamierzał utonąć.

– Chodźmy – zdecydowałem. – Niedobrze spoglądać zbyt długo na te obrazy. – Popchnąłem Fiodora. – Daleko jeszcze?

Rozdziawił usta w szerokim uśmiechu i wyciągnął rękę.

– O, widzicie ten prześwit? – wskazał. – Prosto jak w mordę strzelił. Tu teraz nie da się drogi pomylić. A za prześwitem już ta przeklęta polana. – Nakreślił znak krzyża w powietrzu i zgniótł go potem w garści.

Potwór przyspieszył. Nie podobało mi się to, bo w jednej chwili zrozumiałem, że nie zdążymy dotrzeć do skraju polany, zanim przeklęte stworzenie zrówna się z nami.

– Stój w miejscu, Fiedka – rozkazałem szybko. – I patrz na mnie, jak biegnę. Sprawdzę, czy wiedźma nie rzuciła zaklęć ani uroków. Stój, pamiętaj! – nakazałem raz jeszcze.

Ruszyłem galopem w stronę prześwitu, jakby miało od tego zależeć moje życie (i Bogiem a prawdą, właśnie zależało!). Modliłem się tylko, by przewodnik rzeczywiście miał rację i by naprawdę szlak wiódł już prościutko i bez pułapek do wiedźmiej chaty. Błoto bryzgało pod moimi stopami i ochlapywało mi twarz, ale byłem coraz bliżej.

Dotarł do moich uszu potężny ryk. Odwróciłem na chwilę głowę. Szeroko uśmiechnięty Fiodor stał tam, gdzie go zostawiłem, i machał mi ręką. Tak bardzo wierzył moim słowom, iż nawet się nie obejrzał, kiedy usłyszał za sobą tętent i kiedy dopadł go ten potężny ryk. Sen to sen i nie ma się czego bać, prawda? Potwór jednym uderzeniem dziwnego ni to pyska, ni to dzioba zgruchotał tropicielowi głowę, potem przykucnął nad nim. Zobaczyłem tylko czerwone rozbryzgi wokół wynaturzonego łba stwora i natychmiast odwróciłem się z powrotem. Biegłem tak szybko, jakbym chciał dogonić jutrzejszy dzień, biegłem, słysząc za sobą tętent, plusk, chlupot i wściekłe porykiwanie. To prawda, że dzięki zainteresowaniu maszkary Fiodorem zarobiłem kilka chwil, ale nie było ich znowu tak wiele. Kusiło mnie, by zatrzymać się i z wyciągniętym mieczem stawić czoła bestii, lecz jednocześnie inkwizytorska intuicja podpowiadała, że wcale a wcale nie byłby to dobry pomysł. Czy zdążę się obrócić, kiedy już będzie zbyt późno na ucieczkę? Czy też po prostu potężne szpony wbiją się w moje ramiona, a ostry dziób zgruchocze mi głowę? Wpadłem w prześwit pomiędzy drzewami, o mało co nie potknąłem się na korzeniu, który wystawał z błocka skręcony niczym pętla zapleciona, by łapać pochopnych i nieostrożnych podróżnych.

I zobaczyłem chatę czarownicy. I w tym momencie wszelkie odgłosy za moimi plecami umilkły. Odetchnąłem głęboko, sam usłyszałem, że to chrapliwe, zduszone sapnięcie najbardziej przypomina jęk lub rzężenie. Opadłem na czworaki, gdyż nie mogłem ani opanować osłabłych mięśni, ani zapanować nad biciem serca, które łomotało i tłukło się od wątroby aż po tchawicę...

– Mój Boże – wyjęczałem bardziej chyba w myślach niż naprawdę.

Podniosłem głowę i dopiero teraz w pełni zrozumiałem, że dotarłem szczęśliwie do celu. Oczywiście z pewnymi niefortunnymi przygodami, ale zwycięsko, a sprawy ułożyły się niemal całkowicie pomyślnie. I teraz należało tylko ten przychylny obrót spraw wykorzystać.

Wiedziałem jednak, że wcale nie musi to być łatwe zadanie, gdyż któż mógł wiedzieć, co jest trudniejsze: przejście przez zaczarowane mokradła czy skłonienie wiedźmy do takiego postępowania, do którego wcale nie była chętna...

Odczekałem jeszcze chwilę, uspokoiłem oddech, poczekałem, aż serce spowolni bieg, a krew przestanie pulsować pod czaszką niczym oszalała, po czym podniosłem się z klęczek. Otarłem rękawem pot zalewający mi czoło i odetchnąłem kilka razy, równo i głęboko. Przed oczy wywołałem obraz twarzy roześmianej Nataszy i zaraz potem poczułem, że wracają mi siły.

– Nie tak łatwo zabić inkwizytora – szepnąłem do siebie, może by się samemu przed sobą pochwalić, a może by dodać sobie otuchy. I ruszyłem dalej.

Ostatnio odwiedziłem dom wiedźmy w nocnym mroku, rozświetlonym jedynie mdłym blaskiem ledwo przebijającego zza chmur księżyca. Tym razem nie mógłbym co prawda powiedzieć, że gospodarstwo czarownicy objawiło mi się w pełnym świetle dnia, gdyż miało się ku zmierzchowi, a niebo i tak zasnuwały szare chmury, lecz na pewno widziałem wszystko dokładniej niż poprzednio. Mateczka Olga siedziała przed chałupą okrakiem na okorowanym pieńku i miała spódnicę podkasaną niemal pod same uda. Między kolanami trzymała garnek, do którego obierała i kroiła grzyby z wyładowanego po brzegi wiklinowego koszyka. Kiedy się zbliżałem, nie spojrzała nawet na mnie. Przyglądałem się chwilę, uważnie patrząc, co i w jaki sposób robi, po czym usiadłem obok i sięgnąłem za cholewę po nóż. Wziąłem pierwszego grzyba i zacząłem go obierać.

– Uważaj na sok – ostrzegła. – Nie dotknij palcami oczu, bo oślepniesz...

Nie jestem wybitnym znawcą natury, chociaż inkwizytorów obznajmiano z trującymi gatunkami roślin, byśmy wiedzieli, jak je w razie czego rozpoznać. Ale z całą pewnością tego rodzaju grzybów, które oprawialiśmy teraz z mateczką Olgą, nie widziałem nigdy wcześniej. Miały powykręcane, błyszczące kapelusze sinoszarej barwy, a zamiast jednej mniej lub bardziej solidnej nogi trzymały się na trzech lub czterech giętkich, pokrytych guzkami wiciach, które przypominały ramiona wygotowanej, wybladłej ośmiornicy.

– Pokornie dziękuję za ostrzeżenie – odpowiedziałem grzecznie.

Rzeczywiście w czasie krojenia wyzwalał się z tych grzybów gęsty niczym żywica sok. Nie było go wiele, może w sumie z jednego kapelusza zebrałaby się duża kropla, ale przecież wiedziałem, że istnieją truciny tak diablo zjadliwe, iż nawet najmniejsza ich ilość szybko zabija dorosłego człowieka. Czyż Kleopatra, występna królowa Egiptu, nie popełniła samobójstwa, pozwalając się zaledwie raz jeden ukąsić kobrze faraonów?

Grzyby roztaczały wokół delikatną, całkiem przyjemną, słodkawą woń. To akurat mogła być pułapka mająca przywabiać owady. Czy te grzyby żywiły się komarami, muchami lub motylami? Może i tak, w końcu opisywano rośliny potrafiące pożerać owady, a niektórzy przypuszczali nawet, że istnieją takie, które mogą oszołomić i strawić człowieka. Czy przypadkiem nie Herodot pisał o podobnych sprawach?

– Nigdy wcześniej nie widziałem takich grzybów jak te – wyznałem.

– Nigdzie indziej nie mogłeś ich widzieć – zgodziła się ze mną.

Cóż, być może starucha miała własną hodowlę owych plugawych i wynaturzonych roślin, a może wiedziała, iż rosną one tylko tutaj, w ruskich lasach. A może chowały się pod ziemią, tak jak trufle, mogły być zebrane jedynie za pomocą szczególnych sposobów? W Italii używano do wykopywania trufli świń lub specjalnie przeszkolonych psów. Kto wie jednak, czy owe grzyby obierane teraz przez nas nie były tworem na poły naturalnym, a na poły magicznym? Czy mogły to być zwykłe grzyby splugawione i przekształcone mrocznymi zaklęciami? Kto wie, może i tak właśnie było. Nie czułem co prawda wokół nich czarnoksięskiej aury, ale na Rusi przyzwyczaiłem się już, że zasady, którym ufałem w Cesarstwie, niekoniecznie obowiązują w tej barbarzyńskiej, przeżartej nikczemnością krainie. Gdybym tylko mógł obejrzeć włości wiedźmy, udając się do nie-świata! Jestem pewien, iż zobaczyłbym wtedy rzeczy tak plugawie potężne i tak potężnie plugawe, że niewielu inkwizytorów miało okazję widzieć podobne. Ale za to nie mógłbym być wcale pewien, czy kiedykolwiek wrócę z tej przeklętej krainy do świata stworzeń Bożych.

– Również znam truciznę, która oślepia na zawsze, kiedy tylko dostanie się do oczu – rzekłem. – To proszek, pył, którego używają inkwizytorzy.

– Shersken. – Skinęła głową. – Wiem.

– Słyszałaś o sherskenie? – zdziwiłem się.

– Mój drogi inkwizytorze, shersken, tak jak niemal wszystko, ukradliście od Bizantyjczyków – wyjaśniła pobłażliwym tonem. – To im wykradliście formułę przygotowywania tej trucizny.

– Znasz recepturę? – zapytałem. Receptura przygotowania sherskenu była zazdrośnie chronioną tajemnicą. Inkwizytorzy otrzymywali przydział proszku, kiedy złożyli stosowne zamówienie (ale musieli wytłumaczyć, gdzie podziała się poprzednio pobrana porcja), lecz nie wiedziałem, gdzie go wytwarzano. Na pewno nie w żadnym z lokalnych oddziałów Inkwizytorium, a w każdym razie nic mi o podobnym fakcie nie było wiadomo. Shersken nie tylko oślepiał, kiedy trafił do oczu. Dodany do potraw lub napojów zamieniał się w błyskawicznie działającą, niewidzialną i bezwonną truciznę. Za samo posiadanie sherskenu bez zezwolenia skazywano w Cesarstwie na śmierć.

– Może mam ją gdzieś zapisaną – odparła wiedźma z krzywym uśmieszkiem.

Jeśli sądzicie, mili moi, że celem mojego pytania było pozyskanie przepisu na shersken, to zapewniam was, że zupełnie mnie to nie interesowało. Myślałem jedynie, iż może mateczka Olga mogłaby mi przygotować kilka porcji owego trującego specyfiku, jeśli nie sprawiłoby to jej nadmiernego kłopotu. No i jeśli nie zażądałaby zbyt wysokiej ceny.

Drzwi domu skrzypnęły i kątem oka dostrzegłem, że zza progu wychodzi Tamara, owa wesoła ruda wiewióreczka, przyjaciółka i towarzyszka Nataszy z dawnych lat. Była świeżutka, ładniutka i roześmiana.

– Inkwizytor! – zawołała radośnie.

Przyłożyłem dłoń do serca.

– Do twoich usług, Tamaro – odparłem.

– Mateczka ma zawsze rację – stwierdziła z wesołym przekonaniem. – Mówiła, że na pewno przyjdziesz!

Świadomość tego, że nasze postępowanie jest aż tak przewidywalne dla bliźnich, nie jest szczególnie przyjemna, zwłaszcza dla inkwizytora. A poza tym może być również niebezpieczna, kiedy ma się do czynienia z tak groźną kreaturą jak wiedźma z mokradeł.

Tamara przysiadła obok mnie, a że na pieńku było ciasno, przytuliła się całym bokiem, od ramienia aż po udo. Poruszony wiatrem, rudy kosmyk jej włosów załaskotał moje nozdrza. Tamara pachniała podobnie delikatnie i przyjemnie jak Natasza: przywianym przez słoneczny wiatr zapachem świeżo rozgniecionej trawy.

Wiedźma zerknęła na nas przelotnie.

– Uważaj, bo jak Natasza poczuje, że tuliłaś się do jej mężczyzny, to oczy ci wydrapie – ostrzegła.

– Mnie wolno! – zawołała wesoło Tamara. – Wszystkim zawsze się dzieliłyśmy, pamiętasz, mateczko?

– O, pamiętam. Ale jak włosy żeście sobie rwały jedna na drugiej całymi garściami, walcząc o sukienkę, to też dobrze pamiętam...

Dziewczyna zachichotała i machnęła ręką. Miała ładne dłonie o wysmukłych palcach. Kremowa skóra pokryta była delikatnie zarysowanymi kropeczkami piegów. W obowiązujących kanonach urody w Cesarstwie nie lubiano ani piegów, ani rudych włosów, ale moim zdaniem i to, i to miało wiele wdzięku. Zwłaszcza w połączeniu z powabną buzią i głębokim wejrzeniem oczu.

– Stare dzieje – powiedziała. – A i tak zaraz żeśmy się pogodziły.

– Bo i nie było się już o co kłócić, skoro spaliłam waszą sukienkę. – Wiedźma obróciła na nią uważne spojrzenie.

Tamara wzruszyła ramionami i westchnęła.

– Było to smutne, ale nauczyło nas czegoś, prawda? – Zerknęła na mnie. – Powiedz: co u Nataszy? Tęsknię za nią, wiesz? Powiesz jej o tym?

– Oczywiście, że powtórzę twoje słowa – odparłem. – Natasza na pewno bardzo się ucieszy. Jestem pewien, że brakuje jej ciebie. – Uśmiechnąłem się. – Opowiadała mi kiedyś o tym waszym wyrywaniu włosów – dodałem.

Tamara znowu się roześmiała.

– Oj, Natasza nie da sobie w kaszę dmuchać, święta prawda – rzekła. – Ciągle wszyscy bardzo się jej boją?

– Ciągle.

– No a co z tym nowym księciem? Oplotła sobie go, jak chciała?

– Nie nazwałbym go księciem – odparłem, nie dając po sobie poznać, czy dziwi mnie, że na trzęsawiskach wiedzą o zajęciu Peczory przez wrogów Ludmiły. Zresztą tej wiedzy w sumie można się było spodziewać... – To tylko uzurpator. Stryj księżnej Ludmiły.

– Ale Natasza dobrze z nim żyje, prawda?

– Wyznał, że jest jej stryjecznym pradziadkiem. – Spojrzałem na wiedźmę. – Ty wiesz, czy kłamał, czy nie, prawda?

– Nie kłamał – odparła.

– A więc Natasza jest naprawdę kimś w rodzaju księżniczki.

– Na Rusi to zupełnie nic nie znaczy – stwierdziła obojętnie starucha. – Na Rusi jesteś tylko tym, kim twój pan pragnie, żebyś był.

Cóż, przypominało to, niestety, zdanie, które powiedziała Ludmiła na temat tego, że książę może dowolnie decydować o losie każdego człowieka żyjącego na obszarze podlegającym jego władzy.

Odłożyłem do garnka ostatniego grzyba i spojrzałem na lepkie od soku dłonie.

– Przynieś nam wodę i ług – rozkazała wiedźma Tamarze.

Dziewczyna poderwała się szybciutko i pomknęła w stronę domu.

– Wiem, po co przyszedłeś, inkwizytorze – rzekła mateczka Olga oschle. – I nie myśl, że nie doceniam twojej odwagi oraz poświęcenia – dodała po chwili nieco łagodniejszym tonem. – Gdyż wiem, że robisz to, co robisz, dla Nataszy, dla nikogo innego. Ale nie pomogę ci, bo to nie moja sprawa. – Potrząsnęła głową. – Musisz sam sobie poradzić i tak skakać między młotem a kowadłem, by jednak uskoczyć...

– Dziękuję za szczerość – odparłem. – Czy nie nadużyję twojej cierpliwości, jeśli spytam o powody takiej decyzji?

– Jesteś roztropnym chłopcem – powiedziała – więc doskonale wiesz, jakie są powody. Jeżeli raz pomogę któremuś z nich, z tych tam książąt – ostatnie słowo wypowiedziała pogardliwym tonem – to już zawsze będą czegoś ode mnie chcieli, bo nauczą się, że zdarzyło mi się ustąpić.

Pokiwałem głową.

– Tak zapewne by się stało – odparłem.

– No coś takiego – mruknęła zdziwiona. – Zgadzasz się ze mną? Nie będziesz próbował mnie przekonać?

– Nie sądzę, bym cię przekonał – odrzekłem – gdyż podzielam zarówno twoje obawy, jak i wnioski, a sam, jak sądzę, postąpiłbym w podobny sposób. Nas, inkwizytorów, również uczy się, byśmy służyli Bogu, nie władcom doczesnego świata. A ci, którzy o tym zapominają, ponoszą owego zapomnienia konsekwencje.

Milczała przez chwilę.

– Więc po co przyszedłeś? – odezwała się wreszcie i zmrużyła oczy.

– Nie mogę cię co prawda przekonać do udziału w wojnie, ale wierzę, że mogę kupić twoje zainteresowanie ową wojną.

– Chcesz mnie wynająć? – Mateczka Olga wydawała się rozbawiona. – No proszę, proszę. Słyszałaś, Tamara? – zwróciła się do wiewióreczki, która właśnie, stękając, postawiła przed nami wiadro wody. – Inkwizytor chce kupić moje usługi.

– Niech mateczka zażąda, żeby poszedł na rok w niewolę, i niech mi go mateczka da na ten czas. – Mrugnęła do mnie.

– Inkwizytor nie jest głupi... – Czarownica wzruszyła ramionami.

Potem zanurzyła dłonie w wodzie, opłukała je dokładnie, natarła ługiem i znowu opłukała. Uczyniłem to samo. Tamara podała nam ręcznik.

– Tak, tak, inkwizytor nie jest głupi – powtórzyła. – Przyszedł do mnie z przemyślaną propozycją. I musi to być naprawdę ciekawa propozycja, gdyż szczerze wierzy, że ona mnie zainteresuje...

– A jeść mu damy? – spytała nagle Tamara. – Czy tak będzie tu mateczka siedzieć z nim przed domem?

Wiedźma zastanawiała się chwilę.

– No to chodź, inkwizytorze. Niech mój dom stanie się twoim na czas, kiedy przekroczysz jego progi.

– Pokornie dziękuję – odparłem.

Rozumiałem, że w ten sposób gwarantowała mi bezpieczeństwo (co tak naprawdę i w praktyce jednak zupełnie nic nie znaczyło) oraz zapraszała na poważną rozmowę. Czyli: zaciekawiłem ją. No cóż, miałem nadzieję, iż zdołam zaciekawić ją jeszcze bardziej.

Weszliśmy do domu, do wnętrza, które dobrze pamiętałem z czasów zeszłorocznej wizyty. Nie było teraz tylko tego sapiącego, skrzypiącego paskuda, który nas wtedy wprowadzał do domostwa. Owa nieszczęsna istota, ofiara wiedźmiej zemsty na nieposłusznej uczennicy, dawno już nie żyła.

W dużym pokoju, do którego weszliśmy, było jak poprzednio: czysto. Podłoga wybielona, piec wyszorowany, wyszywane poduszki, kilimy, obrusy i koce czyste i porządnie poukładane. W niczym ten dom nie przypominał czegoś, co czytelnicy lub słuchacze jarmarcznych opowieści mogliby wyobrażać sobie pod nazwą „chata czarownicy". Mateczka Olga ze stęknięciem usiadła na piecu, po czym wskazała mi miejsce na zydlu przy stole.

– Pojesz coś, inkwizytorze? Napijesz się czegoś? – zagadnęła.

Gdyby chciała mnie zabić, nie musiałaby się zapewne uciekać do prób otrucia, zresztą inkwizytorzy są uczeni, by rozpoznawać trucizny, chociaż akurat tu i teraz zapewne owa zdolność okazałaby się bezużyteczna.

– Co z serdecznego serca dane, serdecznym sercem przyjmuję – odparłem.

– Idź, Tamara, każ, niech coś dziewczęta przygotują, a potem wracaj. I ty posłuchasz, co powie inkwizytor.

Oho, jak widać, ruda wiewióreczka odgrywała coraz ważniejszą rolę w gospodarstwie wiedźmy. Czyżby mateczka Olga uczyniła z niej prawą rękę, by potem szykować ją na następczynię? A może po prostu sprawdzała wierność i lojalność dziewczyny, podsuwając jej pod nos przynętę i obserwując, czy nie zechce ona chapnąć więcej, niż pozwalają? Tamara musiała pamiętać straszny los jednej z sióstr, tej, która się zbuntowała i która za karę została poddana torturom, okaleczona i wreszcie wydana na pewną, męczeńską śmierć. Życzyłem Tamarze jak najlepiej, gdyż polubiłem ją od pierwszego wejrzenia, od tamtej chwili sprzed roku, kiedy dziewczęta czarownicy weszły do pokoju, by mi się przyjrzeć i by jedna z nich mogła mnie sobie wybrać. Polubiłem ją, od kiedy tylko dostrzegłem jej wesołe oczy i śmiałe spojrzenie. Sądziłem, że to właśnie ona zostanie mi przeznaczona, ale okazało się, iż Natasza zażyczyła sobie mnie dostać i postawiła na swoim. Jak to ona – łagodnie, lecz stanowczo. Nawet sama wiedźma zdumiała się tym wyborem, gdyż przedtem była pewna, że odjadę do Peczory z Tamarą. Jak wyglądałoby moje życie z rudą wiewióreczką? Czy znaleźlibyśmy podobny kontakt ciał i dusz, jak miało to miejsce z Nataszą? Szczerze wątpiłem. Owszem, dziewczyna była ładna, świeża, wesoła, a przy tym miała przyciągający wzrok, niezwykły rodzaj urody. A podejrzewam, że w sprawach wenusjańskiej służby również nie ociągałaby się i nie zachowywała skromnej wstrzemięźliwości. Jednak czy byłbym w stanie poczuć do niej coś więcej niż tylko pożądanie lub sympatię? Czy mógłbym zaznać owego wrażenia obumierania serca, umysłu i duszy nadchodzącego wtedy, kiedy człowiek dowiaduje się, że bliskiej mu osobie może dziać się krzywda? Przecież mateczka Olga też wyznała, że kiedy po raz pierwszy dotknęliśmy się z Nataszą, dostrzegła, iż w magicznej osnowie nie-świata coś drgnęło. Szkoda tylko, że nie wiedzieliśmy, czy owo drgnięcie zwiastuje nam chwałę, czy zagładę.

– A Natasza pomaga Izjasławowi, co? – zagadnęła wiedźma.

Opowiedziałem czarownicy o listach znalezionych w komnacie kanclerza księżnej, listach, które tak zagniewały Nataszę i zapewne były jedną z wielu przyczyn, dla których dziewczyna stanęła po stronie władyki, a przeciwko Ludmile.

– Mówiłam, że jesteście między młotem a kowadłem – pokiwała głową mateczka Olga. – Trudno będzie wam w tym labiryncie wybrać taką drogę, żeby nie spotkać Minotaura.

Proszę, proszę, a więc wiedźma z ruskich bagien znała również mitologię. No ale w sumie nie było w tym nic dziwnego, skoro mówiła po łacinie i po grecku, miała księgi (co prawda ich nie widziałem, lecz słyszałem, że uczyła z nich swoje dziewczęta), a także znała recepturę tworzenia bizantyjskiego greckiego ognia, którego ładunki tak bardzo pomogły nam w czasie bitwy na bagnach.

– Mogę zapytać cię o radę?

– Coś takiego! Cesarski inkwizytor pyta o radę ruską czarownicę! – zawołała z udawanym zadziwieniem. – No dobrze: pytaj.

– Nie pytam, co powinniśmy uczynić, by żyć razem i bezpiecznie, ale powiedz mi, opierając się na własnym doświadczeniu i wiedzy, gdzie ludzie tacy jak ja i Natasza mogliby znaleźć schronienie?

Wiedźma milczała długą chwilę. Potem utkwiła we mnie poważny wzrok.

– Naprawdę chcesz zostawić dla niej wszystko, co miałeś i znałeś? Porzucić całe swoje dotychczasowe życie?

– Moje życie to wiara w Boga, a tę miałem, mam i zawsze będę mieć w sercu – odparłem.

– Och. – Strzepnęła palcami. – To zaledwie puste słowa. Tak naprawdę dla tego, co ta dziewka ma między nogami, chcesz porzucić Inkwizytorium oraz misję, do której cię przez całe życie szkolono.

Zdecydowałem się nie komentować słów o powodach mojego wyboru. Nie obchodziło mnie, co myśli o motywach, którymi się kierowałem, a poza tym tak naprawdę sądziłem, że chce mnie tylko sprowokować. Przecież widziała, jak w czasie bitwy na bagnach stanąłem na drodze demona, by własnym ciałem osłonić Nataszę. Takiej rzeczy nie robi się dla kogoś tylko z tej przyczyny, że ten ktoś ma wiele figlarnych chęci oraz ponętne kształty.

– To Święte Officjum porzuciło mnie – zauważyłem zdecydowanym tonem.

Swoją drogą, zabawne, iż sytuacja tak się ułożyła, że ruska czarownica wcieliła się w rolę adwokata diabła stającego po stronie Inkwizytorium.

– Porzuciło nie porzuciło – mruknęła czarownica. – Oni pewnie tak by tego nie ujęli.

– Och, oni na pewno nie – zgodziłem się z nią.

Wiedźma rozparła się wygodniej na poduchach i zerknęła w stronę zamkniętych drzwi.

– Leniwe mam te dziewki – burknęła. – Ileż to można na nie czekać...

Później znowu obróciła spojrzenie na mnie.

– Wierz mi, że chciałabym ci pomóc, inkwizytorze – powiedziała i, o dziwo, wydawało mi się, iż mówi szczerze. – Ale naprawdę nie wiem, co ci doradzić. Ja po prostu nie widzę dla was miejsca na świecie, gdzie moglibyście żyć razem i bezpieczni. – Zamyśliła się. – Pewnie nie spodoba ci się to, co powiem, bo wiem, że dusza i twoja, i Nataszy wyrywa się na wolność, ale kto wie czy nie najlepiej dla was byłoby zostać w Peczorze z Ludmiłą.

– Księżna zdradzi mnie, kiedy tylko będzie to dla niej wygodne – odparłem. – Wiesz o tym tak samo dobrze jak ja. Sprzeda nas, kiedy tylko cena okaże się dobra.

Ściągnęła usta i przypatrywała mi się z uwagą, ale ten wzrok nie był ani badawczy, ani oceniający. Nie odniosłem wrażenia, by mnie przewiercała spojrzeniem czy sięgała w głąb mojego umysłu, jak by mógł takie czy podobne zachowanie ująć jarmarczny gawędziarz. I szczerze mówiąc, fakt, że nie odczuwałem ani siły, ani ciężaru tej obserwacji, zaniepokoił mnie. Cóż, zapewne zresztą tak właśnie miało być. Nabrałem powietrza w płuca, aby coś jeszcze powiedzieć, kiedy szczęknęły drzwi i do pokoju weszła najpierw Tamara, a za nią inna wychowanica wiedźmy, owa skośnooka i brązowoskóra Jugryjka, którą również poznałem w czasie pierwszych odwiedzin w domostwie czarownicy. Jugryjka niosła tacę, na której stały dzbanek, kubek i dwie miski z jakimś rodzajem chyba sucharów czy placków, jak zdołałem dostrzec.

– No, wreszcie – prychnęła niezadowolona wiedźma.

Jugryjka uśmiechnęła się przepraszająco i postawiła obok mnie przyniesioną zastawę. Tak jak wcześniej widziałem, rzeczywiście w miskach znajdowały się suchary lub placki. Były dwojga rodzajów: okrągłe oraz podłużne, i nawet całkiem przyjemnie pachniały. W dzbanku natomiast ku mojemu zdziwieniu zobaczyłem nie wodę, lecz wino. Łatwiej je zatruć, przemknęło mi od razu przez myśl.

Tamara przysunęła sobie krzesło obok mnie, nalała wina z dzbanka, upiła duży łyk i potem uzupełniła trunek. Podała mi pełny znów kubek, spoglądając z uśmiechem.

– Niezatrute – rzekła.

– Nawet przez myśl by mi nie przeszło – odparłem i powąchałem napój. – To jabłka? – spytałem.

– Małe dzikie jabłuszka – skinęła głową wiedźma. – Nawet one ledwo rosną na tej przeklętej ziemi.

Spróbowałem. Trunek był kwaśny, orzeźwiający i jak mi się wydawało, raczej niedoprawiony trucizną. Ale co ja niby mogłem wiedzieć o jadach czy innych miksturach używanych przez tę czarownicę?

– Inkwizytor spytał mnie o radę – zwróciła się wiedźma do Tamary.

Dziewczyna roześmiała się.

– Pomyślałby kto – parsknęła.

– Chciałby zostać z Nataszą, tylko nie wie, jak i gdzie.

Tamara położyła dłoń na mojej dłoni i spojrzała na mnie ciepło.

– To właśnie się nazywa prawdziwa miłość, czyż nie?

– Co byś im doradziła?

Wiewióreczka zastanawiała się przez chwilę, bezwiednie gładząc mnie po wierzchu dłoni. Zresztą wydawało się, że robi to bez udziału woli, ale wcale nie dałbym sobie uciąć głowy, że nie było w tym jakiegoś nieznanego mi zamysłu.

– Muszą mieć opiekuna – rzekła wreszcie. – I muszą wymóc na nim przysięgę.

Wiedźma uniosła palec.

– Mądra dziewczyna – stwierdziła.

– Tylko kto przyjmie taką przysięgę? Kto ją poręczy? – spytała Tamara.

– Ano właśnie. – Wiedźma skinęła głową.

Tamara sięgnęła do miski po ciastko i patrząc na mnie, zgryzła je w zębach, przeżuła i przełknęła.

– Sama piekłam – powiedziała. – Też nie są zatrute.

– A poza tym – Tamara zwróciła się już do mateczki Olgi – nikt im tego nie przysięgnie, bo niby czemu?

– Wydaje mi się, że nie do końca rozumiem, o czym rozmawiacie, i byłbym ogromnie wdzięczny, gdybyście zechciały mi to wyjaśnić – odezwałem się możliwie najgrzeczniejszym tonem.

– Mateczka potrafi przyjąć przysięgę na życie – wyjaśniła żywo Tamara. – Przysługa i zobowiązanie, obietnica i klątwa, takie to są zasady tej przysięgi. – Rozłożyła ręce i potrząsnęła głową. – Głupi, kto taką przysięgę składa – dodała.

– Albo bardzo zdesperowany – dorzuciła wiedźma.

– Ludmiła jest zdesperowana – stwierdziłem.

Mateczka Olga skinęła głową.

– Niewiele ponad rok trwało jej panowanie. Na tyle długo, by zasmakować, na tyle krótko, by chcieć wciąż więcej i więcej – rzekła.

– Ano właśnie.

– Ale co ty możesz dać Ludmile, inkwizytorze, żeby złożyła taką przeklętą przysięgę? I co możesz dać mnie, żebym chciała tę przysięgę poręczyć? Nie masz tutaj nic i nic nie jesteś wart...

Uśmiechnąłem się życzliwie.

– Czyżbyś więc marnowała czas, rozmawiając z kimś pozbawionym wartości? – spytałem.

Potem, nie czekając na odpowiedź, gdyż pytanie było przecież czysto retoryczne, powiedziałem:

– Ludmile dam ciebie jako sojusznika. To chyba będzie warte złożenia przysięgi.

Wiedźma roześmiała się i wydawała się szczerze rozbawiona moimi słowami. Tamara natomiast przyglądała mi się z życzliwym uśmiechem, lecz uważnie.

– To byłoby rzeczywiście warte złożenia przysięgi, a przynajmniej godne rozważenia takiej decyzji – zgodziła się ze mną. – Więc rozumiem, że naprawdę przekonałbyś Ludmiłę. Nie mam jednak najmniejszego pojęcia, jak zamierzasz przekonać mnie.

Tamara również wstrząsnęła głową.

– Mateczka z ust mi to wyjęła – przyznała. Potem zerknęła na wiedźmę. – Mateczko, a ja bym już potrafiła przyjąć taką przysięgę? – Mrugnęła do mnie. – Bo może wystarczyłoby mnie przekonać? A mnie pewnie byłoby łatwiej...

Starucha zignorowała jej pytanie.

– Mów, inkwizytorze – rozkazała.

Zwróciła się surowym i oschłym tonem, ale ponieważ dawniej miała zwyczaj nazywania mnie „psem", więc i tak uznałem, że zmierzamy w lepszym kierunku niż kiedyś. Upiłem łyk jabłkowego wina.

– Dam ci cesarską czarownicę – rzekłem.

Wiedźma zmarszczyła brwi.

– A cóż to za zagadki?

– Dam ci kobietę, która przybyła rok temu na Ruś wraz z misją inkwizytorów i która to kobieta należy, jak mniemam, do najbardziej zaufanych i najwprawniejszych członków Świętego Officjum. Dysponuje potężną magią, którą umie tak zręcznie maskować, że żaden z książęcych wołchów nie ma nawet szans, by przedrzeć się przez jej osłony...

Wiedźma przyglądała mi się nieruchomym wzrokiem, ale Tamara z wrażenia aż przestała mnie gładzić po wierzchu dłoni.

– On mówi prawdę – szepnęła tylko.

– Wiem, dziecko, że on mówi prawdę – odezwała się wreszcie starucha.

– Co więcej – kontynuowałem – opowiem ci, dlaczego inkwizytorzy wybrali się za Kamienie, oraz wyjawię ci, co za Kamieniami znaleźli. Tę wiedzę potraktuj jako dodatkowy prezent, bo głównym daniem, jakie pragnę ci zaoferować, jest Hildegarda Reizend nazywana inaczej Nontle, afrykańska księżniczka służąca Świętemu Officjum.

– Hildegarda Reizend – powtórzyła wiedźma w zamyśleniu.

– Czy to nazwisko coś ci mówi?

– Mam jej książkę – rzekła. – Greckie wydanie „Traktatu o anomaliach". Dostałam je w zapłacie od wielkiego księcia Nestora, który otrzymał je od patriarchy Trebizondu, który z kolei kupił je od bizantyjskiego basileusa...

– Długa droga na ruskie bagna – stwierdziłem.

– Książka warta tak długiej drogi – odpowiedziała.

Obróciła wzrok na Tamarę.

– I co, moje dziecko, o tym sądzisz?

– Cesarska czarownica może dużo wiedzieć – odparła Tamara ostrożnie.

– Cesarska czarownica może być bardzo niebezpieczna – rzekła mateczka Olga.

– Cesarska czarownica jest bardzo niebezpieczna – przerwałem im, mocno akcentując słowo „jest". – I podejrzewam, że nawet nie zdajesz sobie sprawy z tego, jak bardzo. A poza tym jest tym bardziej niebezpieczna, gdyż wściekła niczym kopnięte gniazdo szerszeni.

– Dlaczego jest wściekła?

– Bo została uwięziona.

– Hm. – Tamara zmarszczyła nos. – Czyli nie jest aż tak potężna.

– *Nec Hercules contra plures.* – Wzruszyłem ramionami.

– Gdzie ona teraz jest?

– W obozie Ludmiły.

– Dlaczego nie mam wziąć jej sobie sama? – Wiedźma spojrzała na mnie. – Po co mi twoje pośrednictwo, jeśli mogę zawrzeć układ z Ludmiłą? Cesarska czarownica w zamian za pomoc w odzyskaniu księstwa.

– Hildegarda Reizend może wydawać wam się wściekłym psem, którego wystarczy wziąć na mocny łańcuch – wyjaśniłem z uśmiechem. – Lecz zanim zrozumiecie, że macie do czynienia z krokodylem potrafiącym zerwać wszystkie łańcuchy, będzie już dla was za późno...

– A ty wiesz, jak założyć łańcuchy, tak?

– Ja ją pochwyciłem, więc ja ją utrzymam lub nauczę innych, by ją utrzymali...

– Mówi prawdę, mateczko – wtrąciła Tamara.

Jej dłoń spoczywająca na mojej była miękka i ciepła.

– Mówi prawdę – powtórzyła z namysłem wiedźma. – Prawda to niebezpieczna rzecz – dodała po chwili. – Zwłaszcza kiedy potrafi się ją splatać jak kawałek sznurka...

– *Mowa wasza niech będzie tak – tak, nie – nie* – zacytowałem jej Pismo.

Prychnęła.

– Dawno by już was, inkwizytorów, nie było na tym świecie, gdybyście stosowali się do tej sentencji – powiedziała.

Cóż, zapewne miała rację, ale nikt nie mówił o literalnym przestrzeganiu tej zasady. Ważne było, iż stosowaliśmy się do jej ducha rozumianego podług naszej woli i podług korzyści przynoszonych naszej świętej wierze.

– Poza tym, tak jak mówiłem, znam tajemnicę cesarskiej wyprawy za Kamienie i sądzę, że sama wiedza o jej powodach oraz przebiegu jest bardzo wiele warta – dodałem. – Mam również notatki i rękopisy Hildegardy Reizend, które ukryłem w sobie tylko wiadomym miejscu.

Przez chwilę wszyscy milczeliśmy, wreszcie czarownica skinęła głową.

– Ciekawa jestem tej cesarskiej cudaczki, niech więc będzie, jak sobie umyśliłeś – zdecydowała.

Potem przeniosła wzrok na Tamarę.

– Zresztą ona by mi głowę suszyła, żeby wam pomóc, czy nie tak?

Wiewióreczka roześmiała się perliście.

– A pewnie, że bym suszyła! – zgodziła się. – Bo ja chcę, żeby Nataszy dobrze się działo. A jak sobie wybrała tego rzymskiego diabła – żartobliwie zaakcentowała owo określenie – to niech im obojgu dzieje się dobrze...

– No i widzisz – wiedźma obróciła się znowu w moją stronę – tak to właśnie jest.

– Czy Ludmiła dotrzyma złożonej przysięgi? – spytałem.

– Będzie musiała – odparła zdecydowanie wiedźma. – Klątwa wywołana waszą krzywdą obróciłaby się przeciwko niej.

– Co by się stało?

– Różne są klątwy – odezwała się wesołym tonem Tamara. – Ja najbardziej lubię tę z czarnymi robakami. Pamiętasz, mateczko, jak... – urwała nagle zmieszana. – No, w każdym razie właśnie tę najbardziej lubię.

– Można zdjąć taką klątwę? – zapytałem.

– Każdą klątwę można zdjąć, jeśli się potrafi – odparła obojętnym tonem wiedźma. – Ale ani ty, ani żadna z moich dziewcząt jeszcze by tego nie umiała. One się kiedyś może nauczą, ty na pewno nie i nigdy...

– Cóż, chyba i tak nie byłoby mi to na nic potrzebne – odparłem, choć poczułem przez chwilę ukłucie żalu spowodowane tym, iż czarownica uznała, że coś na zawsze znajduje się poza moim zasięgiem.

– Czyli mnie zaoferowałeś cesarską czarownicę, do której nie masz żadnego prawa, a Ludmile zaoferowałeś moją pomoc, którą dostaniesz dzięki oddaniu mi cesarskiej czarownicy. Przyznam, że sprytnie to sobie wymyśliłeś. Jak nie mając niczego, zdobyć wszystko, co chcesz...

Tamara zachichotała i tym naturalnym, ujmującym śmiechem przypominała mi przez chwilę Nataszę.

– Inkwizytor jest sprytny jak ryba na haczyku – powiedziała. – Bo wie, że jeśli nie znajdzie drogi, żeby się wyrwać, to go wyciągną na powietrze i wrzucą na patelnię.

– Nie powiem, by twoje porównanie szczególnie mi się podobało – rzekłem. – Ale doceniam jego obrazowość.

– Oraz prawdę?

Westchnąłem.

– Oraz prawdę – zgodziłem się.

– Szczera dziewuszka ta moja Tamara – odezwała się serdecznym tonem wiedźma, a mnie przeszedł po kręgosłupie zimny dreszcz.

Dla kogo była przeznaczona przestroga w tych słowach, w których nie brzmiało szyderstwo, a które, przysiągłbym to, były szydercze? Dla mnie, bym nie ufał rudej dziewczynie, czy też czarownica ostrzegała swą wychowankę, by się pilnowała i by wiedziała, że została przejrzana. Ale Tamara żadnym gestem, nawet mrugnięciem oka nie dała poznać, iż w słowach wiedźmy zrozumiała coś więcej niż tylko życzliwość.

– Mateczko, a mateczka by mnie nie puściła z inkwizytorem? – zagadnęła wesoło.

– Puściła gdzie?

– A do Peczory – wstrząsnęła głową Tamara. – Ludziom się poprzyglądać...

– Oszalała dziewucha – odparła wiedźma z przekonaniem.

– Oszalała nie oszalała, ale Nataszę bym zobaczyła...

– Przyjdzie właściwy czas, a obie pójdziemy księżnej się pięknie pokłonić – rzekła mateczka Olga i teraz w jej słowach wyraźnie już wybrzmiało szyderstwo.

Cóż, ta wiedźma z mokradeł za nic sobie miała książęcą władzę i pewnie miała w tym względzie rację, bo czymże była siła Ludmiły przy jej własnej?

– Idź już, inkwizytorze – rozkazała, a potem przeniosła wzrok na rudowłosą dziewczynę. – A ty odprowadź go na skraj polany.

– Uprzejmie dziękuję – odparłem, wstając z miejsca. – Muszę jednak z pełną pokorą wyznać, że o własnych siłach nie trafię do Peczory. Ponieważ wydarzyła się taka przykrość, że obu tropicielom, którzy mnie w tę stronę prowadzili, przydarzył się nieszczęśliwy wypadek.

– Póóójdę z nim, mateczko – przeciągnęła Tamara. – Chociaż na skraj bagna.

– Daj mu jera – rozkazała wiedźma zimno. – Jer go poprowadzi.

Niezadowolona Tamara wzruszyła ramionami.

– Jak sobie mateczka życzy – obiecała oficjalnym tonem.

Jery były niewielkimi ptaszkami, przypominającymi wróble, lecz znacznie ładniej, bardziej kolorowo od nich upierzonymi. Widywałem je wielokrotnie w Peczorze, czasem nawet przelatujące wielkimi stadami, a najlepiej zapamiętałem je z czasów pierwszej wizyty u czarownicy. Pamiętałem przecież, jak pokrzykiwanie jera uspokoiło nagle Andrzeja i pozwoliło mu powiedzieć z ulgą, że wszystko już będzie dobrze. Najwyraźniej więc owe ptaszki pełniły jakąś służebną rolę wobec mateczki Olgi. I to prawdziwie służebną, a nie jak

w tych wymysłach o czarnych kotach, czarnych psach
i czarnych kozłach.

Skłoniłem się wiedźmie grzecznie, jak wypadało gościowi, ale bez uniżoności, której nie zniosłaby przecież
inkwizytorska godność. Czarownica zresztą i tak wydawała się nie zwracać już na mnie uwagi.

Wyszliśmy z Tamarą przed dom. Była głęboka noc,
a gwiazdy połyskiwały słabiutkim, ledwo widocznym
blaskiem przez zasłonę chmur. Księżyc wisiał gdzieś daleko, zamglony i otoczony plątaniną gałęzi.

– Dziwnie czas się plecie w waszej gościnie – powiedziałem i chociaż muszę przyznać, że poczułem się zaniepokojony, to starałem się w żaden sposób nie dać tego
po sobie poznać.

– Ciemno dziś trochę – powiedziała niezadowolona. –
Jak ty jera zobaczysz i poznasz, gdzie za nim iść... – Pokręciła głową. – Poczekaj no, może chociaż lampę wydębię od mateczki, bo co to za interes, żebyś się teraz
zgubił i utonął.

– Byłyby to niefortunne koleje losu – zgodziłem się
z nią bez trudu.

I rzeczywiście po krótkiej chwili Tamara wróciła,
niosąc co prawda nie lampę, ale dobrze nasmołowaną
pochodnię.

– Czy ten ptaszek zaprowadzi mnie do koni, które
zostawiliśmy po drodze? – zapytałem.

Skinęła głową.

– Tak będzie – odparła. – Spiesz się, tylko postaraj
się nie utopić.

– Wszystko w rękach Boga – odrzekłem. – Ach, jeszcze jedno, jeśli wolno... Mam nadzieję, że nie czekają mnie na bagnach niespodzianki podobne do tych, które spotkały mnie w drodze do was.

Potrząsnęła głową i uśmiechnęła się.

– Nie bój się niczego. Idź śmiało. A wiesz co, inkwizytorze? – Zerknęła na mnie. – Bardzo ładnie poradziłeś sobie z zaklęciami mateczki. – Zachichotała. – I powiem ci nawet, że ona sama była pod wielkim wrażeniem twoich zdolności.

– Uprzejmie dziękuję – odparłem. – Szkoda tylko, że początkowo nieszkodliwe wizje nabrały tak nieprzyjemnie fizycznego kształtu – dodałem.

– Ano kolejny trup został na bagnach – skwitowała bez współczucia w głosie. – Jakby wszyscy ci, co na naszych trzęsawiskach potonęli, wyszli kiedyś, to pewnie spora by się zebrała czereda...

Co do tego nie miałem wątpliwości. Przecież nawet w Cesarstwie, gdzie mokradła ani nie były tak wielkie, ani dzikie jak na Rusi, też się zdarzało, że ludzie a to potonęli, a to zabłąkali się i gdzieś przepadli raz na zawsze w ostępach.

– Idź już, idź! – pogoniła mnie. Po czym niespodziewanie podeszła i przytuliła się do mnie, obejmując za szyję ramieniem. – Wiedziałam, że kłamiesz – szepnęła mi do ucha. – Wcale nie jesteś pewien, jak utrzymać tę czarownicę na łańcuchu, ale chciałeś się wydawać ważniejszy, niż jesteś.

– Skoro tak uważasz, dlaczego mnie nie zdradziłaś? – wyszeptałem również.

– Bo ja chcę, żeby wam się udało – powiedziała, obejmując mnie jeszcze mocniej. – Naprawdę kocham Nataszę, pewnie, że inaczej niż ty, ale kocham. A poza tym... –

Tym razem wcale nie na żarty wbiła mi paznokcie w kark i odsunęła się kilka cali ode mnie. Dostrzegłem jej migoczące czerwienią oczy. – Będziesz miał u mnie dług. A ja w stosownym czasie przypomnę ci, żebyś go spłacił... I ty go wtedy spłacisz bez szemrania – dodała twardo.

– Niech i tak będzie – zgodziłem się. – Ładniej ci było z zielonymi oczami – dorzuciłem.

Zaśmiała się i pocałowała mnie w policzek przelotnym, przyjacielskim pocałunkiem. Odskoczyła i znowu miała wesołe zielone tęczówki nakrapiane brązowymi plamkami.

– Pędź, inkwizytorze! I ucałuj Nataszę!

– Nie omieszkam – odparłem i ruszyłem szybkim krokiem.

A potem, kiedy zobaczyłem, jak szybko polatuje obok mnie i przede mną malutki jer, czasem ledwo widoczny w mroku, a czasem wręcz ginący z oczu, wtedy przyspieszyłem krok do truchtu.

Inkwizytorzy nie mogliby może mierzyć się pod względem szybkości i wytrzymałości z Filippidesem, który zaniósł do Aten szczęsną nowinę o wiktorii pod Maratonem, lecz najżwawsi spośród nas zapewne niewiele ustępowaliby mu pola. Dlatego biegłem spokojnie i uważnie, a odmierzając oddech, cały czas pamiętałem, by śledzić malutkiego jera, gdyż był on, a to migoczący w świetle pochodni, a to znikający z blasku, a to wyłaniający się z ciemności, moją jedyną nadzieją na wyjście cało z tych przeklętych trzęsawisk. No i wreszcie z ulgą dostrzegłem, że chyba docieram do polany, na której zostawiliśmy wierzchowce. A kiedy usłyszałem stłumione rżenie, wtedy już wiedziałem: nie chyba, lecz na pewno byłem na najlepszej drodze, by w jednym kawałku wrócić do Peczory. Miałem tylko nadzieję, że ptaszek mnie teraz nie opuści, ponieważ to prawda, iż znalazłem się na skraju bagien, lecz nadal nie miałem pojęcia, w którą stronę powinienem się stąd skierować. I gdybym został pozostawiony sam sobie, mogłoby się okazać, że brnę coraz dalej i dalej w serce mokradeł, zamiast je opuszczać. Albo że plączę się beznadziejnie po ich obrzeżach.

Dopadłem mojego konia i z prawdziwie ciepłym uczuciem przytuliłem się do jego szyi i poklepałem go po pysku.

– Nikt nie skrzywdził ciebie, nikt nie skrzywdził mnie, kto wie, może z Bożą pomocą wyjdziemy z tego cało – zaszeptałem do niego, a on zastrzygł uszami zupełnie tak, jakby zrozumiał moje słowa.

Rumak też, odniosłem wrażenie, poczuł ulgę, widząc znajomego człowieka i czując jego zapach. Może nie bał się zresztą upiorów, potworów i czarów, ale wystarczało mu, że uwiązany do drzewa mógł lękać się wilków lub niedźwiedzi. Potem podszedłem do koni tropicieli, również je pogłaskałem oraz przemówiłem do nich uspokajająco. Odwiązałem wierzchowce i połączyłem je w parę, wskoczyłem na grzbiet swego konia, trzymając cugle dwóch pozostałych. Nie było to może wygodne, jednak przyznam szczerze, iż odczuwałem niechęć na myśl, że miałbym zostawić tutaj, w tej ponurej głuszy, dwa żywe stworzenia. Może obawiałem się niepotrzebnie, a zwierzęta, kierując się instynktem (o którym ja mógłbym jedynie marzyć), spokojnie doczłapałyby do stajni? Cóż, może i tak, lecz postanowiłem spróbować sam je doprowadzić. Jeżeli z jakichś powodów wiedzenie podobnej karawany sprawi mi trudności, zawsze mogę przecież je zostawić.

Z ulgą spostrzegłem, że jer nie zamierza mnie opuszczać. Latał co prawda dość wysoko, znikając na dłuższy czas w nocnej ciemności, ale kiedy wskoczyłem na siodło, zauważyłem, iż ptaszek obniżył lot. Zatrzepotał skrzydełkami przy łbie mojego wierzchowca, który zupełnie się tym nie przejął. I całe szczęście, gdyż znałem konie, które wpadały w panikę nawet na widok szybko przelatującego wróbla.

– Mądry ptaszek – pochwaliłem go i ruszyłem powoli, stępa.

Zawsze powtarzałem, że pochodnia niesiona nocą przez człowieka ma jedną kapitalną wręcz zaletę: pozwala z ciemności oddać do niego celny strzał, a nieszczęśnik nie ma nawet szans dostrzec, co go ukłuło i skąd to coś nadleciało. Zrozumiałe więc, że starałem się, trzymając żagiew wysoko nad głową, uważnie ślepić na wszystkie strony. W razie ataku z gęstwiny pewnie niewiele by mi to pomogło, lecz inna sprawa: kto, na miecz Pana, mógłby mnie napaść na tych diablich mokradłach? I zapewne, jeśli już ktoś by się trafił, to nie należyłby do gatunku istot używających kuszy lub łuku. Co z drugiej strony patrząc, nie było wcale takie pocieszające.

Jer trzymał się blisko i obecność ptaszka zarówno mnie uspokajała, jak i dawała nadzieję, że wszystko zmierza ku dobremu. W dodatku ku mojemu ogromnemu zadowoleniu księżyc wyjrzał zza chmur. Wisząc nad drzewami i przytulony do kłębów burych obłoków, wyglądał teraz niczym srebrna pyzata twarz zerkająca zza okna, spomiędzy gęstych zasłon. A potem przyjrzałem mu się dokładniej i pomyślałem, że ta twarz wcale nie wygląda na pyzatą, lecz na trupio bladą, napuchniętą i poznaczoną plamami pleśni. Przeszedł mnie dreszcz i oderwałem spojrzenie od nieba, by wrócić z nim na drogę, czy raczej na tę wąską przesiekę wiodącą wśród pełnego przegniłych drzew bajora.

I wtedy w srebrnym blasku dostrzegłem, że coś przede mną, może dwadzieścia, może dwadzieścia pięć kroków ode mnie, poruszyło się pomiędzy drzewami. Niestety, ten kształt zauważyły również konie i tak jak do tej pory szły spokojnie, tak teraz wpadły w prawdziwy szał. Natychmiast puściłem luźno konie tropicieli, odrzuciłem pochodnię i chwyciłem obiema dłońmi wodze mojego rumaka, który rżał boleśnie, szarpał się i usiłował stanąć na tylnych nogach. I wreszcie, a przyznać muszę to ze wstydem, udało mu się mnie zrzucić. Może nie tyle spadłem z siodła, ile osunąłem się na ziemię, na tyle przytomny, by trzymać cały czas wodze w dłoni i by stanąć twardo na stopach. Nieustająco próbowałem uspokoić zwierzę. Szarpało się i wierzgało, o mało nie trafiło mnie kopytem, wreszcie zarżało jakby boleśnie i wściekle, lecz zaraz potem niespodziewanie uspokoiło się, znieruchomiało, opuściło łeb i tylko ciężki, chrapliwy oddech świadczył, że coś złego przed chwilą się wydarzyło.

Walczyłem z wierzchowcem, jednocześnie starając się spoglądać w stronę tej ciemnej, mglistej postaci stojącej w snopie księżycowego światła. Byłem gotów na to, że jeśli tylko przybysz niebezpiecznie się zbliży, to pal licho, rzucę wodze, odskoczę od konia i zajmę się czymś, co przecież może być większym niebezpieczeństwem niż przerażony rumak.

Teraz bowiem już poznawałem, kogo mam przed sobą. Widziałem już wcześniej tę kapotę, widziałem tę torbę, widziałem oszczep przewieszony za ramieniem. Nie spodziewałem się, iż kiedykolwiek zobaczę jeszcze tego człowieka, i wcale a wcale nie byłem szczęśliwy, że widzę go teraz.

– Niedobrze straszyć ludzi, Fiedka – odezwałem się spokojnym i łagodnym tonem. – Zwłaszcza kiedy jest się martwym jak zgniły pieniek na mokradłach.

Umarły tropiciel kiwał się na boki i nic nie mówił. Nie miałem pojęcia, czy patrzy na mnie, czy obok mnie, czy poza mnie, czy przeze mnie, bo jego twarz widziałem zaledwie jako rozmazaną plamę bieli w księżycowym świetle. Szczerze mówiąc, nie wiedziałem więc, czy w ogóle ma twarz. Cóż, wolałbym, aby miał...

– Czemu nie leżysz pod ziemią, Fiedka? – zapytałem. – Czemu wstałeś i hałasujesz po nocy? No i patrz, Fiedka, konie mi spłoszyłeś – dodałem z rozżaleniem. – Twój własny konik pognał gdzieś na bagna. Może byś go odszukał?

Postać nadal się nie odzywała, lecz wydawało mi się, że zbliżyła się do mnie o kilka kroków. Nie widziałem jednak ruchów jej nóg, więc może było to tylko złudzenie i omylna gra księżycowego światła. Tak czy inaczej, poczułem się nieswojo. Nie jest bowiem dobrze, kiedy nocą na pustkowiu z grobów wstają trupy pomordowanych ludzi. Ale jeszcze gorzej jest wtedy, kiedy idą w twoją stronę. A najgorzej wyglądają sprawy, kiedy w dodatku wiesz, że to ty, nikt inny, zostawiłeś ich na pewną śmierć.

Wciąż mamunia dziś płakała, oj
Bo synusia pochowała, oj

Ten śpiewny głos rozległ się tak niespodziewanie i był tak żałosny, że aż się wzdrygnąłem i mocniej ścisnąłem rękojeść miecza, by dotyk chłodnej stali dodał mi otuchy. Piosenka dobiegała wyraźnie z miejsca, w którym stał umarły tropiciel, zresztą był to z całą pewnością jego głos. Mniej zachrypnięty, niż kiedy widzieliśmy się ostatnim razem, lecz rozpoznałem go nieomylnie.

– A cóż to śpiewasz za piosenkę, Fiedka? – zapytałem. – Zejdźże mi z drogi, dobry tropicielu, bo widzisz, koń się ciebie boi.

Oj, mamunię serce boli
Już się synuś nie wyzwoli
Już nie umknie z tej niedoli
Oj...

– Bardzo pięknie śpiewasz, Fiedka – przyznałem życzliwie.

Zresztą, Bogiem a prawdą, wyznam wam, mili moi, że chociaż samo zajście należało do niezwykłych i może nawet przerażających (rzecz jasna, gdyby spotkało zwykłego człowieka, nie zaś doświadczonego inkwizytora), to trzeba zauważyć, że głos zwiadowcy, chociaż przejmujący, jednocześnie był głęboki i melodyjny. Naprawdę całkiem nieźle wychodziło mu nucenie tej posępnej piosenki. Wolałbym co prawda, by zaśpiewał coś wesołego, na przykład o piciu i chędożeniu, najlepiej z przytupami i hołubcami, ze strzelaniem obcasami i pohukiwaniem, jak to Rusini potrafili najlepiej. Bo czy martwy człowiek koniecznie musiał śpiewać piosenkę właśnie o martwych ludziach? Nic innego naprawdę nie przyszło mu do głowy?

Wciąż mamunia dziś błagała
By synusia mgła oddała
Zła...

Głos Fiedki wydawał się teraz jeszcze bardziej posępny i jeszcze bardziej żałosny. Cień ciągle kołysał się w paśmie księżycowego światła, a ja cały czas byłem niezadowolony i zaniepokojony, że nie mogę dojrzeć jego twarzy. Poza tym czegóż ten upiór życzył sobie ode mnie? Wyśpiewać mi piosenkę, zebrać oklaski i wrócić do bagiennej topieli, która zastępowała mu grób?

Tak mamunia rozpaczała
Chociaż ciągle nie słyszała
By jej coś odpowiedziała
Mgła...

Obserwowałem zjawę, słuchałem jej i jednocześnie modliłem się do naszego Pana i Stwórcy, by raczył mnie wspomóc oraz oświecić. Nie zapominałem również o bacznym spozieraniu wszędzie wokół i nasłuchiwaniu, każdy bowiem, nie tylko inkwizytor, lecz po prostu człowiek parający się wojennym rzemiosłem, wie, jak skuteczne bywa zmuszenie przeciwnika, by przyglądał się jakiemuś nadzwyczajnemu zjawisku. A właściwy atak przychodzi wtedy z zupełnie innej, zaskakującej strony.

Nie zamierzałem więc skończyć jako ofiara kogoś, kto wysłał trupa owego tropiciela, czy też raczej jego zjawę, upiora, widmo, iluzję czy majak... jak zwał, tak zwał. Bo po sposobie poruszania się tej istoty podejrzewałem, że nie może być ona materialna. Zresztą z tego, co przecież pamiętałem, ostatnio ciało Fiedki było rozrywane dziobem i szponami potwora, więc albo miałem do czynienia z widmem, albo szczątki nadzwyczajnym sposobem uleczyły się i zrosły. Cóż, oczywiście nie należało wykluczać, że mogło zdarzyć się właśnie tak. W końcu inkwizytorzy muszą mieć otwarte umysły, jeśli chcą przeżyć. Ja bardzo chciałem.

– Fiodorze Gierojewie – rzekłem mocno i oficjalnym tonem – Jej Wysokość księżna Ludmiła czeka na was, by dać wam nagrodę, a wy włóczycie się po mokradłach i sobie podrygujecie i podśpiewujecie? Cóż to za obyczaje, tropicielu? Księżna chciałaby wiedzieć, jaki herb pragniecie nosić na swej rodowej tarczy. Tak, tak, Fiodorze Gierojewie, dobrze słyszeliście moje słowa: herb!

Zjawa przestała się chwiać na boki i znieruchomiała, a potem nawet przekrzywiła głowę tak silnie, że ta całą szerokością oparła się tropicielowi na ramieniu. Wyglądało to nomen omen raczej upiornie, gdyż sprawiało wrażenie, jakby bezgłowy człowiek niósł na ramieniu piłkę.

– Czemu się ociągacie, Fiodorze? – zapytałem już ostrzej. – Aż księżna znudzi się czekaniem i powie: „Nie chce nagrody ten mój tropiciel za swe wybitne zasługi, trudno więc: nic nie dostanie..."? Tego właśnie sobie życzycie?

Zjawa przekręciła głowę tym razem w drugą stronę, co oznaczało po prostu, że ta raptownie położyła się na prawym ramieniu Fiedki. I cała postać zakołysała się w przód i w tył, w lewo i prawo, tak jakby nie bardzo wiedziała, co ze sobą zrobić. Jakby była kurkiem na wieży, który zmienny wiatr kieruje to w jedną, to w drugą stronę, lecz żaden powiew nie jest na tyle silny, by przekręcić figurkę raz a dobrze.

– No idźcie, idźcie! – zawołałem. – Pospieszajcie prosto do Peczory! Nie zwlekajcie!

I wierzcie mi lub nie, mili moi, ale widmo zakolebało się jeszcze raz, po chwili drugi, niczym kielich kulawka wypuszczony z dłoni, a później powoli zaczęło się oddalać, co dziwne, pozostając cały czas przodem do mnie.

– Szczęśliwej drogi, Fiodorze Gierojewie – zawołałem za nim życzliwie i nawet pomachałem mu ręką.

A potem, kiedy zjawa martwego tropiciela zniknęła z plamy księżycowego blasku, kiedy rozpłynęła się gdzieś w ciemności pośród przegniłych drzew, wtedy dopiero odetchnąłem z ulgą.

– Gdzie wam, przeklęte upiory, do ostrego niczym brzytwa umysłu inkwizytora – mruknąłem sam do siebie i zwolniłem uścisk ręki zaciśniętej na trzonie miecza. Wytarłem dłoń z potu.

Nie mogłem liczyć, że księżyc będzie cały czas uprzejmie mi przyświecał, więc sięgnąłem po zgasłą żagiew. Miałem w jukach krzesiwo, ale zanim zdążyłem oczyścić pochodnię z błota i skrzesać ogień, zobaczyłem jasną postać zmierzającą w moim kierunku, tym razem z drugiej strony.

– Na miecz Pana, niczego się nie nauczycie? – mruknąłem i chwyciłem mocniej wodze, chociaż tym razem wierzchowiec wcale się nie niepokoił.

Przez chwilę przeszło mi przez myśl, by wskoczyć na siodło i popędzić przed siebie, jak najdalej od zbliżającej się postaci, lecz zaraz się opanowałem. Nie, nie, trzeba było stawić czoła temu nowemu niebezpieczeństwu. Cwałując w ciemności, mogę przecież nie dostrzec prowadzącego jera i zbłądzić. A wtedy będzie po mnie.

I kiedy stałem z obnażonym mieczem w dłoni i pokorną modlitwą na ustach, wtedy jasna zjawa się zatrzymała.

– Brakuje tylko malarza, by uwiecznić postać takiego dzielnego bohatera jak ty – usłyszałem dźwięczny, rozbawiony głos.

– Moja miła Tamaro, cóż za urocze, choć niespodziewane spotkanie – odpowiedziałem grzecznie, gdyż oczywiście natychmiast rozpoznałem, kto do mnie mówi.

Zobaczyłem jej twarz, i tak: to była właśnie ładna, miła buzia zaprzyjaźnionej wiewióreczki. Nie znalazłem w niej nic nieludzkiego, upiornego czy widmowego. Nic, co mogłoby nasuwać myśl, iż mam do czynienia z wytworem siły nieczystej.

Podszedłem kilka kroków, teraz stałem tak blisko, że gdybym pchnął dziewczynę mieczem trzymanym w wyciągniętej dłoni, to ostrze utkwiłoby między jej piersiami.

– *Zachowaj nas, Panie, od zjaw długonogich, ustrzeż nas, Panie, od bestyj, co skaczą* – wyrecytowała wesołym tonem Tamara. – Możesz mnie dotknąć, jeśli tylko chcesz – dodała. – I przekonać się, że jestem z krwi i kości, i ciała. Tylko żeby potem nie było na mnie, jak Natasza się wścieknie!

Poczułem zapach świeżej trawy, który na chwilę chociaż przezwyciężył gnilny odór trzęsawiska, i schowałem miecz.

– Urocze spotkanie – powtórzyłem.

– Miało być pożyteczne. – Błysnęła uśmiechem. – Przyznaję jednak, że dzielnie dałeś sobie radę bez mojej pomocy.

– Cóż to była za piekielna kreatura?

– Nasze bagna są pełne śladów po ludziach, którzy na nich umarli – odparła, spoglądając w ciemność za moimi plecami.

Wiedziałem, że robi to celowo, ale i tak zrobiło mi się trochę nieswojo.

– Krążą tak, jakby były cieniami zostawionymi przez odchodzącego człowieka. Nie wiedzą tak naprawdę, ani kim są, ani po co są, ani co powinni uczynić. Łatwo nimi powodować, jeśli się umie... – zawiesiła głos.

– Ach tak – mruknąłem.

– Ale najczęściej nikomu nic do nich. Włóczą się, pojawiają i nikną, wychodzą z mgły i wtapiają się w nią. Czasami można z nimi porozmawiać.

– Ten tutaj śpiewał mi piosenki.

– Śpiewał ci piosenki? – zdziwiła się.

– O mgle i o śmierci. O matce, która pochowała syna – wyjaśniłem. – Gdyby wesołość mierzyć w łokciach, to miarka dla tej piosneczki zatrzymałaby się gdzieś przy paznokciu.

Zaśmiała się.

– Ale tobie, jak widzę, humor mimo wszystko dopisuje – stwierdziła.

Zbliżyła się i położyła dłoń na karku konia tak, że nasze palce zetknęły się czubkami. Wierzchowiec obrócił łeb w jej stronę i spojrzał na nią. Pogłaskała go po czole, a on parsknął przyjaźnie.

– Zwierzęta nas lubią. – Uśmiechnęła się, a ja wiedziałem, że mówi o sobie i o Nataszy. – Ludzie trochę mniej – dodała, lecz bez zgryźliwości.

Jakby na potwierdzenie tych słów, malutki jer usiadł na ramieniu dziewczyny i przechylił łebek, tak by spojrzeć prosto w jej twarz.

– I co, mały, bałeś się? – zapytała Tamara.

Ptaszek zaświergotał coś w odpowiedzi, a dziewczyna odwróciła od niego wzrok, po czym przeniosła go na mnie.

– Poprowadzi cię do końca, zresztą to już blisko. – Ściągnęła usta. – Całkiem daleko wyszłam do ciebie.

– Bardzo to doceniam – odparłem. – I mam nadzieję, że na dzisiejszą noc wystarczy tych wizyt upiorów. Ach, i muszę przyznać, że naprawdę szybko szłaś.

Skinęła głową.

– Znam takie ścieżki na skróty, że ty, nawet prowadzony przez jera, utonąłbyś na nich razem z końmi.

– A właśnie, co z tymi dwoma końmi, które uciekły?

Wzruszyła ramionami.

– Myślę, że już po nich. No dobrze, idź do swojej księżnej. – Chwyciła mnie za nadgarstek. – I pamiętaj o długu.

Spojrzałem prosto w jej oczy, mimo że migotały w nich płomyczki czerwieni.

– Bardzo cię lubię, Tamaro, i pamiętam oraz będę pamiętał o wyświadczonych mi przysługach. Nie musisz mi wcale o nich przypominać, by mieć pewność, że nie zapomniałem.

Roześmiała się i puściła moją rękę. Zakręciła się zgrabnie jak fryga na jednej nodze, tak że przez chwilę w czerni nocy błysnęły spod spódnicy jej zgrabne, jasne uda, i odeszła w stronę ciemności.

Przyglądałem się jej, dopóki nie zniknęła, i pomyślałem, że gdybym poszedł jej śladem, to zapewne już po chwili rozpaczliwie walczyłbym o życie, zapadając się po usta w błoto. To wielka zdolność znać takie drogi, którymi nie podąży nikt poza tobą, pomyślałem, i cóż, dotyczy to zarówno warstwy duchowej, jak i materialnej.

A potem przyszło mi do głowy, że pojawienie się owego upiora mogło być sprawką Tamary, niczyją inną. Że zesłała to niebezpieczeństwo, by potem mnie od niego triumfalnie uwolnić i tą pomocą zaskarbić sobie moją wdzięczność oraz powiększenie długu. Ale nie wiedziała, że my, inkwizytorzy, jesteśmy jedynie dłużnikami Boga w niebiosach Wszechmogącego, a ludzie i ludzkie sprawy obchodzą nas o tyle, o ile możemy się nimi przysłużyć naszemu Panu. A poza tym i tak poradziłem sobie sam, czy może raczej nie tyle sam, ile z pomocą Stwórcy, który natchnął mnie dobrą myślą.

A potem nie rozważałem już o długach, gdyż moich nozdrzy dobiegła nieodległa woń rzeki oraz trzcin porastających brzeg. Bo nie wiem, czy wam wspominałem, mili moi, iż mój węch... ach, pewnie już kiedyś o tym napomknąłem, więc cicho sza, gdyż *wiele trzeba pokory, by wyzbyć się samochwalstwa.* A wszak wśród inkwizytorów niewielu znalazłoby się bardziej pokornego serca ode mnie.

W każdym razie znajdowałem się naprawdę blisko przystani i tam właśnie miał zacząć się następny etap mojej bitwy. Mojej wojny o mnie samego i o Nataszę, o nasze prawo do dzielenia życia i mnożenia szczęścia.

A ponieważ pokornie i ufnie wierzyłem, że oboje jesteśmy mili Bogu, miała to być również wojna w imię Boga. Na Jego chwałę oraz w hołdzie dla Jego najświętszego majestatu. A pocieszała i wspierała mnie myśl, że w Piśmie wszak napisano: *Mądrość oraz bojaźń Boża są początkiem mocy i siły. Światło Pana będzie naszym drogowskazem. Kto ufa Panu, stanie się silniejszy niż władcy, którzy rządzą krajem.*

Koniec

Przeklęte przeznaczenie

fragment

A rmia została przygotowana do wymarszu nawet dość szybko i nawet dość sprawnie, a kiedy pierwsze oddziały zaczęły wychodzić z obozowiska, ujrzeliśmy, jak jery wzlatują w powietrze. Wszystkie co do jednego. Przez chwilę wydawały się gęstą, długą i szeroką burzową chmurą, wewnątrz której kotłuje się nawałnica. I zaraz potem ta chmura pomknęła w stronę peczorskiej fortecy. Nie lotem prostym jak lot strzały, lecz kołując, zawracając, wznosząc się i opadając, zawsze jednak wyraźnie zbliżając się do grodu. Kiedy chmara przelatywała nad naszymi głowami, wydawało się przez tę krótką chwilę, że nastał wieczór. Pomyślałem, że jerów jest jeszcze więcej, niż sądziłem na początku. Niezależnie jednak od ich liczby nadal zastanawiałem się, jakąż krzywdę te małe ptaszki mogą uczynić żołnierzom broniącym fortecy.

Oddziały Ludmiły w wolnym tempie przechodziły pod mury, zatrzymując się jednak w bezpiecznej odległości, tak by strzały wystrzelone przez łuczników nie mogły uczynić wojsku krzywdy. Ale z fortecy nikt nie myślał strzelać. Strażnicy baczniejszą uwagę zwracali nie na podchodzące oddziały, lecz na ogromne stado ptaków nad wieżami. Jery latały, zataczając wielkie koło wokół peczorskiego zamku, tak jakby w centrum fortecy ktoś trzymał linę, a one były uczepionym do niej latawcem. Na mury wychodziło coraz więcej żołnierzy Izjasława i łatwo było się przekonać, nawet z tak daleka, że z całą pewnością nie są zachwyceni niezwykłym nalotem małych ptaków.

Armia Ludmiły cały czas rozkładała się wokół zamku, od rzeki przed podegrodzie i aż w stronę puszczy. Sama księżna wraz z oficerami oraz mną i Andrzejem u boku stała na środku drogi prowadzącej do głównej bramy. Byliśmy doskonale widoczni, i właśnie o to chodziło Ludmile. Aby wszyscy ją widzieli i aby wszyscy wiedzieli, że nadciąga. I aby wszyscy mieli pewność, iż plaga jerów jest jej sprawką.

Zaświdrował mi w nosie smród gnijącego mięsa. Niewyraźny, ledwie wyczuwalny, tak jakby ktoś gdzieś daleko zdjął pokrywę z wiadra wypełnionego starą padliną i wiatr powiał odór w moją stronę.

– Wiedźma tu jest – zwróciłem się do Andrzeja.

Drgnął.

– Skąd wiecie?

– Czasami ją wyczuwam – odparłem. – Najczęściej nie, ale teraz tak...

Dworzanin zaczął kręcić się w siodle i niecierpliwie rozglądać wokoło. Ja tylko oparłem się mocniej na łęku. W jakimkolwiek celu przybywała starucha, nie sądziłem, by chciała nam zaszkodzić. Chociaż sojusze z wiedźmami są niczym kąpiel w głębokiej, mulistej rzece pełnej wirów. My, inkwizytorzy, wiedzieliśmy o tym aż nadto dobrze, mając często do czynienia z ludźmi, którzy nie-opatrznie zawarli przymierze z ciemnymi mocami. Nie spotkałem jeszcze nikogo, kto by dobrze na tym wyszedł. Jednak przyznać również musiałem, że na Rusi obowiązy-wały inne reguły niż w naszym chwalebnym Cesarstwie. Zwłaszcza inne reguły obowiązywały mnie, od kiedy zo-stałem pozbawiony wsparcia potężnej instytucji, której służyłem. Przecież aby przetrwać w tym nienawistnym świecie, musiałem zyskać sojuszników. A że jednym z nich stała się wiedźma... No cóż, trudno, inkwizytorzy nie na takie poświęcenia są gotowi dla chwały Pańskiej.

Obrzydliwy zapach zelżał, zaraz potem całkowicie ustąpił. Czułem już tylko to, co czuć powinienem: woń końskiego potu i odchodów oraz charakterystyczny zapach wody i rosnących w mule nadbrzeżnych trzcin, przywie-wany podmuchami wiatru wiejącego znad rzeki. To jed-nak wcale nie oznaczało, że wiedźma gdzieś zniknęła czy odeszła. Może po prostu wyczuwałem ją wyraźniej, kiedy rzucała uroki, a teraz rzucać je przestała?

Jery cały czas krążyły wokół fortecy. Wydawało mi się, że jest ich więcej i więcej. Złapałem się na myśli, że nie-długo przestaną być przesuwającym się na nieboskłonie kluczem, a zamienią się w obręcz, która zamknie się wo-kół grodu, ściśnie go i zgniecie. Było to na pewno dziw-ne, może w jakiś sposób niepokojące (a nawet na pewno niepokojące, jeśli ktoś był przesądny), lecz nadal nie mog-łem pojąć, jak ta ptasia inwazja może nam pomóc. Przez chwilę przypomniał mi się los żołnierzy Ludmiły, których czarownica zamieniła w żywe bomby wybuchające pie-kielnym ogniem, jednak zaraz odrzuciłem myśl, iż może chodzić o coś podobnego. Przecież w takim wypadku nie tylko poginęliby ludzie, lecz również zniszczeniu uległby sam zamek. A Ludmiła była na tyle mądra, by nie chcieć wracać do władzy za cenę zrujnowanej fortecy pełnej trupów. Bo też nie wiadomo, jak długo taka władza by wtedy przetrwała. I można podejrzewać, że raczej krócej niż dłużej.

– Idzie – wykrzyknął stłumionym głosem Andrzej.

Obróciłem się w stronę, w którą patrzył. Mateczka Olga szła ubrana w szary płaszcz z kapturem zarzuconym na ramiona. Jej siwe włosy upięte były na czubku głowy, a w dłoni trzymała kostur. Kij wyglądał całkowicie zwyczajnie, lecz świetnie przecież pamiętałem, że czasem zaczyna drgać tak, jakby jego czubek złożony został z setek maleńkich, ciemnych, szamoczących się robaczków. U boku wiedźmy stąpała Tamara, też ubrana na szaro i też w długim płaszczu, ale ona nie niosła w ręku kostura, lecz bukiecik intensywnie szafirowych irysów. Ogniście rude włosy miała splecione w dwa warkocze. Zahaczyła mnie wzrokiem, uśmiechnęła się i pomachała dłonią wolną od kwiatów.

– Widzę, że całkiem lubią was te wiedźmy – zauważył Andrzej.

– Darujcie sobie – powiedziałem. – Dziewczyna jest miła, a poza tym wychowywała się z Nataszą...

Przypomniałem sobie, jak w nocy oczy przytulonej do mnie Tamary rozbłysnęły czerwienią. Doskonale zdawałem sobie sprawę z tego, że nie jest to zwykła „miła dziewczyna", nie widziałem jednak powodów, by opowiadać o tym dworzaninowi Ludmiły. Zresztą on i tak na pewno swoje wiedział.

Dwaj kawalerzyści zeskoczyli z koni i opadli na czworaki, by wiedźmy mogły, jeśli taka ich wola, po ich grzbietach wskoczyć na siodło. Mateczka Olga udała, że nawet tego nie zauważa, i po prostu przeszła pomiędzy wierzchowcami. Natomiast Tamara zaśmiała się perliście i dała takiego susa, że żołnierz, po którego grzbiecie wskakiwała, aż przygiął się do ziemi i jęknął. Nawet dość zgrabnie utrzymała się w siodle. Wykręciłem w jej stronę i chwyciłem za wodze jej rumaka. Ostatnie, czego teraz ktokolwiek by sobie życzył, to spłoszony koń z wychowanicą wiedźmy na grzbiecie.

– Nie umiesz jeździć konno, prawda? – zapytałem cicho.

– Nie umiem – odrzekła z pogodną szczerością.

Przybliżyłem się jeszcze i poklepałem jej wierzchowca po szyi. Co prawda i tak nie sprawiał wrażenia zaniepokojonego, ale lepiej dmuchać na zimne.

– Oj, żebyś mnie tak poklepał. – Błysnęła uśmiechem.

Odpowiedziałem jej również uśmiechem, lecz bacznie przyglądałem się temu, co robi wiedźma. Ona jednak wydawała się nie czynić niczego szczególnego. Wyszła kilka kroków przed szereg jeźdźców i oparła się na kosturze. Stała tak nieruchomo i przypatrywała się peczorskiej twierdzy. Na murach nie tylko ją dostrzeżono, ale jak sądziłem, bardzo szybko dowiedziano się, kim jest. W końcu, jeśli nawet poddani Izjasława nie znali czarownicy z trzęsawisk, to poddani Ludmiły świetnie zdawali sobie sprawę z tego, kim jest postać w szarym płaszczu, i dzielili się tą wiedzą z każdym, kto chciał słuchać. Jak również, sądziłem, raczyli opowieściami nie tylko przerażającymi, lecz też powiększającymi każdy przypisywany wiedźmie uczynek niczym obraz w kapitańskiej lunecie. Tymczasem jery zaczęły kołować coraz niżej i niżej, nadal poruszając się tym samym wirującym kręgiem. Aż wreszcie w ciągu jednej chwili obsiadły wieże, mury i krużganki. Ptaszek przy ptaszku, ciało przy ciele, skrzydło przy skrzydle. Zauważyłem, że żołnierze Izjasława zmykają z murów, lecz nikt nie ośmielił się nie tylko zrobić ptakom krzywdy, ale nawet krzyknąć na nie czy machnąć w ich stronę ręką. Zresztą jery nikomu nie robiły niczego złego. Po prostu siedziały. Nachyliłem się w stronę Tamary.

– Wiesz, co się stanie? – wyszeptałem.

Odwróciła się i mrugnęła do mnie.

– Z tobą i ze mną? Nic. Natasza nie pozwoli.

– A z ptaszkami?

– Przyleciały, to i odlecą. – Wzruszyła ramionami.

Jak widać, wypytywanie jej nie miało sensu, bo albo nie chciała mi nic powiedzieć, gdyż nie było jej wolno, albo z przekory, albo też sama nic nie wiedziała, a wstydziła się do tej niewiedzy przyznać.

I wtedy jery zaczęły, chciałbym powiedzieć, świergotać lub ćwierkać, lecz tak naprawdę wydawane przez nie odgłosy w niczym nie przypominały słodkiego, melodyjnego kląskania. Był to dźwięk przywodzący na myśl pocieranie skrzypiących desek, stukanie kijów jeden o drugi czy też skrzypienie połamanego drzewa. Jery są malutkie, ale ich głos wcale nie jest cichy. Powiedziałbym nawet: jak na takiego niewielkiego ptaszka, bardzo donośny. A tych jerów siedziały na peczorskich budynkach tysiące, może nawet dziesiątki tysięcy. I wszystkie wydawały owe denerwujące dźwięki, pozbawione taktu, melodii i sensu, zlewające się w jeden szarpiący, nieprzyjemny huk. Słyszeliśmy rejwach dobiegający z Peczory (pomimo odległości), ale słyszeliśmy też owe dźwięki bardzo dokładnie dzięki temu, że jedno małe stadko jerów przycupnęło na dachu najbliższego domu. I one również odzywały się krzykliwie, przekrzywiając lub zadzierając łebki, trzęsąc skrzydłami i przestępując z nogi na nogę.

– Przyznam, że to denerwujące – powiedziałem po chwili do Tamary. – Jednak wolałbym włożyć sobie woskowe kulki w uszy, niż oddać zamek i przegrać wojnę, dlatego że denerwują mnie ptasie wrzaski. – Potem wzruszyłem ramionami. – Zresztą jak Izjasław wystarczająco się zgniewa, to każe je przepędzić albo wystrzelać z proc czy łuków.

– Zobaczymy – odparła poważnie Tamara.

– Albo spadnie deszcz i ptaki odlecą, żeby im skrzydła nie zmokły – dorzuciłem jeszcze.

Zwabienie tysięcy ptaków i zmuszenie ich, by usiadły w wyznaczonym miejscu, było niezwykłym wyczynem. Zdumiewającym. Owszem, słyszałem, bo każdy inkwizytor przecież o tym słyszał, że w Mrocznych Wiekach czarownice były wielekroć potężniejsze niż dzisiaj, że potrafiły rozkazywać ludziom i zwierzętom, opętywać ich umysły, że ich biegłość w diabelskiej sztuce była nieporównywalna z niczym, co znamy dzisiaj. Ale sądzę, że nawet na wiedźmach z Mrocznych Wieków popis mateczki Olgi zrobiłby spore wrażenie. Mój Boże, jakżeż ta starucha przydałaby się w Inkwizytorium, pomyślałem, jakież sekrety można byłoby z niej wycisnąć! I jakaż to byłaby rozkosz dobrze spełnionej służby dla każdego funkcjonariusza Świętego Officjum, gdyby kobieta taka jak ona płonęła na stosie, szczerze pogodzona z Bogiem i święcie wierząca, iż najlepsze, co jej się w życiu przydarzyło, to spotkanie z inkwizytorami.

– Grosik za twoje myśli – usłyszałem pogodny głos wiewióreczki.

– Myślę o tym, że takich czarów nie zna już nikt w Cesarstwie.

– Że nie słyszałeś, by ktokolwiek je znał – poprawiła mnie spokojnie.

Milczałem chwilę.

– Tak – zgodziłem się i skinąłem głową. – Tak właśnie brzmi precyzyjna odpowiedź.

A potem już nikt się nie odzywał i trwało to bardzo długo. A ja pomyślałem, w jak zdumiewającej znalazłem się sytuacji. Oto stałem u boku barbarzyńskiej księżnej, pośród jej żołnierzy i naprzeciw zbuntowanego zamku. Oto wokół nas dudnił, świdrował, chrzęścił i męczył uszy utysiąckrotniony wrzask jerów wezwanych mocą pogańskiej wiedźmy. I nic innego się nie działo poza tym, że któryś z koni czasami zarżał, a piesi żołnierze przestępowali z nogi na nogę. Tak dziwna była otaczająca nas atmosfera, że Rusini, zazwyczaj skłonni przecież w każdej chwili odpoczynku sięgać zaraz po jedzenie, piwo lub gorzałkę, tym razem nie tylko stali spokojnie, ale nawet jeśli w ogóle się odzywali, to zaledwie szeptem. Czas mijał, a ja myślałem, że im więcej go minie i nic się nie stanie, tym gorzej dla nas. Przecież w końcu nawet jery zmęczą się i albo pozdychają, albo odlecą, nieutrzymywane mocą wiedźmy. Jakiż to będzie wstyd cofnąć teraz armię z powrotem do obozu, jakby nic się nie stało. Co prawda Jerycho było oblegane aż przez siedem dni i siedem dni dudniły trąby pod jego murami, zanim te mury padły, wiedziałem jednak, że armia Ludmiły spodziewa się, iż coś ważnego zdarzy się już teraz, już dziś. A armia Izjasława – obawia się, że już dziś stanie się coś strasznego. I jeśli nie wydarzy się nic, to ci pierwsi będą przygnębieni i upokorzeni, pełni zwątpienia, a w tych drugich obudzą się śmiałość oraz nadzieja.

Myśli Ludmiły zapewne krążyły podobnymi szlakami, gdyż widziałem, jak coraz bardziej niespokojnie popatruje a to na peczorskie mury, a to na wciąż nieruchomo stojącą czarownicę, a to na coraz bardziej ciemniejące niebo.

– Nie martw się – zaszeptała Tamara.

– Widać, że się martwię?

Zachichotała.

– Trudno, żeby nie było widać – odparła.

I nagle zobaczyliśmy ruch przy murach. Otworzono boczną furtkę, wybiegli z niej ludzie i wyprowadzili przez nią konia. Jednocześnie opuszczono most zwodzony. Z całą pewnością zamek się nie poddawał. Gdyby tak było, otworzono by nie furtkę, lecz główną bramę. Najpewniej wysyłano parlamentariusza. Cóż, nie miałem pojęcia, w którą stronę zaprowadzą nas negocjacje, ale przynajmniej coś zaczynało się dziać. A to już był krok naprzód. Za mur wyszła niewysoka postać w ciemnym płaszczu, której twarzy nie było widać, i zgrabnym ruchem wskoczyła na siodło.

– O mój Boże – westchnąłem.

Ciąg dalszy w książce

MAG BITEWNY

Księga I

FRAGMENT

Rycerz zamrugał, by pozbyć się spod powiek krwi i łez klęski. Okręcił konia, uniósł przyłbicę i rozejrzał się po polu bitwy. Widział, jak w całej dolinie illicyjskie wojska szły w rozsypkę, próbując ratować się przed doszczętnym rozgromieniem.

Zostali pokonani.

Rycerz czuł na języku słony smak łez. Powinni byli poradzić sobie z armią Opętanych. Powinni byli zwyciężyć – i może by zwyciężyli, gdyby nie pojawił się demon. Ukrył się przed ich oczami, a kryjówkę opuścił dopiero w ostatniej chwili, gdy było już zbyt późno, by przywołać maga bitewnego.

Nie. To była ich bitwa. I przegrali ją.

Nie czuł wstydu, bo tylko nieliczni mogli oprzeć się mocy takiego przeciwnika. A jednak stawili mu czoła. Przez niemal godzinę żołnierze Illicji trzymali szyk. Lecz teraz zbliżał się koniec.

Spojrzał na wroga z wysokości wzgórz. Demon górował nad Opętanymi, wojownikami, którzy byli kiedyś ludźmi. Moc nie z tego świata. Piekielna siła. Rycerz wiedział, że nie zdoła go zabić. Mógł tylko żywić nadzieję, że umrze, zanim pochłonie go strach. Ostatnim wysiłkiem woli popędził wierzchowca naprzód, mając nadzieję, że odwaga nie opuści go, nim przyjdzie koniec. A jednak gdy jechał na spotkanie śmierci, nie myślał o sobie, ale o wszystkich, których zawiódł. Armia Opętanych przebiła się przez illicyjski szyk. Zaraz ruszy w góry, a tam trudno będzie za nią podążyć. Wymknie się spod miecza wojskom Clemoncé i weźmie na cel królestwo Valencji, słynące niegdyś z odwagi i wprawy swoich wojowników, lecz którego siła na przestrzeni ostatnich pokoleń stopniała. Popędzając konia do szarży, zaczął się zastanawiać, czy w ogóle coś jeszcze ostało się z niegdysiejszej chwały królestwa.

Miał nadzieję, że tak.

Przez wzgląd na dusze ich wszystkich.

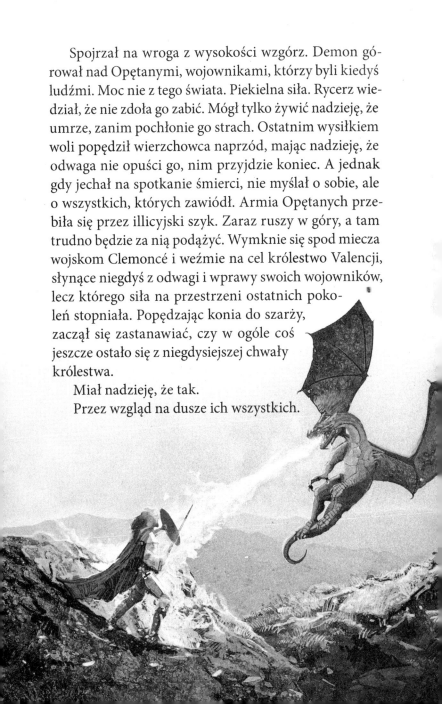

SROGIE
DODATKI
DO ULUBIONYCH
LEKTUR

Spis rzeczy

12·08·2020 ~ Cent·

fabrykasłów ®

W Y D A W N I C T W O

WYDAWCA

Fabryka Słów sp. z o.o.
20-834 Lublin, ul. Irysowa 25a
tel.: 81 524 08 88, faks: 81 524 08 91
www.fabrykaslow.com.pl
e-mail: biuro@fabrykaslow.com.pl
www.facebook.com/fabryka

SPRZEDAŻ INTERNETOWA

 swiatksiazki.pl

ZAMÓWIENIA HURTOWE

DRESSLER

Dressler Dublin sp. z o.o.
ul. Poznańska 91
05-850 Ożarów Mazowiecki
tel. (+ 48 22) 733 50 31/32
www.dressler.com.pl
e-mail: dystrybucja@dressler.com.pl

DRUK I OPRAWA

opolgraf ▌▌▌▌▌
DRUKARNIA

Copyright © by Jacek Piekara
Copyright © by Fabryka Słów sp. z o.o., Lublin 2020

PROJEKT I ADIUSTACJA AUTORSKA WYDANIA
Eryk Górski, Robert Łakuta

ILUSTRACJA NA OKŁADCE
Piotr Cieśliński

PROJEKT OKŁADKI
„Grafficon" Konrad Kućmiński

ILUSTRACJE
Paweł Zaręba

REDAKCJA
Małgorzata Hawrylewicz-Pieńkowska

KOREKTA
Magdalena Byrska

SKŁAD
Dariusz Nowakowski | drewnianyrower.com

Wydanie I

ISBN 978-83-7964-454-4 – oprawa broszurowa
ISBN 978-83-7964-455-1 – oprawa twarda

X034485